Weitere Informationen und Kurzgeschichten in der Welt von Galizina
unter https://www.galizina.de

Matthias Roth

Manifestation der Angst

Galizina-Chroniken

Band I

Historical Dark Fantasy

Impressum

Bibliografische Information der Deutschen Nationalbibliothek: Die Deutsche Nationalbibliothek verzeichnet diese Publikation in der Deutschen Nationalbibliografie; detaillierte bibliografische Daten sind im Internet über http://dnb.dnb.de abrufbar.

Die automatisierte Analyse des Werkes, um daraus Informationen insbesondere über Muster, Trends und Korrelationen gemäß §44b UrhG („Text und Data Mining") zu gewinnen, ist untersagt.

© 2024 Matthias Roth

Verlag: BoD · Books on Demand GmbH, In de Tarpen 42, 22848 Norderstedt

Druck: Libri Plureos GmbH, Friedensallee 273, 22763 Hamburg

ISBN: 978-3-7597-0471-9

Im gesamten Buch wird aus Gründen der einfacheren Lesbarkeit primär das generische Maskulinum verwendet. Dies schließt kontextbezogen auch andere Geschlechter mit ein.

Besonderer Dank gilt: Martina für wertvollsten Rat und Romina für blitzschnelles Lesen.

„Bleib!"

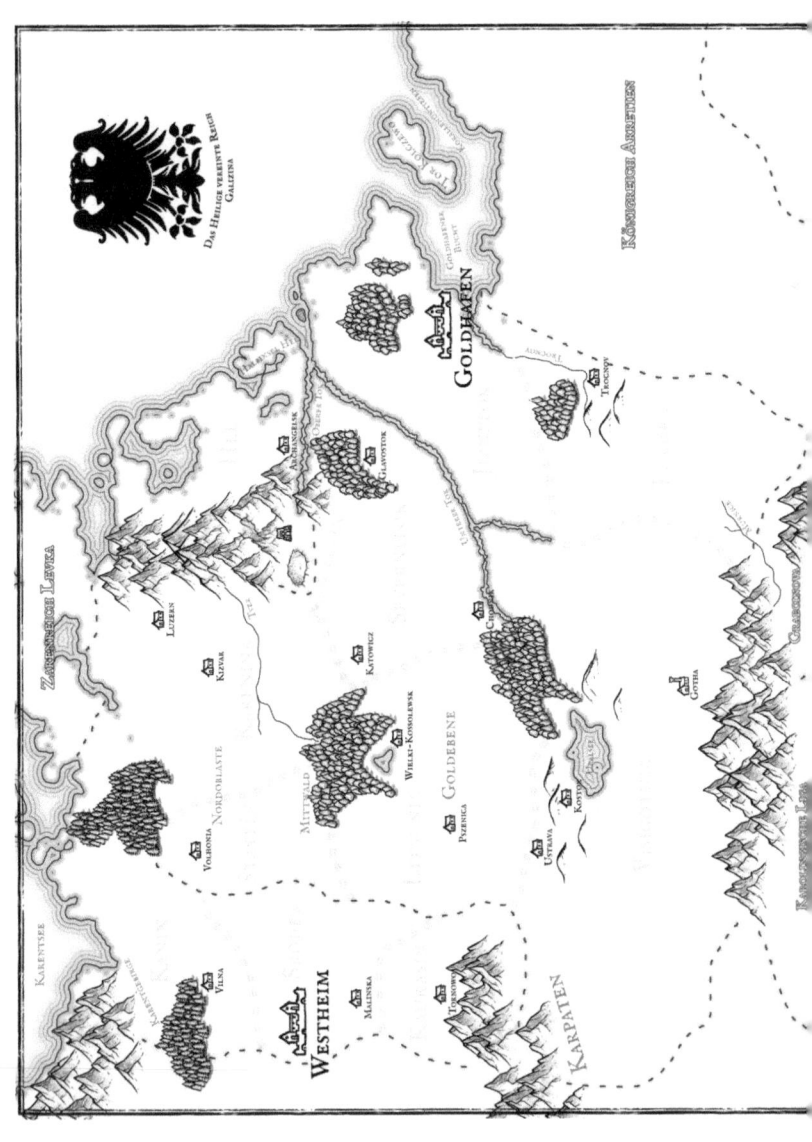

Akt I

Prolog

Die trauernde Braut

Galizina, Ostreich, nahe der Ortschaft Trocnov im Sommer 1271

Das Wasser des Baches umfloss ihre dicken Lederstiefel. Für diese Jahreszeit waren sie eigentlich zu warm, aber Marilka mochte es darin zu laufen. Sie waren bequem und außerdem die einzigen Stiefel die sie besaß. Sie beobachtete das Schuhwerk, während der Bach träge weiter floss. Es war spannend wie ihre Füße, einer kleinen Blockade gleich, das Wasser stauten. Ein Stoß in den Rücken, der sie fast ins Wasser fielen ließ riss sie aus ihren Gedanken.

„Was glaubst du im Wasser zu finden?", schnauzte sie Pietr, der den Abschluss der Gruppe bildete, an.

Wortlos ging Marilka weiter. Mit Pietr legte man sich besser nicht an, das hatte sie früh gelernt. So lange er etwas zu essen oder zu saufen hatte war er weniger schlimm, allerdings war es schon einige Stunden her, seit die Gruppe das letzte gerastet hatte. Pietrs Laune war also nicht gut.

Sie schloss zu den anderen auf und starrte auf den Rücken von Dogan. Der Köcher mit Pfeilen und der dazugehörige, morsche Eibenbogen nahmen einen Großteil desselben ein. Vor Dogan ging Aleksiv, der gemeinsam mit Dmitri den Auftrag organisiert hatte.

Der Weg begann langsam anzusteigen, und die Mauern des schon seit längerem sichtbaren Fürstensitzes waren wenige hundert Schritt entfernt. An einer Biegung des Weges hielt die Gruppe an. Eine lange ausgebrannte Feuerstelle zeichnete sich neben einer großen Buche im Gras ab.

„Wir machen hier Rast, bevor wir das Biest erlegen", befahl Dmitri mit seiner rasiermesserscharfen Stimme.

„Woher weißt du das es ein Tier ist?", fragte Dogan düster.

„Was soll es sonst sein, Mann? Groß, böse, reißt Tiere und Menschen. Wahrscheinlich ein Bär oder sowas." Dmitri entkorkte seine bauchige Weinflasche und trank in großen Zügen daraus. Anschließend begann er sein Rapier langsam mit einem Wetzstein zu schärfen. Marilka machte das Geräusch rasend, ihre Nervosität stieg dadurch nur weiter an.

Die Gruppe ließ sich neben der erkalteten Feuerstelle ins Gras sinken. Ein Feuer zu entfachen war nicht notwendig, die Sommersonne war heiß genug. Dogan hatte seinen Bogen neben sich im Gras abgelegt und biss vorsichtig von seinem Honig-Schweinerücken-Spieß ab. Das geräucherte Fleisch sah faserig aus, duftete aber himmlisch. Marilka lief das Wasser im Mund zusammen, sie hatte seit dem Aufbruch am Morgen nichts gegessen. Hungrig kramte sie den Beutel mit den Artischocken aus ihrem Rucksack und nahm sich einen dicken Kanten altbackenes Brot dazu. Die Artischocken waren noch leicht ölig.

Aleksiv lag auf dem Rücken neben der Feuerstelle und hatte die Augen geschlossen. Pietr warf ihn mit Brotkrumen ab und lachte dümmlich. „Wieso liegst du da Aleks? Iss was und bereite dich vor!"

„Ich tue etwas was dir wohl nicht in die Wiege gelegt wurde. Ich denke nach."

Pietr wollte wütend aufbegehren, aber Dmitri fiel ihm ins Wort. „Pietr, spar dir deine Kraft für die bevorstehende Jagd. Aleks liegt immer auf dem Rücken, wenn er denkt. Und er hat Recht, das Denken ist wirklich nicht deine Stärke. Eher deine Oberarme."

Marilka beobachtete den Disput während sie sich eine neue Artischocke aus dem gewachsten Lederbeutel fischte. Sie verabscheute diese Bande, allerdings hätte sie ohne sie in der Unterstadt nicht lange überlebt. Zumindest nicht ohne einige Körperteile zu verlieren oder zu verkaufen. Auch die Arbeit in den Staubminen hätte sie nicht länger ausgehalten, ihr Rücken war krumm und knotig gewesen, als sie die Arbeit dort endlich hatte niederlegen können. Nichtsdestotrotz hatte sie unheimliche Angst. Sowohl vor dem bevorstehenden Kampf als auch vor ihren eigenen Kumpanen. Ihre Hände begannen wieder zu zittern. Sie schaffte es kaum die angebissene Artischocke in den Mund zu schieben. Kauend wischte Marilka die Hände im Gras ab und suchte in ihrer Tasche verzweifelt nach dem was ihrer

Angst Abhilfe schaffen würde. So hoffte sie zumindest. Nach kurzem Suchen fand sie was sie suchte und steckte sich den Rauchstängel zwischen die Lippen. Mit einem Feuerstein und einem Plättchen Stahl schaffte sie es nach einiger Zeit das gerollte Papier anzuzünden. Marilka zog stark an dem Rauchkraut und blies leise hustend blauen Rauch aus. Tatsächlich beruhigten sich ihre zitternden Hände etwas.

„Rilka, hast du da wieder Traumstaub eingemischt? Du weißt das wir das Zeug verkaufen und nicht selber rauchen sollen. Das macht dich noch kaputter als du eh schon bist", blaffte Dmitri sie wenig freundlich an. Natürlich sagte er das nicht zu ihr, weil er fürsorglich sein wollte und sich um sie sorgte. Er sorgte sich allein um den Profit. Wenn ein Mitglied der Pariah sich mit Traumstaub das Hirn bis zur Stauberkrankung zerschoss, gab es ein Pariah-Mitglied weniger, dass das lilafarbene Gut verkaufte. Außerdem war die Gefahr immer groß, dass der Staub aus den Lagern der Bande geklaut wurde. Wer bei so etwas erwischt wurde musste zwar mindestens mit einer Hand bezahlen, allerdings schreckte das Staubkranke nicht immer ab.

Marilka schüttelte den Kopf, doch das war eine Lüge. Natürlich war Traumstaub dem Rauchkraut beigemischt. Sie wusste, dass sie das Zeug zu oft nahm, jedoch wollte sie heute nicht darauf verzichten. Konnte nicht darauf verzichten. Außerdem hatte sie nur wenig Traumstaub in das Kraut gemischt, redete sie sich ein, sie wollte ja nicht völlig berauscht durch das Anwesen stolpern. Vollständig entsagen konnte sie, in Anbetracht der kommenden Gefahr, dem Staub jedoch nicht vollständig. Nur noch wenige Stunden, dann würde es vorbei sein. Dann musste sie keine Angst mehr haben. Sie hatte Dmitri mit seinem blitzschnellen Rapier, den zielsicheren Dogan mit seinem Bogen, Aleksiv mit einem Langen Messer und Pietr mit seinem Vorschlaghammer. Seit einigen Monaten begleitete sie diese Gruppe jetzt schon und Marilka hasste jeden Moment mit und jeden von ihnen, im Moment war sie allerdings um deren Anwesenheit froh. Keiner den sie kannte würde die Aufgabe besser erledigen können. Wer weiß wie viele Kniescheiben Pietrs Hammer schon zertrümmert hat, oder wie viele zahlungsunfähige

Schuldner schon durch Dmitris Rapier durchbohrt worden waren.

Marilka betrachtete die Saufeder, die neben ihr im Gras lag. Gestern hatte sie noch einem örtlichen Jäger gehört. Anfänglich hat er sich gewehrt, als die Gruppe ihn um einige seiner Habe erleichtert hat. Als Dmitri aber seinen Jagdhund mit dem Rapier an die Wand genagelt hatte und Pietr seiner Frau gefährlich nahegekommen war, hatte er nachgegeben. Sogar seine übrigen Kronen und das viel zu gute Essen, dass gerade in ihren Bäuchen landete, hatte er abgegeben. Der Kerl tat Marilka leid. Niemals aber hätte sie etwas gegen die Ungerechtigkeit, die ihm widerfahren war unternommen. Das war keine Frage der Moral, sondern eine Frage der Selbsterhaltung. Hätte sie Partei für ihn ergriffen hätte sie mindestens einige Zähne verloren. Sie hatte sich ebenfalls an seinem Geldbeutel und an seinen Vorräten vergriffen. Moral sorgte nur dafür, dass man früher ins Gras biss, dachte sie. Der Jäger hatte sicherlich genug eingelagert, versuchte sie sich einzureden, wenn nicht jagte er eben neues Wild.

Natürlich konnte der Mann zum Bürgermeister von Trocnov gehen, dafür würde er allerdings viel zu viel Angst haben. Aleksiv hatte ihm, mit seiner ruhigen, bedrohlichen Stimme, klar gemacht was passieren würde, wenn er dies tat. Doch selbst wenn er den Mut fasste, sie wären längst über alle Berge bevor der Bürgermeister die Stadtwachen alarmieren konnte.

Marilka schielte zu dem unausgesprochenen Anführer ihrer Gruppe. Vor Aleksiv musste man sich generell am Meisten in Acht nehmen, dachte sie. Er wirkte sehr ruhig, fast schon harmlos. In den Gassen von Neuer Schacht, dem Bezirk der Unterstadt in dem sie sich meistens aufhielten, hielt sich aber die Vermutung das er gerne den Leichenbeschauern und Totengräbern bei ihrer Arbeit zusah. Es ging außerdem das Gerücht umher, dass bei einem Begräbnis häufiger ein Körperteil der Leiche fehlte, nachdem Aleksiv zugegen war. Was er damit tat wusste niemand.

Marilka vermisste Neuer Schacht schon fast. Natürlich war es schöner im Gras unter der Sonne zu liegen und etwas zu essen was nicht aussah wie eine zähe, dunkle Masse und roch wie ein Abwasserkanal, die Umstände machten ihren Aufenthalt unter der Sonne aber weniger schön. Drei Tagesreisen von Goldhafen nach Trocnov. Wäre das Gerücht von den herrenlosen Reichtümern in dem alten Familienanwesen doch niemals in die Gassen von Neuer Schacht gelangt. Sie würde lieber wochenlang die Sonne nicht sehen und täglich Schwarzen Topf essen als die Strapazen dieser Reise zu ertragen. Und mit Strapazen meinte sie hauptsächlich ihre Begleiter. Brabek, der Anführer der Pariah in Neuer Schacht und der gesamten Unterstadt, hatte sie eingeteilt mit der Gruppe zu gehen und die vermuteten Reichtümer für die Pariah in Besitz zu nehmen. Sie hätte ihren letzten Auftrag besser ausführen sollen, dann hätte sie vielleicht niemals mitgemusst.

Marilka schmatzte leicht nachdem sie erneut an ihrem Rauchstängel zog. Sie schmeckte beinahe den schwarzen Topf, das beliebte Gericht in Neuer Schacht und der restlichen Unterstadt. Beliebt nicht wegen des Geschmacks, sondern weil alle Zutaten leicht zu beschaffen waren. Die Basis bildete zumeist gebratene Ratte. Man briet sie in der eigenen Soße, schnitt Zwiebeln und etwas Kohl hinzu und warf alles mit etwas Wasser und schalem Bier in einen Kochtopf. Der Name kam von den Fellstücken, die versehentlich manchmal mitgebraten wurden. So war zumindest das Gerücht.

Marilka hatte sich erzählen lassen, dass wohl viele der reichen Oberstädter Schwarzen Topf zum Vergnügen und zur Belustigung aßen. Natürlich war dieser dann von eigenen Köchen gekocht, die Zutaten waren frisch, statt Ratten wurden Hühnchen gebraten und allgemein hatte es sehr wenig mit dem richtigen Schwarzen Topf aus der Unterstadt zu tun. Marilka hatte sogar gehört, dass sich die reichen Medames und Mesers, junge Frauen und Männer aus der Unterstadt holten um ihnen dieses Gericht zu servieren. Ihre Freundin Agatha durfte bei so einer Veranstaltung die Bedienung mimen. Sie bekam ein anständiges Bad, frische Kleidung und etwas Warmes zu essen. Außerdem gab es sieben Kronen als Lohn. Sieben Kronen! Und selbst die Kleidung durfte sie behalten. Natürlich war es nur billiges Leinen, in ausgewaschenen Grau- und Brauntönen, es musste ja zum Bild, welches die hohen Herren von den Unterstädtern hatten passen, aber dennoch. Marilka konnte sich nicht mehr daran erinnern, wann sie zuletzt ein ordentliches Bad oder neue, gute

Kleidung bekommen hatte. Die dünne Lederkleidung, die sie trug hatte sie von Dmitri. Sie war ihr etwas zu groß und abgetragen, aber immerhin versprach sie sich etwas Schutz davon. Schutz vor was auch immer sie erwartete. In ihrer Barracke in Neuer Schacht lagen zwei Kleider, eines davon hatte sie schon seit sie sich erinnern konnte, das andere hatte vorher ihre Schwester getragen. Marilka dachte daran wie gerne sie das einmal machen würde. Statt hier in der Wildnis wäre sie in den riesigen Wohnhäusern der Oberstadt, die ihr wie kleine Paläste vorkamen. Auch als Zimmermädchen oder Bedienstete wäre sie unheimlich glücklich. Nur blieb ihr dieser Luxus als Kind der Unterstadt verwehrt.

„Aufstehen, bereitet euch vor", riss die schneidende Stimme von Dmitri sie aus ihren Gedanken. Dogan stand murrend auf und nockte die Sehne seines Bogens ein. Er strich anschließend mit seiner Rechten über die Befiederung seiner Pfeile. Aleksiv erhob sich wortlos und sein Waffengehänge klirrte leise als er sich bewegte. Die Gruppe machte sich zum Abmarsch bereit, lange war es nicht mehr. Marilkas Hände begannen wieder zu zittern. Sie packte den Schaft ihrer Saufeder fester.

Langsam gingen sie um die nächste und letzte Biegung des Weges. Sattgrünes Gras rahmte den Weg ein, Vögel sangen und Insekten zirpten. Nichts deutete auf das Grauen hin, vor welchem sie die Dorfbewohner gewarnt hatten. Und weswegen sie, ihrem unterschriebenen Kontrakt nach, hier waren.

Die Mauern kamen immer näher als sie auf den großen Torbogen zuschritten. Bedrohlich sah die Festung eigentlich nicht aus, eher etwas altertümlich. Die Außenmauern und Gebäude bestanden aus hellen Mauersteinen, wie er häufig im östlichen Teil von Flamen zu finden war. Den Torbogen schmückte in der Mitte des Bogens ein Wasserspeier, welcher eher fröhlich wirkte als gefährlich. Die Tore waren weitestgehend intakt, standen aber offen. Von hier oben hatte man einen wunderbaren Ausblick über die gesamte Region, das Dorf Trocnov und den gleichnamigen Bach, die wenigen, kargen Felder, die steinigen Hänge und die lichten Wälder. Marilka konnte sich sehr gut vorstellen wie lebhaft es hier zu den Zeiten der Laukai vorgegangen sein musste. Die uralte Dynastie hatte seit Ewigkeiten dieses Anwesen bewohnt.

Marilka schluckte. Bis vor vier Jahren. Auf dem Weg nach Trocnov hatten die anderen Gruppenmitglieder viel über die Geschichte der Familie und die Legenden, welche sich um diesen Ort rankten, erzählt. Bei dem Gedanken daran lief Marilka ein Schauer über den Rücken. Die Einwohner von Trocnov erzählten sich, dass es hier spukte. Die Forderungen der Adelsfamilie an die Bewohner des Landes waren immer höher geworden, die Abgaben die sie hatten leisten müssen immer mehr. Regelmäßig hatten Repressalien ohne erkennbaren Grund stattgefunden, sagte man sich. Das Volk hatte gelitten und es sprachen sich sogar Gerüchte herum, dass die Laukai Monster gewesen waren, die in Menschenblut badeten. Beschwerden, die der Legende nach bis an den Goldenen Palast gegangen waren, waren unbeantwortet geblieben, worauf die Bürger von Trocnov ihr Schicksal selbst in die Hand genommen hatten. Mit Mistgabeln, Forken und Fackeln waren sie eines Tages vor den Toren des Anwesens gestanden und hatten verlangt die Laukai zu sprechen. Den Vorsitz der Familie der Laukai hatte zu diesem Zeitpunkt Marille de Laukai gehabt. Sie, ihr Mann und ihre Söhne und Töchter hatten das Land mit eiserner Hand regiert. Marille hatte als grausame Frau gegolten, weswegen sie naturgemäß auch den Bauern und Bürgern von Trocnov wenig gesprächsbereit gegenüber gewesen war. Ein Massaker war die Folge gewesen, dem die gesamte Familie der de Laukai zum Opfer gefallen war. Sie waren getötet worden, die grausame Marille und ihr Ehemann, aber auch die Kinder, bis auf die kleinsten. Sogar die Bediensteten, Köche, Stallburschen und Hausmädchen hatte man nicht verschont. Tagelang waren die Leichen der Adeligen im Festungshof an Galgen gebaumelt, auf improvisierten Scheiterhaufen oder im Dreck verrottet. Die Bewohner von Trocnov begründeten den Ausbruch von Gewalt und Zorn anfangs noch mit der Unterdrückung durch die Adeligen und deren Schergen, von denen die Gewalt an jenem Tag auch ausgegangen sein soll. Die Wachen und Lakaien der Laukai sollen die Gemeinschaft der Dörfler angegriffen haben. Bald schon aber wollten sie mit diesem blutigen Teil der Geschichte abschließen und trotz der wenigen Zeit, die seitdem vergangen war, vermieden sie es die Vorgänge offen anzusprechen. Wo anfangs noch Stolz und das Recht auf ihre Selbstbestimmtheit aufgetragen wurde, verspürte man jetzt Scham und Unwohlsein. Einige zumindest. Andere leugneten aus Furcht vor Konsequenzen die Taten in Gänze, die in dieser Nacht begangen wurden.

Es hatte lange gedauert, bis Bürger losgeschickt worden waren um die Leichen der Adeligen und ihres Gefolges zu begraben. Erst kürzlich hatte der Bürgermeister Dorfbewohner ausgeschickt um ebenjenes zu tun. Die wenigen die vom Anwesen zurückgekehrt waren, welche oft nicht alle waren die ausgeschickt worden sind, berichteten mit schreckenserstarrten Gesichtern von einem Spuk der das Schloss befallen hatte. Man schenkte diesen Geschichten nur wenig Glauben und schrieb die Ereignisse der traurigen Geschichte des Ortes zu.

Dennoch hielten sich diese Schauermärchen hartnäckig. Geräusche kamen scheinbar aus dem Anwesen, welche man nicht aus einem leeren und baufälligen Gebäude erwartete. Den Bürgermeister von Trocnov hatte das dazu veranlasst einen Kontrakt auszuhängen um die vermeintliche Gefahr ein für alle Mal zu bannen. Und das brachte auch Brabek dazu den Kontrakt anzunehmen. Der Boss der Pariah glaubte nicht an Geister und Spuk. Er sah nur die Möglichkeit Profit zu machen. Das Anwesen stand seit mittlerweile vier Jahren leer, die Vorrats-, Schatz- und Waffenkammern waren aufgrund des vermeintlichen Fluchs bisher nicht angetastet worden. Brabek versprach sich unheimlich große Schätze von diesem Kontrakt.

„Auf geht's", grunzte Dmitri und schob sich langsam durch die offenen Tore. Die ganze Reise hatte er darüber gescherzt, dass sie hier nichts außer Staub und Knochen antreffen würden und trotzdem bemerkte Marilka wie vorsichtig er sich bewegte.

„Rilka, geh schon", zischte Dogan ihr zu.

„Willst du nicht vor mir gehen?", antwortete Marilka leise und versuchte das Zittern in ihrer Stimme zu unterdrücken.

„Willsssssst du nicht vor mir gehen?", äffte Dogan sie nach und schob sie einfach durch den Torbogen. Marilka hasste es, wenn man sich über ihr Lispeln lustig machte. Sie hasste diesen Makel und Dogan band ihn ihr allzu oft auf die Nase.

Ängstlich stolperte sie durch das Tor und fand sich neben Dmitri wieder, der sich langsam mit zusammengekniffenen Augen umschaute. Marilka packte mit der Rechten ihre Saufeder fester, mit der Linken umklammerte sie das Blechmedaillon, welches um ihren Hals hing. Ein unsauberes ‚S' war dort eingeritzt. Sie besaß das Medaillon schon seit ihrer Kindheit und hatte es kaum einmal ausgezogen. Sie betete außerdem zum Einen und zu den arkanen Heiligen. Obwohl sie nicht religiös war, konnte sie doch gerade jede Hilfe gebrauchen die verfügbar war. Vielleicht erhörte der Eine oder einer der Heiligen ja heute ihre Gebete.

Langsam traten auch die anderen Mitglieder durch das Tor. Der große, nahezu halbkreisförmige Innenhof war verwildert. Das Gras wuchs hier aufgrund des felsigen Untergrunds zwar nicht besonders hoch, allerdings rankten überall Wildrosen und Efeu an den hellen Steinmauern entlang. In weiten Teilen des Innenhofs lagen verschiedenste Utensilien, Werkzeuge und kaputte Haushaltsgegenstände. Die Innenmauern säumten leere Ställe in denen gammelndes Stroh und zerbrochene Kistenstapel lagen. Auf direktem Weg vom Tor führte ein ausgetretener und wilder Kiesweg zu den großen, schmuckreichen Eingangstoren des Anwesens. Diese waren, im Gegensatz zum Außentor, zu. Über eingefallene Treppen konnten die schmalen Wehrgänge der Außenmauern erreicht werden. Eine kleine, offene Kapelle, deren Dach ein großes Loch aufwies, war ebenfalls im Innenhof zu sehen. Rechts der Tür zum Anwesen ging es eine Treppe hinab, vermutlich führte die zum Keller. Seitlich versetzt des Weges erhob sich ein Brunnen, dessen Kurbel beschädigt war, ein Eimer hing nicht mehr an dem zerfaserten Seil.

„Verteilt euch", wisperte Dmitri.

Aleksiv ging vorsichtig in Richtung der kleinen Kapelle. Dmitri blieb nahe des Tores stehen und beäugte langsam die Mauern. Pietr stapfte zu einer eingefallenen Stallung rechts des Tores. Marilka schlich nach kurzem Zögern vorsichtig in Richtung des Brunnens. Es war nahezu totenstill. Der Wind bewegte einige Gräser und Sträucher, Vogelgesang oder Insektenzirpen war gar nicht zu hören. Ab und zu quietsche ein altes Scharnier oder verrotendes Holz knarzte. Aus Pietrs

Richtung kam ein Knirschen. „Hier liegen überall Knochen rum Boss", raunte er leise. Marilka war erstaunt wie Pietr es fertig brachte so leise zu sprechen. Das hatte sie bisher noch nie von ihm gehört.

Ein weiteres Knacken schreckte Marilka auf. Ihr Kopf ruckte in Richtung der Herkunft des Geräusches. Es war allerdings nur die beschädigte Kurbel des Brunnens, die etwas abgerutscht war. Sie näherte sich dem gemauerten Rund immer weiter. Ihr lief kalter Schweiß den Rücken herunter, etwas stimmte mit diesem Ort nicht, das spürte sie. Sie schaute flehend zurück zu Dmitri, der ihr aber mit einer Handbewegung vulgär bedeutete weiter auf die gemauerte Wasserquelle zu zugehen.

Aleksiv war beinahe bei der Kapelle angelangt. Vorsichtig ging er um die Kapellmauer herum um einen Blick hinein werfen zu können. Angespannt erreichte Marilka den Brunnen und berührte den grob behauenen Stein mit ihrer Hand. Er war angenehm kühl. Sie streckte ihren Kopf langsam vor um den Brunnenschacht hinab blicken zu können. Handbreit um Handbreit sah sie weiter in das Dunkel hinab.

Leere Augenhöhlen eines Schädels starrten zurück. Ein Skelett war mit einem Seil im Brunnenschacht befestigt. Marilka erschrak. Mit einem Aufschrei stieß sie sich vom Brunnenrand weg und fiel rücklings ins Gras.

Dmitri stürmte in ihre Richtung. „Was hast du gesehen Rilka?", donnerte er.

Marilka konnte kaum sprechen. Der Schock hatte sie wie ein Hammerschlag getroffen. „Nur ein Skelett im Brunnen, tut mir leid", stammelte sie.

Die Erklärung benötigte Dmitri nicht mehr, er war schon bevor sie ihren Satz beendet hatte am Brunnen und konnte sich selbst ein Bild machen. Er blickte kurz in den Brunnen und drehte sich mit zornigem Blick zu Marilka um, die immer noch im Gras saß. Seine sich anbahnende Schimpftriade wurde aber von Pietr unterbrochen, der aus den Stallungen rief.

„Hier liegen auch nur Knochen Boss."

„Hier genauso", schallte es von der anderen Seite des Innenhofs von Aleksiv. Dmitri setzte sich in Bewegung Richtung Kapelle. Marilka rappelte sich auf und kam schwankend auf die

Beine. Langsam beruhigte sich ihr schmerzhaft pochendes Herz wieder. Sie lief Dmitri hinterher, selbst seine Anwesenheit war besser als in diesem verfluchten Gemäuer alleine zu sein.

Dmitri starrte mit Aleksiv in die kleine Kapelle. Ein Skelett klammerte sich noch im Tod an den Altar. In seinen Rippen steckte eine Heugabel, deren mittlerer Sporn abgebrochen war. Die Person war von hinten erstochen worden, als sie sich in die Kapelle flüchten wollte. Dmitri machte große Schritte um die Knochen des Skeletts herum, als er auf den Altar, auf dem goldene Kelche standen, zuschritt. Prüfend hob er sie hoch.

„Stell sie wieder hin, die gehören dem Einen", schnauzte ihm Aleksiv zu.

„Seit wann bist du denn religiös", kicherte Dmitri zurück. Marilka stimmte Aleksiv im Stillen zu, sie hoffte, dass Dmitri die Kelche umgehend zurückstellte. „Ist eh nur Messing", meinte Dmitri achselzuckend und warf den Kelch achtlos auf den Altar. Er prallte davon ab und traf das Skelett im Gesicht, was dessen Unterkiefer abbrechen ließ. Marilka hielt die Luft an, auch Aleksiv versteifte sich. Es herrschte kurz absolute Stille.

Nichts passierte. Erleichtert atmete Marilka auf.

Die drei verließen die Kapelle und gingen auf die andere Seite zu Pietr in die Stallungen. Dogan, der noch immer mit einem Pfeil auf der Sehne seines Bogens nahe des Tores stand, blickte zu ihnen. „Was gefunden?", rief er.

„Ne, die Reichtümer werden drinnen sein", antwortete Dmitri. Es achtete keiner mehr darauf leiser zu sein und auch Marilka entspannte sich ein wenig. Bisher hatten sie noch keine Geister bemerkt.

Die drei erreichten die Stallungen. Pietr kam aus einer Stallbox heraus und gesellte sich zu den dreien, die auf eines der von Pietr gefundenen Skelette starrten. Anders als die anderen beiden waren um die Knochen des Skeletts noch Kleidungsreste gewickelt. Die Trägerin dieses Kleids musste wohlhabend gewesen sein, selbst nach all der Zeit sah man der Gewandung an, dass sie teuer gewesen sein musste. Feine Goldfäden und Brokat zierten das Gewand. „Scheinbar wollte sie den Stall verlassen. Es sieht so aus als wäre sie Richtung Brunnen gelaufen", meinte Dmitri. „Der Kleidung nach zu urteilen könnte das Marille sein. Die Unterdrückerin. Das im Brunnen waren die Überreste eines Kindes, vermutlich wollte sie ihrer Brut helfen." Er spuckte aus, sein Speicheltropfen verfehlte Marille de Laukai nur knapp. „Hat offensichtlich nicht geklappt."

„Schaut mal her", sagte Pietr und winkte sie in eine leere Stallbox. Ein weiteres Skelett hing in dieser. Man hatte die Person mit Hanfseilen an die Ringe gebunden, die normalerweise für das Ankoppeln der Pferde gedacht waren. Anschließend war sie mit Pfeilen durchsiebt worden, im Skelett steckten vier davon, drei weiter lagen zerbrochen davor. Der Schädel war dem Skelett auf die Brust gesunken. Anhand der Kleidung des Skeletts war erkennbar, dass die Person männlich gewesen sein musste. Aleksiv pfiff leise durch die Zähne. „Das war sicher der Ehemann." Marilka wandte sich angewidert um und ging wieder in den Innenhof. Die anderen drei folgten ihr. Auf dem Weg nach draußen fielen Marilka weitere Knochen in der Mitte des Stalls auf. Viele davon waren zerbrochen, teilweise richtiggehend zersplittert. Marilka wurde es übel, sie konnte sich vorstellen was mit diesen Menschen passiert war, Die durchgehenden Pferde mussten sie erwischt und niedergetrampelt haben.

Die Gruppe blieb beim Brunnen stehen, auch Dogan kam etwas näher. „Also, dann fangen wir an. Pietr, Dogan und ich nehmen uns das Haupthaus vor. Aleksiv, du und Rilka…" Dmitri unterbrach sich. Der Wind wehte auf einmal stärker. Er zerrte an Aleksivs weitem Hemd und wehte Marilka ihre dunklen Locken ins Gesicht. Verwirrt schauten sich die fünf nach einer Ursache des plötzlich eintretenden Windes um. „Verflucht, was ist das? Wo kommt das her?", keuchte Dogan auf einmal.

„Von was redest du?", fuhr Dmitri ihn an.

„Die Schreie, der Lärm…" Dmitri sah ihn verständnislos an. Auch Marilka wusste nicht wovon er redete.

Aleksiv zog mit einer schwungvollen Bewegung sein Langes Messer. Und dann hörte es auch Marilka. Unmenschliche Schreie drangen in ihre Ohren. In der Unterstadt hörte man viele Menschen schreien, aus den unterschiedlichsten Gründen, aus Lust, aus Schmerz, aus Verzweiflung, aber etwas Vergleichbares hatte sie noch nie gehört. Als würde jemandem bei lebendigem Leib die Eingeweide herausgerissen.

Die Schreie wurden immer lauter und durchdringender. Marilka hörte einzelne Wortfetzen zwischen den Schreien, Menschen flehten um Gnade und beteuerten ihre Unschuld. Kinder schrien nach ihren Eltern. Zu den Schreien kam ein Geruch. Es stank nach Blut, verbranntem Fleisch und Schweiß. Die Saufeder fiel ins Gras und Marilka presste sich die Handflächen an die Ohren. Die Schreie konnte sie dadurch nicht unterdrücken. Sie sah verschwommen wie Dmitri sich ebenfalls die Ohren zuhielt. Er schrie seinen Gefährten etwas zu, Marilka hörte ihn allerdings nicht.

Auf einmal wurde es ruhig, das Schreien ebbte ab. Vorsichtig nahm nahm Marilka die Hände von den Ohren. Auch die anderen fingen sich wieder und schauten sich verwirrt um.

„Was…" hob Pietr an zu sagen, doch er stockte als er Dogans Gesichtsausdruck sah. Marilka wandte sich ihm zu. Mit schreckensweiten Augen starrte er an ihrem Kopf vorbei und hob die Hand um auf etwas hinter ihr zu zeigen. Marilka drehte sich, wie die anderen der Gruppe, ruckartig um.

Was sie sah, was sich vor ihnen erhob, war unbeschreiblich. Sie konnte sich nicht mehr bewegen. Sie stand starr wie ein Fels und konnte ihren Blick nicht von dem erschienenen Etwas abwenden. Die Erscheinung schwebte etwa einen Schritt über dem Boden. Die Maße ihrer Extremitäten erinnerten an die eines Kindes, doch war die Erscheinung mindestens drei Schritt groß. Die Füße der an die groteske Form eines Menschen erinnernden Erscheinung hingen aus einem ehemals weißen Kleid hervor. Es war verbrannt und mit Blut bedeckt, wirkte allerdings fast ätherisch, als könne man es nicht greifen, fast schon durchsichtig. Aus den Ärmeln des Kleides ragten Arme hervor. Zwei Arme pro Seite. Die Arme endeten nicht in Händen, sie endeten in Heugabeln, Sicheln und Nagelknüppeln.

Das Gesicht war das Schrecklichste was Marilka je gesehen hatte. Es wirkte wie das eines Kindes, nur war es viel größer. Die untere Hälfte des Kopfes war skelettiert, Die Zähne des Oberkiefers standen weit auseinander. Der Unterkiefer fehlte. Das Wesen schwebte regungslos im Innenhof. Der Wind und die Schreie waren verstummt.

Dogan starrte das Wesen weiterhin an, einen Pfeil immer noch auf der Sehne. Aleksiv hatte sein Langes Messer fest umklammert und schielte zum Tor des Anwesens. Pietr hatte seinen Vorschlaghammer in seiner Linken und blickte zu Dmitri.

Dmitri zog sein Rapier und schrie. „Alle zusammen, los!" Er stürmte dem Wesen entgegen, einen Sekundenbruchteil später folgte ihm Aleksiv. Pietr brauchte etwas länger um sich zu fassen, stürmte nach kurzer Zeit aber mit erhobenem Hammer auf die Erscheinung zu. Dogan schrie Marilka an, die sich nur langsam von ihrer Schockstarre erholte. „Reiß dich zusammen, nutzloses Miststück, und folge den anderen!" Marilka hob ihre Saufeder auf und rannte den anderen hinterher. In den Gassen der Unterstadt gab es zwar einige Schrecken, Mörder, Kranke und Ungetier, trotzdem war Marilka erstaunt mit wie wenig Furcht die anderen der Gruppe sich der Erscheinung entgegenstellten. Fast waren sie bei dem Monster angelangt, als Dogan den aufgelegten Pfeil von der Sehne schnellen ließ. Sirrend flog er das kurze Stück und schlug mit einem dumpfen Schmatzen in dem schwebenden Körper ein. Jetzt erreichten auch Dmitri, Aleksiv und Pietr das Wesen und schlugen und stachen mit ihren Waffen danach.

Die Augen der Erscheinung begannen rot zu leuchten und ein Schwall roter Tränen drang aus seinen Augen. Sie drehte sich Aleksiv zu, der sein Langes Messer eher wie eine Holzfälleraxt verwendete. Als die Augen des Wesens ihn fixierten wich er zurück. Das Sichelende eines Arms schlug nach ihm. Den Schlag blockierte Aleksiv mit seinem Langen Messer, der nächste Schlag mit einem Arm der in einer Heugabelspitze endete folgte jedoch sofort, Aleksiv konnte sich gerade noch darunter wegducken. Dmitri und Pietr nutzten die Situation aus und griffen das Wesen von hinten an. Pietr hob seinen Hammer über den Kopf und hieb dem Monster in den Rücken. Jedem Tier und jeder Person wäre damit das Rückgrat zertrümmert worden, die Erscheinung zeigte sich davon aber unbeeindruckt.

Marilka war jetzt nahe an der Erscheinung, sie stach mit ihrer Saufeder nach dem Wesen. Schnaubend drehte es sich um und holte mit einem Nagelknüppelarm Dmitri von den Beinen. Er flog mehrere Schritt weit.

Marilkas Blick traf die Augen des Wesens. Ihr rannen Tränen über die Wangen, noch nie war sie so etwas begegnet, nicht in den tiefsten Tiefen der Staubminen, benebelt von der Droge. Aleksiv nahm sein Langes Messer mit beiden Händen und stach es der Kreatur von hinten in den Ort, in dem bei Menschen das Herz lag. Er versuchte die Waffe zu drehen, im verzweifelten Versuch der Kreatur mehr Schaden zuzufügen. Ein silberner Blitz durchzuckte die Luft und Aleksiv sank auf die Knie. Er blickte erstaunt auf seine Arme, die bis gerade eben noch in Händen geendet hatten. Aleksivs Hände klammerten sich immer noch um den Griff der Waffe, welche in der Erscheinung steckte, während Aleksiv am Boden kniete und seine blutenden Armstümpfe anstarrte. Lange musste er sich damit nicht aufhalten. Es blitzte erneut und der Sichelarm trennte mit unmenschlicher Geschwindigkeit den Kopf von Aleksiv ab, der aufgrund der Wucht des Streichs durch die Luft segelte und nahe des Tors aufschlug.

Marilka fing leise an zu wimmern. Pietr und Dogan waren still geworden. Dmitri hatte sich mittlerweile aufgerappelt, der Nagelknüppel hatte ihn nur gestreift. „Zurück zum Tor, Rilka nach rechts, Pietr nach links, Dogan und ich nehmen das Vieh von vorne", brüllte er. Pietr hechtete zum Tor, Marilka stand weiterhin wimmernd vor der Erscheinung. Sie konnte sich nicht bewegen, sie war wie angewurzelt. „Rilka, willst du draufgehen, los jetzt du Miststück", schrie Dmitri erneut. Sie erwachte aus ihrer Starre und rannte von der Erscheinung weg, auf den ihr zugewiesenen Platz. Die Erscheinung schrie und schwebte zügig Dmitri und Dogan entgegen. Dogan ließ dem Wesen einen weiteren Pfeil entgegenfliegen, der es im Hals traf. Es schrie noch lauter und flog schneller auf Dmitri und Dogan zu.

„Jetzt!" schrie Dmitri. Pietr stürmte auf das Wesen zu, Marilka tat es ihm gleich. Dmitri sprang aus der Bahn des Wesens und stach mit seinem Rapier nach ihm. Mit unfassbarer Schnelligkeit schloss das Wesen die Distanz zu Dogan, der panisch versuchte einen Pfeil aus seinem Köcher zu ziehen. Mit dem Arm der in einer Heugabel endete stach die Kreatur nach seinem Gesicht. Der Schütze war flink, doch kein Mensch hätte mit derartiger Geschwindigkeit mithalten können. Einer der drei

22

Dornen traf Dogan im rechten Auge, der mittlere mitten im Gesicht, der letzte der Dornen riss ihm das Ohr ab. Aufgespießt auf die Heugabel hob das Wesen Dogan hoch und warf ihn gegen den Brunnen, der einige Schritt entfernt stand. Der Körper verdrehte sich unnatürlich und blieb reglos liegen.

Dmitri und Pietr droschen weiter auf die Kreatur ein und beschimpften sie dabei lauthals. Marilka stach ebenfalls mit ihrer Saufeder zu, ihren Stichen fehlte es aber an Kraft. Das Wesen drehte sich ihr zu und starrte sie kurz aus rot leuchtenden Augen an, bevor es mit dem Nagelknüppel nach ihr hieb. Sie versuchte den Schlag mit ihrer Saufeder zu parieren. Durch die Wucht des Angriffs splitterte der Schaft und Marilka ging in die Knie. Schmerzhaft bohrten sich einige Holzsplitter in ihr Gesicht. Auf allen vieren kroch sie von dem Wesen weg, Panik erfüllte sie immer mehr. Die Erscheinung starrte sie mit ihren bluttränigen Augen nur an.

Pietr versuchte erneut mit einem Überkopfschlag in den Rücken der Kreatur Schaden zuzufügen. Er hob den Hammer über seinen Kopf und wollte ihn gerade niederfallen lassen, als sich ein Arm der Kreatur nach hinten und mitten durch ihn hindurch bohrte. Die Kreatur starrte Marilka dabei weiterhin an. Pietr ächzte als der gesamte Arm der Kreatur ihm ein Loch in die Körpermitte stanzte. Mit einer Drehung des Arms, welche ein Mensch niemals hätte vollbringen können, warf sie den Körper von Pietr neben Marilka ins Gras. Sie sah das riesige, käseradgroße Loch in ihm, welches die Kreatur hinterlassen hatte. Eingeweide drangen daraus hervor.

Marilka weinte nicht mehr, sie starrte nur mit aufgerissenen Augen zwischen Pietr und dem Wesen hin und her. Sie spürte wie ihre Hose im Schritt nass wurde, um sich dafür zu schämen war sie jedoch viel zu verängstigt. Dmitri, der die Szenerie mit Pietr beobachtet hatte, wollte durch das nahe Tor entkommen. Einer Peitsche gleich schoss ein tentakelartiger Arm aus einem der Kleiderärmel und schloss sich um den Hals von Dmitri. Dieser klammerte sich ächzend an den Tentakel und versuchte ihn von sich zu reißen. Der Tentakel gab nicht nach. Langsam hob er Dmitri vor das Gesicht der Kreatur. Der Pariah-Schläger versuchte zu schreien und hieb mit seinem Rapier immer weiter auf das Wesen ein. Erneut kreischte das Wesen und durchtrennte Dmitris Körper mit dem Sichelarm oberhalb der Hüfte in zwei Teile. Die beiden Teile ließ das Wesen achtlos liegen.

Marilka versuchte zum Tor zu kriechen. Sie schluchzte. Die Erscheinung wandte ihr den Kopf zu und schaute ihren Anstrengungen zum Tor zu kommen zu. Sie schrie erneut.

Der Tentakelarm griff nach ihrem Bein und schleuderte sie durch die Luft. Sie schlug hart gegen die innere Felswand des Torhauses und spürte ein Knacken in ihrem linken Arm. Das Wesen wandte sich von ihr ab und schwebte auf eine der Leichen zu. Marilka rappelte sich auf, den linken Arm hielt sie fest an ihre Brust gepresst. Sie lief durch das Tor, durch welches sie vor wenigen Minuten erst das Anwesen betreten hatten. Sie musste durch die Blutlache und die Eingeweide von Dmitri waten, welche den Eingang bedeckten, beinahe rutschte sie darauf aus.

Als sie das Tor durchschritten hatte hörte sie fröhliches Vogelgezwitscher. Der Geruch nach Blut war ebenfalls verschwunden. Marilka schaffte fünf Schritte, dann brach sie in die Knie. Sie übergab sich und weinte. Es fühlte sich an als würde sie stundenlang dort auf dem Boden liegen. Unfähig sich zu bewegen gab sie sich den Wellen aus Schmerzen und Angst hin, die ihren Körper durchströmten.

Als die Würgekrämpfe nachließen stand sie schwerfällig auf und rannte so schnell sie konnte. Sie wollte einfach weg von dem Anwesen und dem Schrecken den es beherbergte. Marilka wusste nicht wie lange sie rannte. Sie ließ die Erhebung, auf der das Anwesen gebaut war hinter sich und durchquerte die Furt des Baches und rannte bis ihre Kraft sie verließ und sie inmitten einer Kreuzung der Straße zusammenbrach.

Die Arkanistin von Trocnov stand mit dem Jäger und dem Bürgermeister im Rathaus des Dorfes. „Die gehört zu der Gruppe die mich überfallen hat. Sie haben mir all mein Geld genommen und meinen Hund ermordet", erzählte der Jäger aufgebracht, der die junge Frau vor wenigen Stunden bewusstlos auf der Straße Richtung Anwesen gefunden hatte.

„Wo wollten sie hin?", fragte die Arkanistin.

„Sie haben den Kontrakt für das Anwesen der Laukai angenommen", antwortete der Bürgermeister anstatt des Jägers und rieb sich nachdenklich das Kinn. Er und die Arkanistin tauschten vielsagende Blicke.

„Ich will entschädigt werden", beharrte der Jäger.

„Das wirst du, Kolya, das wirst du", antwortete die Arkanistin. Sie wandte sich an den Bürgermeister und fuhr fort. „Ich verfasse sofort einen Brief an den Erzarkanisten meines Ordens." Mit wehenden Roben eilte sie aus dem Rathaus. Kurz bevor sie die Tür erreichte drehte sie sich noch einmal um. „Achja, sperrt sie ein. Verletzt oder nicht, sie ist eine verdammte Pariah-Verbecherin."

Kapitel I

Wiedersehen

Galizina, Ostreich, Goldhafen im Sommer 1271

Paulina stand im Erdgeschoss des Hauptsitzes der Handelsgilde von Goldhafen. Konzentriert notierte sie auf einer Wachsholztafel welche der Kisten, die von der ‚Eisvogel' abgeladen worden waren, beschädigt waren. Das Schiff war von einem Sturm auf ein Riff getrieben worden, weswegen die Ware deutlich verspätet angekommen war. Und teilweise kaputt.

Der Bereich des Gebäudes in dem sie sich aufhielt, der linke Flügel, war verhältnismäßig ruhig. Die eine Seite des Raumes bestand aus einem großen Tor, in dem die Waren zur Durchsicht und zur Inventarisierung eingebracht werden konnten, die Mitte des Raumes war vollständig von Kisten gesäumt. Im Hauptflügel des Hauptquartiers ging es deutlich geschäftiger zu. Kapitäne, reisende Händler, Abenteurer, Botschafter, sie alle kamen in die Gilde um Waren zu verkaufen, Handelskontrakte zu unterschreiben, zu feilschen und manchmal auch nur um zu zetern. Paulina war froh, dass sie ausnahmsweise nicht selbst Streitgespräche oder Verhandlungen über Kontrakte führen musste, sondern einfach nur angekommene Kisten inventarisieren konnte. Ihr Vater, der zwei Stockwerke über ihr an seinem Schreibtisch saß, bestand normalerweise darauf, dass sie Verhandlungen führte und mit Botschaftern sprach. Er wollte, dass sie einmal in seine Fußstapfen trat, oder sogar noch darüber hinauswuchs. Er war einer der Gildenvorstände der Handelsgilde. Zusammen mit sechs anderen Männern und Frauen führte er die Geschäfte der Gilde.

Paulina fand es allerdings mindestens genauso wichtig die Arbeiten der rangniederen Gildenmitglieder zu verrichten. Güter inventarisieren, Geld zählen, Listen korrigieren, Botengänge erledigen, Kapitäne am Hafen begrüßen, mit Betrügern und einfachen Händlern streiten, nur so konnte sie wissen was in der Organisation vorging die sie einmal leiten sollte.

Paulina nahm sich die nächste Kiste vor und seufzte. Eine Holzwand war aufgebrochen und im Innern sah man zwischen dem Stroh, welches polstern sollte, nur noch Scherben. Diese Scherben waren einmal feinste myrenische Tonvasen gewesen. Wunderschön und sündhaft teuer. Paulina kannte die Kapitänin der ‚Eisvogel‘, sie nahm sich vor später mit ihr zu sprechen. Das Schiff segelte nicht unter der Flagge der galizinischen Handelsmarine, sie war ein Freihändler-Schiff. Für die Kosten der Schäden musste sie also vollständig selbst aufkommen. Paulina konnte den Schaden, den die Kapitänin nun hatte aber wenigstens versuchen etwas zu mildern. Sie konnte die Schulden an die Gilde etwas schmälern und möglicherweise sogar einige Kronen für die Reparatur des Schiffes aufwenden. Die ‚Eisvogel‘ hatte viele Jahre lang treu der Handelsgilde von Galizina gedient.

„Wie sieht es aus?" Ihr Bruder Thomasz hatte sich ihr genähert und kaute an einem Apfel, dessen Überreste er in der Hand hielt.

„Nicht gut. Viele der Kisten sind zerbrochen." Paulina fasste sich nachdenklich an ihr Kinn und sog die staubige Luft ein. „Für mich sieht es so aus als wären sowohl die Inhalte in den Kisten, als auch die Kisten selbst richtig verstaut gewesen. Ich überlege gerade wie wir der Kapitänin entgegenkommen können."

Thomasz verzog das Gesicht, als wäre der Apfel plötzlich sauer geworden. „Das wird die Gilde viel kosten. Du musst dir überlegen wie du das angehen willst. Ich kenne die Kapitänin der ‚Eisvogel‘. Wild und aufbrausend…"

Paulina unterbrach ihn. „Ich weiß worauf du hinauswillst, aber ich werde der Kapitänin keine Schuldenerlassungen vorenthalten, wenn sie sie rechtmäßig verdient."

Der Blick ihres Bruders änderte sich nicht, er war nicht überzeugt. „Paulina, du bist zuallererst der Gilde verpflichtet. Wir sind keine Wohltätigkeitsorganisation."

„Eine Bande von gierigen Halsabschneidern sind wir aber auch nicht Thomasz. Zumindest ist das nicht meine Vision der Gilde. Die ‚Eisvogel‘ liefert seit Jahren fristgerecht Waren an uns. Noch nie haben sich unsere Klienten beschwert, noch mussten wir uns beschweren. Ich werde der ‚Eisvogel' und ihrer Kapitänin die gleiche Treue zuteilwerden lassen die sie uns entgegenbringt."

Thomaszs Gesichtsausdruck verhärtete sich erst, begann aber dann in ein liebevolles Lächeln überzugehen. „Ich bin froh das wir dich haben Paulina. Wir brauchen die Stimme der Vernunft und Menschlichkeit. Ich brauche die Stimme der Vernunft und Menschlichkeit, wenn mich die bürokratische Unvernunft packt." Paulina dachte erst er wollte sie auf den Arm nehmen. Seinem Gesichtsausdruck zu urteilen meinte er aber wirklich ernst was er sagte. Ihr Bruder zog einen versiegelten Brief aus seinem Wams hervor. Das Siegel zeigte den goldenen, galizinischen Doppeladler des Goldenen Palastes. „Möchtest du nicht wissen wieso ich hier bin?", fragte er erwartungsvoll lächelnd.

Paulina stürmte auf ihn zu und schnappte nach dem Brief, doch er war schneller und zog die Hand weg. „Spinnst du? Gib mir den sofort, was steht da drin?"

Thomasz lachte als Paulina um ihn und seine erhobene Hand mit dem Brief darin umhersprang und versuchte ihn zu greifen. Auch Paulina fing an zu lachen, als Thomasz beinahe das Gleichgewicht verlor. „Also gut, also gut, hier bitte. Ich will mir nicht den Hals brechen." Außer Atem gab er Paulina den Brief. Sie nahm auf einer intakten Kiste Platz und brach das Siegel. Vorsichtig entrollte sie den Brief und las. „Kommt er direkt von der Kaiserin?" fragte Thomasz neugierig, als Paulina ihren Kopf hob und von dem Papier aufsah.

Sie ließ gedankenverloren den Brief sinken. „Ja, sie möchte mich sehen. Ich soll heute Abend mit ihr zu Abend essen."

„Ist das so ungewöhnlich? Immerhin kennt ihr euch seit Jahren." Thomasz korrigierte sich. „Jahrzehnten."

Paulina antwortete hektisch. „Ja, das ist ungewöhnlich. Bisher ließ sie mich immer direkt rufen. Von einem Boten, nicht so förmlich. Ich war außerdem schon lange nicht mehr im Palast." Paulina schluckte. Seit Ewigkeiten nicht mehr, korrigierte sie sich in Gedanken. Paulina und Kaiserin Alessia kannten sich schon seit sie Kinder waren. Beide entstammten adeligen Familien und Familie Nowgoroda hatte enge Beziehungen zur Kaiserfamilie. Sie waren ähnlich aufgezogen worden und hatten die gleichen

Lehrer gehabt. Schon als Kinder hatten sie zusammen Unfug getrieben und Paulina hatte fast mehr Zeit im Goldenen Palast verbracht als in ihrem eigenen Zuhause. Auch als die Thronbesteigung von Alessia immer näher gerückt war und Paulina mehr und mehr in die Geschäfte der Gilde einbezogen wurde, hatte das ihre Freundschaft nicht geändert. Erst in den letzten Jahren war sie erkaltet. Paulina war in vielen Dingen anderer Meinung als die Kaiserin. Die Kriege, die sie geführt hatte, vor allem der Sezessionskrieg mit Levka und den Nordoblasten, hatten Paulinas Meinung nach nur Leid über die Menschen gebracht. Sie hatte anfangs gedacht, dass ihre Freundin diese Kriege aufgrund schlechter Beratung geführt hatte. Dass die Militärs und ihre Duma die eigentlichen Urheber waren. Mittlerweile wusste sie nicht mehr ob das wirklich den Tatsachen entsprach. Ihre Freundin hatte sich sehr verändert. Die steigende Armut der Leute in Goldhafen, die schrecklichen Zustände in der Unterstadt, all das waren Probleme, welche der Kaiserin nicht wichtig genug war. Das dachte zumindest Paulina.

Nichtsdestotrotz verband Paulina etwas mit der Kaiserin. Wenn sie also ihre Anwesenheit erbat dann kam Paulina. Sowieso war es nicht klug der Kaiserin etwas abzuschlagen. Wenn sie eine formelle Einladung schrieb erhöhte das nur die Wichtigkeit des Anliegens.

Paulina sah an sich hinab. „Ich muss mich umziehen", sagte sie geistesabwesend zu Thomasz, in Gedanken schon bei ihrer Garderobe. Sie trug ein geschlitztes Wams mit geschlossenem Kragen und weiß-blauen, pompösen Ärmeln, den Farben der Handelsgilde. Dazu kam eine weite, hellbeige und ebenfalls geschlitzte Hose. Da sie viel im Gildenhauptquartier und am Hafen unterwegs war trug sie weiche, bequeme Stiefel aus edlem Leder. Die Kleidung war zwar edel, aber nicht edel genug für ein Abendessen mit der Kaiserin. Paulina überlegte welches ihrer Kleider sie anziehen konnte. Sie lächelte. Der Gedanke daran sich herauszuputzen bereitete ihr Freude. Dazu hatte es schon lange keine Gelegenheit mehr gegeben. Sie rief nach einer Kammerdienerin, als sie stürmisch den Flügel verließ und ihrem verdutzten Bruder dabei Holztafel und Griffel in die Hand drückte.

Paulina stand vor den großen Torflügeln des Goldenen Palasts. Beim Aufstieg zum Palast, der über Goldhafen thronte, hatte sie versucht sich auf das Kommende vorzubereiten. Es war schon lange her, dass sie ihre alte Freundin gesehen hatte. Nervös nestelte sie an der goldenen Kordel herum, die ihren Gürtel bildete. Sie trug sie über einem azurblauen Kleid. Viele der Adeligen am Hof schmückten sich in helle Farben, die vor allem von Händlern aus dem Süden eingeführt worden waren, doch Paulina wusste, dass die Kaiserin dunkle Farben mochte, weswegen sie sich für eine klassische Farbgebung entschieden hatte. Ihre blonden Haare hatte sie zu einem altgalizinischen Mittelscheitel mit gelocktem Knoten frisieren lassen. Ein dunkles Band ergänzte ihre Haartracht. Paulina drehte sich kurz um und blickte in den weiten Innenhof des Palastes. Einige der Edelfrauen und -männer die hier zwanglos flanierten kannte sie.

Der Drushinar, der vor dem Tor postiert war schob den rechten Torflügel auf. Paulina nickte ihm zu und trat ein. Sie musste nur wenige Schritte gehen bevor sie zu den beiden Treppen gelangte, welche links und rechts von einer marmornen Statue, die Zorislav Honorius Vyrkov, den Urgroßvater von Kaisern Alessia, zeigte, in die Haupthalle führten. Der marmorne Handlauf fühlte sich angenehm kühl an ihrer Hand an, als sie die Treppen, die oben wieder zusammenliefen, erklomm. Als Paulina das Ende der Treppen erreicht hatte lief sie zügig den roten Teppich auf den Thron zu, der ein wuchtiger Anblick war, aus dem dunklem Holz der galizinischen Eiche gefertigt, mit Goldintarsien übersät. So sehr das man kaum mehr das Holz darunter erkennen konnte.

Den Anblick raubte der Thron der Kaiserin trotz seiner Opulenz jedoch nicht. Sie trug ein samtrotes Kleid, welches mit Goldfäden durchzogen war. Auf dem geschlossenen Dekolletee prangte, ebenfalls in Gold, der doppelte galizinische Adler. Auf dem Kleid verteilt waren Bernsteine eingefasst, welche die Kaiserin fast leuchten ließen. Eine wuchtige Krone ruhte auf den tiefschwarzen Haaren der Kaiserin. Der Augenfang war hier der große, leuchtende Bernstein, welcher in die Stirnpartie der Krone eingefasst war. Einige Schritte vor dem Thron blieb Paulina stehen und begrüßte die Kaiserin förmlich.

„Ich grüße Euch Kaiserin Alessia Loretta Vyrkov von Goldhafen." Sie sank auf ein Knie und beugte ihren Kopf. Stille folgte. Sie starrte weiter auf den marmorierten Boden. Paulina nahm das Rascheln eines Kleides wahr und sah den goldenen Saum auf einmal in ihr Blickfeld kommen. Die Kaiserin nahm sie sanft bei den Armen und bedeutete ihr aufzustehen. Langsam erhob sich Paulina und sah ihr in die blaugrauen Augen. Deren Mundwinkel bewegten sich langsam nach oben. Man sah ihr an das sie nicht oft lächelte, dachte Paulina. Ihre alte Freundin hatte sich verändert, das merkte sie heute wie so oft.

Die Kaiserin lächelte sie aus vollen roten Lippen an. „Eine Freundin muss nicht vor mir knien." Ihre befehlsgewohnte, angenehme Stimme hallte von den goldbesetzten Wänden wider. Die Kaiserin umarmte Paulina. Die Umarmung war, aufgrund der Kleider der beiden Frauen recht steif.

Erst nachdem sie sich voneinander gelöst hatten konnte Paulina antworten. „Ihr seid die Kaiserin. Natürlich knie ich vor Euch."

„Ich habe dich nicht eingeladen, dass du mit mir sprichst wie die üblichen Speichellecker bei Hof. Von denen habe ich genug."

Kaiserin Alessia hakte sich bei Paulina ein und führte sie in den Kleinen Speisesaal, der im Westflügel, direkt neben dem Thronsaal lag. Paulina war länger nicht mehr im Palast gewesen. Früher, vor der Thronbesteigung von Kaiserin Alessia, hatten sie oft in den weitläufigen Räumen bis in die Nacht zusammengesessen und diskutiert. Politische und religiöse Themen, wie sie die Welt besser machen könnten, wie sie Ungerechtigkeiten im Reich bekämpfen könnten, wenn Alessia erst Kaiserin würde. Paulina wusste, dass das naive Ideen von jungen Leuten gewesen waren die so nie umgesetzt hätten werden können. Das wussten sie beide, damals schon. Paulina hatte sich aber, dass sagte sie sich zumindest, einiges vom damaligen Idealismus bewahrt, der der Herrscherin gänzlich abhanden gekommen war.

Die Kaiserin führte sie in den kleinen, aber prächtigen Speisesaal, in dem sie oft Diplomaten oder Botschafter anderer Reiche empfing. Die Wände schmückten Kriegsbanner von Galizina und Gemälde bekannter Künstler. Paulina hatte das

Gemälde von Stepan Krawcyk, einem bekannten Portraitmaler, dass den alten Kaiser, den Vater von Alessia zeigte, immer gut gefallen. Der Boden war mit tiefroten Teppichen ausgelegt, die Mitte nahm eine lange Tafel ein, an der auf jeder Seite etwa fünf Personen Platz nehmen konnten. Alessia steuerte allerdings auf einen der kleineren Tische zu, die am Rande des Raumes standen. Auf dem Tisch stand eine Schale mit Obst und zwei Weinkelche aus grünem Glas. Der Geruch der frischen Früchte durchströmte den Raum, der sonst eher nach kaltem Stein roch.

Alessia ließ sich in einem der beiden Stühle, die an dem runden Tisch standen, nieder. Paulina wartete bis die Kaiserin saß und nahm dann auf dem anderen Stuhl Platz. Trotz der Vertrautheit mit welcher die Kaiserin sie behandelte, blieb sie doch vorsichtig und hielt sich an die Etikette.

Kaiserin Alessia machte eine winkende Geste Richtung der Drushina, welche nahe der Tür stand. „Du kannst gehen." Die Drushina grüßte militärisch indem sie sich mit der Faust auf die goldene Brustplatte schlug, bevor sie den Raum verließ. Alessia nahm eine Traube zwischen zwei Finger und steckte sie sich in den Mund. „Überall sind die." Sie deutete auf die Tür, durch der die Drushina verschwunden war. „Ich weiß nicht wann ich das letzte Mal wirklich alleine war, immer sind die um mich."

„Du bist die wichtigste Person im Reich. Sie sorgen dafür, dass das noch eine Weile so bleibt."

Alessia machte eine abwinkende Geste. „Ein Risiko gehe ich gerne ein, wenn ich im Gegenzug dafür einen halben Tag Ruhe bekomme."

Paulina hörte aus ihrer Antwort heraus das sie darauf keine Reaktion hören wollte. Sie versuchte das Thema zu wechseln. Hinter der Kaiserin an der Wand hing ein großer Bärenkopf, auf den sie nun deutete. Er war ihr neu. „Das ist ja ein… interessanter Wandschmuck."

Alessia lachte. „Den hat mir ein arretischer Fürst zu meinem fünfundzwangisten Geburtstag geschenkt. Schrecklich oder? Was soll ich denn mit einem Bärenkopf?"

Paulina kam nicht zum Antworten. Die Kaiserin läutete eine kleine, bronzene Glocke die auf dem Tisch stand. Sie wirkte gehetzt, das kam wohl mit ihrem Amt. Sofort kam eine

Bedienstete aus einer Tür an der gegenüberliegenden Seite des Raumes. Alessia winkte ihr ohne Hinzusehen. „Wir wollen speisen, bringt den ersten Gang."

Paulina fiel jetzt erst auf wie hungrig sie war. Ihre Nervosität hatte augenscheinlich ihren Appetit gedämpft. Zwei Bedienstete stellten mit Gold verzierte Keramikteller vor ihnen ab. Auf diesen Tellern dampften frisch gebackene Lepinje neben kalten, eingelegten Paprika, Gurken, Tomaten und Brechbohnen, die in kleinen Tonschälchen, ebenfalls mit Gold verziert, darauf warteten verspeist zu werden. Für die Kaiserin war dieses Gericht eigentlich zu bürgerlich, sie wusste wohl aber noch wie gerne Paulina Lepinje aß. Eine der Bediensteten goss Wein aus der Karaffe in die beiden Gläser, bevor sie lautlos durch die Tür verschwand durch die sie gekommen war.

Die Kaiserin hob ihr Glas und stieß mit Paulina an. „Auf die Tage in denen wir mehr Zeit miteinander verbringen konnten." Sie lächelte Paulina zu und Paulina meinte einen traurigen Schein in den Augen der Kaiserin wahrzunehmen. Sie setzte ihren Kelch an die Lippen und trank vorsichtig. Paulina war das Trinken zwar gewöhnt, ein erfolgreiches Handelsabkommen wurde häufiger zwischen den Partnern und auch innerhalb der Gilde ausgiebig gefeiert, allerdings wollte sie einen kühlen Kopf bewahren.

Der Wein war köstlich. Er war sehr leicht, ein Sommerwein.

„Altgalizinischer Sommerwein. Kommt von Weinbergen in der Karolingischen Liga. Wie man Wein keltert wissen die dort." Die Kaiserin trank noch einen Schluck bevor sie den Kelch abstellte. „Iss", wies sie Paulina an.

Kaiserin Alessia griff nach dem Lepinje und rupfte gedankenverloren Stücke davon ab, welche sie sich, wenig kaiserlich, in den Mund steckte. Paulina tat es ihr gleich. Sie hatte schon lange nicht mehr so leckeres Lepinje gegessen. Die Kaiserin begann über den Adel zu sprechen und wie sehr sie von dem raubtierhaften Verhalten genervt war. Paulina kam kaum zu Wort, fragte nur hin und wieder nach oder äußerte sich kurz dazu. Ihr fiel erneut auf, wie sehr sich die Kaiserin verändert hatte. Sie wirkte abgehärteter, unnahbarer als Paulina sie in Erinnerung gehabt hatte. Selbst nach ihren Zwisten über die Politik des

Reiches war Kaiserin Alessia nicht so kalt gewesen wie sie jetzt wirkte.

Der Hauptgang wurde relativ schnell aufgetischt. In einer dampfenden Schüssel wurde Gulyás aus Hirschfleisch mit Kartoffeln, Rosmarin und einer Haube aufgeschlagener Sahne serviert. Die Kaiserin erzählte, dass der Hirsch wohl erst am Morgen durch kaiserliche Jäger erlegt worden war.

Während sie aßen wagte Paulina eine Frage zu stellen. „Welche Neuigkeiten gibt es aus dem Westreich? Wie ergeht es König Alexandr?"

Alessia verzog das Gesicht. „Welche Neuigkeiten es gibt sollte ich dich fragen. Die Händler und Kaufleute bringen dir sicher mehr Tratsch aus dem Westreich als ich dir erzählen kann. König Alexandr macht das was er immer macht. Er ist zufrieden so lange er in seinem Palast König und Kriegsherr spielen kann. Er überlässt mir die Geschäfte des Reiches, auch einen Großteil der Geschäfte aus seinem Teil. Zum Erntedank war angedacht, dass der König und ich durch das Reich reisen und ausgewählte Dörfer und Städte besuchen würden. Für danach bin ich nach Westheim eingeladen worden, wo ich mir die Quacksalbereien des Kardinals anhören soll." Die Kaiserin streckte die Arme gebieterisch aus und sprach mit tief verstellter Stimme. „Oh Kaiserin Alessia, möget Ihr Euch ewig im Licht des Einen sonnen und möge das Land Euch und unser Volk weiterhin so reich beschenken…"

Paulina prustete aufgrund dieser Darbietung los. „Das hört sich schrecklich an", lachte sie.

Alessia senkte ihre Arme und fiel in das Lachen ein. „Das wird es auch, glaub mir. Du könntest mitkommen, dann wird es wenigstens etwas erträglicher." Bevor Paulina antworten konnte fuhr die Kaiserin fort. Es war wohl keine Frage gewesen. „Nun, es ist noch nicht klar ob ich die Einladung wahrnehmen kann. Dringende Angelegenheiten im Palast zwingen mich hier zu sein und ich werde die Reise vermutlich erst nach Koleda antreten können. Worüber ich auch nicht traurig bin." Die Kaiserin rupfte sich erneut etwas Lepinje ab. „Im Herbst begleiten der König und ich ein gemeinsames Militärmanöver. Es wird bei einem kleinen Dorf in der Goldebene stattfinden, Pszenica. Ich bin gespannt wie unsere Ritter und Arbalesten mit den Regimentern des Westens zusammenarbeiten. Erntedank wird der König alleine feiern müssen." Trotz des geeinten Reichs unterschied sich das Heer des Westens deutlich von dem des Ostens. Aufgrund der Einwebung von Arkanerz in die Waffenproduktion hatten sich im Westreich andere Truppentypen und Doktrinen entwickelt. Die Westarmeen setzen sehr stark auf Fernkampfwaffen, Arkebusen und Kartaunen und nahmen Hellebardiere und Pikeniere nur als Unterstützungstruppen wahr. Paulina musste so etwas wissen, auch der Handel mit Metallen zur Waffenverarbeitung lief über die Handelsgilde.

Die Kaiserin schwenkte zum Alltag am Hof. Von den vielen Sitzungen mit ihrem Beraterstab, der Duma, in der Vertreter der wichtigsten Institutionen des Ostreichs saßen. Sie erzählte von dem ewigen Jammern des Obersten Schatzmeisters, vom gelangweilten Gerede des Erzarkanisten, von den Sorgen bereitenden Berichten der Großinquisitorin und von vielen, vielen Adeligen. Über die Vertretung der Handelsgilde erzählte sie relativ wenig, vermutlich deshalb, weil Paulina ebendieser angehörte und ihr Vater derjenige war, der für die Organisation in der Duma saß.

Nach dem Hauptgang, welcher schnell abgetragen wurde, wurden kleine Zupfkuchen serviert. Sie waren auf kleine Stäbchen gesteckt und mit Zuckerguss umhüllt. Ein wunderbarer Duft wurde mit ihnen in den Raum hereingetragen.

„Komm, lass uns nach draußen gehen." Die Kaiserin nahm sich zwei der kleinen Kuchen und ihren Weinkelch, welcher im Lauf des Abends schon häufiger nachgefüllt worden war, und bewegte sich zu einer Tür am Raumende. Paulina erinnerte sich, dass die Tür auf einen geräumigen Balkon führte, von welchem eine perfekte Sicht auf den großen Hafen von Galizina genossen werden konnte. Sie schnappte sich ebenfalls einige der Kuchen und folgte dem eleganten Schritt der Kaiserin.

Die Luft draußen war erfrischend. Es war später Frühling und daher noch relativ warm, trotz der fortgeschrittenen Stunde. Geschäftige Geräusche aus dem Hafen und der Stadt unter ihnen drangen gedämpft zu ihnen nach oben. Paulina lehnte sich über die Brüstung und starrte angestrengt in den von Fackeln und

Laternen erhellten Hafen. Sie glaubte die ‚Eisvogel' im Hafen zu erkennen, der Mast hing relativ schief.

„Nach was hältst du Ausschau?", wollte Alessia wissen.

„Ach, einer unserer Freihändler, die ‚Eisvogel', geriet in einen Sturm. Ihre Ware ist beinahe vollständig zerstört und das Schiff selbst hat ebenfalls gelitten."

Die Kaiserin wandte ihren Blick vom Hafen Paulina zu. „Wenn sie Freihändler sind, sind sie doch selbst dafür verantwortlich, ist es nicht so? Das sollte die Handesgilde doch keine Kronen kosten?"

Paulina seufzte innerlich. Es nervte sie. Sie wollte das Gespräch mit ihrem Bruder nicht noch einmal wiederholen und die gleichen Punkte durchkauen müssen. „Ich kenne die Kapitänin der ‚Eisvogel' seit vielen Jahren, sie war der Handelsgilde immer treu und hat zuverlässig Waren aus allen Teilen des Kontinents geliefert. Ich werde diese Treue nicht vergessen." Paulina biss sich auf die Lippe. Sie hoffte sie hatte nicht zu hart reagiert.

Die Kaiserin hob eine Augenbraue. „Wie kann sie dir und der Handelsgilde treu sein, wenn sie Freihändlerin ist? Wenn sie uns treu wäre, würde sie Teil der Handelsmarine werden." Paulina wurde zunehmend genervter. Steckte wirklich gar nichts mehr von ihrer alten Freundin in diesem roten Kleid? Die Kaiserin sprach weiter. „Wer nicht unter der Flagge des Reiches segelt darf auch nicht mit Vergünstigungen desselben rechnen."

„Man kann auch Treue zum Reich beweisen ohne unter dessen Flagge zu dienen", hielt Paulina dagegen. Sie wollte diese Diskussion nicht führen. Sie würden zu keinem Ergebnis kommen. Doch sie konnte nicht anders.

„Die Jahre als Kaiserin haben mich gelehrt, dass dem nicht so ist. Entweder bekennst du dich zum Reich und seiner Kaiserin, oder du bist eben nicht Teil des Reiches."

Paulina blickte der Kaiserin zornig in die Augen. „Jetzt verstehe ich auch wieso es den Sezessionskrieg gab. Den Nordoblasten wurde wohl vorgeworfen nicht treu genug zum R…"

Paulina brach ab. Sie war zu weit gegangen und sie wusste es. Bei allen Heiligen, sie hätte sich nicht dazu verleiten lassen dürfen das zu sagen. Das Gesicht der Kaiserin war wie erstarrt, die beiden Frauen schauten sich weiterhin in die Augen. Gemeint hatte Paulina damit den verlustreichen Konflikt zwischen dem frisch vereinigten galizinischen Reich und dem Zarenreich Levka, der vor sieben Jahren begonnen und vor zwei Jahren geendet hatte. Die offizielle Ursache war eine aufkeimende pro-levkische Stimmung der nördlichen Oblaste Stastín und Karenina gewesen. Die Kaiserin und der König hatten eine Abspaltung der Oblaste und anschließende Angliederung an Levka befürchtet, weswegen sie der Zarina von Levka den Krieg erklärt hatten. Der ganze nördliche Landstrich von Galizina war durch diesen Krieg verwüstet worden. Tausende waren Pogromen von fanatischen Bekennern des Einen zum Opfer gefallen, welche aus dem Westreich gekommen waren und sich dem stehenden Heer angeschlossen hatten. Höfe und Dörfer der eigenen Landsleute waren durch Soldaten geplündert und Unschuldige, die als Partisanen verdächtigt worden waren, ermordet worden. Erst nach Jahren war der Krieg vorbei gewesen. Karenina, zumindest das was davon übriggeblieben war, verblieb wie Stastín im Reich, die Aufständischen wurden brutal unterdrückt und in ganz Galizina wurde der Ausgang der Kämpfe als glorreicher galizinischer Sieg gefeiert. Ein Sieg der nur aufgrund der Wiedervereinigung der beiden Reichsteile möglich gewesen war.

Paulina hatte auch die andere Version der Geschichte gehört. Die, die man sich hinter vorgehaltener Hand erzählte. Dass die Kriegsgründe ausschließlich auf der Paranoia und Angst der Herrschenden basierten und sich die Nordoblaste nie abspalten hatten wollen. Dass das militärische Zusammenwirken der beiden Reichshälften ein Desaster gewesen war, dass die levkischen Armeen nur aufgrund der weit geringeren Anzahl an Soldaten die Oblaste nicht überrannt hatten, dass die Verluste des galizinischen Heeres riesig waren und dass der allgemeine Ausgang des Krieges katastrophal war. So katastrophal, dass man der levkischen Zarina wohl Reparationen gezahlt hatte, um den Krieg schnell beenden zu können. Natürlich widersprachen die offiziellen kaiserlichen und königlichen Stellen dieser Darstellung und sie war sogar unter Anklage auf Hochverrat verboten auszusprechen. Der Krieg war als schneller Sieg und als

Demonstration der Macht des geeinten Reichs gedacht gewesen, war aber in einem Desaster geendet. Was die galizinische Propaganda nicht daran hinderte ihn als großen Sieg zu feiern.

Die Kaiserin antwortete leise, ohne den Blick von Paulina abzuwenden. „Du weißt nicht wovon du redest. Du leitest nicht einmal die Niederlassung deiner Gilde, ich leite ein ganzes Reich. Du hast keine Ahnung davon welche Opfer ich bringen muss."

Paulinas Gedanken rasten. Sie hatte sich gehen lassen. Sie näherte sich der Kaiserin und wollte ihren Arm fassen. „Alessia, ich…"

Die Kaiserin unterbrach sie und strich sich eine Haarsträhne hinter ihr Ohr. „Du glaubst ich bin eine Kriegstreiberin. Dass ich durch den Umgang mit Generälen, Agenten und Abgesandten den Blick für die einfachen Menschen verloren habe."

Paulina konnte den Blick der Kaiserin nicht deuten. Sie las Trauer in ihren Augen, aber auch Erkenntnis und Wut. „Alessia, es tut mir leid. Ich bin zu weit gegangen. Ich meinte es nicht so."

Paulina zuckte zusammen als die Kaiserin aufbrausend ihren fast leeren Kelch gegen die Wand hinter Paulina warf. Tropfen benetzten die Halspartie von Paulinas azurblauem Kleid.

Die Kaiserin schrie nicht, ihre Stimme troff aber nur so vor kaum unterdrückter Wut. „Ich weiß wie du von mir denkst. Seit du meinen Palast betreten hast bist du höflich und handelst der Etikette entsprechend, aber ich weiß wie du wirklich von mir denkst. Ich merke wie du mich anschaust. Wie du mich den ganzen Abend angesehen hast. Du hältst mich für ein Monster. Und weißt du was? Es ist mir egal. Ich werde mich nicht vor dir rechtfertigen." Die Kaiserin hielt kurz inne. Ihr Gesichtsausdruck änderte sich, er war jetzt nicht mehr zornerfüllt, sondern gefühllos, kalt und würdevoll. „Folge mir." Die Kaiserin rauschte an Paulina vorbei, zurück in das Nebenzimmer, in dem sie gegessen hatten. Sie hatte sich wieder gefangen. Sie sprach nicht so wie zu Beginn des Abends, es lag keine Vertrautheit oder Freude in ihrer Stimme. Sie sprach so wie eine Kaiserin mit einer ihrer Untergeben spricht. „Der Grund deines Besuchs ist, dass ich dir ein vertrauliches Dokument übergeben wollte. Die Inhalte davon und den Kontext dazu wollte ich dir persönlich mitteilen, allerdings haben sich offensichtlich die Umstände geändert." Sie zog eine kleine Schriftrolle aus ihren Ärmeln. Der Brief sah ähnlich wie die Einladung zu diesem Abend aus, das gleiche kaiserliche Siegel war verwendet worden. „Du findest in diesem Dokument die Einladung zu einem Treffen im Palast. Du wirst auf Reisen gehen, für das Reich. Komme zu dem Termin abreisebereit, nur leichtes Gepäck." Die Kaiserin drückte Paulina, die sie verdutzt anstarrte, den Brief in die Hand.

Paulina fühlte sich schlecht. Sie stand hinter den Inhalten, die sie an diesem Abend angesprochen hatte, allerdings wünschte sie sich, dass sie sich besser beherrschen hätte können. Es war sinnlos die Kaiserin so zu konfrontieren. Sinnlos und gefährlich. Sie wollte Alessia nicht beleidigen, sie wusste allerdings auch dass sie ihre Chance verspielt hatte. Paulina seufzte und hoffte, dass sie zu dem angesprochenen Treffen die Dinge bereinigen konnte.

Die Kaiserin machte eine winkende Handbewegung, als würde sie eine Fliege verscheuchen. „Du kannst gehen." Sie wandte sich von Paulina ab.

Paulina macht einen übertriebenen höfischen Knicks und entfernte sich von Alessia. Kurz bevor sie den Raum verließ blickte sie noch einmal zurück. Die Kaiserin stand ganz alleine in dem großen Raum mit hoher Decke und starrte gedankenverloren auf den Tisch, an dem sie vor wenigen Minuten noch zusammen gegessen und gelacht hatten. In einer Sache hatte Kaiserin Alessia recht. Paulina wusste wirklich nicht welche Opfer die Kaiserin bringen musste. Und sie war verdammt froh darüber.

Kapitel II

Goldstück

Galizina, Ostreich, Hafen von Goldhafen im Sommer 1271

Lieutnant Zenon Grajev saß in seiner Schreibstube und ärgerte sich über die Störung. Ihm gegenüber, auf der anderen Seite des Schreibtischs stand der dickbäuchige Kapitän der ‚Goldstück‘, mit schlechten Zähnen und zu vielen goldenen Ringen an seinen Fingern. Er zeterte. „Wie kann es sein, dass eine Freihändlerin aus Arnhem den Platz im Dock bekommt, welcher mir zugewiesen war? Ich fahre seit Jahren für die Handelsmarine, das ist ein Skandal ungeheuren Ausmaßes. Mein Schiff wurde beschädigt, es muss dringend repariert werden!“

Zenon seufzte entnervt und sah sich den Bericht an. Leichte Schäden an der Takelage des Seglers, mehr nicht. Das ließe sich an jedem Liegeplatz im gesamten Hafen von Goldhafen reparieren. Der Mann wollte nur auf seinen Platz, den er als Zeichen seiner Stellung wahrnahm, nicht verzichten. Der fette Kapitän schimpfte weiter. Zenon sah, dass die ‚Goldstück‘ ihren Platz hatte räumen müssen, weil ein schwer beschädigter anderer Segler ihren Platz im Reparaturdock eingenommen hatte. Die ‚Eisvogel‘. Sie war in einen schweren Sturm geraten, nahezu ihre komplette Ladung, teure myrenische Vasen und Keramik, waren unwiederbringlich zerstört. Sie hatte massive Schäden am Rumpf, am Mast und an ihrer Steuerbordseite. Das Ruder war ebenfalls kaum mehr vorhanden und der Steuerbordanker fehlte. Sie hatte dringend ins Trockendock gemusst, sonst wäre sie vermutlich noch im Hafen gesunken. Zenon wunderte sich, dass es die ‚Eisvogel‘ überhaupt noch ins Hafenbecken geschafft hatte.

„Dreckige Freihändler, nehmen jetzt schon ehrbaren Händlern wie mir die Dockplätze weg? Das ist eine Frechheit! Die Gilde wird davon erfahren, ich werde…“

„Ihr werdet gar nichts, Kapitän.“ Zenon hatte genug. „Ich kann gerne Eure Frachträume inspizieren lassen. Ihr fahrt mit sechsunddreißig Kisten. In eine Frachtkogge von der Größe der ‚Goldstück' passt mindestens das Doppelte. Außerdem befindet sich in den Kisten, laut Ladungsverzeichnis, Goldweizen. Wieso sollte Goldhafen Goldweizen per Seeweg beziehen? Wenn ich es nicht besser wüsste, geschätzter Kapitän, würde ich vermuten Ihr habt eure tatsächliche Ladung an Bord nicht richtig ausgewiesen. Wir bei der Stadtwache bezeichnen so etwas als Schmuggel."

Der Kapitän wurde bleich und seine Stimme begann zu zittern. „Das… das ist ja ungeheuerlich. Was für ein schändlicher Verdacht. Ich werde das Eurem Vorgesetzten melden, Lieutnant."

„Das könnt Ihr gerne tun. Der Hauptmann vertraut meinem Urteil." Der Kapitän wurde immer blasser. Er nestelte an seinen Ringen herum und rang mit sich. Zenon setzte nach. „Ihr könnt Euch aber auch einfach an die Anweisung halten. Fahrt Euer Schiff in das Dock, das Euch zugewiesen wurde und überlasst Euren Platz im Reparaturdock der ‚Eisvogel'. Die notwendigen Reparaturen an Eurem Schiff können auch einfach dort erledigt werden."

Der Kapitän wand sich innerlich, stimmte aber letztendlich zu. „Na gut, Lieutnant. Wie Ihr wünscht. Danke für Eure Zeit." Er verschwand aus der Schreibstube.

Zenon stand auf, seufzte entnervt und öffnete die Tür zum Balkon. Er atmete genüsslich die Hafenluft ein, während er hinaustrat. Unter ihm fand das gesellschaftliche Treiben des Hafens von Goldhafen statt. Matrosen be- oder entluden ihre Schiffe, Essensverkäufer liefen mit Bauchläden durch die Menge, Kinder ließen kleine Boote aus Holz oder Nussschalen ins Wasser, Verliebte verabschiedeten ihre Partner, die aufs Meer fuhren, ein Trupp galizinischer Infanterie betrat geordnet ein Boot, Dirnen und Schankwirte priesen ihre Dienste an. Es roch nach billigen Garküchen, Seeluft, Dreck und Fisch. Zenon mochte diesen Geruch, er war mit ihm aufgewachsen. Er seufzte. Natürlich hätte er dem Kapitän eine Strafe aufbrummen können. Er hätte seine Ladung inspizieren können, hätte ihn bei der Handelsgilde und der kaiserlichen Justiz anklagen können, doch das hätte zu nichts geführt. Der Mann war ein kleiner Fisch, der immer mal wieder eine Ladung nicht richtig verzollte. Ihn zu bestrafen wäre weit schädlicher als ihn einfach gewähren zu lassen. Das wusste auch die Handelsgilde, eine Anklage wäre also sowieso fallen gelassen worden.

Der Lieutnant ging zurück in die Schreibstube, er sollte unbedingt die ‚Eisvogel' besuchen. Sie gehörte zu den Freihändlern, war also nicht Teil der galizinischen Handelsmarine und trotzdem sollten die Vorfälle untersucht werden. Das Schiff war wohl auf ein Riff gelaufen, als es vor Tor Kolczewo in stürmische, gefährliche Gewässer gefahren war. Der Bericht legte nahe, dass die Kapitänin ihre Route geändert hatte, weil Piraten gesichtet worden waren. Piratenüberfälle waren auf dieser Route schon unüblich, dass sie ein Schiff dazu brachten in einen Sturm zu segeln noch viel mehr. Normalerweise waren Piraten an der Ladung interessiert, die Besatzung und das Schiff ließen sie weitgehend intakt.

Der Lieutnant nahm seinen Schwertgurt und band ihn sich um. Er zog außerdem die schwere silberne Amtskette über seinen stählernen Brustharnisch, die ihn als Lieutnant der Stadtwache, den zweithöchsten Rang der Wachen, auswies. Er ging die Treppe hinunter und verließ das Gebäude der Wache am Hafen. Wachmann Anton stützte sich vor dem Eingang gelangweilt auf seine Hellebarde, nahm aber sofort Haltung an als er Zenon sah.

„Lieutnant", sagte er und nickte Zenon zu.

Der erwiderte den Gruß und klärte ihn über seine Pläne auf. „Ich werde mir die ‚Eisvogel' anschauen. Ein Freihandelsschiff, welches gestern stark beschädigt im Hafen ankam."

„Brauchst du keinen Begleitschutz? Bei Freihändlern weiß man nie."

„Anton, die Kapitänin segelt seit Jahren für die Handelsgilde. Ich denke ich bin nicht in Gefahr. Außerdem will sie ihr Schiff repariert sehen, da wird es keine Probleme geben."

Anton zuckte mit den Schultern. „Wie du meinst, Boss."

Wenige Minuten später stand Zenon am Reparaturdock, das nahe der Rusalka-Werft, im östlichen Teil des Hafens, lag. Nur wenige Schiffe waren hier vertäut, ein paar Dockarbeiter und Handwerker gingen ihren Diensten nach. In Hütten am Kai wurde gesägt und gehämmert, an neuen Schiffen und an alten.

Vor Zenon baute sich die ‚Eisvogel' auf. Sie sah wirklich schlimm aus. Der Bug und die Seite waren eine Ruine, der Mast hing nur noch in Takelage, ein Segel war zerfetzt. Die ‚Eisvogel' war ein kleines, schnelles Schiff. Sie hatte nur zwei Masten, im Gegensatz zu vielen Handelsseglern, das Ausmaß der Beschädigungen wurde dadurch nur verstärkt. Zenon Grajev schritt langsam am Heck vorbei die Steuerbordseite des Schiffes entlang. Eine Matrosin, welche auf der ‚Eisvogel' ihren Dienst versah, sah ihn und rief nach ihrer Kapitänin. Zenon sah sie bereits vor dem Laufgang stehen und mit Thomasz Nowgoroda, dem Sohn eines der Gildenvorstände der Handelsgilde, streiten. Manche sagten Nowgoroda wäre der wichtigste der Gildenvorstände. Und Zenon glaubte das, immerhin vertrat er die Gilde in der kaiserlichen Duma.

Die Kapitänin wischte den Ruf der Matrosin fort und redete weiter auf Nowgoroda ein. „Ich fahre seit mehreren Jahren für Eure Gilde. Nie war ich unpünktlich, nie waren meine Waren verdorben oder auch nur angekratzt. Wird Treue so vergolten in Galizina?"

„Medame Lejeune, Euer Verlust tut mir leid, doch ich bin leider verpflichtet die Gelder von Euch einzufordern, die Ihr Euch für den Kauf der Waren geliehen habt. Das sind die Regeln der Gilde und die Gesetze von Galizina."

Kapitänin Lejeune bebte. „Das kann doch nicht wahr sein. Wie denkt Ihr denn soll ich die Kronen aufbringen? Mein Schiff ist kaputt, meine Waren sind kaputt. Wie genau soll ich das tun?"

Thomasz Nowgoroda trat nervös von einem Fuß auf den anderen, ihm war die Situation sichtlich unwohl. Zenon wusste, dass er lieber hinter einem Schreibpult saß und Verhandlungen und die Arbeit mit den Kapitänen seiner Schwester überließ. „Nun... ich muss mit dem Rat sprechen... er kann möglicherweise eine Schuldenreduktion bewilligen. Ich werde mich darum kümmern und Euch schnellstmöglich wieder aufsuchen." Nowgoroda entfernte sich zügig. Er nickte Zenon im Vorbeigehen fahrig zu, welcher die Geste erwiderte. Die Kapitänin fasste sich entnervt an die Stirn und ging rastlos im Kreis. Zenon spürte das sie aufgebracht war. Natürlich von dem

Schicksal ihres Schiffs, das Gespräch mit Nowgoroda hatte es aber nicht besser gemacht.

„Kapitänin?" sprach Zenon sie vorsichtig an. Sie schreckte auf und sah den Lieutnant argwöhnisch an. Ihre rechte Hand stützte sie wie zufällig auf dem Dolch an ihrem Gürtel ab. Zenon bemerkte jetzt erst, dass die Kapitänin sehr jung war. Sie musste unter dreißig sein. Sie trug eine weite weiße Bluse und dunkle Hosen. Lederne Seefahrerstiefel trugen zu ihrer Erscheinung bei. Ihre langen blonden Haare, welche durch die salzige Meeresluft etwas verfilzt waren, waren zu einem festen Zopf geflochten. Zenon fiel auf, dass sich Tränen an ihren Wimpern festhielten. Er vermutete, dass sie sich aufgrund des Ärgers mit der Gilde dorthin verirrt hatten.

Ihre Augen verengten sich zu Schlitzen als sie zu Zenon sprach, den sie sofort als hochrangigen Vertreter der Stadtwache erkannte. Die Amtskette sorgte dafür. „Was wollt Ihr von mir? Ich habe nichts Verbotenes getan."

„Ich möchte gar nichts von Euch. Mein Name ist Zenon Grajev, ich bin Lieutnant der Stadtwache von Goldhafen. Ich will herausfinden wie es zu dem… nun, Unfall kommen konnte, den Ihr erdulden musstet."

Kapitänin Lejeune seufzte und setzte sich auf einen Eisenpoller am Kai. Sie winkte die Matrosen weg, die sich an der Reling des Schiffs sammelten um zu erfahren, wieso der Lieutnant der Stadtwache sich mit ihrem Schiff beschäftigte. „Es tut mir leid Lieutnant, ich wollte nicht unhöflich zu Euch sein. Es gibt da gewisse… Meinungsverschiedenheiten mit der Gilde." Zenon merkte, dass diese Worte wirklich so gemeint waren. „Ich bin Kapitänin Zoenia Lejeune. Wir fuhren die übliche Strecke an Arnhem vorbei auf Tor Kolczewo zu, als wir Piraten sichteten, die nördlich von Kolczewo auf uns zuhielten. Wir wussten, dass sie uns gesehen hatten, sie drehten auf uns ein. Zwei leichte Galeeren. Eine der beiden kam uns gefährlich nahe, wir mussten in die Korallenuntiefen eindrehen. Das Piratenschiff versuchte aufzuschließen, drehte aber irgendwann ab." Die Kapitänin schloss kurz ihre Augen, als würde sie die Ereignisse in ihrem Kopf erneut durchgehen. „Wir waren schon in den Untiefen, wir konnten nicht umkehren. Wir gerieten in einen Sturm. Das

Ergebnis davon seht ihr hier." Kapitänin Lejeune zog ihre Nase hoch und spuckte aus. „Heilige, ich bin ruiniert..."

Zenon fühlte mit der jungen Kapitänin mit. Sie hatte wirklich viel verloren. Er hoffte, dass die Gilde nachsichtig mit ihr war. „Kapitänin, könnt Ihr die Piraten beschreiben? Die Gewässer zwischen Arnhem und Goldhafen werden üblicherweise wenig von Piraten befahren. Fuhren sie unter einer Flagge?" Zenon fragte sich kurz ob die Kapitänin die Piraten nur erfunden hatte. Ob sie die Untiefen nur durchqueren wollte um Zeit zu sparen. Von dem Gedanken nahm Zenon aber schnell wieder Abschied. Durch diese Route konnte die Reise maximal um einen Tag, meist weniger, verkürzt werden, darauf kam es meistens nicht an. Vor allem war die ‚Eisvogel' sehr gut in der Zeit gewesen, über der erwarteten Ankunftszeit, hatte Zenon in dem Bericht gelesen. Er konnte sich also nicht vorstellen, dass das der Grund war.

„Die Piraten fuhren unter keiner Flagge, wie das Piraten üblicherweise tun. Ihre Segel zeigten keine Hoheitszeichen. Ihre Gesichter erkannte ich nicht. Ich kann es Euch nicht sagen, Lieutnant." Sie stützte das Gesicht in ihre Hände und raufte sich die Haare.

Zenon Grajev dachte nach. Er hatte bisher keine Berichte über ähnliche Aktivitäten bei Tor Kolczewo oder in der Nähe der freien Stadt Arnhem gehört. Er glaubte aber auch nicht, dass die Kapitänin log. Er musste sich mit dem Hauptmann besprechen bevor er eine Entscheidung traf. Zenon hätte gerne eine leichte Galeere zur Insel in der Goldhafener Bucht geschickt, er hoffte nur dass die begrenzten Ressourcen der Stadtwachen dies zuließen. Zenon wollte der Kapitänin gerade antworten, als er eine Gestalt in blau das Reparaturdock entlangeilen sah. „Zoeina!", rief die Gestalt.

Der Lieutnant erkannte, dass es sich bei ihr um Paulina Nowgoroda handelte, die Schwester von Thomasz und Tochter des einflussreichsten Gildenvorstands der galizinischen Handelsgilde. Die Kapitänin stand auf, als sie Paulina heraneilen sah und wurde von der Gildenfrau umarmt. Für den Lieutnant gab das ein eigenartiges Bild ab. Nowgoroda war sehr edel angezogen, viel zu edel für den Hafen, als würde sie gerade aus dem Palast kommen. Ihr azurblaues Kleid hielt eine goldene

Kordel. Die Kapitänin dagegen war schlicht gekleidet und man sah ihrer Aufmachung an, dass sie seit ihrer Ankunft noch keine Gelegenheit hatte sich zu waschen.

„Zoenia, es tut mir so leid!", begann Medame Nowgoroda einfühlsam, als die beiden Frauen sich lösten.

Zoenia Lejeune Augen füllten sich erneut mit Zornestränen. „Mir tut es leid, Paulina. Ich habe Euer Vertrauen enttäuscht. Glaubt mir, ich…"

„Hört auf Zoenia, Euch trifft keine Schuld. Ihr müsst mir nichts erklären." Paulina drückte ihre Hand und wandte sich Lieutnant Zenon zu. „Lieutnant, ich freue mich, dass Ihr hier seid. Ich nehme an Ihr wollt den Sachverhalt aufklären?"

Lieutnant Zenon und Paulina Nowgoroda kannten sich. Sie hatten früher schon zusammengearbeitet, bei Problemen mit Kartellen, Banditen, Schmugglern, Hehlern und anderen Wehwehchen der Gilde. Zenon respektierte Paulina, er hielt sie für sehr fähig. Er hatte den Eindruck, dass sie das Gleiche von ihm dachte. „So ist es Medame. Kapitänin Lejeune hat mir gerade von den gesichteten Piraten erzählt. Das ist äußerst beunruhigend. Ich werde mich mit dem Kommandanten austauschen. Wir werden hoffentlich eine Galeere in die Gewässer vor Tor Kolczewo entsenden können."

Paulina nickte ihm dankend zu. „Danke Lieutnant. Auch dafür, dass Ihr die Sache ernst nehmt. Das ist nicht selbstverständlich, gerade durch die… Umstände."

Den letzten Satz sagte sie etwas leiser, sodass Zoenia Lejeune die Worte nicht hören konnte. Zenon wusste, dass sie auf den Status der Kapitänin als Freihändlerin anspielte. Die meisten Händler, die nach Goldhafen kamen waren Teil der Handelsmarine. Die wenigen Freihändler sahen sich oft mit dem Stigma konfrontiert unzuverlässig, Schmuggler oder Gauner zu sein.

Paulina wandte sich wieder der Kapitänin zu. „Entschuldigt, dass ich erst so spät eintraf. Ich komme direkt von einer Audienz bei der Kaiserin." Paulina fasste sie an den Unterarmen. „Ich werde dafür sorgen, dass ihr die beschädigten Waren nicht ersetzen müsst. Ich hoffe außerdem, dass ich für Euch einige Kronen für die Reparatur Eures Schiffes freimachen kann."

Zenon ließ die beiden Frauen stehen und schaute sich weiter das Schiff an. Er nahm sich vor auch die Besatzung befragen zu lassen, vielleicht hatten sie mehr von den Piraten erkannt.

Der Lieutnant informierte die Kapitänin darüber, dass er später Stadtwachen zur ‚Eisvogel' schicken würde um die Aussagen der Seeleute schriftlich festzuhalten. Er bedankte sich bei beiden Frauen und verabschiedete sich. Auf dem Weg zurück zum Wachhaus, vorbei an den Hütten und Unterständen, kam ihm Anton entgegengerannt. Er war völlig außer Atem.

„Lieutnant, ich habe einen Brief für dich. Er trägt das kaiserliche Siegel. Er muss direkt aus dem Palast stammen."

Zenon Grajev musterte den Brief verwundert. Er hatte selten mit dem Kaiserhof zu tun. Er kannte zwar die Kaiserin, durch die Zerschlagung des Papierkartells war er sogar von ihr persönlich ausgezeichnet worden, jedoch war es ungewöhnlich, dass ihn der Goldene Palast so förmlich kontaktierte. Normalerweise geschah das über seinen Vorgesetzten, wenn überhaupt.

Als er wieder in seiner Schreibstube im Wachhaus angekommen war, las er den Brief. In aller Förmlichkeit, wie es von einem Brief aus dem Palast zu erwarten war, wies ihn der Herold der Kaiserin in ihrem Namen an, in zwei Tagen abreisebereit im Palast zu erscheinen. Seine Aufgaben sollte er bis dahin abgegeben haben. Sein Vorgesetzter war wohl schon informiert worden. Lieutnant Zenon Grajev wusste mit dieser Anweisung nichts anzufangen. Er hatte auch schon früher außerhalb von Goldhafen gedient, doch noch nie waren seine Befehle direkt aus dem Palast gekommen. Als er sich daran machte zu packen trieben ihn gemischte Gefühle um.

Kapitel III

Herz

Galizina, Ostreich, Karenina, nahe der Festung Volga im Herbst 1268

Lev van Zanger ritt in vollem Galopp den Hügel hinunter, den überraschten levkischen Landsknechten entgegen. Der Flankenangriff von der bewaldeten Spitze der Anhöhe hinab, hinter dem seine schwarzen Reiter mehrere Stunden stumm gelegen hatten, entfaltete bereits jetzt seine Wirkung. Die feindlichen Soldaten gerieten in Unordnung, die ersten Reihen wandten sich um und versuchten sich ängstlich durch die Reihen ihrer Kameraden zu retten. Lev sah wie die Inquisitorin, die die galizinische Infanterie befehligte, ihre eigenen Soldaten nun animierte wieder den Kampf zu suchen. Ihr Angriff gab wohl auch ihren Verbündeten Mut. Der Hauptmann des levkischen Verbandes versuchte seine Truppen zu ordnen und sie auf den bevorstehenden Kavallerieangriff vorzubereiten. Ohne besonders großen Erfolg.

Lev wagte einen Blick nach links, die Reihe seiner Kameraden entlang. Vierzig schwarze Reiter ritten in vollem Galopp auf die Flanke der Levkiten zu, dem levkischen Hauptmann blieb auf keinen Fall genug Zeit eine ordentliche Schlachtreihe zu bilden. Lev hatte schon oft gesehen was für eine moralische Wirkung ein Angriff von Kavallerie auf die angegriffene Infanterie hatte. Und die Levkiten wurden nicht von irgendeiner regulären Husareneinheit angegriffen. Das schwarze Banner erkannte man schon von weitem, sie wussten also wer dort auf sie zuritt. Den Namen ihrer berüchtigten Einheit hatten sie ihren geschwärzten Harnischen zu verdanken, welcher ihrem Anblick eine noch bedrohlichere Erscheinung gab. Die wenigsten wussten, dass Levs Rüstung und die seiner Kameraden nur deshalb geschwärzt werden musste, weil der Stahl aus dem sie geschmiedet waren von so schlechter Qualität war. Zumindest war das früher so gewesen, mittlerweile wurde das eher aus Tradition und dank dem Ruf der schwarzen Reiter so weitergeführt.

Lev hörte zu seiner Linken Esther de Vries schreien. Durch das geschlossene Visier hörte der Schrei sich metallisch und dumpf an. Sie ritten schon mehrere Jahre zusammen und Lev hatte sich immer noch nicht daran gewöhnt, dass Esther bei jedem Angriff aus vollem Hals schrie. Einige seiner Kameraden taten dies, doch Lev hatte dem noch nie etwas abgewinnen können. Er konzentrierte sich darauf seine Lanze, die er sich am Tag zuvor von seinen galizinischen Kameraden geliehen hatte, gerade auszubalancieren und dem Feind entgegen zu strecken. Noch wenige Sekunden bis zum Aufprall. Lev sah wie der levkische Hauptmann eine Hand voll Männer animiert hatte Gegenwehr zu leisten. Einige Arkebusenläufe ragten ihnen entgegen. Es waren so wenige, dass Lev sich keine Sorgen machte.

Der Kommandant der schwarzen Reiter biss die Zähne zusammen und sein Griff um die Lanze verstärkte sich, der Aufprall stand kurz bevor. Die wenigen Schützen des Feindes feuerten ungezielte Schüsse, eine Kugel prallte von seinem Schulterpanzer ab. Selbst wenn die Kugel ihn mitten in die Brust getroffen hätte, hätte sie seinen Vollharnisch vermutlich nicht durchschlagen.

Das Aufeinandertreffen stand jetzt unmittelbar bevor, Lev konnte die Angst in den weit aufgerissenen Augen des Soldaten erkennen, der ihm eine rostige Hellebarde entgegenstreckte. Kurz bevor Levs Lanze sein Ziel traf, fiel ihm auf wie ruhig es plötzlich geworden war. Etwas fehlte. Esther schrie nicht mehr. Lev blickte wieder nach links und sah eine Lücke zwischen sich und dem Reiter, der auf Esthers linker Seite geritten war, klaffen.

Für mehr Gedanken blieb keine Zeit, als seine Lanze mit einem Krachen den Hals des levkischen Soldaten durchstach. Die Wucht des Aufpralls riss ihm die Waffe aus der Hand und Lev zog sofort sein Reitschwert. Er hieb damit nach den Soldaten, welche sich nicht sofort zur Flucht gewandt hatten. Ein Arbalestenschütze, welcher fieberhaft versuchte seine Waffe nachzuladen wurde von Levs Schwert in die Schulter getroffen und sank zu Boden. Aus dem Augenwinkel sah er wie ein Soldat mit einer Hippe auf ihn zu rannte. Lev zog eine der beiden Radschlosspistolen aus seinem Sattelholster und schoss dem Angreifer in die Brust. Er taumelte einige Schritte weiter und fiel dann, Gesicht voran, in den von schweren Militärstiefeln zertrampelten Boden.

Lev blickte sich um und versuchte die Lage abzuschätzen. Der Feind war zwar demoralisiert und zu großen Teilen auf der Flucht, einige Soldaten leisteten jedoch zähen Widerstand. Er sah wie drei Soldaten einen seiner Kameraden angingen. Verzweifelt versuchte sich dieser den Angriffen der langen Stangenwaffen zu erwehren. Lev sprang aus dem Sattel und rannte zu dem Knäuel. Mit seinem Pferd wäre er nicht durch die Kämpfenden gekommen.

Anhand des Spruchbands an den Schwebescheiben seiner Rüstung erkannte Lev, dass es sich um Lieven handelte, seinen Korporal, Schatzmeister und Stellvertreter. Lieven war sehr religiös, was Lev immer wieder verwunderte, daher band er sich diese mit Segenssprüchen versehene Bänder an jede erdenkliche Stelle seiner ansonsten mattschwarzen Rüstung. Lev stieß einen verängstigten galizinischen Soldaten zur Seite, der sich an seine Hellebarde klammerte und hob auf den letzten Schritten sein Reitschwert, ein Korbschwert mit breiter Klinge. Es verband die Eigenschaften eines leichten Degens mit denen einer schweren Infanteriewaffe.

Den ersten der drei Angreifer überraschte Lev, er stach ihm von hinten in den Nacken. Überrascht blickte der levkische Soldat auf die Klinge, die ihm vorne aus dem Hals trat, bevor er gurgelnd zusammenbrach. Einer der beiden anderen Soldaten wandte sich Lev fluchend zu, während der dritte immer noch Lieven bedrängte. Lev erkannte die Furcht im Blick des jungen Soldaten, der versuchte Lev mit seiner Hippe auf Distanz zu halten. Er hielt die Hippe falsch, fiel Lev auf, er war nicht an der Waffe ausgebildet worden. Seine Hände griffen den Stiel zu weit oben, er konnte so schlechter in der Enge des Schlachtfelds agieren. Sicher gehörte er zur örtlichen Miliz und war kein Teil des stehenden Heeres. Vielleicht war er auch nur ein Bauernjunge dem man den levkischen Waffenrock übergezogen hatte. Unbeholfen stach er nach Lev, der zur Seite auswich, die Hippe mit seinem gepanzerten Arm ablenkte und beiseiteschob. Lev setzte nach und stieß die Klinge seines Reitschwerts in den ungeschützten Oberschenkel des Jungen, der daraufhin gellend schrie. Er zog seine Klinge aus dem Fleisch und fuhr mit dem Schwert über die Brust des Jungen. Stöhnend fiel er auf die Knie und wand sich am Boden.

Lieven hatte sich seines Gegners mittlerweile entledigt, welcher auf dem Boden lag und sich nicht mehr regte. Er nickte ihm zu. „Danke mein Freund. Der Eine hält wohl weiterhin seine schützende Hand über mich."

Lev sagte nichts. Vielmehr hielt er selbst seine schützende Hand über Lieven, dachte er. Nach wenigen Minuten war das Gefecht entschieden, trotz des chaotischen Knäuels aus Kämpfenden, zu dem es sich nach ihrem Sturmangriff entwickelt hatte. Die Levkiten, die entkommen waren, rannten, diejenigen die nicht entkommen waren und das waren weitaus mehr, lagen tot oder sterbend am Boden. Apothecarii des Arkanistenordens gingen Seite an Seite mit Konfessoren der Kirche über das Schlachtfeld. Erstere versuchten Wunden zu behandeln, Blutungen zu stillen und offene Stellen zu verbinden, letztere kümmerten sich um die, bei denen das nicht mehr notwendig war. Ein Sieg. Ein weiterer Sieg für das galizinische Heer im Sezessionskrieg, für den Dutzende gestorben waren. Er legte Lieven erschöpft eine Hand auf die gepanzerte Schulter und folgte ihm zurück ins Feldlager.

Lev saß erschöpft mit Lieven im Feldlager der galizinischen Truppen, welches nur wenige Schritt vom eigentlichen Gefechtsfeld entfernt war. Ein schmuckloses Zelt diente den schwarzen Reitern als Schreibstube, Lager und Rastort. Die beiden Gerüsteten saßen sich, noch in voller Rüstung, an einem schmalen Holztisch gegenüber. Der Gestank nach Blut, Eisen und Tod haftete immer noch an ihnen und wehte, weitaus stärker, vom Schlachtfeld zu ihnen herüber. Lieven berichtete, dass es einen Toten und mehrere Verletzte in den Reihen der schwarzen Reiter gab. Den Toten kannte Lev kaum, er war erst seit wenigen Wochen für die schwarzen Reiter geritten. Jonah van Vanhausen war sein Name, er war sehr jung gewesen.

Lieven schnaubte. Ein Geräusch welches irgendwo zwischen Verärgerung und Trauer lag. „Ich kümmere mich um den Papierkram." Wie üblich, dachte Lev. Auf Lieven konnte er sich verlassen. Mit Papierkram war die Entfernung aus den Soldregistern der schwarzen Reiter gemeint. Außerdem wurden Waffen und Rüstung des Toten eingesammelt und mitgenommen. Jonahs Pferd hatte das gleiche Schicksal wie seinen Reiter ereilt, weswegen er sich darum nicht zu kümmern hatte.

Das erste Mal seit dem Gefecht zog der Kommandant der schwarzen Reiter seinen Helm vom Kopf und atmete tief durch. Er nahm einen Schluck aus der Wasserflasche, welche vor ihm auf dem Holztisch stand. Es schmeckte nach Essig. Lev wollte sich gerade nach den Verletzten erkundigen, als jemand gegen die Pfosten des Zelteingangs klopfte. Genervt zog Lev seinen Helm wieder auf und nickte Lieven zu. „Ja?"

Ein galizinischer Soldat erschien im Zelteingang, sichtlich angespannt. „Verzeiht die Störung, es erreichte uns ein dringender Brief, welcher an den Kommandanten der schwarzen Reiter adressiert ist, Lev van Zanger."

Lieven schaute Lev bedeutungsschwer an. Zumindest glaubte Lev, dass es bedeutungsschwer war, genau wie er trug Lieven seinen Helm. Der Korporal stand auf, nahm dem Boten den Brief aus der Hand und gab ihn Lev. „Das wäre dann alles?", fragte er an den Boten gerichtet.

„Ja Meser", antwortete der Bote während er eilig durch den Zelteingang verschwand.

Lev nahm seinen Helm wieder ab und drehte den Brief in seinen Händen. Lieven, jetzt ebenfalls unbehelmt, pfiff leise durch die Zähne. Das Siegel zeigte den kaiserlich-königlichen galizinischen Doppeladler. Darunter waren Insignien des Ostreiches zu sehen. Der Brief kam eindeutig vom Kaiserhof in Goldhafen. Lev brach das Siegel und las den Brief. Seine Augen nahmen Zeile für Zeile auf. Lang war er damit nicht beschäftigt, viel stand nicht darin. Als er die Zeilen vollständig gelesen hatte ließ er langsam seine Hände sinken und blickte zu Lieven. „Die Kaiserin wünscht meine Anwesenheit. Ich soll alsbald möglich nach Goldhafen kommen."

Lieven war überrascht. „Wir kämpfen hier für die Kaiserin. Was sollen wir in Goldhafen?"

Lev sah seinen alten Freund an. „Die Kaiserin möchte nicht, dass die schwarzen Reiter nach Goldhafen aufbrechen. Sie möchte, dass ich nach Goldhafen aufbreche. Ich soll ihr dort dienen."

Lieven hob an etwas zu sagen, überlegte es sich aber anders. Nach einer kurzen Zeit stand Lev auf und zog seinen Helm wieder an. Er wandte sich zum Zelteingang. „Wohin gehst du?", fragte Lieven verdutzt.

„Nach den Verwundeten sehen. Das, was ich machen sollte."

Lev schritt die Reihen der Zelte ab. Auf dem Weg zum Zelt der Apothecarii begegnete er einigen seiner Kameraden. Arthur hatte eine gebrochene Hand, prostete ihm aber von einem Würfeltisch, an dem er mit galizinischen Soldaten spielte, zu. Nastasja hatte eine tiefe Schnittwunde, welche an ihrem Schlüsselbein entlanglief, davongetragen. Als Lev ein paar Worte mit ihr wechselte, hatte er das Gefühl, dass sie vielmehr verärgert darüber war, sich getroffen lassen zu haben, als dass die Wunde schmerzte. Weitere schwarze Reiter hatten kleinere Schnitten davongetragen. Das waren seine Reiter aber gewohnt, das war nichts was Lev beunruhigte. Er erinnerte sich an einen Auftrag, der mittlerweile mehrere Jahre zurücklag. Sie hatten Banditen jagen sollen, welche sich in den Wäldern der Goldebene umhergetrieben hatten. An diesem Tag blieb keiner der zehn schwarzen Reiter, welche mit Lev ausgeritten waren um die Banditen zu vertreiben, unverletzt. Verbrennungen, Schnitte, Stiche, Brüche, Fleischwunden, das waren sie gewohnt. Viel mehr beschäftigten Lev die zwei Reiter, welche im Innern des Apothecariuszelts lagen, vor dem er jetzt stand.

Lev trat in das Zelt der Apothecarii ein. Der Geruch trieb ihm fast Tränen in die Augen. Es roch nach Blut, Schweiß, Fäkalien und Alkohol. Etwa fünfundzwanzig Betten waren hier belegt, das Ergebnis des gestrigen und heutigen Gefechts mit den Soldaten aus Levka. Lev ging die Reihen ab. Galizinische Soldaten lagen wimmernd auf Pritschen, manche hatten Körperteile verloren. Viele waren durch den Blutverlust ohnmächtig und lagen wie die

Leichen draußen auf dem Feld, mit bleichen Gesichtern auf ihren Betten. Konfessoren wedelten mit bronzenen Gefäßen, aus denen Weihrauch drang, herum. Wundsekret und Eiter drangen aus nässenden Wunden. Lev hörte das unangenehme Geräusch von splitternden Knochen, als zwei Apothecarii versuchten ein gebrochenes Bein zu richten. Der verwundete Soldat, welcher eben noch geschrien hatte, wurde aufgrund des Schmerzes ohnmächtig. Lev sah Loek Under, einen der beiden schwer Verletzten schwarzen Reiter, zwischen zwei ohnmächtigen Galizinern liegen. Er ging zu ihm.

Loek lächelte schwach zu ihm auf. Er hatte eine tiefe Wunde in der Seite. Der Verband, welcher ihm angelegt war, blutete schon durch. „Ein levkischer Hund hat mich mit einer Axt von hinten erwischt, als ich seinen Kameraden fällte." Lev betrachtete die Wunde. Sie sah sehr tief aus. „Keine Sorge Kommandant, die Apothecarii haben gesagt ich werde wieder. Der Bastard hat meine Organe verfehlt, es sieht schlimmer aus als es ist." Er lächelte wieder. „So leicht bin ich nicht tot zu kriegen." Damit hatte er Recht. Loek war schon lange bei den schwarzen Reitern, bisher hatte er noch alles überlebt.

„Ruh dich aus", sagte Lev zu dem Verwundeten und drückte kurz seine Schulter.

„De Vries hat es schlimmer erwischt als mich. Sie liegt dort hinten bei der Apothecaria."

Levs Herz blieb für eine Sekunde stehen. Zumindest fühlte es sich so an. Er war noch nicht dazu gekommen sich mit Lieven über die Verwundeten zu unterhalten. Erst kamen die Toten, dann waren sie von dem kaiserlichen Brief unterbrochen worden. Wortlos, mit einem Gefühl als läge ein Amboss auf seiner Brust, ging er zu der Apothecaria, auf die Loek gezeigt hatte. Sie stand über eine Pritsche gebeugt, ihre Hände und ihr weißer Kittel, den sie über der grünen Kleidung ihrer Zunft trug, war blutig. Lev zwängte sich durch die engen Bettreihen und schob sich an der Apothecaria vorbei. Was er sah ließ sein Herz noch mehr gefrieren. Esther de Vries lag schwer verwundet auf der Pritsche. Ihr rechter Arm war in einem unnatürlichen Winkel zur Seite gedreht. Sie hatte mehrere tiefe Schnitte im Gesicht, die zum Teil bis zu den Knochen reichten. Ihre Lippe war gespalten, das kupferrote Haar blutverkrustet. Ihr Oberkörper lag frei und war großflächig mit blaugrünen Prellungen übersät. Es gab kaum eine Stelle an der ihre eigentliche Hautfarbe zu sehen war. Mehrere Wunden zierten ihre Seite. Lev hatte in seiner Karriere als Kommandant der schwarzen Reiter viele Wunden gesehen. Er erkannte, dass ihr mit schweren Hiebwaffen, die von den levkischen Landsknechten im direkten Handgemenge gerne eingesetzt wurden, zugesetzt worden war. Ihr rechter Oberschenkel war mit einem schmutzigen Verband notdürftig verbunden, das Blut drückte durch. Es musste eine schwere Wunde sein. Ihr linker Schienbeinknochen stach aus dem Fleisch und war mehrfach gebrochen.

„Kommdandant van Zanger. Wir haben sie auf dem Schlachtfeld aufgelesen. Wie es aussieht wurde ihr Pferd von einer verirrten Kugel ins Auge getroffen. Sie fiel in vollem Galopp vom Pferd. Levkische Soldaten drangen sofort auf sie ein."

Lev stand neben sich. Er wusste nicht was er tun oder sagen sollte. Zu Beginn des Angriffs war sie direkt neben ihm geritten und jetzt lag sie wie tot vor ihm. Es war unwirklich. „Welche Waffe verursacht diese Schnitte…", murmelte er gedankenverloren, ohne eine Antwort zu erwarten und deutete auf das Gesicht von Esther.

Die Apothecaria versteifte sich. „Tragischerweise ihr eigener Helm. Die Levkiten haben versucht… nun… ihrem Gesicht Schaden zuzufügen. Ihr Helm wurde mit Äxten und Keulen zerdrückt. Was Ihr seht sind Wunden, die von dem splitternden Metall des Helmes verursacht wurden." Die Apothecaria stockte kurz. „Hätte sie diesen allerdings nicht getragen, würde sie nicht hier liegen, sondern im Leichenzelt." Zur Unterstreichung ihrer Aussage hob sie den Helm von Esther, welcher unter ihrem Bett gelegen hatte hoch. Er sah aus als hätte ihn ein riesiger Wolf mit seinen Krallen umarmen wollen.

Lev ballte die gepanzerten Fäuste. In ihm brodelte es. Esthers Brustkorb hob und senkte sich schwach und unregelmäßig. „Wird sie wieder?", fragte er hilflos.

„Das kann ich zum jetzigen Zeitpunkt nicht sagen. Sie hat mehrere schwere Verletzungen, es ist ein Wunder, dass sie überhaupt noch lebt. Vermutlich blutet sie auch innerlich. Sie…"

„Ich möchte, dass Ihr euch ausschließlich um sie kümmert. Ich möchte, dass Ihr sie in einem anderen Zelt behandelt. Nehmt unser Zelt, wenn es kein anderes gibt. Pflegt sie gesund, nehmt Euch alle Ressourcen die Ihr dafür braucht."

Die Apothecaria sah ihn entnervt an. „Kommandant, ich…"

Levs Kopf fuhr ruckartig zu ihr und er packte sie grob am Arm. „Ihr werdet Euch ausschließlich um sie kümmern, habt Ihr mich verstanden?"

Die Apothecaria sah ihn mit schreckensweiten Augen an. Einige der umliegenden Konfessoren und Verwundeten schauten interessiert in ihre Richtung. „Kommandant van Zanger, ich muss mich hier um viele andere Verwundete kümmern. Ich kann nicht…"

Lev unterbrach sie. „Ich gebe Euch eintausend Kronen. Wenn das nicht ausreicht gebe ich Euch mehr. Mein Korporal wird Euch bezahlen und mit allem nötigen versorgen." Seine Stimme verkam zu einem leisen Krächzen und sein Griff um den Arm der Apothecaria lockerte sich. „Bitte, Apothecaria Chaekova."

Die Apothecaria sah ihn traurig an. Sie seufzte. „Nun gut. Ich werde sehen was ich tun kann." Lev ließ die Apothecaria los und wandte sich wieder Esther zu. Er streckte seine Hand aus um sie zu berühren, zögerte aber. Er hatte sie noch nie berührt. Vorsichtig näherte er sich ihrer Schulter und streichelte sie sanft. Mehrere ihrer kupferroten Haare hefteten sich an seine Hand als er sich löste.

Lev merkte jetzt erst, dass er weinte. Heiße Tränen liefen ihm über die Wangen, was durch seinen Helm niemand sehen konnte. Seine Hände zitterten. Er versuchte den Anhänger zu öffnen, welchen er seit sieben Jahren um seinen Hals trug. Er zeigte einen sehr schlecht geschmiedeten Raben. Er hatte ihn von Esther geschenkt bekommen, kurz nachdem sie zur schwarzen Reiterin wurde. Sie hatte ihn beim Würfelspiel von einem Händler gewonnen und ihn Lev zugeworfen. Als Dank für die Aufnahme, hatte sie lachend gesagt. Lev bekam den Verschluss der Kette nicht auf. Mit behandschuhten Händen war das so schon nicht einfach, wenn sie zusätzlich dazu noch zitterten nahezu unmöglich. Er spürte wie ein paar Hände die Seinen sanft beiseiteschoben und die Kette für ihn lösten. Chaekova stand hinter ihm und sah in mitleidig an. Lev nickte ihr dankend zu, er brachte kein Wort heraus. Er wickelte die Kette mit dem Rabenanhänger um Esthers linken, weitgehend intakten Arm. „Du wirst wieder gesund Esther de Vries. Du wirst wieder gesund", flüsterte er leise, als könnte er damit Esthers Genesung materialisieren. Er entfernte sich langsam von der Pritsche. Die Apothecaria drückte beruhigend seinen Arm. Es sollte wohl beruhigend sein, allerdings hielt ihre Hand nur schwarzen Stahl, der Levs Arm umhüllte. Lev konnte sich nicht von Esther und ihren grässlichen Wunden abwenden. Es war so unwirklich. Gestern hatte er sie noch quicklebendig und fröhlich gesehen. Sie hatte am Lagerfeuer Scherze mit anderen Kameraden gemacht, getrunken und gelacht. Lev riss sich los, er nickte der Apothecaria erneut zu und stürmte aus dem Zelt. Er wusste, dass er zurück zu Lieven und dem Brief musste. Er wusste, dass er sich um Dinge kümmern musste. Er wollte aber nicht. Er konnte nicht.

Ziellos taumelte Lev durch das galizinische Lager. Alle seine Gedanken kreisten um Esther. Lev und Esther waren nie liiert gewesen. Sie hatten auch nie miteinander geschlafen. Sie hatten nicht einmal viel miteinander gesprochen. Doch Lev hatte sie bewundert. Sogar für sie geschwärmt, wie er jetzt feststellte. Häufiger hatte er sich in Tagträumen über ihre kupferroten Haare wiedergefunden. Esther war bei Schwierigkeiten zu ihm gekommen. Sie hatten sich gegenseitig vertraut, ohne viel Worte, doch es war nie mehr gewesen. Auch wusste Lev, dass sie zeitweise mit einem schwarzen Reiter, Kor van de Berg, das Bett geteilt hatte und Lev war nie eifersüchtig gewesen. Er hatte Esther einfach bewundert, aus der Ferne. Er hatte ihren Witz, ihre Ausgelassenheit und ihre Schönheit bewundert. Doch Lev wusste nicht, ob er in sie verliebt gewesen war. Wann war man das, wann war man verliebt in eine andere Person? Der Kommandant tat sich schwer das zu benennen, es gab schließlich keinen eindeutigen Indikator. Er wusste nicht was er fühlte. Er wusste nur, dass er den Gedanken nicht ertrug sie sterben zu sehen. Es zerriss ihn förmlich, noch nie war er ähnlich wütend, traurig und verzweifelt gewesen.

Unvermittelt tauchte das Zelt der schwarzen Reiter vor ihm auf. Er war im Kreis gegangen. Lev versuchte seine Gedanken zu ordnen und trat ein. Lieven saß noch am Schreibtisch, immer noch in voller Rüstung, nur der Helm lag vor ihm auf dem Tisch. Er blickte von den Büchern auf und erhob sich, als er Lev eintreten hörte. „Ich wollte es dir sagen bevor du sie so siehst mein Freund. Es tut mir leid."

Lev fragte sich, woher er wusste das ihn Esthers Schicksal so mitnahm, er hatte es bis vor wenigen Minuten nicht einmal selbst gewusst. Lev wusste nicht was er antworten sollte. „Eine Apothecaria, Rowina Chaekova, kümmert sich um Esther. Ich habe ihr eintausend Kronen und mehr versprochen. Sorge bitte dafür, dass sie das Geld erhält. Sie verlegt sie außerdem möglicherweise in unser Zelt." Lieven nickte nur. „Ich möchte, dass du dich um Esther kümmerst Lieven. Tue alles was getan werden muss, dass sie entsprechend behandelt wird. Alle Kosten decke ich persönlich."

„Natürlich Lev." Er macht eine kurze Pause. „Ich habe deine Sachen zusammengepackt. Du kannst jederzeit abreisen. Sprich nur davor mit der Truppe. Du solltest sie persönlich verabschieden, wer weiß wie lange du diesmal weg bist."

Lev nickte tonlos. Es war schon früher vorgekommen, dass Lev das Kommando übergangsweise an Lieven übergeben hatte. Er, manchmal mit weiteren schwarzen Reitern, manchmal alleine, war schon früher von Dienstherren kurzzeitig abberufen worden. Die schwarzen Reiter waren kein Teil offizieller Armeen. Sie waren Söldner. Eine Einladung der ostgalizinischen Kaisern abzulehnen, in deren Diensten sie momentan standen, war jedoch nicht denkbar. Lev musste ihr nachkommen.

Lieven stand auf und stellte ein kleines, zusammengepacktes Bündel vor Lev. Viele Habseligkeiten besaß ein schwarzer Reiter nicht, daher war das Packen eine einfache Angelegenheit. Lev hob an etwas zu sagen doch Lieven kam ihm zuvor. „Du brauchst nichts sagen mein Freund. Ich weiß wie die Sache läuft, die schwarzen Reiter sind unter meiner Hand gut aufgehoben."

„Danke", sagte Lev nur und meinte es auch so. Er streckte seine Hand aus und Lieven schlug ein. Viele Worte brauchten sie nicht zu wechseln. „Auf ein baldiges Wiedersehen."

„Auf ein baldiges Wiedersehen, mein Freund."

Lev stand mit seinem Bündel im Arm vor dem Zelt und atmete tief durch. Auf dem Weg zur Pferdekoppel ging er an jedem einzelnen seiner Kameraden vorbei und fand ein paar persönliche Worte. Er trank mit ihnen billigen Schnaps, aß mit ihnen und scherzte mit ihnen. So gut es ihm möglich war, Lev war noch nie gesellig gewesen. Er band sein Pferd los und schritt mit ihm die letzten Schritte aus dem Lager. Auf dem Weg hinaus kam er am Zelt der Apothecarii vorbei.

Esther de Vries wurde gerade mit ihrer Pritsche herausgetragen. Ein kräftiger Konfessor und Chaekova waren die Träger. Als die Apothecaria ihn erkannte hielt sie kurz an. Lev ging zu Esther und nahm die Hand ihres Arms, welcher von der Pritsche hing. Er drückte sie. Der Kommandant der schwarzen Reiter seufzte, als ihm bewusst wurde, was Lieven wohl schon länger gesehen hatte.

Er liebte sie. Er liebte Esther de Vries.

Die Apothecaria und der Konfessor nahmen ihren Gang wieder auf und Esther wurde aus seinem Sichtfeld getragen.

Lev van Zanger wusste es zu diesem Zeitpunkt noch nicht, aber das war das letzte Mal für Jahre, dass er Esther de Vries sah.

Kapitel IV

Moos

Maelle Dorn fühlte mit ihrer Rechten die Stirn des alten Mannes, welcher vor ihr auf einer simplen Strohmatratze lag. Das Fieber hatte nicht abgenommen. Die Luft roch nach Antiseptika, Alkohol und Weihrauch. Es war drückend heiß. Sie verließ den Raum und ging in das Lager, in dem die Kräuter und Salben aufbewahrt wurden. Maelle nahm sich unbenutzte, beigefarbene Leinentücher und suchte nach Glimmermoos. Im Lager gab es dutzende Kisten und Wandschubladen, welche nur für Glimmermoos reserviert waren und jede davon war leer. Sie seufzte. Dieses Wundermittel half gegen vieles, vor allem aber konnte es zur Bekämpfung der Staubkrankheit und zur Wundheilung der vielen Fälle von Geschwüren, Schürfwunden und Verletzungen eingesetzt werden, die die Arbeit in den Staubminen hervorrief. In einer offenen, nicht desinfizierten Wunde setzten sich hier unten schnell Keime, Feuchtigkeit oder Pilzsporen ab, was zu weitaus schlimmeren Folgeerkrankungen führte. Glimmermoos, welches sich an den Tunneln der tieferen Gänge und Schächte bildete, sorgte für eine schnelle Wundheilung und senkte das Infektionsrisiko drastisch.

Maelle verließ das Lager und machte sich auf den Weg zu Schwester Anyka, welche das Apothecarium der Unterstadt leitete. Trotz der großen Bevölkerungszahl der Unterstadt war dies das einzige Apothecarium hier unten. Der Menge an Bewohnern, welche täglich um Hilfe baten, entgegen war das Apothecarium verhältnismäßig klein. Maelle diente mit etwa sechzig weiteren Schwestern und Brüdern. Finanziert wurde das Apothecarium vom Arkanistenorden und vom Goldenen Palast, die Bewohner konnten die Dienste kostenlos in Anspruch nehmen. Neben der medizinischen Versorgung fanden sich hier auch Betten für Heimatlose und eine Armenküche für alle, die sich selbst nicht versorgen konnten. Oder die ihr weniges Geld für einen billigen Traumstaub-Rausch ausgaben. Schwester Anykas Schreibstube war im ersten Stock des Haupthauses. Maelle klopfte bevor sie eintrat.

„Schwester Maelle, was gibt es?"

„Oberste Schwester, unser Vorrat an Glimmermoos ist aufgebraucht. Wir haben nichts mehr und die Staubkranken benötigen es dringend."

Anyka fluchte leise. „Die letzte Lieferung sollte vor zwei Tagen eingetroffen sein. Ich werde dem Orden oben einen Boten schicken."

Mit ‚oben' meinte Anyka die oberen Bezirke von Goldhafen. Streng genommen gehörte die Unterstadt mit allen ihren Vierteln zur Hauptstadt des Ostreiches, sie war quasi ein Bezirk oder ein Stadtteil von Goldhafen. Aufgrund der klaren Trennung der Bewohner wurde sie von vielen allerdings gar nicht mehr dazu gezählt. Es gab nur die ‚oben', Handwerker, Händler, Adelige und die ‚unten', also Arme, Bettler und Huren. Es verirrten sich selten Oberstädter nach unten und noch seltener Unterstädter nach oben. Trotzdem wurde das Apothecarium vom Arkanistenorden in den oberen Vierteln geleitet und Maelle, wie viele ihre Brüder und Schwestern, hatten dort studiert, bevor sie Apothecaria geworden war.

Maelle wollte sich nicht so leicht abspeisen lassen. „Bitte Schwester Anyka, die Menschen sterben, wenn wir sie nicht behandeln. Wir brauchen das Glimmermoos."

Anyka sah sie durchdringend an. Sie war eine Frau in den Fünfzigern und nahm ihre Berufung durchaus ernst. „Hör mal Schwester, ich weiß, dass du helfen willst. Ich kann aber keine fünfzehn Kisten Glimmermoos aus dem Nichts herbeibeschwören. Wir bekommen die Ware vom Orden oben. Wir müssen auf unsere Brüder und Schwestern in der Stadt vertrauen."

Maelle hätte am liebsten den Kopf geschüttelt und der obersten Schwester erklärt für wie absurd sie das alles hielt. Das Glimmermoos war hier unten, wurde geerntet, verpackt und nach oben befördert. Dort zählte irgendein Schreiberling den Bestand und schickte einen Bruchteil wieder hier herunter. Und wie

Maelle wusste, wurden den Handlangern, die das Moos hier unten an das Apothecarium ausliefern sollten des Öfteren mal eine oder zwei Münzen zugesteckt, dass sich einige der Kisten verirrten und in Drogenhöhlen, Lagerhäusern der Pariah oder auf Schwarzmärkten wieder auftauchten. Maelle trat von einem Fuß auf den anderen, sie wollte nicht aufgeben. Eine Eigenschaft die ihr schon während ihres Noviziats einige Probleme bereitet hatte. „Schwester, ich könnte in den Gassen nachfragen. Die... Tavernen haben oft einen großen Vorrat an Glimmermoos in ihrem Besitz. Wir könnten es Ihnen abkaufen."

Anyka faltete ihre Hände und stütze ihre Ellenbogen auf dem Schreibtisch vor ihr auf. „Du weißt, dass wir keine Drogenhöhlen, die von der Pariah geleitet werden unterstützen wollen. Sie sind Ursprung des Übels, welches wir hier im Apothecarium tagtäglich behandeln."

Maelle hob an zu sagen, dass vielmehr die fehlende Arbeit, die ewige Dunkelheit und die schwierigen Lebensumstände die Ursache waren, dass Leute sich in den Rausch flüchteten, überlegte es sich aber anders. Mit einer politischen Diskussion kam sie hier nicht weit. Sie musste es klüger angehen. „Als ich meinen Eid zur Apothecaria abgelegt habe, habe ich geschworen mit allen Mitteln den Armen und Bedürftigen zu helfen. Alle Mittel schließt für mich auch ein Glimmermoos von zwielichtigen Händlern zu kaufen, um ein größeres Übel abzuwenden. Nämlich die Nichtbehandlung von mindestens vierundvierzig Staubkranken, welche gerade in unseren Betten liegen. Und wer weiß wie viele Leute mit anderen Krankheiten. Bitte, Schwester. Wir griffen in der Vergangenheit schon häufiger zu solchen Maßnahmen." Ihre Stimme wurde etwas leiser. „Ihr habt selbst schon mit dem Wirt der Glimmerstube verhandelt."

Anyka wirkte erst wütend bevor sich ihre Gesichtszüge entspannten. Sie lächelte sogar. „Du erinnerst mich an mich selbst als ich jünger war. Voller Tatendrang und dem Wunsch die Welt etwas besser zu machen. Auch wenn sich die Welt in diesem Fall nur auf die fauligen Wände des Apothecariums beschränkt. Geh, Maelle. Geh zur Glimmerstube und schau ob du Glimmermoos bekommst. Nimm kein Geld mit, das ist schneller weg als du ‚Unterstadt' sagen kannst. Sage dem Wirt du handelst in meinem Namen, er wird das Geld dann holen kommen. Drei bis fünf Pfund sollten fürs Erste genügen."

Maelle strahlte. „Danke, oberste Schwester. Ihr werdet es nicht bereuen."

Sie wandte sich zur Tür um die kleine Schreibstube zu verlassen. Gerade als sie in der Tür war hielt Anyka sie noch einmal auf. „Pass auf dich auf Maelle. Mit der Pariah ist nicht zu spaßen."

Maelle nickte. „Das werde ich, oberste Schwester." Sie ging ging die knarrende Treppe herunter, in Richtung ihrer kleinen Kammer. Wie jede Apothecaria im Apothecarium der Unterstadt hatte sie einen kleinen Raum, in dem sie ihre Habseligkeiten aufbewahrte. Ihr eigentlicher Schlafplatz befand sich im Ordenskonvent in der Oberstadt, allerdings war sie dort lange nicht mehr gewesen. Sie blieb hauptsächlich hier unten. Einige ihrer Brüder und Schwestern hielten es genauso, andere bestritten jeden Abend den Weg in die Oberstadt.

Auf dem Weg zu ihrer Kammer traf sie Mischa, einen kleinen Unterstadtjungen, welcher dem Apothecarium zur Hand ging und Botengänge erledigte. Maelle hielt ihn auf und bedeutete ihm die Verbände des alten Mannes, den sie vorhin behandelt hatte, im Hinterhof zu verbrennen. Das machten sie mit allen gebrauchten Verbänden, um die Gefahr einer Seuche zu minimieren. In ihrer Kammer zog sie eine leichte Lederjacke über ihr Gewand aus weiß und grün. Sie band sich außerdem den Gürtel mit ihrem Dolch und ihrer Arkanerzflasche um. Sie hoffte sie würde es nicht einsetzen müssen.

Maelle verließ ihre Kammer. Kurz bevor sie die Tür des Apothecariums durchschritt und auf die schmutzigen Straßen der Unterstadt trat, überlegte sie es sich anders. Sie löste die Riemen um das Erzfläschchen und steckte es sich stattdessen in die Ledertasche. Nicht, dass ein verzweifelter Dieb auf dumme Gedanken kam.

Maelle trat aus dem Apothecarium heraus und atmete tief durch. Die Luft war abgestanden und modrig. Die Unterstadt war in riesigen natürlichen Höhlen und Kavernen direkt unter Goldhafen erbaut. Bergbau hatte diese Höhlen noch erweitert. Durch die Höhlen flossen Kanäle aus schmutzigem Wasser, führten Straßen aus Schlamm. Es gab Märkte, Tavernen und Wohnbaracken. Im Grunde war die Unterstadt eine schmutzige Spiegelung der Stadt oben. Offiziell war die Stadtwache auch hier aktiv, hin und wieder ließ sich sogar eine Patrouille von Gardisten hier sehen. Jeder wusste hingegen, dass die Viertel der Unterstadt den Pariah-Banden gehörten. Die Viertel waren aufgeteilt, die Banden kontrollierten alles. Wasserversorgung, Glücksspiel, Drogenhöhlen und Tavernen, Freudenhäuser und Verkaufsläden. Die Leute, die hier lebten, versuchten trotz aller Widrigkeiten ihr Leben zu meistern. Es war nicht einfach. Die Luft war an guten Tagen abgestanden und faulig, an schlechten durch Rauch aus Räuchereien und von Bränden verpestet. Das Wasser war schal und verschmutzt. Die Essensversorgung bestand daraus, dass alle alles aßen was gerade ihren Weg kreuzte. Krankheiten und Seuche, Angst und Aberglaube grassierte.

Das Apothecarium war zwischen der Hauptkaverne und Nasser Markt verortet, einem Viertel der Unterstadt, in welchem viele Händler zugange waren. Der Name rührte daher, dass über ihnen in der Oberstadt ein Kanal entlanglief, dessen Inhalt stetig von der Decke und die Wände entlang tropfte. Das Holz, welches die Wohnbaracken und Geschäfte bildete, war gammlig und grün verfärbt.

Maelle schritt die engen Gassen, die durch kleine Höhlungen in der Decke weit über ihr und Fackeln und Öllampen in ewiges Zwielicht gehüllt wurden, entlang. Sie ging an Kindern vorbei, welche sich aus Treibholz Schwerter geschnitzt hatten und damit aufeinander einprügelten. Sie kam an Staubkranken vorbei, Süchtigen, welche sie anflehten ihr etwas von der Droge zu bringen. Der nasse Markt bestand aus einem Hauptplatz, den ein Kanal teilte. Als sie über eine der zahllosen Holzbrücken ging, klammerte sich ein alter Veteran an sie, der seine Beine verloren hatte und bat sie um eine Münze. Maelle hatte einige Mühe sich loszureißen. An der anderen Seite blieb sie kurz stehen. Der Fluss war nur wenige Schritt breit. Fluss war auch das falsche Wort, es war eher ein braungrüner Kanal. Auf dem Wasser trieben Holzreste, Unrat, Dreck, wie auch die Leiche eines Vogels. Maelle fragte sich wie der hier heruntergekommen war, hier gab es normalerweise keine Vögel. Nur Ratten, einige Katzen und

Streuner. Der Strom entsprang einer Quelle in einer kleineren, unerschlossenen Höhle nahe des Aufgangs zur Oberstadt. Er floss durch den nassen Markt, das neue Wasserwerk, welches für die Wasserversorgung für die meisten Viertel der Unterstadt zuständig war und das alte Wasserwerk, welches nicht mehr genutzt wurde und jetzt als Behausung für die Ärmsten der Armen diente. Man hatte Glück, wenn man im neuen Wasserwerk eine Anstellung fand. Die Arbeit war verhältnismäßig gut und einigermaßen ausreichend bezahlt. Das konnte man von sonst keiner Arbeit in der Unterstadt behaupten.

Maelle ging weiter. Eine Gasse trennte sie noch von der Glimmerstube. In den Schatten des nächsten Gebäudes sah sie zwei Gestalten eine andere bedrängen. Sie erkannte die grauen Kleider der Pariah. Die zwei Gauner warfen ihr böse Blicke zu, als sie stehen blieb. „Geh weiter Arkanistin, das ist nicht dein Belang." Einer der Männer winkte sie weiter.

Der Bedrängte, ein Mann mit beginnender Glatze, sah sie flehentlich an. Maelle biss sich auf die Unterlippe und setzte ihren Weg fort. Wenn sie sich jetzt mit der Pariah anlegte, konnte sie das Glimmermoos vergessen.

Maelle hatte die Glimmerstube fast erreicht. Sie war eine Taverne, ein Bordell und eine Drogenhöhle gleichermaßen. Für Geld bekam man hier fast alles. Maelle öffnete die schmutziggrauen Vorhänge, welche die Tür ersetzten und trat ein. Ein umstoßender Qualm empfing sie, Rauchschwaden hingen unter den alten Brettern, die das Erdgeschoss vom ersten Stock trennten. Maelle war zuvor schon hier gewesen, doch verschlug es ihr jedes Mal aufs Neue die Sprache. Sie stand in einem kleinen Vorraum, in welchem sie ein Muskelprotz böse angrunzte. „Was willst du hier, Arkanistin?" Seine Nase war mehrfach gebrochen und auf seinen Oberarmen war eine Tätowierung der Pariah gestochen. Dass sie sofort als Arkanistin und Apothecaria erkannt wurde lag an ihrer grün-weißen Kleidung, die typisch für ihre Zunft war. „Ich will Glimmermoos kaufen."

Der Türsteher schnaubte. „Pff. Geh zu Freyk, hinter dem Tresen. Der hat das Zeug." Er machte den Weg frei und ließ sie ein.

Maelle fand sich in einem großen Schankraum wieder. Ein Lautenspieler und eine Trommlerin spielten leise verschiedene Melodien. Maelle meinte das Trinklied ‚Ein Krug ist nie genug‘ aus dem übrigen Lärm herauszuhören.

In der Unterstadt hatte Zeit eine relative Bedeutung, Tag und Nacht gab es hier, aufgrund der ewigen Düsternis, nicht. Leute nahmen ihr Frühstück ein, während andere am gleichen Tisch ihr Nachtmahl aßen. Arbeiter, welche gerade ihre Schicht begannen zechten mit Arbeitern, welche staubbedeckt aus den Minen kamen. An den Wänden waren kleine Nischen eingelassen, aus denen lustvolles Stöhnen drang. Maelle wusste, dass man käufliche Liebe primär im Untergeschoss bekam, allerdings kostete dieser Zuwachs an Privatsphäre extra. Es schien aber auch niemanden zu stören, wenn man diesen Luxus nicht annahm und seiner Lust direkt im Schankraum, hinter mottenzerfressenen Vorhängen nachging. Ein kleiner, buckeliger Mann wollte Maelle Schutzanhänger von mehreren Gottheiten verkaufen, welche, wie Maelle sah, aus Knochen, Holz und Federn gefertigt waren. Sie drängte sich an ihm vorbei, Richtung Tresen. Ein junger Mann mit entblößter Brust und kurzem Rock drängte sich zu ihr und versprach ihr die Nacht ihres Lebens für nur wenige Kronen. Maelle lehnte dankend ab, der Mann zog schmollend davon. Ein Betrunkener rannte sie fast über den Haufen, ein anderer dankte ihr weinend, dass sie seinen Bruder vor dem Tod durch eine infektiöse Wunde gerettet hatte. Sie konnte sich nicht an das Gesicht des Betrunkenen erinnern, vermutlich verwechselte er sie mit einer ihrer Schwestern im Apothecarium.

Als sie endlich den Tresen erreichte setzte sie sich auf einen verlotterten Hocker und bestellte ein Bier beim Wirt. Ein Mann mit Kapuze und einem Estoc auf dem Rücken, der zu ihrer Linken saß, sprach sie geheimnisvoll an, ob er nicht ihre Dienste kaufen könne. Sie lehnte ab. Zu ihrer Rechten saß eine junge Frau in ihrem Alter, die sie ansprach und nach ihrer Schwester fragte, die sie vermisste. „Bitte, habt Ihr eine Frau gesehen, die mir ähnlich sieht? Dunkle, lockige Haare? Sie schloss sich der Pariah bei Neuer Schacht an." Maelle schüttelte den Kopf. Wenn sie der Pariah beigetreten war, war sie entweder für ihre Schwester für immer verloren oder tot. Die Pariah verließ man nicht einfach wieder, hatte Maelle gehört. „Wenn Ihr sie seht, bitte sagt ihr ihre Schwester Sta…"

Sie wurde unterbrochen von einem Mann hinter dem Tresen, der einen Krug Bier vor Maelle abstellte. „Soso, besucht uns der Arkanistenorden mal wieder? Wie läuft die Arbeit im Apothecarium, Medame?" Die Worte wurden von einem gerissenen Lächeln begleitet, mit dem der Wirt Maelle zwei goldene und ansonsten sehr schmutzige gelbe Zähne zeigte.

Maelle lächelte verschmitzt zurück. Sie kannte diesen Schlag Mensch. „Sie würde deutlich besser laufen, wenn wir mehr Glimmermoos hätten."

„Was wohl auch gleich den Grund Eurer Anwesenheit in meinem illustren Etablissement erklärt." Der Wirt prostete ihr zu.

Maelle stieß mit ihm an und trank einen großen Schluck. Das Bier schmeckte schal und abgestanden. „Seid ihr Freyk, der Wirt?"

Der Wirt lächelte erneut. „Der bin ich, Medame."

Maelle beschloss die beste Strategie wäre es direkt zur Sache zu kommen. „Ich benötige drei Pfund Glimmermoos. Unsere Vorräte gehen zur Neige und wir können die Staubkranken nicht mehr behandeln."

Freyk machte eine unschuldige Miene. „Und wie kommt Ihr darauf, dass mein Etablissement solch eine Menge an Glimmermoos zur Verfügung hat?"

Maelle roch übertrieben in den Raum hinein und machte eine weite Armebewegung, welche das ganze Lokal einschloss. „Wenn mich nicht alles täuscht rieche ich hier Glimmermoos in der Luft. Jeder zweite in Eurem, wie ihr es nennt, Etablissement, raucht das Zeug. Ich bin mir sicher Ihr habt genug."

„Nehmen wir mal an ich hätte die von Euch geforderte Menge. Wie gedenkt Ihr denn zu zahlen?" Er schenkte ihr ein widerwärtiges Grinsen und betrachtete sie von Kopf bis Fuß. „Eine Möglichkeit würde mir da einfallen, hübsche Männer und Frauen kann ich immer gebrauchen."

Maelle unterdrückte den Reiz ihm ins Gesicht zu schlagen. Sie wusste, dass er nur die Sprache der Unterstadt sprach und dennoch widerte es sie an. „Mein Orden nimmt zwar kein Geld von Armen und Kranken, ist allerdings nicht mittellos. Ihr bekommt das Geld zum handelsüblichen Marktpreis der Unterstadt, wenn Ihr die Ware im Apothecarium abliefert."

Freyk schüttelte entschieden den Kopf. „Vergesst es. Ihr zahlt erst und dann schaue ich was ich für Euch und Eure kleine Armenstätte auftreiben kann."

Maelle lächelte jetzt ihrerseits. „Ihr denkt doch nicht ernsthaft, dass ich mit so vielen Kronen durch die Gassen laufe. Ihr bekommt Euer Geld, wenn ihr im Apothecarium seid. Darauf habt Ihr nicht nur mein Wort, sondern auch das der obersten Schwester Anyka."

Die verhärtete Miene des Wirts löste sich etwas. „Aaaaaah, Anyka. Es ist lange her seit ich das Vergnügen mit ihr hatte. Ist sie immer noch Leiterin des Apothecariums? Vielleicht sollte ich ihr wirklich mal wieder einen Besuch abstatten." Er bemerkte Maelles genervten Gesichtsausdruck. „Und Euer gewünschtes Glimmermoos dabei mitbringen, keine Sorge. Morgen habt Ihr es."

„Habt Dank Meser Freyk." Maelle trank noch einen Schluck aus ihrem Bierkrug und stellte ihn auf dem Tresen ab. Das war besser gelaufen als erwartet, dachte sie sich.

Sie wandte sich zum Gehen. Der Maskierte links von ihr wollte es nochmal bei ihr versuchen, sie winkte ihn aber ärgerlich zurück. Auch die schwarzhaarige Frau zu ihrer Rechten fragte erneut aufgebracht nach ihrer Schwester, doch auch sie scheuchte sie nur davon.

Der Wirt rief ihr noch etwas hinterher, als sie schon in der Mitte des Schankraumes stand. „Wisst Ihr was, Medame, Ihr erinnert mich sehr an Anyka. Und das ist ein Kompliment."

Maelle machte einen gespielten Knicks in seine Richtung und bahnte sich durch die Menge nach draußen. Dort angekommen nahm sie einen tiefen Luftzug. Die Luft war zwar nicht gut, aber angenehmer als in der Glimmerstube. Maelle ging guten Mutes zurück Richtung Apothecarium. Sie nahm einen anderen Weg als den Hinweg, vorbei an den Kanälen, die sich durch Nasser Markt zogen. Im Grunde mochte sie Orte wie die Glimmerstube. Sie waren lasterhaft und dreckig, aber auch voller Leben. Sie genoss es den Erfahrungen der Arbeiter zu lauschen und hörte sich gerne die Geschichten der Dirnen an.

Auf dem Rückweg kam sie an der Glaubensstraße entlang. Das war nicht ihr richtiger Name, sie hatte keinen, aber Maelle nannte sie so. Schreine reihten sich dort an Schreine. Schreine von arkanen Heiligen, verschiedener Volkssagen und erfundener Gottheiten waren viel vertreten, allerdings war auch der Glaube des Einen aus dem Westreich mittlerweile im Ostreich angekommen. Viel Platz nahmen auch viele kleinere Kultgebäude ein. Sekten und Kulte florierten dieser Tage in der Unterstadt. Sie versprachen einen Ausbruch aus dem tristen und dreckigen Alltag und Rettung vor ausgedachten oder echten Bedrohungen. Ein Prediger für einen Kult stand nackt auf einer grob gezimmerten Statue seines Götzens, nur mit Gebetsbändern bedeckt. Die selbsternannte Hohepriesterin eines anderen Kultes hatte ihr dreckiges Gewand mit Katzenschädeln dekoriert und kreischte vom Untergang des Kontinents. Nur ein kleiner Junge hörte ihr gebannt zu. Eine größere Menschenmenge stand vor dem Altar einer neuen Sekte, deren Akolythen vor einer in der Unterstadt umgehenden Gotterscheinung warnte. Beruhigen konnte man ihn scheinbar indem man nicht mehr aß oder nur noch sehr wenig aß. Andernfalls würde man grausam von ihm hingeschlachtet werden. Die Sekte nannte sich die ‚Hungerkinder‘, wie sie im Vorbeigehen aufschnappte.

Sie machten sich die Angst der Leute vortrefflich zunutze. Tatsächlich gab es Mordserien in der Unterstadt. Allerdings gab es seit Maelle hier ihren Dienst verrichtete schon immer mindestens eine. Maelle zog kopfschüttelnd an ihnen vorüber und machte sich weiter auf den Weg in das Apothecarium.

Dort angekommen ging sie sofort in die Schreibstube der obersten Schwester, ohne die durch den Dreck der Straße schmutzigen Säume ihres Gewandes zu reinigen. Anyka schreckte überrascht auf als Maelle ohne zu klopfen eintrat. „Oberste Schwester, ich konnte das Glimmermoos organisieren. Der Wirt hat zugestimmt das Moos zu liefern, er wird morgen hier sein."

Anyka lächelte sie an, aufgrund der überschwänglichen Freude. „Sehr gut, Schwester Maelle. Das hast du wirklich gut gemacht."

Maelle wollte den Raum verlassen um die frohe Botschaft ihren Brüdern und Schwestern mitzuteilen, als Anyka sie noch einmal aufhielt. „Maelle, meine Liebe, vorhin war ein Bote da. Er kam direkt aus dem Goldenen Palast. Die Kaiserin erwartet deine Anwesenheit in zwei Tagen im Goldenen Palast. Worum es genau geht wurde mir nicht gesagt, du sollst aber mit wenig Gepäck abreisebereit im Palast sein. Unser Orden ist in die Sache involviert, es scheint etwas Wichtiges zu sein."

Maelle hielt inne. Sie versuchte sich auszumalen was die Anwesenheit von ihr im Goldenen Palast rechtfertigen konnte, kam jedoch zu keinem Ergebnis. Sie hatte noch nie mit der Kaiserin verkehrt. „Und der Bote hat nicht gesagt worum es ging?"

„Nein, das hat er nicht. Ich bin mir sicher die Sache wird sich schnell klären." Anyka war aufgestanden und klopfte Maelle beruhigend auf die Schulter. „Nun geh, und genieße den Erfolg den du heute hattest."

Kapitel V

Aufbruch

Galizina, Ostreich, Goldener Palast, Goldhafen im Sommer 1271

Der Raum war voll. Maelle war vom Herold der Kaiserin über eine weite Galerie zur Rechten des Thronsaals in einen großen Raum im Ostflügel geleitet worden, den man den Kriegssaal nannte. In der Mitte stand ein Tisch, auf dem eine Karte des Ost- und des Westreichs angebracht war. Kleine Fähnchen und Steine markierten wichtige militärische und zivile Orte. An den Wänden hingen dekorative Schwerter, Banner und weitere Karten. Es war dem Raum anzusehen, dass er überwiegend von Militärs benutzt wurde. Maelle vermutete, dass Generäle hier mit der Kaiserin Strategien diskutierten und mit den Oberen des Arkanistenordens Pläne ausarbeiteten.

Der Herold kündigte sie an, in einer höfischen, tragenden Stimmlage. „Maelle Dorn, Apothecaria ersten Grades des Arkanistenordens."

Er verschwand wieder und die schwere Tür wurde von einem Drushinar hinter ihm geschlossen. Maelle erkannte Jaegar Raul, den Erzarkanisten ihres Ordens. Das letzte Mal hatte sie ihn bei ihrer Weihe gesehen, und das war viele Jahre her. Sie erinnerte sich aber gut an seine strenge, aber gerechte Miene. Neben ihm stand Eleni Svoboda, die oberste Apothecaria. Mit ihr hatte Maelle häufiger zu tun. Svoboda traf sich gelegentlich mit der obersten Schwester Anyka, um Geldmittel und Bedarf für die Unterstadt zu diskutieren. Bei einigen der Gespräche war Maelle auch anwesend gewesen. Maelle hielt sie zwar für bemüht, sie verstrickte sich aber für ihren Geschmack zu sehr in Bürokratie.

Maelles Herz schlug etwas schneller. Sie war nervös. Ehrerbietig deutete sie eine Verbeugung in die Richtung der beiden, welche im Grunde ihre Vorgesetzten waren, an. Die beiden erwiderten den Gruß mit einem Nicken.

Im Raum stand außerdem ein Mann in der Rüstung eines hohen Stadtwachenoffiziers. Maelle erinnerte sich dunkel an ihn. Er war Lieutnant der Stadtgarde und damit einer der direkten Vertreter des Kommandanten. Sie hatte viel Gutes über ihn gehört, er war häufiger bei der obersten Schwester Anyka gewesen. Viele Mittel hatte die Stadtwache nicht, vor allem nicht für Unterstädter, aber er hatte immer versucht diese bestmöglich einzusetzen.

Der Lieutnant war, bevor Maelle angekündigt wurde, im Gespräch mit einer adrett gekleideten Frau gewesen. Ihre Kleidung wirkte zweckmäßig aber edel. Für Maelle sah sie aus wie eine Adelige, das Gesicht war ihr aber unbekannt. Trotzdem nickte die Frau Maelle freundlich zu, Maelle erwiderte den Gruß. An den Seiten des Raumes standen kaiserliche Wachen, Drushinars in prächtigen, goldenen Brustpanzern und dreifarbigen, geschlitzten Uniformen und Bedienstete, welche den Anwesenden Erfrischungen reichten. Maelle wusste nicht so recht wohin mit ihr, daher ging sie zu Svoboda und Raul.

„Erzarkanist Raul, oberste Apothecaria Svoboda, es ist eine Ehre Euch wieder zu sehen."

Svoboda antwortete. „Die Ehre ist ganz unsererseits liebe Schwester. Nehmt euch eine Erfrischung, die Kaiserin wird sicher gleich erscheinen."

Ein Bediensteter eilte herbei, mit einem silbernen Tablett bewaffnet, auf dem Kelche standen. Er bot ihr leichten Wein an. Maelle nahm einen Kelch und nippte vorsichtig daran. Sie wollte einen kühlen Kopf bewahren und wusste nicht wie stark der Wein im Vergleich zu den Alkoholika in der Unterstadt war.

Die Tür öffnete sich erneut, doch es war nicht die Kaiserin die eintrat. Den Herold begleitete dieses Mal ein Arkanist in den späteren Jahren seines Lebens. Er hatte buschige Augenbrauen und einen grimmigen Blick. Wie bei Maelle kündigte der Herold den Neuankömmling trällernd an.

„Sunder Nowak, Scientus ersten Grades des Arkanistenordens." Der Arkanist würdigte die übrigen Anwesenden keines Blickes. Er ging zielstrebig auf Raul und Svoboda zu und verbeugte sich. Die beiden Arkanisten erwiderten den Gruß. Maelle hatte länger nicht mehr mit einer

Schwester oder einem Bruder der Scientii gesprochen. Sie galten als der eigensinnigste, verschwiegenste Teil des Arkanistenordens. Während Apothecarii heilten, halfen und retteten, forschten Scientii, sowohl in der Schreibstube als auch in altgalizinischen Ruinen, an arkanen Adern und allem Anderen was für sie von Interesse war. Maelle nahm sich vor unbedingt mit ihm zu sprechen.

Paulina war in ein leises Gespräch mit Lieutnant Zenon vertieft, beobachtete aber ihre Umgebung. Sie nestelte am geschlossenen Kragen ihres blauen Hemdes. Ihr war heiß und sie war etwas nervös. Wie würde die Kaiserin ihr nach ihrem letzten Streit begegnen?

Mittlerweile hatte sich der Raum gefüllt. Die junge Apothecaria in den grün-weißen Gewändern ihres Ordens, die vor wenigen Augenblicken eingetreten war, stand bei ihren Vorgesetzten und schaute sich, genau wie Paulina, im Raum um. Paulina kannte den Erzarkanisten und die oberste Apothecaria. Durch ihren Dienst in der Handelsgilde hatte sie mit vielen Menschen aus Goldhafen zu tun, darunter auch die Arkanisten des Ordens. Sie fragte sich, wie schon tausende Male zuvor, was der Zweck ihrer Zusammenkunft war. Ein Lieutnant der Stadtwache, eine Apothecaria, sie selbst als Vertreterin der Handelsgilde und der eben eingetroffene Scientus.

Doch scheinbar würde es dabei nicht bleiben, die Tür öffnete sich erneut und wieder war es nicht die Kaiserin die eintrat. Ein Mann, vollständig in geschwärzter Rüstung, betrat den Raum.

Der Herold kündigte an. „Lev van Zanger, Kommandant der schwarzen Reiter und Leibwächter der Kaiserin." Das überraschte Paulina wirklich. Sie kannte die berüchtigten schwarzen Reiter natürlich, sie waren eine Söldnerkompanie aus der freien Stadt Arnhem, einem Stadtstaat im Osten von Galizina. Paulina wusste, dass sie sich seit längerem in den Diensten von Galizina befanden. Unter anderem waren sie im Sezessionskrieg gegen Levka, welcher Gegenstand ihres Streits mit der Kaiserin gewesen war, eingesetzt worden. Paulina schnaubte innerlich. Sezessionskrieg. Die Stimmung in den Nordoblasten war zwar in weiten Teilen pro-levkisch, aber nie hatten sie das Vorhaben geäußert sich abspalten zu wollen. Den einfachen Bürgern war es doch egal, wer über sie herrschte. Was Paulina so überraschte war, dass er als Leibwächter der Kaiserin angekündigt worden war. Sie hatte ihn noch nie in der Stadt gesehen, vermutlich führte er anderswo Aufträge aus. Der Söldner stand etwas unsicher im Raum, bevor er sich seitlich an eine Wand stellte und dort, einer Statue gleich, verharrte.

Lev van Zanger fühlte sich unwohl. Er wusste nicht was er hier sollte. Die letzten Aufträge, die er für die Kaiserin erledigt hatte, hatten nie vorgesehen, dass er mit Mitgliedern des Kaiserhofs plauderte. Er war in den letzten Jahren auch häufiger als Teil der kaiserlichen Leibgarde eingesetzt worden, doch hatte er dort immer einen klaren Auftrag gehabt. Wenn die Kaiserin an einer Parade teilnahm, dann sorgte er zusammen mit den Drushinar dafür, dass sich ihr niemand näherte. Wenn die Kaiserin Diplomaten oder andere Staatsoberhäupter empfing stand Lev hinter dem Thron und sorgte dafür, dass der Kaiserin nichts passierte. Wenn die Kaiserin reiste, dann sorgte er dafür, dass die Reise reibungslos verlief. Lev war zunehmend ungeduldiger geworden. Er verstand nicht, wieso die Kaiserin gerade ihn hier benötigte. Ihre Drushinargarde schaffte es auch gut ohne ihn, Gefahren von der Kaiserin fernzuhalten. Lev nahm an, dass die Kaiserin sich mit ihm schmückte. Die schwarzen Reiter wurden nur von den reichsten und mächtigsten Fürsten und Herrschern angeworben. Lev seufzte. Er hatte schon viel für die Kaiserin gemacht, doch nie war er angehalten worden in einem Raum mit fremden Personen zu stehen und zu warten.

Lev hatte sich gut positioniert, er hatte den ganzen Raum im Blick. Er blinzelte zu den vier Arkanisten, die in einer der Ecken des Raumes standen. Obwohl er den Erzarkanisten erkannte, war es komischerweise der Weißbärtige, welcher arrogant und unnahbar wirkte. Zu Levs Linker standen ein Gerüsteter und eine weitere Person. Lev erkannte die Insignien, die den Gerüsteten als Lieutnant der Stadtwache auszeichneten. Die Adelige kannte Lev nicht. Er fragte sich, wie so viele Male, wie lange die Kaiserin noch seine Dienste benötigte. Er sehnte sich danach zu seinen Kameraden zurückzukehren. Er wusste nicht einmal wo sie gerade dienten. Sie waren noch in den Diensten von Galizina, aber Lev war unbekannt wo sie sich aufhielten und was sie taten. Er wagte es jedoch nicht die Kaiserin zu fragen.

Lieutnant Zenon Grajev sprach wieder mit der jungen Nowgoroda. Sie hatte ihm erzählt, dass sie den Schaden, die die Kapitänin der ‚Eisvogel‘ erlitten hatte, mildern hatte können. Die Kapitänin musste den Wert der verlorenen Waren nicht an die Gilde zahlen und Nowgoroda hatte einige Kronen für die Reparatur ihres Schiffes aufbringen können, trotz des Status der Kapitänin als Freihändlerin. Zenon hatte keine Sekunde daran gezweifelt. Sie wirkte zwar zierlich, Zenon hatte aber gelernt, dass sie sich durchaus durchzusetzen wusste.

Er schaute sich im Raum um und versuchte die anderen anwesenden Charaktere einzuschätzen. Er sah, dass das jeder im Raum tat. Alle wussten es gut zu verstecken, aber Zenon war lange auf den Straßen von Goldhafen und in der Unterstadt unterwegs gewesen um gelernt zu haben, wie Leute andere versteckt musterten. Schon mehrmals hatte ihm das das Leben gerettet als er merkte, dass ein Dieb gerade abwog ob es den Versuch wert war ihn auszurauben. Hier war das nicht anders, nur dass es weniger um das Ausrauben ging als um das Einschätzen der Anderen.

Zenon kannte die meisten von Ihnen. Mit den Arkanisten hatte er bisher wenig zu tun gehabt, die Apothecaria meinte er aber zu kennen. Wenn er sich nicht täuschte, diente sie in der Unterstadt, unter der Leiterin des Apothecariums. Den schwarzen Reiter kannte er nur vom Sehen. Er hatte ihn in den letzten Monaten ein oder zweimal in der Gegenwart der Kaiserin beobachtet. Ihn wunderte nicht, dass sie sich mit schwarzen Reitern umgab, viele Herrscher hatten das in der Vergangenheit getan. Zenon wusste das deren Dienste sehr kostspielig waren, es war für die Oberen eine Art Prestige sich mit ihnen zu schmücken.

Die Tür wurde erneut geöffnet. Diesmal war es tatsächlich die Kaiserin, welche hinter dem Herold eintrat, der sie großspurig ankündigte. „Ihre Majestät, die Kaiserin Alessia Loretta Vyrkov von Goldhafen, Herrscherin des großen kaiserlich und königlich vereinten heiligen Reiches Galizina."

Alle Anwesenden versteiften sich. Die vier Arkanisten verbeugten sich, der schwarze Reiter stand stramm und schlug sich mit der gepanzerten Faust vor die Brust, Paulina machte einen tiefen höfischen Knicks und Zenon Grajev senkte förmlich den Kopf.

Die Kaiserin macht eine graziöse Handbewegung, welche ihnen bedeutete sich zu entspannen. Kaiserin Alessia hatte ein malvenfarbiges Kleid mit langer Schleppe an, auf dessen Ärmeln der galizinische Doppeladler prangte und welches mit dicken Goldfäden duchzogen war. Auf ihren schwarzen Haaren ruhte ein kleiner Reif, auf dem mehrere Bernsteine prangten. Sie rauschte zu Jaegar Raul, welchen sie förmlich mit wenigen Worten begrüßte. Er erwiderte ehrerbietig diesen Gruß. Natürlich stand die Kaiserin über dem Arkanistenorden, doch war sein Einfluss und seine Macht so groß, dass die Kaiserin sich dazu herabließ sein Oberhaupt separat zu begrüßen. Mit allen anderen tat sie das nicht.

Sie trat zurück an die Tür und ließ ihren Herold, sprechen. „Werte Medames und Mesers, die Kaiserin dankt Euch für Euer Kommen. Ich möchte gleich zur Sache kommen, Zeit ist kostbar. Vor wenigen Wochen erreichte uns ein Brief der Dorfarkanistin von Trocnov. Dieser berichtet von … nun… eigenartigen Umständen um Trocnov. Meser Raul und Medame Svoboda, Ihr solltet über die Umstände bereits unterrichtet sein." Die beiden nickten ernst. Der Herold fuhr fort. „Zeitgleich berichtet der Bürgermeister von Trocnov von den gleichen Vorgängen. Jäger, Pilzsammler, Holzfäller, Fischer sollen alle von eigenartigen Vorgängen im Bereich des Anwesens einer lokalen Adelsfamilie berichtet haben. Es gab bereits Tote und Verletzte. Ihr seid erwählt worden…"

„Ihr sollt die Vorgänge untersuchen", unterbrach ihn die Kaiserin herrisch und trat vor. „Ihr reitet nach Trocnov und prüft die Berichte des Bürgermeisters und des Ordens." Die Kaiserin schaute den Anwesenden der Reihe nach in die Augen. „Grajev, Ihr seid für die Sicherheit der Gruppe und der Bürger vor Ort verantwortlich. Van Zanger, Ihr unterstützt ihn dabei. Nowak,

Ihr seid vor allem für die Erforschung der Ursache verantwortlich. Dorn, Ihr werdet die verursachten Verletzungen untersuchen und Nowak zur Seite stehen. Nowgoroda, Ihr werdet prüfen welche wirtschaftlichen Auswirkungen die Vorgänge haben."

Zenon fiel auf, dass die Kaiserin alle der Reihe nach angeschaut hatte als sie sie angesprochen hatte. Außer Paulina Nowgoroda. Er wunderte sich was zwischen der Kaiserin und der Handelsgildenvertreterin passiert war.

Trocnov war, wie Zenon wusste, trotz seiner geringen Größe einer der wenigen Lieferanten für Grünbarsch, eines exquisitien Fisches, den das Ostreich in die ganze bekannte Welt exportiere.

Der Herold räusperte sich und fuhr fort. „Ein Kontrakt zur Beseitigung des Übels, welcher vor einigen Wochen ausgehängt worden war, wurde von einer Gruppe angenommen, welche wir der Pariah der Unterstadt zurechnen. Der Bürgermeister von Trocnov bestätigt diese Vermutung. Von den fünf Mitgliedern der Gruppe kehrte nur eines vom Anwesen zurück. Sie befindet sich derzeit in Gewahrsam der Stadtwache in Trocnov." Der Herold machte eine kurze Pause. „Ihr reist mit leichtem Gepäck und werdet ausschließlich dem Erzarkanisten und der Kaiserin berichten. Jegliche Vorgänge werdet Ihr dokumentieren und alle Gefahren werdet Ihr beseitigen. Die Kaiserin erwartet, dass Ihr die Ursache der… Ereignisse herausfindet und sie behebt."

Der Herold macht sich an weiter zu sprechen, die Kaiserin kam ihm aber zuvor. „Medame Dorn, beschäftigt Euch etwas?"

Die Apothecaria sah ertappt aus, fing sich aber sofort wieder. Zenon bewunderte das, sie sah nicht aus als hätte sie oft mit der Kaiserin oder auch nur dem niederen Adel zu tun. „Eure Majestät, wenn Ihr erlaubt. Ich frage mich ob es Hinweise gibt welche… nun Umstände uns dort erwarten. Euer Herold sprach von Toten und Verwundeten, allerdings sehr… vage. Gibt es Hinweise darauf, wer dafür verantwortlich ist?"

Die Kaiserin wechselte einen kurzen Blick mit dem Erzarkanisten. „Wir gehen nicht von Banditen oder Wegelagerern aus." Das dachte Zenon auch nicht, sonst hätten sie einfach die Stadtwache gerufen. Es musste etwas anderes sein.

„Einige Berichte sprechen von… nun, im Grunde wissen wir es nicht. Deswegen sollt Ihr es herausfinden, Medame."

Die Apothecaria verbeugte sich und nickte. Zenon knirschte beunruhigt mit den Zähnen. Ihm schmeckte das nicht, er wurde den Eindruck nicht los, dass die Kaiserin und die Arkanisten im Raum ihnen etwas verheimlichten. Die Kaiserin und der Erzarkanist wussten definitiv mehr über die Vorgänge, das sah man ihnen an. Zenon hasste das. Geheimhaltung und Intrigen waren nicht seine Art. Er ging Probleme am Liebsten direkt an.

Die Vertreterin der Handelsgilde, Paulina, räusperte sich leise. „Kaiserin, wenn Ihr erlaubt…"

Die Kaiserin sah sie das erste Mal direkt an seit sie den Raum betreten hatte. Ihre Hand vollführte eine einladende Geste in Richtung der jungen Frau. „Der Ort, Trocnov. Ihr hattet vorhin erwähnt, dass sich die Beobachtungen um das alte Anwesen einer lokalen Adelsfamilie konzentrieren. Wenn meine Erinnerung mich nicht trübt gab es dort vor einigen Jahren eine… nun eine Revolte gegen…"

Die Kaiserin streckte zwei Finger aus und bedeutete ihrem Herold zu antworten. Sofort machte dieser einen Satz nach vorne und drückte seine Brust heraus bevor er anhob zu erzählen. „Ihr habt Recht, Medame Nowgoroda. Im Jahr 1267, vor vier Jahren, kam es zu einem Aufstand der Bevölkerung von Trocnov gegen die Familie de Laukai, der Adelsfamilie, von der ich sprach. Eine nachträgliche kaiserliche Untersuchung der Inquisition stellte fest, dass die Familie der de Laukai jahrelang die örtliche Bevölkerung unrechtmäßig unterdrückt hatte. Als die Bevölkerung gegen die Umstände protestieren wollte, kam es zu einem Massaker. Mehrere Bewohner starben und die Familie der de Laukai wurde vollständig… nun, ausgelöscht."

Paulina runzelte die Stirn. „Und… wisst Ihr ob die damaligen Ereignisse etwas mit den… Gefahren zu tun haben mit denen sich die Einwohner heute konfrontiert sehen?"

Der Herold hüstelte in seine vorgehaltene Faust. „Das gilt es herauszufinden, Medame Nowgoroda."

Paulina hörte den Berichten der Kaiserin und ihrem Herold aufmerksam zu. Sie merkte, dass die Kaiserin und der Erzarkanist etwas verschwiegen, was sie, und scheinbar auch die anderen der Gruppe, nicht wussten. Die Kaiserin tat nun etwas was Paulina überraschte. Sie wies ihre Drushinas und die Bediensteten an den Raum zu verlassen. Umgehend kamen sie dem nach. Den Herold schickte sie ebenfalls hinaus. Widerwillig entfernte auch er. Der Erzarkanist und die oberste Apothecaria wurden ebenfalls von ihr aufgefordert den Raum zu verlassen. Ersterer versuchte schwach zu protestieren. „Eure Majestät, ich…"

„Ihr habt mich gehört, Erzarkanist. Ich danke Euch für Euer Beisein, Ihr dürft Euch nun wieder Euren Pflichten zuwenden."

Mürrisch dreinblickend verlies Raul den Raum, die oberste Apothecaria im Schlepptau. Als nur noch Maelle, Sunder, Lev, Zenon, die Kaiserin und Paulina im Raum waren stütze sich die Kaiserin erschöpft auf den Kartentisch in der Mitte.

„Die Mission ist von äußerster Wichtigkeit. Für das Reich und den Schutz seiner Bewohner. Ihr werdet äußerst diskret und umsichtig vorgehen."

Die Anwesenden nickten ernst. Sunder Nowak antwortete leise. „Ja, Eure Majestät."

Die Augen der Kaiserin richteten sich auf ihn. „Sunder Nowak, Ihr seid ein erfahrener und geschätzter Scientus. Untersucht die Vorgänge und macht Euren Orden und Eure Kaiserin stolz." Der Arkanist errötete vor Stolz und verbeugte sich tief. „Ihr dürft Euch zurückziehen, findet Euch vorne am Torhaus ein. Eure Sachen werden dort für Euch bereitstehen."

Sunder verbeugte sich nochmals. „Danke, Eure Majestät. Ich werde Euch nicht enttäuschen." Er verließ eilig den Raum.

Die Herrscherin wandte sich als nächstes Maelle Dorn zu. Die Apothecaria versteifte sich etwas. „Maelle Dorn, die oberste Apothecaria lobte Eure Fertigkeiten und Euren Einsatz im Apothecarium der Unterstadt. Mit neunundzwanzig Jahren eine Apothecaria ersten Grades zu sein muss Euch mit Stolz erfüllen. Ihr werdet der Aufgabe gewachsen sein, enttäuscht mich nicht."

Maelle verzog keine Miene und folgte Sunder durch die Tür. Die Kaiserin ging zum Lieutnant. „Lieutnant Grajev, Euer Vorgesetzter schwärmt von Euch. Ich habe Euch bereits einmal persönlich ausgezeichnet. Ich vertraue Euren Fähigkeiten."

Der Lieutnant verbeugte sich knapp und salutierte. „Ihr könnt auf mich zählen, Eure Majestät." Auch er verließ den Raum.

Kaiserin Alessia blieb vor dem schwarzen Reiter, Lev, stehen. „Lev, Ihr habt mir in den vergangenen Jahren treu gedient. Diese Aufgabe ist wichtiger als alle vorangegangenen. Ich gehe davon aus, dass Ihr mir so treu dienen werdet wie bisher."

Paulina bemerkte etwas Sonderbares. Die Gesichtszüge der Kaiserin, welche bisher eine Maske aus Eleganz und gewohnter Befehlsgewalt waren, schmolzen etwas. In ihr Gesicht legte sich etwas was Paulina am Ehesten mit Sehnsucht beschreiben würde. Sie legte ihm außerdem eine Hand auf den gepanzerten Arm als sie ihn verabschiedete. Er salutierte militärisch, indem er sich die Hand vor die Brust schlug. Die Geste passte nicht zu der Vertrautheit, mit welcher die Kaiserin ihn verabschiedete. Sie fragte sich in welchem Verhältnis die beiden zueinander standen. Der schwarze Reiter verließ ebenfalls den Raum.

Paulina war nun alleine mit der Kaiserin, ihrer ehemaligen Vertrauten und Freundin. Alessia stütze sich wieder auf dem Kartentisch ab, Paulina sagte nichts. Ein Moment verging. Zwei Momente vergingen. Paulina kam das Warten wie eine Ewigkeit vor.

Die Kaiserin brach die Stille. „Ich vertraue darauf, dass du mich unterstützen wirst wie du es in Vergangenheit getan hast."

Paulina fiel auf wie sie das Wort ‚in Vergangenheit' statt ‚immer' benutzte. Es schmerzte sie. „Natürlich Eure Majestät." Paulina meinte das so wie sie es sagte. „Ihr seid meine Kaiserin." Sie hielt kurz inne. „Und Freundin."

Die Kaiserin sah von der Karte auf und in Paulinas blaugraue Augen. Ihre Mundwinkel verzogen sich nach oben, zu einem schwachen Lächeln. Paulina fiel erneut auf wie erschöpft die Kaiserin aussah. Darüber täuschte auch der Lidschatten, der Puder und die aufgesetzte, herrschaftliche Miene nicht hinweg. „Es freut mich, dass du das so siehst Paulina." Kaiserin Alessia umrundete den Tisch und fasste ihre alte Freundin an den Armen. „Pass auf dich auf, bitte. Es ist eine gefährliche Angelegenheit, wir wissen nicht was euch erwarten wird. Halte dich an van Zanger und Grajev."

Paulina war fast daran zu fragen wie Alessia und Lev zueinanderstanden, sie dachte sich aber, dass ihr diese Frage nicht zustand und auch der Moment dafür unpassend war. Sie fragte stattdessen etwas anderes. „Alessia, was weißt du noch über die Vorgänge in Trocnov?"

Die Kaiserin sah aus als wäre sie innerlich hin und hergerissen. „Ich kann dir nicht mehr erzählen. Geh jetzt Paulina, die anderen warten sicher schon." Paulina war nicht zufrieden mit der Antwort, wusste aber, dass sie nicht mehr aus Kaiserin Alessia herausbekommen würde. Sie wollte sich verbeugen, doch Alessia hielt ihre Arme fest. Scheu umarmte die Kaiserin sie, Paulina streichelte kurz ihren Rücken. Es fühlte sich seltsam an, nicht so wie früher, als sie so eng befreundet gewesen waren. Diese Vertrautheit war kaum mehr zu spüren. Die Kaiserin entzog sich der Umarmung schnell wieder und lächelte Paulina vorsichtig an, so als könnte sie zu viel Lächeln. In diesem Moment erinnerte die Kaiserin Paulina wieder sehr an ihre alte Freundin. Ein Hauch der Vertrautheit, die zwischen den beiden einmal geherrscht hatte, kehrte kurzzeitig wieder zurück. Paulina seufzte schwermütig. Konnte ihr Verhältnis jemals wieder so eng werden wie es einmal gewesen war? Kaiserin Alessia drückte ihre Hand. „Viel Glück Paulina." Zügig verschwand sie aus dem Raum und ließ die Tür offen. Paulina atmete tief durch, trat ebenfalls durch die Tür. Sie machte sich auf den Weg zu den Anderen.

Lev stand vor einem niedrigen Tisch an den Quartieren der Drushinar, welche direkt an das äußere Torhaus des Goldenen Palastes angeschlossen waren. Er musste eine seiner Radschlosspistolen hierlassen, sonst würde sein Gepäck zu viel werden. Den Mund verziehend wog er eine davon in der Hand und steckte sie in sein Sattelholster am Pferd. Das andere, leere Holster band er los und warf es in eine Truhe an der Wachstube. Man hatte ihm versichert, dass der Inhalt der Truhe gut verwahrt werden würde, bis sie ihren Auftrag abgeschlossen hatten. Er band sich außerdem mehrere Pulverladungen an den Ledergurt, der seine Brust über seiner Rüstung umspannte. Sein Reitschwert schob er in die Scheide und band sie sich an seinen Hüftgurt.

Seine übrigen Habseligkeiten, welche überwiegend aus Proviant bestanden, warf er in seine Satteltaschen und zurrte sie fest.

Sunder Nowak, der kauzige Scientus schaute ihm dabei zu. „Eine Schande, das Erz für so etwas zu verschwenden", sagte er und deutete dabei auf die Radschlosspistole in dem Holster am Sattel. Lev sah ihn an. Er wusste nicht ob der Mann eine Antwort erwartete. Er zuckte mit den Schultern und widmete sich weiter seinen Satteltaschen. Alle Pulverwaffen nutzten Arkanerz als Explosivmittel. Das Erz war, in gemahlener Form, hoch entzündlich und setze eine enorme explosive Kraft frei, welche die Bleigeschosse mit hoher Geschwindigkeit aus dem Lauf katapultierte. Lev wusste, dass das einigen Arkanisten zuwider war, da sie das Erz in Reinform zur Verstärkung oder bei schwächer Begabten überhaupt zur Nutzung ihrer arkanen Fähigkeiten benötigten. Daher kontrollierte im Ostreich auch der Arkanistenorden die Arkanerzminen, in denen das blaue Gut gefördert wurde. Im Westreich dagegen, in welchem der Arkanistenorden nicht existierte, wurde das Arkanerz primär vom Militär für Schusswaffen eingesetzt.

Lev machte sich nichts daraus ob die Nutzung des Arkanerzes in Schusswaffen sinnvoll war oder nicht. Die Radschlosspistolen waren essentieller Teil seiner Bewaffnung, wie der aller anderen schwarzen Reiter. Ob ein merkwürdiger Arkanist etwas dagegen hatte war für ihn nicht von Belang.

Das Ausbleiben einer artikulierten Antwort störte den Scientus offensichtlich. „Lasst das Erz den Arkanisten, wir wissen Besseres damit anzufangen als Bleikugeln durch die Luft zu jagen." Lev reagierte wieder nicht. Es war es nicht wert diesbezüglich einen Streit in der Gruppe anzufangen. Sie waren die nächsten Tage, vielleicht sogar Wochen, gemeinsam auf Reisen, da wollte Lev keinen Unfrieden stiften. „Hört Ihr nicht, Söldner?"

Lev fühlte sich gezwungen sich zu ihm umzudrehen. Er verschnürte den letzten Lederstreifen und wandte sich dem Arkanisten zu. Bevor er etwas sagen konnte kam jedoch die junge Apothecaria dazu. „Bruder, die Einsatzmöglichkeiten von Arkanerz können sicher Gegenstand zahlreicher Diskussionen werden. Doch denke ich, ist es weniger sinnig dies hier, auf dem

Vorhof des Goldenen Palastes zu tun, während wir unsere Habseligkeiten einpacken und eine Reise antreten."

„Schwester, ihr versteht doch sicher…"

Maelle Dorn unterbrach den älteren Arkanisten. „Bruder, wenn Ihr die Kaiserin um Aufschub der Reise bitten möchtet, sodass Ihr die Frage um die Nutzung des Arkanerzes klären könnt, tut das gerne."

Sunder öffnete seinen Mund, schloss ihn aber schnell wieder. Schnaubend zog er davon, um seine eigenen Habseligkeiten auf den Pferderücken zu verstauen. Medame Dorn blickte Lev an, verdrehte die Augen und äffte still den Gesichtsausdruck von Sunder nach. Lev musste unter seinem Helm grinsen. Er mochte sie, sie wirkte freundlich. Die Apothecaria wandte sich ab, wieder ihrem Pferd zu.

„Danke", sagte Lev bevor Maelle außer Hörweite war.

Die Apothecaria lächelte. „Keine Ursache."

Lev war fertig mit dem Packen seines Pferdes. Er wollte Maelle Hilfe anbieten. „Braucht Ihr Hilfe bei Eurem Pferd Medame?"

„Es muss nicht so förmlich sein, nennt mich einfach Maelle. Helft Ihr mir mit meinem Kräuterrucksack?"

Der Rucksack, den sie meinte, war ein holzverstärkter, dunkler Lederrucksack der angenehm nach frischen Kräutern roch. Lev meinte Beifuß, Bärlauch und sogar getrockneten Thymian zu riechen. Er nahm ihn auf und suchte nach einem freien Platz an Maelles Pferd, was gar nicht so einfach war. Maelle hatte Tinkturen, Bandagen und weitere medizinische und alchemische Mittel dabei.

Die junge Handelsgildenvertreterin, Paulina Nowgoroda, eilte herbei. Sie war länger als die anderen bei der Kaiserin geblieben, Lev hatte zuvor schon vermutet, dass die Kaiserin und die junge Adelige sich kannten und nahestanden. Die Kaiserin hatte häufig von ihr erzählt. Meistens dann, wenn Sie alleine in ihren Privatgemächern oder dem Pavillon in den Gärten war und schon einige Gläser Wein getrunken hatte. Er war es langsam müde für die Kaiserin den Handlanger zu spielen. Er wollte zu seiner Truppe zurück. Er wusste nicht, wie es seinen Kameraden ging. Seit er sie vor etwas weniger als drei Jahren in Karenina verlassen hatte, hatte er nichts mehr von ihnen gehört. Die Kaiserin hatte ihm versprochen, ihn nach dieser Mission zu den schwarzen Reitern zurückkehren zu lassen. Lev hoffte sie würde ihr Versprechen halten. Er wollte sie wiedersehen. Und vor allem wollte er ‚sie' wiedersehen. Er musste wissen wie es ihr ging.

Lev hörte wie Medame Nowgoroda Maelle freundlich anbot den Kräuterrucksack für sie zu transportieren. Maelle dankte ihr. „Ach, das wäre wunderbar. Ich dachte immer ich besitze nicht viel, aber scheinbar doch mehr als ein einzelner Pferderücken stemmen kann."

Lev ging zum Pferd von Nowgoroda und band den Rucksack an die hintere linke Flanke, sodass er sie beim Reiten nicht stören würde. Er war überrascht ein Stoßrapier am Sattel der Handelsgildenfrau befestigt zu sehen. Sie stellte sich neben ihn und nestelte am Zaumzeug ihres Rappen.

Offensichtlich bemerkte sie seinen Blick. „Ich bin im Rapierfechten ausgebildet. Mein Vater legte viel Wert darauf, dass sich seine Kinder verteidigen können, nicht nur mit Wort und Schrift."

Lev hatte nicht damit gerechnet, dass sie im Kampf ausgebildet war. Das passte nicht zu dem Bild, was er bisher von ihr hatte. Jetzt wo Lev darüber nachdachte, war das Rapier aber durchaus eine Waffe die ihr stand. Edel, schnell und unscheinbar. Er wusste, wie so oft, wenn die Leute redeten, nicht, ob sie eine Antwort erwartete. Wenn dem so wäre, dann wüsste er trotzdem nicht was er antworten sollte. Er begnügte sich damit zu nicken und zu seinem Fuchs zurück zu gehen. Beruhigend strich er ihm über den Kopf. Die Pferde waren alle gesattelt, die Habseligkeiten verstaut.

Der Herold der Kaiserin war inzwischen in ihrer Mitte erschienen und wandte sich an die Gruppe. „Nun, Medames und Mesers, wenn Ihr soweit seid." Er wedelte aufgeregt mit einem Strauß Papier. „Ihr erhaltet eine kaiserliche Bevollmächtigung. Offizielle Organe und Bürger haben Euer Vorhaben zu unterstützen, wenn ihr dieses Schreiben vorzeigt." Auf dem gerollten, gelblichen Papier prangte das kaiserliche Siegel, der doppelte, große galizinische Adler. Lev nahm sein Schreiben entgegen, steckte es in eine seiner Satteltaschen und schwang sich auf sein Pferd, die anderen taten es ihm gleich. Er war gespannt wann und ob er dieses Schreiben brauchen würde. Der Lieutnant und Medame Nowgoroda saßen sicher im Sattel, Maelle hatte einige Mühe. Man sah ihr an, dass sie länger nicht geritten war. Sunder saß ebenso sicher im Sattel, er hatte nur einen Gesichtsausdruck aufgesetzte, als hätte er einen schlechten Duft in der Nase. Die fünf Reiter ritten schweigend durch das Tor und machten sich auf die dreitägige Reise Richtung Trocnov.

Kapitel VI

Annäherung

Galizina, Ostreich, zwischen Goldhafen und Trocnov im Sommer 1271

Am zweiten Tag der Reise erreichten sie eine Flussbiegung, die sich gut für ein Nachtlager eignete. Zu Ihrer Rechten erhob sich ein niedriger Kiefernwald, dessen Bäume knorrig auf dem sandigen Boden wuchsen. Gesäumt war der Wald von violett-weißem Heidekraut. Zu ihrer Linken floss ein kleiner Fluss knietief und langsam am Weg entlang. Das Wasser war kristallklar und mündete in der Bucht von Goldhafen. Das musste der Trocnov sein, der dem Dorf, auf das sie zusteuerten, seinen Namen gegeben hatte. Es roch wunderbar nach den Heidekrautblüten und dem holzigen Duft der Kiefern.

Zenon saß ab und streckte sich ausgiebig. Er war lange Reisen nicht mehr gewohnt. Das letzte Nachtlager war wenig komfortabel gewesen, ein kleines Gasthaus, das an einen Zollposten der Goldhafener Stadtwachen angeschlossen war, hatte ihnen als Unterschlupf gedient. Die Betten waren hart gewesen, die Strohmatratzen kratzig. Er löste seine Satteltaschen und legte sie neben dem Fluss auf den Boden. Zwischen Fluss und Weg wellte sich über einen sanften Hügel niedriges Gras, was sich perfekt für ihr Nachtlager eignete. Diesmal würden sie sogar ein Feuer machen können, im Gasthaus hatte es nur kalte Speisen gegeben. Die Apothecaria streckte sich genauso wie Zenon und sprach aus was Zenon dachte. „Dieses Mal können wir doch sicher ein Feuer machen, oder nicht?"

Zenon musste lächeln. „Unbedingt. Ich brauche etwas Warmes im Bauch."

Selbst bei der sommerlichen Hitze war eine warme Mahlzeit doch etwas anderes als nur Brot und Käse. Der Lieutnant hatte sich an diese kleine Art des Komforts gewöhnt. In Goldhafen aß er mindestens einmal am Tag, meistens abends, im trunkenen

Fischersmann, dem Gasthaus am Hafen in dem meistens die Stadtwachen einkehrten, warm. Herrliche Fischsuppe gab es dort.

Paulina nickte freudig, Lev und Sunder sagten gar nichts. Zenon hielt Lev nur für schweigsam und ruhig, Sunder dagegen war unfreundlich und arrogant. Er hatte während seiner Tätigkeit als Lieutnant in Goldhafen oft mit Arkanisten des Ordens zu tun gehabt. Arroganz war unter den Arkanisten als Eigenschaft weit verbreitet, seiner Erfahrung nach. Maelle Dorn war dagegen eine angenehme Abwechslung, sie wirkte sehr freundlich und irgendwie erfrischend. Vielleicht lag das an ihrer Tätigkeit in der Unterstadt, da kam man mit Arroganz sicherlich nicht weit. Maelle richtete sich gerade ihr Nachtlager ein, Paulina und Sunder taten es ihr nach.

„Kommandant, wollen wir Holz für ein Feuer sammeln?", fragte Zenon den schweigsamen Gerüsteten. Lev trug immer noch seinen Helm, wie die meiste Zeit. Zenon hatte ihn noch kein einziges Mal ohne gesehen. Im Schlaf trug er ihn natürlich nicht, allerdings zog er ihn erst kurz vor der Nachtruhe aus, und gegessen hatte er bisher immer etwas abseits der anderen. Zenon war gespannt, was er verbergen wollte, irgendwann musste er ja sein Gesicht sehen.

Lev nickte ihm zu und gemeinsam gingen sie in den sandigen Kiefernwald. Viel Holz gab es nicht, es sollte für ein kleines Feuer jedoch ausreichen. Zenon versuchte beim Sammeln mit van Zanger ins Gespräch zu kommen. „Der Platz eignet sich gut für ein Lager, findet Ihr nicht?"

Der schwarze Helm drehte sich in Zenons Richtung. „Das sehe ich auch so, Lieutnant. Drei Richtungen sind vom Fluss umschlossen." Zenon blickte den Mann irritiert an, was Lev van Zanger offensichtlich bemerkte. „Außerdem sehr schön." Er räusperte sich.

Der Lieutnant zog fragend eine Augenbraue hoch während er eine weiteres Holzstück vom Boden hob. „Ich sollte mich vermutlich nicht wundern, dass ihr sehr militärisch denkt." Es war keine Frage, es war nur eine Feststellung. „Sind die schwarzen Reiter schon lange in den Diensten der ostgalizinischen Krone?"

Der schwarz behelmte Krieger nickte ihm zu. „Ja Lieutnant. Seit Beginn des Sezessionskrieges im Norden kämpfen wir für die Kaiserin." Er stutze kurz. „Und den König natürlich. Für das vereinte Reich."

Zenon ließ das Holz sammeln für einen Moment bleiben und wandte sich vollständig dem Kommandanten zu. „Ihr habt im Sezessionskrieg gekämpft?"

Lev stellte nun seinerseits das Sammeln ein. „Ja."

„Wie war er... nun... wirklich. In Goldhafen, wie auch im Rest des Reiches wird er als großer Sieg gefeiert. Man hört, hinter vorgehaltener Hand, aber anderes."

Der schwarze Reiter deutete so etwas wie ein Schulterzucken an. „Der Krieg war blutig. Bekenner des Einen aus dem Westreich verwüsteten Dörfer der Nordoblaste. Levka und auch die galizinischen Armeen sorgten für weitere Verwüstung. Obwohl die galizinischen Armeen natürlich nur die Verteidigung von Karenina im Sinn hatten." Der letzte Satz kam zu schnell und hektisch. Es hörte sich an als hätte der Kommandant ihn auswendig gelernt.

Zenon runzelte die Stirn. Der schwarze Reiter vermutete wohl, dass er vor ihm aufpassen musste was er sagte. Und er war auch nicht zu Unrecht vorsichtig, gegen die offizielle Deutung dieses Krieges zu sprechen wurde als Hochverrat gewertet. „Ihr braucht es nicht schönreden, Kommandant. Ich bin kein Inquisitor."

Der Gerüstete nickte und fuhr fort. „Die Armeen wurden vom Land ernährt, welches daraufhin ausblutete. Wie glorreich dieser Krieg war weiß ich nicht. Für die schwarzen Reiter und alle anderen Beteiligten war er blutig und Heldentum gab es, wie in jedem Krieg, keinen. Nur das Schlachten."

Zenon hatte nicht das Gefühl, dass van Zanger das fatalistisch oder unfreundlich meinte. Er wirkte so, als würde er, relativ frei von Emotion, seine Erfahrungen des Krieges schildern. Er nickte ihm nachdenklich zu, unsicher was genau er von dieser Antwort halten sollte. Schweigend sammelten die beiden Männer weiter Holz. Als sie genug beisammen hatten gingen sie zurück zum Lager. Kurz bevor sie das Lager erreichten sprach Zenon Lev noch einmal an. „Kommandant, nennt mich Zenon, das ‚Meser‘ oder ‚Lieutnant‘ muss nicht ständig sein."

Van Zanger betrachtete seine ausgestreckte Hand und schüttelte sie. „Lev."

Paulina machte ihr Stoßrapier vom Sattelholster los und zog es. Die prunkvolle Scheide warf sie neben ihr Schlafzeug ins Gras. Wie gestern wollte sie trainieren. Der persönliche Fechtlehrer, der sie bis letztes Jahr im Fechten unterrichtet hatte, hatte ihr einige Übungen gezeigt, die sie selbstständig machen konnte und Paulina hielt sich daran. Sie wollte wehrhaft sein und bleiben. Sie dehnte ihre Muskeln kurz, streckte ihr Rapier seitlich von ihrem Körper weg und hob es zackig vor ihr Gesicht, als Fechtergruß für ihren imaginären Gegner. Anschließend übte sie Stiche und Schnitte, Drehungen und Paraden mit ihrem eleganten Fechtschwert. Praktisch einsetzen hatte sie ihre Fertigkeiten glücklicherweise noch nie müssen.

Sie merkte nicht, wie der Söldnerhauptmann ihr bei ihren Übungen zusah. Nach einigen Minuten kam er in ihre Richtung geschlendert und unterbrach den Fluss ihrer Übungen. „Medame, wenn Ihr möchtet können wir gemeinsam trainieren."

Zenon und Maelle, welche gerade das Feuer anschürten blickten überrascht zu den beiden. Sunder lachte hämisch. „Endlich wird es interessant und Ihr müsst nicht mehr alleine damit herumfuchteln."

Paulina holte erschöpft Luft und blies sich eine ihrer blonden Haarsträhnen aus dem Gesicht. Sie war überrascht, bisher war der Kommandant sehr zurückhaltend gewesen. „Es wäre mir eine Freude."

Lev nickte stumm und holte sein Reitschwert aus seinem Lagerplatz. Die Waffe war verwandt mit derjenigen, die Paulina führte. Beide hatten einen Parierkorb und konnten für Streich und Stich eingesetzt werden. Levs Waffe war aber deutlich schwerer und breiter als Paulinas schlanke Klinge. Sie war in der Lage schwere Schläge auszuführen, perfekt für den Kampf vom Pferd aus, aber auch zu Fuß nicht zu unterschätzen. Lev wog seine Waffe prüfend in der Hand und stelle sich Paulina gegenüber. Dass mit scharfen Waffen geübt wurde, war für

Paulina nichts Unübliches. Gegen Ende ihrer Ausbildung am Stoßrapier wurde nur noch mit scharfer Klinge gefochten. Natürlich gab es da mal die eine oder andere kleine Verletzung, allerdings wurde darauf vertraut, dass alle Übenden ihre Waffen so gut beherrschten, dass sie nicht schwer verletzt wurden. Paulina wiederholte den Fechtergruß, den sie vorhin nur einem imaginären Gegner zuteilwerden lassen konnte. Ein mulmiges Gefühl machte sich in ihrem Magen breit, als ihr der große, schwarz gepanzerte Soldat gegenübertrat. Es war, trotz dessen, dass es nur Training war, beängstigend.

Lev erwiderte den Gruß und ging in eine abwehrende Kampfhaltung. Das Schwert defensiv vor sich, bereit die schnellen und chirurgischen Angriffe von Paulinas Rapier abzuwehren. Sie hielt ihre Waffe wie eine Nadel vor sich und näherte sich langsam dem größeren und breiteren Kommandanten. Unvermittelt machte sie einen Satz nach vorne und stach nach Levs Unterbauch. Der Kommandant wehrte die Klinge ab und konterte mit einem Schlag, seitlich gegen ihren Oberkörper gerichtet. Paulina machte einen Satz zur Seite und ließ den Schlag ins Leere laufen.

Sie begannen sich zu umkreisen. Paulina versuchte in Levs Augen etwas zu erkennen, sie wurden aber vollständig von der Dunkelheit seines Helmes verschluckt. Der Soldat machte seinerseits einen Satz auf Paulina zu und hieb nach ihren Beinen. Sie blockte den Angriff indem sie ihn elegant an ihrem Rapier entlang abgleiten ließ. Metall kreischte auf Metall. Schockiert stellte sie fest, dass der schwarze Reiter das wohl vorausgesehen hatte, er drehte sich auf der Stelle um sein Schwert freizubekommen und führte den nächsten Schlag gegen Paulinas Hals. Sie duckte sich instinktiv und entging so dem sicheren Ende des Duells. Paulina versuchte wieder etwas Distanz zu Lev zu bekommen indem sie einen weiteren Satz zurück machte. Sie tauschte Stich und Schnitt mit ihm, ihre Waffen blitzten in der Abendsonne. Maelle schrie erschrocken auf als Paulinas Waffe beinahe Levs Brust durchbohrt hätte, doch wieder hatte er die Handlung vorausgesehen und drehte sich zur Seite weg, sodass Paulina ins Leere lief. Paulina lief der Schweiß von der Stirn, sie war außer Atem. Lev schien jeden ihrer Schritte vorauszusehen.

Nach vier weiteren geblockten Schlägen sah Paulina endlich eine Lücke in seiner Verteidigung. Sie stach erneut auf Brusthöhe zu. Womit sie allerdings nicht gerechnet hatte, war der Panzerhandschuh des Söldners, der ihr Schwert einfach beiseite fegte. Lev packte sie an ihrem Handgelenk und warf sie einmal um sich herum ins Gras. Paulina ächzte, während sie hart mit dem Rücken auf dem Boden aufschlug. Levs Schwert zuckte heran, Maelle schrie erneut. Kurz vor der Kehle von Paulina verharrte die Klinge. Bedrohlich hielt er sie für einen Moment dort, während sich die beiden Duellierenden in die Augen schauten. Lev vollführte erneut formschön den Fechtergruß und bot Paulina eine Hand an. Er atmete nicht einmal schwerer, trotz der Rüstung die er trug. Paulina blickte ihn verdutzt an, immer noch erstaunt vom überraschenden Ende des Duells. Sie ergriff seine Hand und er zog sie mit Leichtigkeit auf die Beine.

Maelle kam angerannt. „Geht es Euch gut Paulina?" Sie wirkte panisch.

Paulina lachte und versuchte sie zu beruhigen. Das Adrenalin flachte ab und sie fühlte sich entspannt und erschöpft. „Alles gut Maelle, wirklich. Das ist nicht das erste Duell von mir, bei dem ich im Staub lande." Sie klopfte sich ihre Kleidung ab.

Lev, der sein Schwert mittlerweile verstaut hatte, nickte ihr anerkennend zu. „Ihr kämpft sehr gut, Medame. Der Stoß nach eurer Falkenriposte hat mich fast erwischt, damit rechnete ich nicht."

Paulina war so konzentriert gewesen, sie wusste nicht einmal mehr von welchem Augenblick er sprach. Sie war sich aber sicher, dass er jeden Augenblick, jeden Schlagabtausch und jede Fechtfigur des Duells wiedergeben konnte, wenn sie ihn danach fragen würde. Etwas zerknirscht war sie, durch das Verlieren des Kampfes. „Wohl nicht gut genug."

Levs Antwort kam überraschend warmherzig „Grämt Euch nicht. Ich kämpfe seit mehreren Jahren im Feld. Es war ein unausgeglichener Kampf. Ihr fechtet sehr gut, wirklich. Arbeitet an euren Augen. Sie verraten zu viel. Ihr schaut immer dorthin, wo Ihr als nächstes angreift."

Paulina merkte, dass er es wirklich so meinte wie er es sagte. Ihr Unmut über den verlorenen Kampf änderte sich zu Stolz.

Vom Kommandanten der angesehensten Söldnerkompanie in Galizina besiegt und anschließend für die eigenen Fechtkünste gelobt zu werden war wahrlich keine Schande. Sie lächelte ihm zu. „Danke, Kommdandant."

„Dann ist ja jetzt endlich Zeit für das Bad", rief Maelle, während sie schon begann sich ihrer Kleider zu entledigen. Paulina hielt das für eine extrem gute Idee, sie war völlig erschöpft und verschwitzt. Der Kampf hatte sie angestrengt und die warmen Sommertemperaturen taten ihr übriges. Zenon hatte das Feuer mittlerweile angefacht, es dauerte also noch eine Weile bis wirklich Glut für ihr Abendessen da sein würde. Perfekt um in den Fluss zu springen, sich zu erfrischen und sich den Dreck der letzten beiden Tage vom Leib zu waschen.

Zenon tat es Maelle gleich und begann sich die Reisekleidung vom Leib zu reißen. Anders als der Kommandant trug er nicht durchgehend Vollrüstung. Er hatte seine stählerne Brustplatte für die Dauer der Reise an seine Satteltaschen gehängt. Sogar der Kommandant hielt das Baden offensichtlich für eine gute Idee, denn auch er begann, die Lederschlaufen seiner dutzenden Panzerteile zu lösen. Der einzige der, wie schon die ganze Reise, die Miene verzog und die Nase rümpfte war Sunder.

Paulina beachtete ihn nicht und öffnete die Verschnürungen ihres Wamses. Maelle sprang, völlig nackt und lachend, als erstes in den Fluss. Zenon tat es ihr kurze Zeit später etwas weniger freudig gleich. Paulina schmunzelte. Der Lieutnant wirkte so völlig nackt längst nicht so selbstsicher wie die junge Apothecaria.

Sie wunderte sich etwas darüber, aber in der Unterstadt, in der Maelle quasi wohnte, war Nacktheit wohl verbreitet. Paulina fragte sich ob es dort öffentliche Badehäuser oder Ähnliches gab, bezweifelte dies aber. Sie selbst hatte ebenfalls kein Problem damit nackt zu sein, auch vor relativ Fremden nicht. Die Gilde betrieb ein Badehaus, für Gildenmitglieder zur Entspannung, für Kaufleute um Geschäfte abzuschließen. Paulina hielt sich gern im Badehaus auf, es entspannte sie sehr. Zwar waren die üblichen Badegäste ihr sehr gut bekannt, es waren Kollegen, Freunde und gute Geschäftspartner, allerdings fanden sich auch immer wieder neue Handelspartner und Kaufleute darin. Paulina warf einen Blick zu ihren Gefährten, die bereits das Wasser des Flusses genossen. Das Wort ‚fremd' schien hier mittlerweile falsch zu sein. Sie ritten erst zwei Tage zusammen, doch es war wie auf jeder Reise, die Paulina im Rahmen ihrer Arbeit für die Gilde bestritten hatte. Teilte man erst einmal grobe Gasthausbetten, schlief zusammen am Feuer unter den Sternen und ritt den ganzen Tag Seite an Seite, blieb man sich nicht fremd.

Zenon wurde von Maelle lachend mit Wasser bespritzt, während sich die Apothecaria an Paulina wandte. „Kommt schon Paulina, es ist wunderbar erfrischend hier."

Sie beeilte sich der Aufforderung nachzukommen und zwängte sich lachend aus ihrer engen Reithose. Eilig rannte sie den kurzen Weg zum Wasser und ließ sich einfach hineinfallen. Das Wasser war wirklich wunderbar. Kalt aber perfekt um sich nach der Übung mit Lev an diesem heißen Sommertag zu erfrischen. Tief war der kleine Fluss nicht, in der Mitte ging er Paulina gerade bis unter die Brust, dafür war er sehr klar. Der Boden bestand ausschließlich aus rund gewaschenen Steinen, Wasserpflanzen oder Algen waren keine zu sehen. Paulina half Maelle dabei Zenon nass zu spritzen, der sich lachend lauthals beschwerte. Der Lieutnant hob abwehrend die Hände. „In Ordnung, in Ordnung, das reicht Medames, ich gebe mich geschlagen."

Maelle und Paulina hörten, immer noch lachend auf den Lieutnant zu beharken.

Lev hatte sich seiner Rüstung und der Kleider, die er darunter trug, entledigt und ging zügig auf die Flussbiegung zu. Die drei im Wasser sahen jetzt erstmals sein Gesicht, bei Tageslicht und unverhüllt. Er hatte hohe Wangenknochen, die seine Züge wie ein aristokratisches Gemälde wirken ließen. Mehrere feine Narben zierten sein Gesicht. Eine Narbe stach hervor, sie zog sich einer Schlucht gleich von seinem linken Mundwinkel hoch bis zu seinem Auge. Das Gesicht wurde von kurzen, dunklen Haaren eingerahmt.

Maelle, die ihn scheinbar ebenfalls beobachtet hatte, räusperte sich. „Kommt schon Kommandant, das Wasser ist angenehm", wiederholte sie ihre Aufforderung.

Ohne eine Miene zu verziehen nickte Lev nur, wie er es häufig tat. Er ging vorsichtig an das Flussufer und ließ sich elegant hinein gleiten. „Ihr habt Recht Medame, es ist wirklich sehr angenehm."

Maelle fegte ihm spielerisch Wasser ins Gesicht. „Hört auf mit diesen ‚Mesers' und ‚Medames' Lev. Das muss wirklich nicht so förmlich sein."

Lev blinzelte sich das Wasser aus den Augen und nickte wieder. Seine Mundwinkel zogen sich nach oben. Paulina fragte sich ob dies seine Art war zu Lächeln. Er tauchte unter und schwamm ein Stück flussaufwärts.

Zenon hatte einen Schwamm dabei und begann sich kräftig abzurubbeln. „Aaaah, fühlt sich das gut an." Der Lieutnant seufzte entspannt.

Paulina blickte ans Ufer, wo Sunder mittlerweile am Lagerfeuer saß und die Gruppe beobachtete. Wobei er hauptsächlich auf Maelles und ihre eigene Brust starrte, wie Paulina angewidert feststellte. Sie drehte sich weg.

Maelle blickte sie fragend an. Paulina verdrehte die Augen und machte eine Kopfbewegung in die Richtung von Sunder. Die Apothecaria fischte einen Stein aus dem Wasser und warf ihn in die Richtung des kauzigen Scientus. „Schaut woanders hin, Spanner", rief sie ihm verärgert zu. Der Stein verfehlte zwar den Arkanisten, seine Wirkung aber nicht. Der alte Scientus nuschelte etwas in seinen weißen Bart und drehte sich weg.

Zenon schüttelte den Kopf und warf den Schwamm Maelle zu, welche ihrerseits begann sich abzurubbeln. Sie streckte ihre Arme nach oben und ließ hörbar ihre Wirbelsäule knacken. „Aaaaah tut das gut. Das verdammte Reiten bin ich nicht gewohnt."

Maelle war hübsch, das fiel Paulina jetzt erst richtig auf. Bisher hatte sie sie nur in den langen Gewändern der Apothecaria gesehen. Paulina ertappte sich dabei, wie sie Maelle aus dem Augenwinkel beobachtete, als sie sich selbst wusch.

Maelle machte unvermittelt eines ihrer geschlossenen Augen auf. „Wollt Ihr auch einen Stein an den Kopf, Gildenfrau?", fragte sie sie schelmisch.

Paulina fühlte sich ertappt. „Tut mir leid, ich… ich war in Gedanken."

„Ich mache nur Spaß, macht Euch keine Sorgen." Sie lächelte ihr zu.

Lev war ebenfalls wieder aufgetaucht und stieg aus dem Wasser, Zenon folgte ihm.

„Ihr könnt Euch schon mal um unser Abendessen kümmern", rief ihnen Maelle hinterher. Paulina bewunderte den Frohsinn und die Ungezwungenheit der Arkanistin. Obwohl sie die beiden Männer und sie selbst erst seit wenigen Tagen kannte, wirkte ihr Umgang mit ihnen allen schon so vertraut. Sie wäre gut in der Handelsgilde aufgehoben.

Zenon verbeugte sich übertrieben vor ihr. „Euer Wunsch ist mir Befehl."

Wenige Minuten später saßen sie alle erfrischt und sauber am Feuer. Alle außer Sunder, welcher sich nicht in den Fluss bewegt hatte. Auf Holzspießen steckten Zucchini, Paprika, Kartoffeln und kleine Stückchen Lammfleisch. Es roch himmlisch nach Kiefernholz, gebratenem Gemüse und Nachtluft. Zenon hatte sich den ersten Spieß genommen und biss herzhaft hinein, was er sofort bereute. „Verdammt ist das heiß. Und ganz durch ist es auch noch nicht." Nachdem sein brennender Mund es zuließ, klemmte er den Spieß wieder zwischen die aufgeschichteten Steine und ließ ihn weiter braten.

„Maelle, könnt Ihr nicht ein kleines Feuer herbeirufen um den Prozess zu beschleunigen? Mein Magen wäre Euch ausgesprochen dankbar."

Paulinas Frage war scherzhaft gemeint, Maelle antwortete trotzdem darauf. „Nun, gehen tut das schon, der Wirt ist da. Aber…"

Sunder unterbrach sie. „Aber die Gesetze des Ordens verbieten strengstens solche Arten von Spielereien."

Zenon sprang in das Gespräch ein. Er beugte sich interessiert vor. „Verzeiht mir mein begrenztes Wissen der arkanen Künste. Was hat es mit dem ‚Wirt' den Ihr erwähntet auf sich?"

„Nun, das kann unser Scientus sicher besser beantworten…"

Die Augen der Gruppe richteten sich erwartungsvoll auf Sunder. Sogar Lev richtete sich auf und wandte sich dem Arkanisten zu. Der Scientus blickte Maelle genervt an. „Das Wirken der arkanen Künste ist eine komplexe Angelegenheit.

Man braucht Jahre um ihr Wirken komplett zu verstehen. Ich denke nicht, dass Leute wie… nun, Ihr das verstehen würdet." Maelle hob zum Protest an, der alte Scientus hob einen Finger um sie zum Schweigen zu bringen. „Ich werde aber versuchen, es für Euch möglichst einfach zu erklären. Stellt es Euch wie Feuer vor. Feuer kann auf einfachem Wege entstehen. Reibt zwei Stöcke lange genug aneinander und es entsteht Hitze. Schlagt Metall auf Metall oder Stein auf Stein und es entstehen Funken. Lasst einen Blitz in einen Baum einschlagen und er brennt. Feuer kann also prinzipiell überall, relativ einfach, wie ich sagte, entstehen. Wie wir gerade am eigenen Leib erfahren." Demonstrativ streckte er seine Hände den knisternden Flammen entgegen. „Nun ist es doch aber viel einfacher, ein Feuer zu entfachen, wenn neben Euch ein Waldbrand im Gange ist, oder die Überreste eines abgebrannten Herdfeuers im Kamin schwelen. Ihr nehmt euch einen Stock oder ein Leinentuch, haltet es in die Flammen und siehe da, ihr habt Feuer. Natürlich wäre das nicht von Nutzen, es verdeutlicht aber das Prinzip des Wirkens von arkanen Kräften. Der Waldbrand ist der Wirt. Mit ihm habt ihr es leichter selbst Feuer zu entfachen."

Zenon nickte interessiert. „Maelle braucht also Feuer in der Nähe um, nun, arkanes Feuer zu entfachen? Man würde Wasser in der Nähe benötigen um arkane Wasserkünste zu weben?"

Sunder nickte dem Lieutnant zu. Er genoss die Aufmerksamkeit, die man ihm gerade schenkte, sichtlich. „Exakt. Daher tragen unsere Kampfarkanisten, die Provocatorii auch häufig Fackeln oder Laternen. Sie benötigen sie als Wirt, um ihr eigenes arkanes Feuerwirken zu verstärken und leichter für den Arkanisten zu gestalten."

Lev nahm nun ebenfalls an dem Gespräch teil. „Medame Do… Maelle, Ihr seid Apothecaria. Apothecarii heilen Menschen. Was ist für diese Art der arkanen Kunst der Wirt?" Seine Stimme war tonlos. Tonloser als sonst.

Die eben noch fröhliche Maelle wurde ernster. „Es gibt keinen", sagte sie leise. „Daher ist unser Wirken so schwer. Da wir keinen richtigen Katalysator, also keinen Wirt für unsere Künste haben, sind sie so schwer." Sie seufzte. „Deshalb lernen wir auch die Kunst der Kräuter, Tränke und Tinkturen, weil wir nicht jede Wunde, jede Krankheit und jedes Gift mit Arkanismus behandeln können. Es gibt Apothecarii die suchen seit Jahren verzweifelt nach der Lösung des Rätsels, einem Wirt, ich denke aber nicht, dass sie jemals einen finden werden. Der Wirt für Feuer ist Feuer, der Wirt für Wasser ist Wasser, und so weiter. Was ist der Wirt für Krankheit?"

Lev blickte ihr entgegen. „Ich würde meinen die Krankheit selbst."

Maelle schaute den schwarz gerüsteten Krieger irritiert an. Sie hatte nicht mit einer Antwort auf diese, eher rhetorische Frage gerechnet. Sie dachte einen Moment nach. „Der Gedanke liegt nahe, doch so ist es nicht. Ihr könnt Euch tagelang in einem Apothecarium aufhalten, in dem Krankheiten und Tod grassieren und dennoch wird Eure Arkankunst nicht katalysiert. Wieso dem so ist, ist unbekannt. Selbst die obersten Apothecarii haben keine Antwort auf diese Frage."

Betretens Schweigen senkte sich über die Gruppe. Maelle war tagtäglich von Leid umgeben. Seuchen, Kampfverletzungen aus Gassenschlägereien, Krankheiten, Drogensüchtige, Tote. Wie schaffte sie es, trotz dieser Umstände, so fröhlich zu wirken, fragte sich Paulina. Nun, vielleicht war auch genau das die Strategie, durch die sie nicht wahnsinnig wurde.

„Und wie genau passt das Arkanerz dazu?", begann Paulina nun wieder und brach damit das Schweigen. „Wie genau funktionieren die Kristalle, die Ihr und Maelle an Euren Gürteln tragt?" Paulina kannte das Arkanerz natürlich und wusste, dass es verwendet wurde, um die Kraft der Arkanisten zu stärken. Jedoch wusste sie nicht, wie es funktionierte und auch Berührungen mit ihm hatte sie kaum. Das Schürfen und die Verteilung des blauen Erzes war allein dem Arkanistenorden, nicht der Handelsgilde vorbehalten.

Der Scientus lächelte. Das erste Mal, das Paulina eine positive Regung seines Gesichts sah. „Aaah, das ist eine gute Frage, Medame Nowgoroda. Ruft Euch die Metapher des Waldbrandes wieder in den Sinn. Das Arkanerz wirkt in dem Fall wie ein Brandbeschleuniger. Als würdet Ihr reinen Alkohol, Mehlstaub oder Ähnliches in das Feuer werfen. Es stärkt grundlegend die Fähigkeit der Arkanisten arkane Künste anzuwenden. Wie genau das funktioniert würde hier zu weit gehen. Lest dazu gerne mein Buch ‚Arkanerz und die Adern der Welt'." Den letzten Satz verkündete er besonders stolz.

Paulina nickte ihm dankend zu. „Danke Meser, für Eure Einblicke."

Zenon bedankte sich ebenfalls, bevor er sich erneut einem Spieß zuwandte. Nachdem er sich wieder verbrannt hatte zeigte er einen Daumen nach oben. „Perfekt", war unter intensivem Kauen zu verstehen.

Und das war es wirklich, dachte Paulina, nachdem sie sich ebenfalls einen Spieß genommen hatte. Die Gruppe aß hungrig und schweigend die Mahlzeit auf.

Maelle ließ sich sanft auf eine ihrer Satteltaschen fallen, welche sie als Kissen nutzte. „Wenn wir jetzt nur noch etwas zum Herunterspülen hätten."

Zenon nickte. „Das wäre wunderbar. Wenn ich nur nicht gesehen hätte, wie eine bestimmte Apothecaria eine bauchige Flasche in eine ihrer Satteltaschen verschwinden ließ. Goldhafener Traubenbrand, wenn ich mich nicht irre. Vermutlich zwei Jahre gelagert."

Maelle machte einen erschrockenen Gesichtsausdruck. „Woher…"

„Ach wisst Ihr, nach so vielen Jahren bei der Stadtwache sieht man solche Dinge, Maelle." Er grinste. „Gemäß der Statuten der Stadt muss ich dieses Schmuggelgut leider beschlagnahmen und umgehend vernichten. Ihr werdet mir doch sicher dabei behilflich sein, oder nicht?"

Maelle stimmte lachend zu, nahm einen großen Schluck aus der bauchigen Tonflasche und reichte sie weiter. Lev lehnte dankend ab, die anderen tranken gemeinsam das Schmuggelgut. Sogar Sunder. Erschöpft ließen sie sich auf ihre Schlafstätten sinken. Morgen sollten sie Trocnov erreichen.

Kapitel VII

Gefangen

Trocnov hatte keine Stadtmauern oder Palisaden. Nicht einmal eine durchgehende Umfassung besaß es. Es war ein sehr kleines Dorf, das aus nicht mehr als dreißig Häusern bestand, die an eine Steilklippe gebaut worden waren. Es lag in einer hügeligen, felsigen, nur spärlich besiedelten Region im Nordosten des Oblasts Flamen. Die Kiefern, die sonst dreißig Schritt in die Höhe ragten, wuchsen auf dem felsig-sandigen Boden niedrig und knorrig. Außerdem sorgte das dafür, dass die wenigen Behausungen, die Trocnov bildeten, über mehrere, terrassenartige Ebenen verteilt waren. Von Goldhafen aus kommend betrat man Trocnov über die oberste Ebene. Seinen Namen hatte das Dorf durch den gleichnamigen Bach erhalten, welcher neben und durch die Siedlung floss. Im Herbst, zur Hauptfangzeit von den Grünbarschen, leuchtete die Wasseroberfläche regelrecht, aufgrund der grünlichen Schuppen der Fische. Jeden Herbst bewegten sie sich flussabwärts ins Meer und nur wenige Dörfer waren in der Lage die Grünbarsche zu fangen. In Trocnov spannte man deswegen große Netze über weite Teile des Baches. Die Fische waren nicht nur äußerst schön anzusehen, sondern auch eine Delikatesse, die sowohl von Adeligen gerne als Vorspeise verzehrt wurde, als auch als lukratives Exportgut galt. Neben dem Fischfang gab es in den umliegenden Wäldern und Wiesen wenig Professionen. Einige Jäger, Holzfäller, Getreide- und Viehbauern.

Über die letzten Stunden waren sie immer wieder durch steinige Wälder und Schluchten geritten. Brausende Bäche wechselten sich mit steinigen Hängen ab. Hin und wieder waren sie an aufgegebenen Holzfällerhütten oder Jagdverschlägen vorbeigekommen. Die Landschaft war malerisch. Und über Trocnov, weiter in die felsigen Hügel hinein, thronte das alte

Anwesen der de Laukai. Verfallene graue Mauern rahmten weit entfernt einen großen Bergfried ein. Dort sollte sich das unbekannte Unheil aufhalten.

Lev ritt hinter Paulina und Zenon, Maelle folgte ihm und Sunder bildete den Abschluss. Sie ritten durch einen niedrigen Torbogen, der aus zwei schmalen Holzstämmen gezimmert war. Ein Schild. auf dem mit weißer Farbe der Name des Dorfes geschrieben stand, baumelte daran. Der Weg führte über eine steinerne Brücke in das eigentliche Dorf. Mittlerweile war es früher Nachmittag.

Ein Wachmann grüßte die Gruppe indem er sich mit zwei Fingern an den Eisenhut tippte. Er lehnte gelangweilt auf seiner Hellebarde. Eine junge Frau wusch Wäsche im Fluss und schaute neugierig auf die fünf Reiter. Paulina wandte sich freundlich an den Wachmann. „Sagt Meser, wo können wir unsere Pferde unterstellen?"

Statt zu antworten pfiff der Wachmann einen Jungen, der jauchzend einem anderen Kind hinterherrannte, herbei. „Ljuba, hör auf mit dem Unsinn und führe die Pferde der edlen Medames und Mesers zur Taverne. Sorg dafür, dass deren Habseligkeiten sicher in den Zimmern verstaut werden." Er stützte sich wieder auf seine Hellebarde. „Der Bürgermeister hat Zimmer für Euch vorbereiten lassen", fügte er auf Paulinas fragenden Blick hinzu. Lev hatte sich schon gedacht, dass ihre Ankunft angekündigt worden war. Die Gruppe stieg ab und Paulina dankte dem Jungen. Seine Blicke, die ihm folgten, spürte er in seinem Rücken, als sie weiter in das Dorf gingen. Er musste einen beeindruckenden Anblick abgeben, in seiner mattschwarzen Rüstung.

Paulina deutete auf ein großes Haus, direkt am Ende des Weges, der sich wie ein steinerner Fluss die Hügel entlangschlängelte. „Das muss das Haus des Bürgermeisters sein."

Vor dem Haus befand sich ein relativ großer Marktplatz. Einige Tresen und einfache Stände aus Holz waren aufgebaut, Markttag war aber offensichtlich nicht. Weder Händler noch Marktbesucher waren zugegen. Trotzdem wunderte sich Lev über die Lebhaftigkeit des Ortes. Aus der nahen Taverne, wohin der Junge ihre Pferde führte, drang reges Treiben und auch auf den Straßen sah und hörte er Leute lachen, reden und leben. Lev hatte das vermisst. Die Hauptstadt des Ostreiches war Lev etwas zu groß, er hatte ein behagliches kleines Dorf lieber, wo sich Vogelgesang mit Stimmengewirr die Waage hielt.

Die Gruppe nahm die drei Stufen zur Tür des großen Bürgermeisterhauses und Paulina klopfte an. Nach einem kurzen Augenblick wurde die Tür von einem beleibten, freundlich blickenden Mann geöffnet. Eine goldene Kette, welche ihn als Bürgermeister auswies, umschloss seinen wuchtigen Hals. „Ihr müsst die Gesandtschaft der Kaiserin sein. Mein Name ist Witold Timotheusz, Ihr wurdet uns bereits angekündigt, ich, ach was rede ich, das ganze Dorf freut sich sehr über Euer Kommen. Bitte, tretet ein." Der Bürgermeister ließ seiner sehr lauten und durchdringenden Stimme ein aufgeregtes Winken, was sie wohl hineinbeten sollte, folgen. Der Reihe nach kamen sie seiner Bitte nach.

Die Stube, in der sie nun standen, war groß und geräumig. Ein steinerner Kamin nahm einen großen Teil des Raumes ein, mehrere Tische, Schreibpulte und Kommoden standen an den Wänden. Ein an der Wand befestigter Hirschkopf blickte ihnen von der anderen Wandseite streng entgegen. Paulina übernahm das Reden. Sie stellte sie nacheinander vor, der Bürgermeister verbeugte sich vor jedem von Ihnen. „Wir danken Euch für den freundlichen Empfang, Meser Timotheusz. Wir möchten gerne direkt mit unserer Untersuchung anfangen. Bitte, sagt uns wo wir beginnen können und wo wir nächtigen werden."

Der Bürgermeister machte eine überschwängliche Geste. „Natürlich, natürlich, Medame Nowgoroda. Ich habe Zimmer für Euch in unserer Taverne vorbereiten lassen. Sprecht mit der Wirtin, Dunja Kuszna. Sie führt Euch in Eure Räumlichkeiten." Er machte eine kurze Pause, in der er betreten zu Boden schaute. „Bezüglich der Untersuchung... ich gebe Euch gerne eine Zusammenfassung. Ihr solltet außerdem mit der ansässigen Ordensschwester sprechen. Ihr findet sie, nun, in der örtlichen Ordensniederlassung. Wie Ihr sicherlich wisst haben wir eine der Bandi... ich meine der Personen..." Er betonte das Wort sehr vielsagend, mit hochgezogenen Augenbrauen. „...aufgefasst, welche den Kontrakt zur Beseitigung des Übels ursprünglich angenommen hatten. Sie befindet sich im Wachhaus, direkt neben dem Westeingang der Stadt. Folgt einfach der Straße, die nach rechts abbiegt, wenn Ihr mein bescheidenes Heim verlasst. Befragt sie ruhig, wenn Ihr Euch mit diesem Abschaum abgeben wollt." Er sah aus als wollte er ausspucken, überlegte es sich aber, angesichts seiner eigenen vier Wände, anders. „Uns konnte sie nicht viel Sinnvolles sagen, vielleicht bekommt Ihr mehr aus ihr heraus." Lev bemerkte wie Maelle fragend die Augenbrauen hochzog. Dem Bürgermeister fiel das wohl ebenfalls auf. Er lächelte Maelle an. „Oh glaubt mir, Medame Arkanistin, wir behandeln sie so wie sie es verdient." Er hob warnend seinen Zeigefinger. „Ihre Gruppe schlachtete die Hunde eines unserer Jäger ab, Kolya Svetoslav. Außerdem bedrohten sie ihn und seine Familie. Unserer Vermutung nach gehörte die Gruppe zur Pariah. Eine kriminelle Vereinigung in Goldhafen, Ihr habt sicher von ihr gehört."

Maelle lächelte ihm zu. „Ja, ich habe entfernt von ihr gehört." Sie hatte täglich mit der Pariah zu tun, das wusste Lev. Als Apothecaria in der Unterstadt blieb das nicht aus. Die Pariah war dort so etwas wie die ordnungserhaltende Instanz, man musste sich mit ihr abgeben. Trotzdem hatte der Bürgermeister recht, sie waren eine kriminelle Vereinigung.

„Danke, Meser Timotheusz", übernahm Paulina wieder. Ihre Stimme wirkte selbstsicher und befehlsgewohnt. „Wir werden den Hinweisen nachgehen und mit den genannten Personen sprechen. Ich gehe davon aus, dass Ihr uns voll unterstützen werdet."

Der Bürgermeister verbeugte sich erneut und eilte zur Tür um sie ihnen aufzuhalten. „Sicher, sicher, Medame. Wir möchten, dass diese... Unannehmlichkeit alsbald möglich behoben wird. Seid Euch meiner Unterstützung gewiss."

Als die Gruppe das Haus verließ, verbeugte er sich ein weiteres Mal, bevor er die Tür leise hinter sich schloss. Sie versammelten sich auf dem Marktplatz vor dem Haus des Bürgermeisters und berieten sich. Die Sonne brannte, trotz der fortgeschrittenen Stunde, immer noch sehr warm vom Himmel.

„Ich möchte so schnell wie möglich mit der Gefangenen reden", begann Paulina.

„Ich frage mich was die Pariah hier wollte. Ich weiß, dass sie auch Kopfgeldjäger in ihren Diensten haben, aber normalerweise beschränkt sich ihre Arbeit auf die Unterstadt und maximal das unmittelbare Goldhafener Umland", statuierte Maelle stirnrunzelnd.

Zenon zuckte die Schultern. „Das werden wir sie am besten selbst fragen."

„Sunder und ich werden zur Ordensschwester gehen und uns ihre Version der Ereignisse anhören", sagte Maelle beflissen und zeigte auf die kleine Ordenspriorei, welche ebenfalls direkt an den Markt angrenzte. Sunder grunze dazu nur, Maelle schien das aber als Zustimmung zu genügen.

Auch Paulina nickte. „Ich werde der Gefangenen einen Besuch abstatten. Lev, begleitet Ihr mich?"

Lev nickte. Er hatte sich schon gedacht, dass er Paulina zu der Gefangenen begleiten sollte. Er konnte sehr einschüchternd sein, das war bei Gefangenen hilfreich, die nicht kooperieren wollten. Ihm fiel auf, dass die Handelsvertreterin diesen Umstand unerwähnt ließ. Lev fragte sich wieso, es war die naheliegendste Entscheidung ihn mitzunehmen.

Sunder meldete sich nun doch zu Wort. Gereizt, wie immer, deutete er auf Zenon. „Und was macht er?"

Zenon lächelte ihn an. „Nun, ich werde in die Taverne gehen, mich um unsere Zimmer und Pferde kümmern und ein wunderbar kühles Bier genießen." Sunder wollte protestieren, der Lieutnant kam ihm allerdings zuvor. „Und dabei natürlich herausfinden was die Wirtin und die Gäste so über die Vorkommnisse wissen und denken."

Maelle nickte. „Das klingt gut." Sie blickte in die Runde. Durch ernstes Nicken bestätigten die Anderen was sie ausgesprochen hatte.

Zenon klatschte in die Hände. „Dann los."

Das Wachhaus bestand aus einem kleinen Rundturm, der schon einmal bessere Zeiten gesehen haben musste. An diesen angeschlossen war ein Fachwerkhaus, welches ebenfalls etwas ramponiert wurde.

Paulina sah Lev an, als die beiden vor der Tür standen. „Dann los", wiederholte sie, was Zenon wenige Minuten zuvor ausgesprochen hatte und klopfte.

Ein junger Wachmann öffnete die Tür. „Ja?" Der Mann wirkte verschlafen.

„Paulina Nowgoroda und Lev van Zanger. Wir sind angekündigt worden."

Der Mann schreckte hoch. „Natürlich, Ihr wollt die Banditin befragen. Kommt herein." Er machte Platz und winkte sie in die Wachstube. Drinnen stand ein Holztisch, auf dem verstreute Spielkarten und leere Krüge lagen. Ein Waffenständer, in dem mehrere Hellebarden und Glefen ruhten, zierte eine Wand. Es sah alles sehr zweckmäßig und robust aus. Eine Holztreppe führte nach oben, vermutlich in die Schlafräume, dachte Paulina. Unter dieser war eine weitere Treppe, steinern und in die Kellerräume führend. Der Wachmann deutete darauf. „Dort geht es in die Arrestzellen. Norin ist unten und bewacht die Gefangenen." Er runzelte kurz die Stirn, bevor er sich korrigierte. „Die Gefangene. Wir haben nur eine, ein lispelndes Miststück."

Paulina schob sich an ihm vorbei und ging Richtung Treppe, Lev war direkt hinter ihr. Die Treppe führte, die Rundungen des Turmes nachbildend, in die Tiefe. Mit zunehmendem Abstieg wurde es immer dunkler, es waren zwar Laternen an den Wänden befestigt, diese spendeten aber nur ein spärliches, flackerndes Licht. Die Schatten von Lev und Paulina tanzten gespenstisch an den steinernen Wänden. Es war nasskalt, was eine angenehme Abwechslung zur Sommerhitze oben war. Die Treppe machte eine letzte Rundung und endete in einem kleinen Raum, in dem ein Schreibtisch stand hinter dem ein Wachmann saß. Das musste Norin sein.

„Wachmann Norin?" Paulina musterte den Mann.

„Steh vor Euch Medame", grunzte er zurück während er aufstand. Sein Wappenrock war mit Fettflecken benetzt und er wirkte schlecht gepflegt. Dunkle Bartstoppeln waren auf seinem unrasierten Gesicht zu sehen. Mit schlechten Zähnen grinste er Paulina an. „Wollt Ihr zu der Banditin? Bitte schön, verratet mir danach ob sie Euch mehr erzählt hat als mir." Lev nahm er jetzt erst richtig war. „Wie ich sehe habt Ihr Euren Folterknecht mit dabei. Ihr werdet ihn vermutlich brauchen um ihre Zunge zu lockern." Er lachte hämisch während er Paulina einen rostigen Schlüssel in die Hand drückte.

Paulinas Augen verengten sich. „Ich hoffe dazu wird es nicht kommen müssen."

„Mal sehen. Als wir sie fanden hatte sie sich eingepisst." Er lachte wieder, Paulina hatte gute Lust ihm ins Gesicht zu schlagen. „Hart kann sie also nicht sein, dachte ich. Meiner Behandlung konnte sie bisher trotzdem recht gut widerstehen." Er schmatzte grunzend. „Viel Sinnvolles hat sie mir nämlich nicht verraten. Sie hat mir immer noch nicht ihren richtigen Namen verraten, glaubt Ihr das? Wasser, sagt sie immer, ihr Name sei Wasser. Haha, wer's glaubt."

Paulina hatte genug gehört. Sie zwängte sich an ihm vorbei, Lev folgte ihr. Der Wachmann setze sich wieder auf seinen Hocker hinter dem Schreibtisch. Es folgte ein wenige Schritt langer Gang, der sich nach kurzer Zeit etwas öffnete. Immer noch tauchten Laternen die Räumlichkeiten in dämmriges Licht. Paulina fielen die dutzenden Pilze auf, die aus den Fugen zwischen den Steinen und direkt unterhalb der Gewölbedecke sprossen. Sich länger in diesen Gemäuern aufzuhalten konnte nicht gesund sein.

Der Gang öffnete sich etwas und mündete in einem engen, länglichen Raum, an dessen Seiten sich jeweils zwei Zellen befanden. An der Stirnseite der Zelle hingen Werkzeuge an der Wand. Werkzeuge um Geständnisse zu erhalten und um Einzuschüchtern. Haken, Messer, Schrauben, Hämmer. Paulina fiel angewidert auf, dass einige der Folterinstrumente mit trockenem, dunklen Blut verkrustet waren.

Die Gefangene war die einzige Insassin und belegte die letzte Zelle an der linken Seite. Paulina näherte sich vorsichtig den Gitterstäben, Lev war hinter ihr. Ein kleiner Lichtkegel fiel durch ein Loch in der Zellendecke. Die einzige Lichtquelle neben den sporadischen Laternen. Eine zusammengekauerte Gestalt zwängte sich in die hinterste Ecke der Zelle. Sie wimmerte leise und wirkte alles andere als gefährlich. Paulina schloss die

Zellentür auf und öffnete sie. Die rostige Gittertür schwang quietschend auf, worauf das Wimmern der Gefangenen lauter wurde. Paulina sah wie Lev eine Hand auf seinen Schwertknauf gelegt hatte. Sie bedeutete ihm mit einer Handbewegung vor der Zelle zu warten und sich zu entspannen. Sie konnte sich nicht vorstellen, dass der Anblick eines schwer gepanzerten, durch den Helm gesichtslosen Soldaten die Gefangene beruhigen würde.

Paulina betrat langsam die Zelle und ging auf die zusammengekauerte Person zu. In der Zelle lag eine flohzerfressene Strohmatratze und es stand ein Eimer für die Notdurft in einer Ecke. Mehr Mobiliar war nicht vorhanden. Paulina ging in die Hocke. Vorsichtig versuchte sie sich der Person zu nähern. „Hallo." Ihre Stimme hallte unnatürlich laut in dem dunklen Gemäuer nach. Eine Antwort bekam sie nicht, also versuchte sie es weiter. „Ich bin Paulina Nowgoroda. Ich möchte Euch einige Fragen zu den Vorfällen am Anwesen der de Laukai stellen."

Die zusammengekauerte Person antwortete ihr immer noch nicht. Sie wischte sich allerdings eine schwarze, fettige Haarsträhne aus dem Gesicht und blickte Paulina scheu an. Paulina sah, dass eines ihrer Augen zugeschwollen war und sie einen heftigen Bluterguss im Gesicht hatte.

„Wie heißt Ihr?", versuchte es Paulina erneut.

Eine zitternde, unsichere Stimme antwortete ihr. „Marilka Wasser." Sie rollte sich nach der Antwort noch mehr zusammen, als befürchtete sie, für diese Antwort sofort geschlagen zu werden. Als dies ausblieb wirkte sie überrascht. Paulina hätte vor Zorn einen Bären erdolchen können, versuchte aber ruhig zu bleiben.

„Hallo Marilka." Sie lächelte die Gefangene an. Das ‚Wasser' im Namen verriet ihr, dass sie aus der Goldhafener Unterstadt kam. Ein großer Teil der Unterstadtbewohner hatte keinen richtigen Familiennamen, da die Eltern oft unbekannt waren. Kinder von Huren, Waisen, Heimatlosen, sie alle hatten keinen Nachnamen. Zumeist wurden sie einfach nach dem Bezirk, nach der Tätigkeit der Mutter, der Haarfarbe oder irgendeinem anderen Merkmal benannt, das sie auszeichnete. Anders als der Wachmann also behauptet hatte, war ‚Wasser' wohl tatsächlich ihr richtiger Name. Paulina hätte ihn erdrosseln können. Marilka hatte nicht gelogen. Sie war dafür gefoltert worden, dass sie die Wahrheit gesagt hatte. Der Wachmann war nur zu einfältig gewesen das zu verstehen.

„Ihr braucht keine Angst vor mir zu haben. Ich möchte mit Euch nur über den Vorfall auf dem Anwesen sprechen."

Marilka schien sich tatsächlich etwas zu entspannen. Nicht viel, aber ein wenig. Sie setzte sich auf und lehnte sich an die Zellenwand. Was sich Paulina nun offenbarte, verschlug ihr die Sprache. Marilka hatte ein grobes Hemd aus Sackleinen und eine noch gröbere Hose aus demselben Material an. Beides war völlig verdreckt und löchrig. Die Gefangene hatte Brandnarben auf den Armen, die von Folterinstrumenten stammen mussten. An der Seite hatte sie eine offene Wunde, die nässte. Marilka war völlig verdreckt und stank. Ihre schwarzen, lockigen Haare klebten an ihrem Kopf. Paulina wäre am Liebsten zum Bürgermeister und zu Norin gegangen und hätte sie beide geohrfeigt. So behandelte man keine Gefangene, von der man Informationen brauchte. Verdammt, so behandelte man überhaupt keinen Menschen.

Sie fasste einen Entschluss. Sie musste etwas tun. Langsam drehte sie ihren Kopf zu Lev, der bisher schweigend vor der Zelle gewartet hatte. „Lev, geht in die Wachstube und holt einen Umhang. Wenn der Wachmann meckert, haltet ihm Euren kaiserlichen Schrieb unter die Nase."

Ohne ein Wort zu verlieren, eilte der schwarze Reiter aus dem Raum. Eilig rief ihm Paulina noch etwas hinterher. „Und holt ihre Sachen aus der Aservatentruhe."

Sie nahm einen Krug, der vor der Zellentür stand und reichte ihn Marilka. Gierig trank sie das Wasser, das sich darin befand. So gierig, dass einiges an ihren Mundwinkeln herablief und sie husten musste.

Paulina nahm ihr den Krug ab, als sie sich beruhigt hatte. Bei allen Heiligen, sie hatte Mitleid mit ihr. „Wir holen dich hier heraus. Jetzt. Kannst du aufstehen?"

Marilka schaute Paulina mit großen Augen an, sagte aber nichts. Sie griff hinter sich an die Wand und versuchte sich hochzuziehen, knickte aber zur Seite weg. Stöhnend ließ sie sich wieder sinken. Paulina machte einen Schritt auf sie zu.

„Vorsichtig, ich helfe dir."

Ihr war klar, dass sie es immer noch mit einer Verbrecherin zu tun hatte, mit einem Mitglied der Pariah. Sie wirkte jedoch zu zerbrechlich und zu panisch um wirklich eine Gefahr für Paulina darzustellen. Sie zog Marilka hoch, die ächzend auf die Beine kam. Vorsichtig hob Paulina einen Arm von Marilka und legte ihn sich um die Schulter. Der Geruch der von ihr ausging verstärkte sich nur noch, was sie immer wütender auf den Bürgermeister und die Wachleute werden ließ.

Gemeinsam humpelten sie aus der Zelle. Auf dem Weg nach oben kam ihnen Lev entgegen. Er hatte einen großen, farblosen Umhang unter dem Arm und einen kleinen Beutel über die Schulter geschlungen. „Entschuldigt bitte, es hat etwas länger gedauert."

Paulina nickte ihm dankend zu und wickelte den Umhang um Marilka. Widerstandslos ließ diese es über sich ergehen und warf Lev ängstliche Blicke zu. Im Halbdunkeln des Verlieses, wenn sich die schwachen Lichter auf seinen Panzerplatten spiegelten, wirkte er noch bedrohlicher als ohnehin schon.

Sie gingen weiter, Lev ging voran. Als sie Norin passierten, schreckte dieser auf. „Bei allen Heiligen, was …", begann er, wurde jedoch sofort von Paulina unterbrochen.

„Geht uns aus dem Weg, Wachmann. Ich entbinde Euch der Verantwortung für diese Gefangene. Ihr habt genug getan." Die letzten Worte spie sie ihm sprichwörtlich vor die Füße. Sie war wütend. So ging man nicht mit Menschen um.

Der Wachmann wurde rot vor Zorn. „Wie könnt Ihr es wagen…"

Lev ergriff das Wort. „Tretet beiseite. Wenn Euch das hier…" Er deutete auf das kaiserliche Schreiben. „…nicht als Argument reicht, dann muss ich vielleicht von dem hier…" Er deutete auf sein Schwert am Gürtel. „…Gebrauch machen."

Der Wachmann zögerte kurz bevor er sich ängstlich hinter seinen Schreibtisch duckte. Paulina hätte Lev küssen können.

Sie humpelten weiter die Treppe hinauf, in der Wachstube oben war niemand zu sehen. Lev öffnete die Tür und trat, gefolgt von den beiden, heraus. Marilka hielt sich die Hand vor Augen, das Sonnenlicht war sie offensichtlich nicht mehr gewohnt.

„Lev, könnt Ihr Zenon informieren und ihn bitten eine Hintertür in der Taverne ausfindig zu machen? Ich möchte ungern so durch die Vordertür platzen."

Lev nickte und verschwand. Paulina seufzte und machte sich mit Marilka im Arm auf den Weg in die Taverne.

Wenige Minuten und einige humpelnde Schritte später sah Paulina, wie sich an der Rückseite der Taverne, auf die sie zugingen, eine Tür öffnete. Zenon stand darin. Er bedachte Marilka mit einem irritierten Blick, bevor er sie beide hereinwinkte. Paulina versuchte sich sichtlich zu beeilen, das Gerede im Dorf, wieso die Abgesandtschaft der Kaiserin eine Verbrecherin befreite, wollte sie wohl vermeiden. Sie waren auf die Kooperation mit den Dörflern angewiesen und die Frau der Handelsgilde verstand sich auf derart Dinge. Lev und Zenon führten sie über eine knarrende Holztreppe in den dritten Stock.

„Die Wirtin, Dunja, hat für uns das komplette Stockwerk reserviert. Wir haben vier Zimmer. Lev hat kurz umrissen… wie die Lage ist." Zenon stockte kurz. „Ein Zuber mit Wasser wurde oben für uns bereitgestellt." Er machte eine entschuldigende Geste. „Ich werde wieder in den Schankraum gehen und uns ein Abendessen organisieren."

Paulina nickte. Marilka hielt sie immer noch im Arm.

Lev öffnete ihnen die Tür in das Zimmer mit dem Wasserzuber. Es war geräumig. Der leere Holzzuber stand an der dem Eingang gegenüberliegenden Seite, mehrere große Eimer mit Wasser warteten daneben. Ein paar Stühle und Regale waren an den Wänden aufgereiht. Paulina ließ Marilka auf einen Stuhl sinken. Sie sackte erschöpft darauf zusammen.

„Lev, bereitet Ihr den Zuber vor? Ich hole Maelle."

Lev nickte. Er begann die Eimer in den Zuber zu leeren, als die Tür hinter Paulina ins Schloss fiel. Aus dem Augenwinkel beobachtete er Marilka. Wie eine Kämpferin der Pariah sah sie nicht aus. Sie war eher dürr und wirkte in keiner Weise gerissen oder gefährlich. Lev hatte schon viele Verbrecher und Kriegsgefangene gesehen. Selbst nach monatelanger Gefangenschaft sahen die meisten noch aus wie in die Ecke gedrängte Raubtiere. Manchmal sogar gefährlicher als vor der

Gefangenschaft. Wie hungrige Wölfe. Marilka sah eher aus wie eine abgemagerte Katze.

Lev fragte sich ob sie tatsächlich schlicht harmlos war, oder ob die Begegnung, der sie ihre Gefangenschaft zu verdanken hatte und die Gefangenschaft selbst so traumatisch gewesen waren. In den vielen Einsätzen an Kriegsfronten, an denen Lev beteiligt gewesen war, hatte er schon viele Reaktionen auf Gewalt, Gefahr und Gefangenschaft gesehen. Einige davon deckten sich mit dem wie sich Marilka verhielt.

Er zuckte gedanklich die Schultern. Das musste die Apothecaria beantworten, das war ihr Fachgebiet. Ihm fiel auf, während er weiter langsam Wasser in den Zuber goss, wie die Gefangene ihn ängstlich anschaute. Sie hatte sich auf dem Stuhl zusammengekauert und bewegte sich nicht, ihre Augen waren weit aufgerissen. Lev wusste, dass er diesen Eindruck oft auf Fremde machte. Die schwarze Rüstung, das geschlossene Visier – das wirkte bedrohlich und das auch nicht zufällig. Er fragte sich, wie er ihr die Angst nehmen konnte. Er wollte sie nicht verunsichern. Was würden Paulina oder Zenon in dieser Situation tun? Lev überlegte, während er den letzten Eimer in den Zuber goss. Er stellte das Gefäß ab, mit einem klappernden Geräusch landete es bei den anderen Eimern.

Steif drehte er sich der Gefangenen zu. Sie zuckte zusammen und sah ihn ängstlich an. Lev versuchte es, ein Zurück gab es jetzt nicht mehr. „Ihr braucht keine Angst vor mir zu haben, Medame." Lev verzog seinen Mund. Scheinbar half das nicht, Marilka rührte sich immer noch nicht. Er versuchte es erneut. „Möchtet Ihr etwas zu trinken, Medame?"

Marilka schaute ihn weiter an. Sie begann langsam den Kopf zu schütteln.

Verdammt, dachte Lev. Glücklicherweise hörte er in dem Moment Schritte auf den Treppen und kurze Zeit später wurde die Tür geöffnet. Paulina trat wieder ein, dicht gefolgt von Maelle, die besorgt aussah. Lev stellte sich neben die Tür, um den beiden Frauen Platz zu machen. Dies war, wie er gerade eben wieder hervorragend bewiesen hatte, einfach nicht seine Stärke. Paulina ging vorsichtig zu Marilka, die sich auf ihrem Hocker etwas entspannte.

Maelle zuckte erschrocken zusammen als sie die Verwundete sah. „Verdammt, was haben die mit Euch gemacht?"

Paulina zog die junge Frau vorsichtig vom Hocker auf die Beine, dass Maelle die Wunde an ihrer Seite sehen konnte. Die Apothecaria ging zu ihr und begutachtete sie. Sie fuhr sanft mit ihren Fingern die Wundränder entlang, Marilka zuckte dabei leicht zusammen.

Die Apothecaria pfiff leise durch die Zähne. „Glück gehabt. Die Wunde ist nicht tief. Schmerzhaft vermutlich, aber nicht tief. In einer vernünftigen Umgebung wäre das einfach ein kleiner Kratzer gewesen, der von selbst abgeheilt wäre. Aber in einem feuchten, dreckigen Kellerloch, da ist klar, dass die Wunde eiter…" Maelle beendete ihren Satz nicht und schaute mitfühlend zu Marilka hoch. „Nun, wie dem auch sei, ich werde sie behandeln, es sollte nicht lange dauern." Sie zog ihren Dolch, Marilka schreckte zurück. „Keine Sorge, ich schneide nur Euer Gewand auf, dass ich besser an die Wunde komme und sich keine Gewebereste in der Wunde ablagern." Maelle lächelte Marilka aufmunternd an. Sie setzte den Dolch an das Oberteil von Marilka. Lev war gespannt, er hatte noch nie eine Apothecaria Arkankunst wirken sehen. Er beugte sich etwas vor.

Maelle wollte gerade das Kleidungsstück durchtrennen als Paulina sich räusperte und Lev anschaute. Er erwiderte irritiert ihren Blick. Sie schaute erst ihn und dann die Tür an. Lev verstand nicht. Hatte er etwas vergessen zu holen? Er hatte alles erledigt was sie ihm aufgetragen hatte. Jetzt blickten auch Maelle und Marilka zu ihm.

Paulina räusperte sich erneut, bevor sie sprach. „Lev, könnt Ihr bitte den Raum verlassen? Es ist… nun, es ist vielleicht besser, wenn nur Frauen anwesend sind."

Lev nickte und verließ den Raum. Sanft schloss er die schwere Holztür hinter sich. Bei den schwarzen Reitern spielte das Geschlecht beim Zeigen von Nacktheit nahezu keine Rolle. In der Rüstkammer, auf dem Bett der Feldscher, beim Baden. Es wurde weitestgehend gemeinsam gemacht, unabhängig von Geschlecht, Herkunft oder Anderem. Auch auf dem Hinweg hatten sie gemeinsam gebadet, erinnerte er sich irritiert. War es, weil Marilka nun zugegen war? Aber was machte sie besonders?

Die anderen hatte er auch kaum gekannt als sie gemeinsam in den Fluss gesprungen waren. Lev wusste das, vor allem im ländlichen Umfeld, das Nacktsein nicht so liberal gehandhabt wurde. Vermutlich war das der Grund. Er ärgerte sich etwas, das hätte er wissen müssen, ohne dass Paulina ihn darauf aufmerksam machen musste.

Lev machte sich nachdenklich auf den Weg in die Schankstube, aus der immer mehr Geräusche herausdrangen. Der Abend nahte, die Bewohner zog es in die Taverne. Er wollte mal schauen ob er nicht frische Kleidung für die Gefangene auftreiben konnte. Die alte wurde ja gerade zerschnitten.

Maelle machte den letzten Schnitt und die Lumpen, in die Marilka gewickelt war, fielen zu Boden. Nackt stand sie vor ihr und Paulina. Maelle hatte schon, als sie den Raum betreten hatte, gesehen, dass sie sehr verdreckt war, an den Armen, an den Beinen, im Gesicht. Die Hautstellen, die von der löchrigen Kleidung verdeckt gewesen waren, sahen leider nicht besser aus. Und es roch. Sie roch.

Die Apothecaria seufzte und kniete sich vor Marilka. Sie tastete nach den Wundrändern und befühlte sie sanft. Marilka stöhnte leise. „Versucht Euch zu entspannen, es dauert nicht lange." Maelle hatte sofort gesehen, dass die Wunde eiterte. Sie war zwar nicht tief oder schwer, das vollständige Ausheilen hätte aber lange gedauert, selbst mit den Tinkturen, die sie mitführte. Sie wollte die fauligen Körpersäfte unter Zuhilfenahme des Arkanen entfernen und die Wunde schließen. Bei solch einer kleinen Wunde sollte das relativ einfach gehen.

Maelle wollte gerade beginnen, als die Gefangene leise und zitternd das Wort ergriff. „Ich... ich kann das nicht bezahlen..." Sie zog geräuschvoll die Nase hoch. „Der Wärter hat mein Gel... Geld."

Maelle hätte den Wachmann ohrfeigen können. Und die Kaiserin. Und die gesamte Oberstadt von Goldhafen. Als Apothecaria vergaß sie häufig, wie teuer medizinische Hilfe tatsächlich war. Natürlich war das Apothecarium, in dem sie ihren Dienst in der Unterstadt versah, kostenlos für alle. Allerdings waren auch immer alle Betten belegt. Sie mussten häufig Kranke abweisen. Außerdem konnten sie sich nur um kleinere Wunden kümmern. Täglich starben Unterstädter, Leute wie Marilka, an Wunden, die reiche Oberstädter einfach behandeln lassen konnten. Vermutlich war Marilka noch nie in ihrem Leben von einem richtigen Apothecarius verarztet worden. Es berührte Maelle, dass Marilka wirklich dachte, sie würde Geld von ihr für die Behandlung fordern. Sie wusste, woher Marilka diesen Gedanken nahm. In der Unterstadt wurde nichts geschenkt, nichts war kostenlos. Auch um die Betten im Apothecarium wurde gestritten und häufig verscherbelten Pariah-Schläger, die das Viertel fest im Griff hatten, selbige an den Meistbietenden. In der Unterstadt hätte man sie lieber im Dreck verrecken lassen, als ihr kostenlos Hilfe zu leisten. Maelle hätte anfangen können zu heulen, wie dieses arme, verdreckte Geschöpf vor ihr stand, verwundet, zitternd, nackt und sich Gedanken darum machte, Geld für eine medizinische Wundversorgung nicht aufbringen zu können, die absolut notwendig war. Sie schaute zu Paulina hoch und sah in ihrem Gesicht, dass sie genauso wütend war wie sie selbst.

„Macht Euch keine Sorgen. Ihr müsst mir dafür keinen Groschen geben."

Marilka sah die Apothecaria verwundert an, sagte aber nichts. Maelle zog sich einen Hocker heran, nahm Platz und konzentrierte sich. Sie versuchte die Kräfte in sich zu bündeln und über ihre Hände in den Körper von Marilka fließen zu lassen.

Ihr Geist fuhr in die Wunde. Sie sah die eiternden Stellen. Kleine, schwelende Brandherde, die in der Wunde der Unterstädterin hausten. Leuchtenden Funken gleich zerschoss sie diese Stellen und verbrannte das Faulige. Sie spürte eine einzelne Schweißperle ihre Stirn hinabrinnen.

Maelle spürte wie sich der Körper von Marilka leicht bewegte. Sie hörte die Stimme von Paulina, als wäre sie weit entfernt, wie ein Echo. „Gleich habt Ihr es geschafft Marilka, versucht Euch nicht zu bewegen."

Maelle musste lächeln. Sie konnte gar nicht wissen, wann sie es geschafft hatte. Paulina umsorgte die Gefangene wirklich sehr, sie hatte ein gutes Herz.

Maelle konzentrierte sich jetzt auf die Wundränder. Ihr Geist schoss in sie hinein und wie die Mannschaft zweier galizinischer Galeeren ruderten die Wundränder aufeinander zu. Ihre Hände wurden wärmer und die Wunde schloss sich langsam. Maelle sah wie sich die Fasern des Fleisches und der Haut verbanden, als gäben sich die Rudermannschaften der Galeeren die Hände. Sie ging die Ränder ab, prüfte ob die Verbindung überall stabil war. Das war sie.

Langsam zog Maelle ihren Geist aus Marilkas Körper zurück, sie löste ihre Hände von der Wunde. Als sie wieder voll im Hier und Jetzt war betrachtete sie ihr Werk. „Nun", sagte sie außer Atem. „Das sieht doch ganz ordentlich aus."

Erschöpft ließ sie ihre Arme baumeln und trank einen Schluck Wasser aus einem Krug, den Paulina ihr reichte. Maelle musste lächeln. Paulina war wirklich etwas Besonderes. Sie hatte nicht damit gerechnet, dass es so gutmütige Adelige gab. Mit einem Ärmel ihres Gewandes wischte sie sich den Schweißtropfen von der Stirn.

Staunend sahen sowohl Paulina, als auch Marilka auf die Wunde, die nun nicht mehr zu sehen war. Maelle war stolz. Nicht einmal eine feine Narbe war geblieben.

„Das war beeindruckend", sagte Paulina.

Marilka drückte vorsichtig an der Stelle herum, an der zuvor die Wunde gewesen war.

„Wie fühlt es sich an?" fragte Maelle die junge Frau, die aufgehört hatte zu zittern. Das Erstaunen war wohl größer geworden als die Angst.

Marilka sah sie mit großen Augen an. „Als wäre dort nie eine Wunde gewesen. Wie… ich meine was…"

Maelle lächelte ihr schwach zu und hob ihre Arme. „Heilende Hände."

„Seid Ihr sehr erschöpft, Maelle?", fragte Paulina sie.

„Nein." Maelle stand ächzend auf. „Nein. Es geht schon. Solch kleine Wunden steckt man recht gut weg. Ich fühle mich als hätte ich eine kleine Wanderung gemacht, mehr nicht." Maelle löste eine kleine Flasche, die sie an ihrem Gürtel befestigt, trug. „Marilka, beugt Euch zu mir herunter."

Die dunkelhaarige Frau kam der Aufforderung gespannt nach. Sie entkorkte die Flasche und ließ ein wenig des dickflüssigen Inhalts auf ihre Fingerspitze laufen. Sie rieb damit vorsichtig Marilkas geschwollenes Auge ein. Die Prozedur wiederholte sie bei anderen, kleineren Blessuren, Schnitten und Aufschürfungen. Erheitert beobachtete sie, wie sich Paulinas Gesichtsausdruck noch mehr in Erstaunen änderte.

Maelle lächelte erst sie, dann Marilka, an. „Nur eine Paste. Morgen sollte die Schwellung schon weit zurückgegangen sein. Das sieht alles nach mehr aus als es ist. Das sind kleine Mittel und Arkankünste, mehr nicht. Interpretiert nicht zu viel hinein."

Eine seltsam aussehende Narbe, die aussah, wie viele, kleine Keilformen nebeneinander, fiel Maelle ins Auge, als sie die Paste auf Marilkas Körper auftrug. Die Apothecaria legte ihre Hände darauf und versuchte sich mit ihrem Geist voranzutasten. Sie spürte nichts. Seltsam. „Was ist, Maelle?", hörte sie Paulina fragen. Maelle zuckte die Schultern und rieb auch diese Narbe mit der Paste ein. „Ihr habt hier eine seltsame Narbe am Rücken, Marilka. Ist sie älter?"

Marilka atmete zitternd aus und ein. Sie war immer noch extrem nervös und wer konnte es ihr verdenken. „Ich… ich weiß nicht."

Maelle legte ihr beruhigend eine Hand auf die Schulter. Marilkas Körper war wirklich zerschunden. Heilige, was sie in der Unterstadt, dann im Laukai-Anwesen und zum Schluss in diesem leidigen Gefängnis hatte ertragen müssen. An ihrem Körper war das alles andere als spurlos vorüber gegangen. „Macht Euch keine Sorgen. Vermutlich habt Ihr die schon länger. Sie ist jedenfalls nicht weiter schlimm."

Maelle verstaute das Fläschchen wieder am Gürtel. Marilka hatte sich von dem ersten Schock wohl erholt. „Bitte, ich kann das nicht bezahlen, ich…", fing sie wieder verzweifelt an, während sie ihr Auge berührte.

Maelle lächelte müde. „Es gibt keinen Grund dazu, Ihr müsst nichts bezahlen."

Paulina nahm sie sanft am Arm und bugsierte sie in Richtung Waschzuber. Zögerlich stieg sie mit einem Fuß hinein und bewegte ihn sanft im Wasser, bevor sie sich gänzlich hineinbegab.

Er war groß genug, dass sie sich entspannt hinsetzen und etwas zurücklehnen konnte. Maelle beobachtete, wie sie die Augen schloss, während sie im Wasser saß. Paulina reichte ihr eine Kernseife und eine Bürste, die in einem der Regale, neben dem Zuber gelegen hatte. Sanft begann sie sich abzubürsten. Maelle hatte sich wieder auf einen Hocker fallen lassen, Paulina lehnte an der Wand.

„Ich möchte Euch jetzt einige Fragen stellen", begann sie freundlich.

Marilka stockte kurz in ihrer Bewegung, sie war gerade dabei ihre Haare zu waschen. Etwas langsamer fuhr sie damit fort. Sie blickte Paulina argwöhnisch an.

„Ihr wart Teil einer Gruppe, die einen Kontrakt annahm, seltsamen Vorgängen auf dem alten Anwesen der de Laukai nachzugehen?"

Marilka nickte.

„Wie viele wart ihr?"

„Fünf. Wir waren fünf", antwortete die Unterstädterin leise.

„Und ihr gehörtet alle zur Pariah?"

Marilka zögerte mit ihrer Antwort. Maelle sah, dass sie immer noch sehr eingeschüchtert war, sie fürchtete eine Bestrafung bei einer falschen Antwort. „Ich… ähm, ja."

Maelle stieg in das Gespräch mit ein. „Die Pariah operiert üblicherweise in der Unterstadt, nicht in malerischen Dörfern nahe der Hauptstadt. Was hattet Ihr hier vor?" Auch Maelle blieb freundlich. Sie hatte das Gefühl, dass sie damit bei Marilka weiterkommen würden. Außerdem würde sie die bohrenderen Fragen, wenn es dazu kommen sollte, Paulina überlassen. Sie wusste, aufgrund ihrer Profession, wohl deutlich besser wie man verhandelte.

Wieder wartete Marilka etwas mit der Antwort. Sie kratzte sich gedankenverloren eine Dreckkruste von ihrem Schienbein. „In Neuer Schacht erzählte man sich, dass dort Reichtümer der Adelsfamilie liegen, die niemand je geholt hat. Brabek wollte die haben. Deshalb hat er den Kontrakt angenommen."

Paulina sah Maelle fragend an.

„Neuer Schacht ist ein Bezirk in der Unterstadt. Brabek ist der Anführer der Pariah", klärte sie die Handelsfrau auf.

Paulina nickte verstehend, Marilka kratzte weiter an ihrem Schienbein. „Könnt Ihr uns erklären was genau passiert ist, als Ihr versucht habt das Anwesen zu betreten?"

Marilka nickte vorsichtig. Ihre Stimme begann zu zittern als sie begann zu erzählen. „Ich... wir sind auf das Anwesen zugegangen. Die Tore standen offen... wir verteilten uns, überall lagen Knochen. Es hing sogar eines im Brunnen, ein kleines Skelett..." Ihre Stimme versagte. Maelle fiel erst jetzt auf, dass Marilka lispelte. Sie hatte bisher so wenig gesagt, da war ihr das nicht aufgefallen. Die Unterstädterin fing sich wieder. „Pietr rief uns in die Stallungen, in der wir die Leiche von der Frau fanden. Mirella oder so..."

„Marille", korrigierte Paulina sie. Sie war die Fürstin gewesen.

„Ja, genau. Wir sahen... was mit ihnen passiert war. Wir sammelten uns am Brunnen und wollten das Gebäude betreten als..." Ihr stockte wieder der Atem. Als sie weitersprach zitterte ihre Stimme. Sie sah aus als wäre sie den Tränen nahe. „...als etwas schrie."

„Jemand schrie?", fragte Maelle irritiert.

„Nein, etwas schrie. Und es war kein Schrei. Es war... es kam nicht aus einem Mund. Es war überall. Ich hielt mir die Ohren zu und hörte es trotzdem. Es war schrecklich..."

Marilka atmete tief durch, ihre Augen waren nass. Paulina ging behutsam auf den Zuber zu. „Was passierte dann?"

„Es... erschien. Ein Wesen oder... ich weiß nicht, etwas erschien. Es war schemenhaft aber gut zu erkennen. Dmitri befahl, es anzugreifen. Aleksiv hackte mit seinem Schwert nach ihm, Pietr mit seinem Hammer, Dogan schoss auf es..." Marilka redete immer schneller, fast panisch. „Ich stach es, bevor es Aleksiv tötete... Er fiel... seine Hände..."

Paulina fasste sie sanft an der Schulter. „Marilka, beruhigt Euch, hier kann Euch nichts geschehen. Ihr seid in Sicherheit. Nehmt Euch Zeit bevor Ihr weitersprecht."

Marilka liefen Tränen das Gesicht hinab. Sie atmete schwer, versuchte aber sichtlich sich zu beruhigen. „Tsch... Tschuldigung...", sagte sie nach mehreren, stoßweisen Atemzügen.

„Es ist alles in Ordnung, Marilka. Könnt Ihr die… nun, das Wesen beschreiben?"

Marilka blickte in Paulinas Augen. „Es war groß, größer als ein Mensch. Es sah aus wie ein Kind, nur… groß. Das Gesicht war… es hatte kein Fleisch mehr im Gesicht. Es hatte zu viele Arme… und die Arme… sie hielten Waffen." Marilka stockte und riss die Augen auf. „Nein, sie waren Waffen. Es hatte keine Hände, die Arme mündeten in Waffen…"

Paulina streichelte sanft ihre Schulter. Maelle tauschte einen Blick mit ihr. Sie fand es war genug. Die junge Frau war eindeutig traumatisiert, man sah, wie sehr es sie quälte darüber zu sprechen. Maelle funkelte Paulina grimmig an, als diese dennoch weiterfragte.

„Wie seid Ihr entkommen Marilka?"

Marilka schlang die Arme um ihre angewinkelten Knie. „Ich… weiß es nicht… alle waren tot. Ich… das Wesen schrie wieder. Ich lief zum Tor… durch das Tor… durch die Eingeweide der Anderen, ich…" Sie stockte und sah aus als müsste sie sich übergeben. Sie würgte, Paulina streichelte beruhigend über ihren Rücken. Die junge Frau fasste sich wieder und fuhr fort. „Ich lief durch das Tor. Ich weiß nicht, wie lange ich lief, ich… irgendwann fiel ich." Marilka schaute Paulina wieder in die Augen. „Ich bin einfach liegen geblieben, ich weiß nicht was ich hätte tun sollen. In der Zelle bin ich dann wieder aufgewacht."

Paulina nickte. „Danke Marilka, dass Ihr uns das erzählt habt."

Marilka sagte nichts dazu.

Maelle dachte nach. Noch nie hatte sie von einem Tier oder einem Wesen gehört, welches auch nur annähernd auf die Beschreibung von Marilka passte. Sie konnte sich keinen Reim darauf machen. Auch in der Unterstadt hörte man viele Geschichten. Schauergeschichten, welche man abends in der Taverne zum Besten gab, doch selbst die kamen Marilkas Beschreibung nicht nahe. Es gab hier kaum Wölfe und Wölfe hatten auch nicht die Angewohnheit Arme zu besitzen, welche in Waffen mündeten. Einmal hatte sie einen Trunkenbold aus den Südlanden im Apothecarium kennen gelernt, welcher von großen, käferartigen Tieren sprach, deren Beine in langen Chitinklingen endeten. Doch auch das war etwas völlig anderes. Maelle sah wie Paulina sich ebenfalls den Kopf darüber zerbrach. Marilka wirkte nicht so als hätte sie das frei erfunden oder sich eingebildet.

Ihre Gedanken wurden unterbrochen als Marilka leise die Stimme erhob. Sie hatte sich mittlerweile fast komplett abgewaschen. „Könnt Ihr mir... mein Rucksack... da ist Rauchkraut drin."

Maelle erhob sich von ihrem Hocker und kramte in Marilkas Tasche nach dem Kraut. Viel war dort nicht drin. Eine kleine, grobe Halskette, ein paar Papierstreifen und eine verbeulte Metalldose voll Rauchkraut und das zugehörige Feuerzeug. Maelle nahm sich die Utensilien und drehte einen Stängel für Marilka. Sie bemerkte, wie Paulina sie ansah und schmunzelte. „Maelle, Ihr seid Apothecaria. Und Ihr wisst wie man Rauchstängel fabriziert?"

Maelle lächelte sie kokett an. „Ach wisst Ihr, in der Unterstadt lernt man so etwas schnell. Und hin und wieder ist das ein wahrhafter Genuss, glaubt mir."

Paulina schüttelte verständnislos, aber lächelnd, den Kopf. Marilka folgte der Unterredung still.

Die Apothecaria steckte sich den fertigen Rauchstängel in den Mund und schlug einige Funken mit dem Feuerzeug, an denen sie den Stängel entzündete, bevor sie ihn Marilka reichte.

„Danke" sagte sie schlicht und lehnte sich im Zuber zurück. Sie zog an dem Stängel und blies Rauch aus. Es schien sie tatsächlich etwas zu entspannen. Der Geruch des Krautes mischte sich mit dem des Waschwassers.

Maelle brannte eine Frage aus der Zunge. Sie wollte Marilka fragen, weswegen sie verhaftet worden war. Gemeinhin wurden alle Mitglieder der Pariah als Verbrecher betrachtet und das war auch nicht falsch, wenn man der Pariah beitrat, wurde man zu einem Geldeintreiber, einem Geldwäscher, einem Türsteher, einem Drogenhändler oder schlicht zu einem Mörder. Doch es reichte nicht jemanden einzusperren, nur weil er zur Pariah gehörte, bevor man nicht eindeutige Beweise für seine Schuld fand. Selbst wenn Marilka in der Unterstadt all das war, der

Bürgermeister von Trocnov konnte es unmöglich wissen. Woher nahm er sich also das Recht? Klar, der Bürgermeister sprach von Verbrechen gegen einen örtlichen Jäger, doch Maelle hätte gerne Marilkas Version der Geschichte gehört. Andererseits wollte sie aber nicht noch mehr Wunden aufreißen. Sie hatte für heute schon genug gelitten. Maelle stützte ihre Arme auf ihren Oberschenkeln ab und legte den Kopf in ihre Hände. Sie hatte über vieles nachzudenken.

Lev hob vorsichtig die Hand um zu klopfen. Er überlegte kurz ob das unhöflich war, entschied sich dann aber doch es zu tun. Er hatte einige alte, aber frische und saubere Kleider von der Wirtin unter dem Arm. Sie hatte nicht gefragt wieso er Frauenkleidung brauchte. Lev vermutete, dass seine Erscheinung sie eingeschüchtert hatte. Er hoffte, sie würden Marilka passen.

Dreimal schlug er seine gepanzerte Faust gegen das dunkle Holz der Tür.

„Ja?" hörte er von innen die Stimme von Paulina. Er öffnete die Tür einen Spaltbreit.

„Lev van Zanger. Der Lieutnant hat bei der Wirtin ein Abendessen für uns geordert. Ich habe außerdem frische Kleidung für Medame Wasser."

Nach einigen Sekunden Pause erklang die Stimme von Paulina wieder. „Kommt rein, Lev."

Nervös trat Lev ein. Er wollte nicht wieder taktlos sein. Leise fiel die Tür hinter ihm ins Schloss. Paulina und Maelle saßen auf hölzernen Hockern, die Gefangene lag in dem Wasserzuber, den er zuvor befüllt hatte. Lev stand etwas unschlüssig im Raum.

Paulina sah ihn irritiert an. „Ihr habt Kleidung für Marilka?"

„Ja. Nachdem ihre alte zerschnitten werden musste, dachte ich, es wäre gut, neue zu besorgen."

Lev konnte die Miene von Paulina nicht deuten, hatte er etwas falsch gemacht? Paulinas Gesichtsausdruck änderte sich, in etwas das wie … Dankbarkeit aussah? War es das?

„Das ist wirklich sehr nett von Euch, Lev."

Er wusste nicht genau wie er darauf reagieren sollte, also legte er die Kleidung einfach auf einen Hocker neben Paulina.

„Nun, Marilka, dann wird es wohl Zeit, dass Ihr aus dem Wasser kommt."

Marilka, die die Szenerie bisher wortlos verfolgt hatte, erhob sich aus dem Zuber. Lev drehte sich um.

Maelle fing an leise zu kichern. Lev war wieder irritiert. Hatte er etwas falsch gemacht? Die Situation war ihm unangenehm. Fast wünschte er sich auf einem Schlachtfeld zu sein, da wusste er wenigstens was er zu tun hatte. Aber nur fast. Auf das Blut, die Schreie, den Gestank und den Tod konnte er verzichten.

Den Geräuschen nach zu urteilen trocknete sich Marilka gerade ab. Aus dem Augenwinkel sah er, wie Paulina die Kleidung holte und sie Marilka übergab.

Maelle richtete das Wort an ihn. „Ihr sagtet, dass Zenon ein Abendessen für uns organisiert hat? Ich kann wirklich etwas zu Essen vertragen."

„Ja Medame, die Wirtin…"

„Maelle."

Lev runzelte unter seinem Helm die Stirn. „Entschuldigt?"

„Nicht Medame, Maelle. Den Schritt haben wir bereits hinter uns."

Lev hörte an ihrer Stimme, dass sie das belustigte. „Entschuldigt. Maelle. Lieutnant Grajev…"

„Zenon."

Lev sog scharf die Luft ein bevor er langsam fortfuhr. „Zenon hat bei der Wirtin ein… umfangreiches Abendessen bestellt. Die Wirtin zeigte uns einen Tisch im Schankraum. Er und Meser N… ich meine Sunder…"

„Ach, den könnt Ihr ruhig Meser Nowak nennen." Paulina prustete los. Lev verstand es nicht. Wieso wurden manche der Gruppenmitglieder beim Vornamen genannt und andere nicht. Er seufzte. Vermutlich würde er es nie verstehen. „Er und Meser Nowak sind bereits im Schankraum."

„Na dann sollten wir uns wohl beeilen. Toll seht Ihr aus, Marilka."

Das verstand Lev als Hinweis sich wieder umdrehen zu dürfen. Marilka hatte die Kleidung angezogen. Dunkelbraune Reithose, hellbraunes Wams, dunkle, niedrige Lederstiefel. Es passte nicht perfekt, aber ausreichend, fand Lev.

Marilka sah ihn an. „Danke", nuschelte sie.

Lev nickte ihr zu. Er hoffte sie verstand es als freundliche Geste.

„Nun, dann auf in den Schankraum. Ich könnte einen ganzen Ochsen verspeisen." Maelle stand schwungvoll auf, Paulina folgte ihr zur Tür. Auf dem Absatz drehte sie sich noch einmal um.

„Marilka, habt Ihr nicht auch Hunger?"

Es roch nach Taverne, als Marilka mit Maelle, Paulina und Lev den Schankraum betrat. Bier, Gebratenes, Rauchkraut und Holz. Marilka mochte den Geruch, es erinnerte sie an die Tavernen und Bordelle in der Unterstadt. Allerdings roch es hier sehr viel angenehmer. Weniger nach fauligem Holz, weniger nach altem Schweiß, billigem Fusel und trotzdem irgendwie ähnlich. Der Tisch, auf den sie zusteuerten, stand im hinteren Teil der Taverne. Auf einer kleinen Erhöhung, waren einige Tische platziert worden, ihrer war einer davon. Regale, mit leeren Weinflaschen, schirmten den Tisch vor allzu neugierigen Blicken ab und schafften etwas Privatsphäre. Marilka war nervös, die ganze Zeit schon, seit Paulina und der schwarz Gerüstete sie befreit hatten. Sie wusste nicht, wann sie die Gegenleistung forderten. Ihrer Erfahrung nach forderten Leute, die einem Gefallen taten, irgendwann immer eine Gegenleistung. Es war nur eine Frage der Zeit. Sie hatten sie sogar baden lassen und ihr neue Kleidung gebracht. Das war das erste richtige Bad seit langem. Und jetzt schien es Marilka so, als würden sie sie an ihren Tisch einladen um mit ihr zu essen. Sie duckte sich etwas hinter Paulina. Sie und die Arkanistin waren sehr freundlich zu ihr gewesen.

Am Tisch saßen ein älterer Mann, dessen Kleidung, wenn auch farblich unterschiedlich, derer von Maelle ähnelte. Ein weiterer Arkanist, vermutete Marilka. Außerdem ein Mann mit dunkelblondem, sauber geschnittenem Vollbart. Sie hatten Holzkrüge vor sich stehen. Dem Mann mit Bart gefiel es sichtlich in der Taverne, dem alten Arkanisten ganz offensichtlich nicht.

„Zenon, Meser Nowak, das ist Marilka. Sie war Teil der Gruppe, die den ersten Kontrakt annahmen. Ich habe sie eingeladen, mit uns zu speisen. Marilka, das hier ist Zenon

Grajev, Lieutnant der Stadtwache." Sie deutete auf den Mann mit Bart. „Und Sunder Nowak. Scientus und Arkanist des Ordens."

Sunder Nowak sah sie missmutig an. „Füttern wir jetzt schon Verbrecher durch?"

Zenon sah ihn kopfschüttelnd an, bevor er sich an Marilka wandte. „Hört nicht auf ihn. Setzt Euch doch."

Marilka war etwas verunsichert. Der Arkanist hatte schon Recht, sie war etwas, was nahe an einen Verbrecher herankam. Doch hatte sie, so dachte sie zumindest, das kleinere Übel gewählt, als sie der Pariah beigetreten war. Die Alternative wäre gewesen, weiter in den Staubminen der Unterstadt zu schuften. Sie kannte Leute, die mehrere Jahre in den Minen gearbeitet hatten. Ihre Haut wurde wie der Fels, den sie bearbeiteten. Von Furchen durchzogen und grau. Außerdem husteten sie dauerhaft. Dann lieber die Pariah, dachte sie sich. Klar, dort musste sie Leute wie Pietr ertragen, der sie… nun… häufiger zu sich eingeladen hatte, allerdings hatte sie immer ein Dach über dem Kopf und eine halbwegs essbare Mahlzeit am Tag gehabt.

Lev, Maelle und Paulina setzten sich, Marilka tat es ihnen nach. Sie ließ sich neben Paulina nieder, die ihrerseits neben dem alten Arkanisten Platz nahm. Ihr direkt gegenüber saß der Lieutnant, neben ihm Maelle und neben ihr wiederum der schwarz Gerüstete, der ihr die Kleidung gebracht hatte. Er trug immer noch seinen Helm.

Eine laute, schrille Stimme ließ sie alle hochschrecken. „Werte Gäste, darf ich Euch etwas zu trinken bringen?" Die Wirtin, eine rundliche Frau, in der Blüte ihres Lebens, mit einem dunkelbraunen, geflochtenen Zopf war vor ihrem Tisch erschienen. „Eure Kehlen müssen trockener als eine Wüste. Euer Hunger muss größer sein als die Theodosianische Landmauer. Euer…" Sie unterbrach sich. „Meser Grajev, sagt mir nicht, dass Ihr schon ausgetrunken habt?"

Der Lieutnant grinste unschuldig und hob die Arme. „Meine liebe Medame Kuszna, ich bekenne mich schuldig. Euer Bier schmeckt wirklich zu gut."

Die Wirtin lächelte und zeigte dabei einen goldenen Zahn. „Ihr seid ein Schmeichler, Lieutnant. Ich bringe Euch umgehend einen neuen Krug. Für Euch anderen auch?"

Sie blickte die Neuankömmlinge der Reihe nach an. Auf Marilka blieb ihr Blick etwas länger als nötig haften, sie sagte aber nichts und verzog keine Miene. Eine Antwort schien sie nicht zu erwarten, sie rauschte sofort wieder davon. Maelle sah ihr hinterher, bevor ihr Blick dann fragend zu Zenon wanderte, der sich zurücklehnte und genüsslich lächelte.

„Ach Maelle, schaut nicht so. Während Ihr mit Meser Nowak die Arkanistin ausgefragt habt und Ihr, Paulina, Euch mit den Wachen herumschlagen musstet, habe ich das getan was ich am besten kann."

Maelle musterte ihn. „Bier trinken?"

Paulina lachte, Zenon machte eine wegwischende Geste. „Informationen einholen. Ich habe mich mit Dunja Kuszna, der reizenden Wirtin und einigen anderen Trocnovern unterhalten. Und das geht, meiner Erfahrung nach, am besten beim gemeinsamen Bier."

Paulina rückte etwas näher. „Und was habt Ihr herausgefunden?"

Zenons Miene verfinsterte sich etwas, er wurde wieder Ernst. „Das kann bis nach dem Essen warten. Ich habe einen Bärenhunger."

Paulina schaute sich in der Taverne um. Es war viel los. Viele Einwohner gab es in Trocnov nicht, aber wo sie die Abende verbrachten wurde klar, wenn man die Taverne betrat. Einige alte Mesers saßen an einem Tisch, nahe der Theke und beschwerten sich missmutig über die Unwilligkeit der Jugend, das Fischerhandwerk zu lernen, einige junge Männer und Frauen versuchten, einem Schankmädchen zu imponieren. Eine kleine Katze saß auf der Theke und ließ sich von einem sichtlich betrunkenen Wachmann streicheln.

Paulina seufzte. Sie wusste, wieso Zenon so froh wirkte. Hier pulsierte das Leben, trotz der Dörflichkeit war das nicht allzu weit von den Goldhafener Tavernen und Schankhäusern entfernt. Sie und offensichtlich auch der Lieutnant, mochten die Lebsamkeit solcher Orte. Sunder schien es zu laut zu sein und Lev sah aus, als würde er den Raum strategisch einteilen, falls es zur Schlacht kommen würde. Was hier drinnen doch sehr, sehr unwahrscheinlich war.

Marilka riss sie aus ihren Gedanken. „Von was sprach die Wirtin? Was ist die theodosianische Landmauer?", fragte sie leise, eher an sich selbst gerichtet als an die anderen.

Paulina lächelte sie an, doch war sie etwas irritiert. Die theodosianische Landmauer hatte Galizina über weite Jahre der einhundertundzwölfjährigen Trennung entzweit. Sie hatte erwartet, dass jeder in Galizina das wüsste. Nun, wo sie so darüber nachdachte, das war wohl kein Wissen, welches in der Unterstadt von Goldhafen überlebensnotwendig war. „Die theodosianische Landmauer war eine Wehranlage, die das Ostreich vom Westreich trennte. Mauern, Türme, Festungsanlagen. Sie wurde vor mehr als achtzig Jahren vom Westreich erbaut. Glücklicherweise musste sie nie militärisch eingesetzt werden, es kam nie zum Krieg zwischen Ost- und Westreich. Mittlerweile ist sie zerfallen und in weiten Teilen gar unbrauchbar. Sie…"

Überraschenderweise schaltete sich Lev van Zanger ein. „Entschuldigt Medame, die Mauer ist durchaus noch nutzbar. Sie ist in einem schlechten Zustand, aber selbst mit wenig Arbeit kann man ihre militärische Nutzbarkeit wiederherstellen. Ich sah sie zuletzt vor fünf Jahren im Sezessionskrieg, als wir vom Westreich aus nach Karenina marschierten." Paulina war erstaunt den sonst so schweigsamen Lev so redselig zu erleben. Das lag wohl an der Thematik, die sein Fachgebiet war. „Allerdings ist die Landmauer eher zweitrangig als Verteidigungsanlage zu verstehen. Es ist eher eine Grenzanlage, um die Aus- und Einreise der Bevölkerung in den jeweilig anderen Reichsteil zu verhindern."

Paulina sah ihn erstaunt an. Auch Zenon und Maelle blickten interessiert. „Ihr habt persönlich im Sezessionskrieg gekämpft?"

„Ja. Die schwarzen Reiter standen damals schon in den Diensten von Galizina. Wir kämpften mit der 6. Galizinischen Armee unter der Löwin des Nordens in den Nordoblasten."

Maelle lehnte sich nach vorne um Lev ins behelmte Gesicht schauen zu können und wollte weiter fragen. Sie wurde aber von der Wirtin unterbrochen, die mit fünf vollen Krügen herbeigeeilt kam. Genervte Blicke trafen sie.

„Soooooooo, Medames und Mesers, Euer Bier." Schwungvoll stellte sie die Krüge auf den Tisch. „Das Essen wird gerade zubereitet, ich muss Euch um etwas Geduld bitten." Bevor irgendjemand irgendetwas sagen konnte war die Wirtin auch wieder mit ihrem goldzähnigen Lächeln verschwunden.

Paulina sah wie Maelle ihr hinterher blickte, bevor sie sich Lev zuwandte. „In der Unterstadt erzählt man sich… nun einiges über den Sezessionskrieg. Das fängt beim Namen an…" Sie blickte zu Zenon und Paulina, sie wusste, dass sie sich auf dünnem Eis bewegte. Das Leugnen der Kriegsgründe stand unter Strafe. Aber weder Zenon noch Paulina machten Anstalten einzugreifen. „…man erzählt sich, die Nordoblaste hatten nie vor sich abzuspalten. Vor allem die Republikanische Schar redet ständig davon. Ist da was dran?" Lev zog seinen Helm vom Kopf und legte ihn auf den dunklen Holztisch. Paulina wusste nicht wer die Republikanische Schar war, doch Maelle machte keine Anstalten das weiter auszuführen.

Lev trank einen Schluck von seinem Bier bevor er antwortete. „Das kann ich Euch nicht beantworten. Ich kenne die politischen Motive nicht. Ich kann Euch nur zu den Kämpfen etwas sagen."

Maelle bohrte vorsichtig weiter nach. Paulina meinte zu spüren wie… investiert Maelle in die Erzählung von Lev war. Mehr noch als Zenon und sie selbst. Aus irgendeinem Grund nahmen sie die Ereignisse besonders mit. „Und was könnt Ihr mir darüber sagen?"

Lev runzelte die Stirn. „Sie wurden sehr erbittert ausgefochten. Nicht nur die Kämpfe. Die galizinischen Armeen waren unterversorgt. Es kam zu Plünderungen, das Land ernährte den Krieg. Bauernhöfe wurden ausgeräuchert und ihrer Habseligkeiten und Vorräte beraubt. Ganze Landstriche wurden entvölkert. Dazu kamen die Bekenner des Einen aus dem Westen. Fanatiker, welche die galizinischen Armeen unterstützen sollten." Lev schnaubte. „Kanonenfutter, die Pogrome veranstalten, im Namen ihres Gottes und des Reiches." Er nahm einen tiefen Schluck. Am Tisch war es ruhig geworden. Die

Erzählung von Lev hatte die Stimmung gedrückt, keiner wusste so richtig was er sagen sollte.

Glücklicherweise kam Dunja Kuszna erneut an den Tisch. „Medames und Mesers, schmeckt das Bier nicht? Auf einem Friedhof herrscht bessere Stimmung." Sie lachte gackernd über ihren Witz. Paulina musste unwillkürlich schmunzeln, die ausgelassene Stimmung der Wirtin war ansteckend. Eine ihrer Schankmädchen balancierte viele Holzteller und Schüsseln an ihren Tisch. In ihnen befand sich Brot in Biersauce mit Zacusa, ein großer Eisentopf, in dem dampfender Hirschgulyás wunderbar duftete, gesalzene, geschälte Kartoffeln und gegrillter Grünbarsch. Dazu Soljanka mit Schafswurst, Zwiebeln, Knoblauch und Paprika.

Nacheinander stellten die Wirtin und ihre Schankmädchen die Speisen auf den Tisch. Es roch köstlich.

Paulina fiel auf, wie Marilka mit großen Augen auf die ganzen Speisen blickte. Offensichtlich war sie noch nie zuvor an einem so reich gedeckten Tisch gesessen.

Die Wirtin stellte vor jedem der Reisenden Teller und Schüssel ab und klatschte in die Hände. „Bedient Euch!"

Marilka zögerte. Sie wusste nicht, wie man sich hier verhielt. In der Unterstadt hatte sie entweder in einer der Suppenküchen eine Schale schwarzer Topf gegessen oder in ihrer Baracke etwas hartes Brot mit Gerstenschleim – meistens ohne Teller. Sie beobachtete wie die anderen sich nach und nach ein wenig von den Speisen nahmen die auf dem Tisch standen. Sie legten sie auf ihre Teller und begannen dann zu essen.

Marilka nahm einen großen Schluck Bier und tat es ihnen vorsichtig gleich. Sie schüttete eine große Kelle des Hirschgulyás in ihre Schüssel, nahm sich zwei Salzkartoffeln und ein Stück Grünbarschfilet. Die Salzkartoffeln legte sie vorsichtig mit in den Gulyás, das Filet drapierte sie behutsam neben die Schüssel auf den Teller.

Maelle sah ihr amüsiert dabei zu, während sie von einem Stück Brot abbiss. „Nehmt etwas von dem Brot zum Fisch Marilka. Es schmeckt wunderbar."

Marilka kam der Aufforderung gerne nach. Das Brot fühlte sich etwas wabbelig an, da es in der Biersauce gelegen hatte. Sie biss herzhaft davon ab. Maelle hatte Recht, es schmeckte wirklich wunderbar. Mit der Holzgabel, die neben ihrem Teller gelegen hatte, pikste sie ein Stück des Grünbarschs auf und steckte es sich, immer noch auf dem Brot herumkauend, in den Mund. Marilka verschlug es fast den Atem, sie hatte noch nie etwas so leckeres gegessen.

Sie bemerkte wie Zenon einen großen Schluck aus seinem Krug nahm und prüfend den Inhalt betrachtete. „Das Bier, das sie hier ausschenken, ist nichts im Vergleich zu dem in Goldhafen, findet Ihr nicht auch? Es schmeckt zu wässrig."

„Findet Ihr?", antwortete Maelle. „Ich mag den Geschmack. Er ist nicht so schwer und malzig wie Goldhafener Bock."

Zenon lächelte. „Genau das meine ich ja. Es ist zu wässrig. Bier muss schwer sein. Wenn ich etwas Leichteres haben möchte, wechsle ich zu einem Apfelwein."

Paulina schluckte das Kartoffelstück herunter, das sie gerade eben abgebissen hatte und lehnte sich entspannt zurück. „Ich habe vor Ewigkeiten mal einen Zitronenwodka von den Ostlaurenischen Inseln von einem Freihändler geschenkt bekommen. So etwas habe ich noch nie zuvor getrunken. Das saure Aroma der Zitronen hat sich perfekt mit dem Starken des Wodkas vermischt. Ich habe den Freihändler gebeten, mir seine Bezugsquellen zu nennen, er wollte sie mir aber nicht verraten. Ach, wäre es doch schön gewesen, diesen Schatz auch in Goldhafener Tavernen trinken zu können." Paulina schloss schwärmerisch die Augen. „Meser Nowak, was ist euer liebstes Getränk?"

Der alte Arkanist runzelte die Brauen. „Ein guter Apfelwein. In jüngeren Jahren war ich häufiger in Chodnik zum Apfelfest. Dort gibt es Apfelwein von herausragender Qualität, das sage ich Euch. Wenn Ihr jemals die Gelegenheit habt, geht nach Chodnik zum Apfelfest." Er pikste ein Stück Hirschfleisch auf und steckte es sich in den Mund. Kauend deutete er mit seiner Gabel auf Paulina.

Die ergriff erfreut das Wort. „Ich habe das Apfelfest bereits besucht. Der Apfelkuchen, den sie dort backen, ist herrlich. Ich habe nirgendwo sonst gesehen, dass der Teig mit Zimt verfeinert wird. Einfach himmlisch."

Marilka versuchte dem Gespräch zu folgen, kam aber nicht hinterher. Sie kannte die Orte, von denen gesprochen wurde, nicht und auch die Speisen, von denen die Rede war, hatte sie noch nie gegessen. Sie konnte sie sich nicht einmal vorstellen. Was, beim Arsch des heiligen Marcus, war Zimt?

Zenon blickte Paulina skeptisch an. „Apfelkuchen mit Zimt? Ich weiß ja nicht. Ich mag ihn wie er auf dem Goldhafener Markt angeboten wird. Klassisch und lecker."

Paulina lachte. „Probiert ihn einmal, Zenon. Ihr werdet es nicht bereuen."

„Wenn sich die Gelegenheit bietet liebend gerne." Er nahm einen Löffel der Soljanka. „Obwohl mir salzige Speisen lieber sind. In den Fischerdörfern nördlich von Goldhafen servieren sie kleine Fische, die als Ganzes in Öl gebacken werden, auf kleinen Spießen. Man beißt davon ab, wie von einem Apfel."

Maelle kicherte. „Das klingt erfunden. Macht man sich dadurch nicht total dreckig?"

Sunder Nowak deutete auf Marilka „Das schafft sie auch ohne die Fische."

Marilka stutzte. Sie fühlte sich ertappt, als auf einmal alle Blicke auf ihr ruhten. Sie hatte ihren Kopf über ihre Gulyásschüssel bugsiert, sodass ihre Nasenspitze fast die Speise berührt hatte und eifrig in sich hinein geschaufelt. Sie hatte das Gespräch der anderen genutzt, um sich dem lecker duftenden Essen anzunehmen. Anfangs hatte sie versucht, langsam zu essen, irgendwann hatte sie es aber aufgegeben. Es schmeckte einfach zu gut. Sie hatte nicht gewusst, dass es solche Aromen, einen solch wunderbaren Geschmack, gab. Jetzt richtete sie sich peinlich berührt auf.

Der Lieutnant seufzte. „Ach Nowak, gerade als es sich so anfühlt, als wäre ein klein bisschen Mensch in Euch, versaut Ihr es sofort wieder. Lasst die Frau doch essen."

Sunder schnaubte nur. Marilka versuchte sich jetzt etwas zurückzuhalten mit dem Essen. Sie nahm mehrere große Schlücke aus ihrem Krug, bevor sie in verringerter

Geschwindigkeit weiter aß. Paulina wandte ihr den Kopf zu. „Marilka, esst ruhig. Habt Ihr eine Leibspeise?"

Marilka dachte nach. So viel hatte sie bisher noch nicht probiert. „Nun… schwarzer Topf ist manchmal lecker… und morgens oder vormittags esse ich Gerstenschleim. Und… ja. Das wars."

Paulina lächelte sie etwas gezwungen an. „Nun… das klingt ja gut."

Sunder Nowak war nun etwas versöhnlicher gestimmt. „Was ist schwarzer Topf?"

Marilka sah ihn verschüchtert an. „Meistens Zwiebeln, Kohl, Bier und Wasser gekocht. Dazu das Fleisch, was verfügbar ist. So kenne ich ihn zumindest, ich habe gehört das viele Unterstädter ihn anders machen. Eben aus dem was gerade da ist."

Sunder kniff seine Augen zusammen. „Und das wäre?"

„Sunder…", versuchte Maelle erfolglos ihn zu bremsen.

Marilka blickte irritiert zurück. „Was meint Ihr?"

„Was ist üblicherweise für Fleisch verfügbar?"

„Oh." Marilka aß weiter, während sie antwortete. „Meistens Ratten und Hunde. Manchmal auch etwas Schwein oder Schaf aus der Oberstadt. Die Reste der Schlachtereien."

Der Arkanist sah sie an als hätte sie einen schlechten Scherz gemacht. „Ihr scherzt…", begann er, doch Maelle unterbrach ihn. „Marilka, aus welchem Bezirk der Unterstadt kommt Ihr?"

Marilka war von dem abrupten Themenwechsel irritiert. Sie wusste nicht, was an ihrem Gesagten so verwunderlich war. „Ich komme aus Neuer Schacht."

Maelle lächelte überrascht. „Oh, nahe der Hauptkaverne? Ich war oft in Neuer Schacht. Seltsam, dass wir uns nie gesehen haben."

Marilka schaute sie ernst an. „Manche in der Pariah sehen es nicht gerne, wenn wir uns im Hexenh… Entschuldigung, im Apothecarium aufhalten. Sie sagen, dass ist nur ein Versuch der Oberstädter wohltätig zu ersch…" Marilka stutze. Sie wollte die Arkanistin auf keinen Fall verärgern. Etwas kleinlaut fuhr sie fort. „Entschuldigung, das hätte ich nicht sagen sollen. Das ist nur was die Pariah sagt, nicht was ich…"

„Macht Euch keine Sorgen, ich nehme es Euch nicht übel." Etwas zerknirscht fügte sie hinzu. „In Teilen hat die Pariah damit sogar Recht." Maelle verfiel in nachdenkliches Schweigen und Marilka trank ihren Krug leer, was die Wirtin dazu brachte, sofort mit Nachschub zu erscheinen. Die ersten leeren Teller konnte sie schon mitnehmen, die ganze Gruppe war hungrig gewesen.

Paulina nahm einen Schluck ihres Biers und beugte sich etwas vor, zu Zenon. „Zenon, sprecht, was habt Ihr von der Wirtin erfahren?"

Zenon blickte kurz zu Marilka, die weiterhin auf ihr Essen konzentriert war. Paulina nickte ihm zu, er begann zu berichten. „Ich habe versucht so diskret wie möglich Informationen aus ihr herauszubekommen. Sie weiß natürlich, dass wir wegen der Vorfälle hier sind. Anfangs wiederholte sie, nun… die ‚offiziellen' Erklärungsversuche. Banditen, Wölfe und so weiter. Je länger ich mit ihr sprach, desto mehr erzählte sie mir aber von… nun, anderen Versionen. Es gibt wohl Gerüchte von Jägern, Fischern und so weiter, dass es im Laukai-Anwesen spukt. Monster, Geister, sucht es Euch aus. Ich…" Er stockte irritiert. „Ihr seht nicht überrascht aus."

Paulina nickte. Marilka war hellhörig geworden und lauschte, wie die anderen am Tisch, gebannt. Sie hatte vorhin das Gefühl gehabt, dass Paulina ihr nicht glaubte. Jetzt, wo auch der freundliche Mann von Ähnlichem berichtete, änderte sich wohl ihre Meinung. Paulina warf ihr einen kurzen Blick zu. „Marilka erzählte etwas Ähnliches. Eine… Erscheinung trat auf."

Zenon nahm einen Schluck Bier. Er sah verdutzt aus. „Spuk? Wirklich? Ich weiß nicht… Ich hielt das für abergläubisches Gerede der Trocnover Bürger." Er wirkte verunsichert. Seine Stimme wurde noch etwas leiser. „Ich habe noch etwas anderes zu berichten. Ein ziemlich betrunkener Fischer setzte sich irgendwann neben mich an die Theke. Er begann mir etwas von einem Fluch zu erzählen. Der Bürgermeister hat scheinbar Schande über das Dorf gebracht. Und das ganze Dorf hat ihn dabei unterstützt. Es hat irgendetwas mit den Vorfällen auf dem Laukai-Anwesen zu tun. Versteht mich nicht falsch, ich glaube nicht an Flüche. Oft genug aber habe ich beobachtet, wie in ihnen ein Körnchen Wahrheit steckt. Menschen neigen dazu irdische

Phänomene Flüche oder Ähnlichem zuzuschreiben. Nun ja, wir wissen ja, dass es eine Art Revolution gab. Die Trocnover Bürger hatten genug von der Tyrannei der Laukai. Es kam zum Kampf, die Region wurde befriedet, die Laukai starben alle im Anwesen. Der Betrunkene sagte, dass das Aufbegehren gegen die Laukai nicht nur die Unterdrückung zur Ursache hatte. Etwas anderes steckte dahinter…"

„Und was?" Maelle sah ihn gebannt an.

„Die Wirtin unterbrach den Betrunkenen und warf ihn hinaus. Ich habe Stunden, ach, Tage in Tavernen wie dieser verbracht. Und das war kein Rauswurf wegen Trunkenheit. Sie wollte nicht, dass ich erfahre, was der Betrunkene mir zu sagen hatte, darauf verwette ich meine Amtskette."

Paulina nickte ernst. „Er sagte noch, dass ich zu den Jägern gehen sollte. Sie hätten wohl mehr zu den Vorfällen zu berichten."

Maelle kaute nachdenklich auf einem Stück Schafswurst. „Ähnliches sagte uns die örtliche Arkanistin. Es gebe wohl viele Gerüchte unter den Ansässigen, über Spuke, Hexerei und dergleichen."

Zenon runzelte verunsichert die Stirn. „Meser Nowak, Maelle… kann so etwas sein? Gibt es… nun, Geister oder Erscheinungen?"

Nowak sog abfällig die Luft ein. „Natürlich gibt es die. In Geschichten, um Kinder und Trottel zu ängstigen."

Maelle funkelte ihn zornig an. „Sunder, Ihr seid Scientus. Ihr solltet offener sein."

Er funkelte zurück. „Ich bin der Wissenschaft verschrieben. Ich bin nicht offen gegenüber Schwachs…"

Maelle unterbrach ihn barsch. „Um Eure Frage zu beantworten Zenon, nein, so etwas gibt es nicht. Es gibt keine glaubwürdigen Berichte oder Beobachtungen von Geistern oder Ähnlichem."

Marilka wurde wütend. Sie hatte sich das Wesen, welches ihre Mitstreiter zerfetzt hatte, definitiv nicht eingebildet und es war nicht menschlich gewesen, egal was der alte Arkanist oder die Apothecaria sagten. Allein der Gedanke an das Wesen trieb ihr den Schweiß den Rücken herunter. Sie schaltete sich mit vor

Zorn und Furcht zitternder Stimme ein. „Ich habe mir das bestimmt nicht ausgedacht. Es war ein… Wesen und es war nicht menschlich. Und ein Tier war es auch nicht. Ihr habt mich vorhin einfach so geheilt, als wäre es nichts. Es ist nicht mal eine Wunde zu sehen. Aber eine seltsame Erscheinung, die aus dem Nichts auftritt ist da so abwegig?" Paulina legte ihr beruhigend die Hand auf den Arm.

Maelle antwortete einfühlsam. „Ich wollte Euch nicht als Lügnerin bezeichnen, Marilka. Ich sagte nur, dass bisher noch nie etwas Vergleichbares gesehen wurde. Und ihr habt Recht, auch die Arkankünste erschaffen aus nahezu nichts etwas. Doch wie ein seltsames Wesen einfach so durch Arkanenergie in einem Anwesen erscheinen soll, erschließt sich mir noch nicht."

Stille legte sich wieder über den Tisch. Man hörte nur, etwas gedämpft, den Lärm der anderen Gäste. Laute Gespräche, Lachen und das leise Trällern einer Fidel.

Leise begann Sunder Nowak zu sprechen. „Vor vielen Jahren las ich einmal eine Schrift, in einer Bibliothek des Ordens auf Hel. Mercator Trient, ein Scientus der lebte, als man begann den Abbau des Arkanerzes großflächig zu betreiben, berichtete darin von einem theoretischen Modell, welches er entworfen hatte. Er beschrieb, dass Arkanerz die Eigenschaft besitzt, Dinge zu erschaffen. Nicht nur die Wirkung von Arkanenergie zu verstärken, nicht nur kleinere Wunden zu heilen, sondern Dinge zu verändern, zu formen und eben neu zu schöpfen. Die Schrift war abstrakt und rein theoretisch. Er sagte schreckliches Unglück voraus, wenn der Abbau des Arkanerzes so weitergeführt werden würde. Ich fragte meinen damaligen Magister danach. Er zeigte sich wenig beeindruckt, ich erfuhr, dass der Autor der Schrift aus dem Orden ausgestoßen worden war. Scheinbar, weil er die positive Wirkung des Arkanerzes für den Orden demselben aberkannte. Und auch ich muss sagen, keine der vielen, vielen Theorien, die der Arkanist beschrieb haben sich bislang bewahrheitet. Andersherum sogar, die meisten konnten im Lauf der Zeit falsifiziert werden. Alles in allem las sich die Schrift eher wie eine philosophische Abhandlung, als eine ernsthafte, wissenschaftliche Auseinandersetzung mit der Einsetzung und den Eigenschaften des Arkanerzes. Wie dem auch sei, er sagte das… nun, das Erscheinungen auf unserer Erde wandeln würden, wenn der Arkanerzabbau weiterginge. Die Wesen, die er beschrieb, bezeichnete er als arkane Manifestationen."

Wieder legte sich Stille über den Tisch, die lange anhielt. Marilka lief ein eiskalter Schauer über den Rücken. Sie spürte wie sie Angst bekam.

Paulina nahm einen Schluck aus ihrem Bierkrug. Sie räusperte sich. „Nun, irgendwo müssen wir anfangen. Ich schlage vor, wir gehen morgen zur Hütte des Jägers, der Marilka fand. Danach nehmen wir uns das Anwesen selbst vor."

Kapitel VIII

Jagdbeute

Galizina, Ostreich, Ortschaft Trocnov im Sommer 1271

Lev war früh wach. Er hatte gut geschlafen, die Betten waren sehr bequem. Er saß auf seinem Bett und schnürte sich die Stiefel zu. Lev ging behutsam vor, er wollte Zenon, der auf der anderen des Raumes noch friedlich schlief, nicht wecken. Lev schnaubte. Der alte Arkanist hatte sich natürlich ein Zimmer für sich alleine reserviert, während er sich ein Zimmer mit Zenon teilen musste. Ihn störte das nicht, jedoch unterstrich es gut das Bild, dass er vom Charakter des Arkanisten hatte. Kopfschüttelnd schnürte er die letzte Schlaufe seiner Stiefel. Seltsamer, alter Kauz.

Lev blickte nachdenklich zu der Kommode an der Stirnseite des Raumes, auf dem fein säuberlich seine Rüstungsteile aufgereiht waren und überlegte kurz ob er seine volle Panzerung anziehen sollte. Er entschied sich dann aber dagegen. Es war nicht notwendig. Vorsichtig zog er sich seinen Gambeson über und hob vorsichtig die Schulterpanzerung über seinen Kopf, bevor er sie am Gambeson festschnürte. Lev sorgte dafür, dass die Panzerung immer gut geölt war, so machte sie kaum ein Geräusch beim Anziehen. Seine Panzerhandschuhe legte er ebenfalls an und setzte sich seinen Helm auf, bevor er leise zur Tür herausschlüpfte.

Die Taverne, wie das ganze Dorf, waren noch sehr schläfrig, die Sonne ging gerade erst auf. Ihr rötlicher Schein drang zögerlich durch das kleine Dachfenster ihres Stockwerks. Die Tür des gegenüberliegenden Raumes, in dem Marilka, Paulina und Maelle nächtigten, öffnete sich leise. Paulina steckte ihren Kopf daraus hervor, sie war schon vollständig bekleidet, nur ihren Haaren sah man an, dass sie gerade erst aufgestanden sein musste.

„Konntet Ihr auch nicht mehr schlafen?", raunte sie Lev leise zu.

Lev zuckte die Schultern. „Ich schlafe nie länger."

135

Paulina rieb sich die Augen und hob sich eine Hand vor den Mund als sie unterdrückt gähnte. „Wohin geht Ihr?"

„Ich möchte die Kapelle besuchen." Lev antwortete knapp, er hatte eigentlich nicht mit Gesellschaft gerechnet. Und er wusste auch nicht ob sie ihm recht war.

Paulina schlüpfte nun ganz aus der Tür und schloss sie leise. „Ich begleite euch."

Lev nickte nur. Gemeinsam gingen sie leise die Treppen hinunter, die in den Schankraum mündeten, in dem sie gestern von Dunja Kuszna durch ihr leckeres Essen verwöhnt worden waren. Überall waren noch Reste der letzten Nacht zu sehen. Leere Holzkrüge auf den Tischen, Lachen von verschüttetem Bier, leere Teller, die hinter der Theke standen. Die Wirtin und ihre Schankmädchen hatten noch nicht aufgeräumt, das taten sie wohl immer erst am nächsten Morgen. Die beiden durchquerten den Schankraum und stießen die Haupteingangstür auf. Eine wunderbar frische Brise empfing sie. Der Morgen war angenehm kühl und ruhig. Lev verlor sich kurz darin, in Goldhafen war es immer laut. Hier war das lauteste Geräusch das morgendliche Zirpen der Grillen. Er mochte die Stille.

Paulina offensichtlich auch, sie schwieg auf dem kurzen Weg zur Kapelle. Das Gotteshaus bestand aus sorgsam zusammengefügten Granitmauersteinen, im Gegensatz zu den meisten anderen Gebäuden von Trocnov, die aus Holz gezimmert waren. Sie schloss an den gleichen Marktplatz an, wie es das Haus des Bürgermeisters tat, allerdings ging vom Platz erst ein kurzer Weg einen kleinen Hang hinauf, auf dem die Kapelle thronte.

Als sie vor den Türen der Kapelle standen brach Paulina die Stille. „Ich hielt Euch nicht für einen gottesfürchtigen Mann, Lev."

„Das bin ich auch nicht. Mein Korporal ist es aber. Er hat die Angewohnheit, bei jeder Kapelle, an der wir vorbeireiten anzuhalten und eine Kerze für die Verwundeten anzuzünden." Für Lev fühlte es sich falsch an, wenn er, trotz der Abwesenheit von Lieven, dieses Ritual nicht fortführte.

Paulina sah Lev an. „Und hilft es?"

„Meinem Korporal auf jeden Fall. Den Verwundeten wohl eher nicht." Er zuckte die Schultern. „Doch schaden tut es ihnen auch nicht."

Paulina nickte knapp und gemeinsam traten sie in den kühlen, dunklen Raum der Kapelle. Es war unüblich, dass ein so kleines Dorf im Ostreich eine eigene Kapelle hatte. Der Glaube an den Einen war im Ostreich nicht sehr weit verbreitet. Im Westreich hatte jeder Weiler, sogar jede Straßenkreuzung mindestens einen kleinen Schrein zu Ehren ihres Gottes. Im Ostreich bediente man sich weit seltener göttlichen Beistands und wenn, ging man überwiegend in die Prioreien und Abteien des Arkanistenordens. In ihnen waren oft Schreine und Heiligenbilder von weltlichen Heiligen, Arkanisten, die sich durch große Taten ausgezeichnet hatten. Die heilige Iulia beispielsweise, die im Jahr 612 eine Fieberseuche, die fast die gesamte Bevölkerung von Litaunia dahingerafft hatte, eigenhändig beendete, indem sie ein Gegenmittel fand. Oder den heiligen Quintin, der mit einem flammenden Schwert Gotha vor den Karolingern rettete. Lev hatte sich von Paulina auf der Reise nach Trocnov erzählen lassen, dass die Familie der de Laukai, als eine der wenigen Ostgaliziner, dem Glauben des Einen nachgingen. So hatten sie auch diese kleine Kapelle errichten lassen. Lev fragte sich wie die Trocnover Bürger dazu standen. Er hatte im Sezessionskrieg viele der ostgalizinischen Soldaten über den Glauben des Einen schimpfen hören.

Der Konfessor der Kapelle, wenn es denn einen gab, war nicht zugegen. Zielstrebig ging Lev durch die Bänke zum Altar, am hinteren Ende der Kapelle. Paulina folgte ihm mit etwas Abstand. Viele Kerzen säumten sowohl die Vorderseite des Altars, als auch in langen Reihen die Seitenwände der kleinen Kapelle. Die meisten davon waren heruntergebrannt oder nie angefacht gewesen. Lev nahm sich eine Kerze aus der Kiste, die neben jedem Altar des Einen stand und warf ein paar Groschen in das dafür vorhergesehene Fach. Die Kirche ließ sich jede Kerze bezahlen. Er zündete sie an einer der wenigen, brennenden Kerzen an. Vorsichtig platzierte er sie neben die anderen Kerzen auf dem Altar und kniete sich vor ihn. Normalerweise sagten Lieven und er jetzt die Namen der Verwundeten auf. Lev wusste gegenwärtig aber nur von einer Verwundeten. Und auch von ihr hoffte er, dass sie mittlerweile genesen war. Leise schlich sich ihr Name auf seine Lippen.

„Esther de Vries."

Er verharrte einen Moment und dachte schmerzerfüllt an sie. Die Trauer schnürte ihm die Kehle zu. Nach einem Moment der Andacht stand er auf, das Gesicht verziehend.

Lev spürte Paulinas Hand, die sich sanft auf seinen Arm legte. „Meint Ihr es würde sie stören, wenn ich ebenfalls eine Kerze für sie anzünde?"

Lev schüttelte den Kopf. Ihn überraschte die Geste. Paulina warf ebenfalls einige Groschen in den Schlitz und nahm sich eine Kerze. Sie zündete sie an Levs zuvor entflammter Kerze an und platzierte sie neben die seine. Ein angenehmer Duft nach Kerzenwachs begann die kühle Luft der Kapelle zu erfüllen.

Paulina kniete sich vor den Altar. Lev hörte sie leise ‚Esther de Vries' flüstern. Es wunderte ihn, dass sie den Namen gehört hatte und er war gerührt von ihrer Geste.

Nach einem kurzen Moment des Innehaltens stand sie auf und blickte Lev ins behelmte Antlitz. „Ich hoffe ich lerne sie irgendwann einmal kennen."

Lev nickte ihr nur zu. Er hoffte sie würde es als Geste der Freundschaft verstehen. „Danke."

Gemeinsam ließen sie die staubige Luft der Kapelle hinter sich. Die Sonne war mittlerweile schon aufgegangen und Trocnov erwachte langsam zum Leben. Fensterläden wurden aufgeschlagen und verschlafene Augen blinzelten in das Sonnenlicht. Gähnend zogen die Fischer aus, Wäscherinnen gingen, die Arme voll mit Kleidung, in Richtung Fluss. Müde Wachleute lösten ihre Kameraden an den Zugängen zum Dorf ab und Kinder rannten lachend durch die Straßen, gefolgt von ihren schläfrigen Müttern und Vätern.

Zenon empfing sie im Schankraum des Gasthauses. „Dunja hat uns Proviant zusammengestellt. Ihre Tochter war gerade hier um es uns zu bringen."

Paulina nickte. „Sehr gut. Sind die anderen schon wach?"

„Wach würde ich das nicht nennen, aber gerade am Aufwachen. Seid Ihr sicher, dass Marilka mitkommen soll? Sie ist gerade seit gestern erst wieder auf freiem Fuß. Sie wird körperlich nicht in bester Verfassung sein und…"

Paulina verdrehte die Augen. „Wollt Ihr sie hierlassen?"

„Nun, das wäre eine Option…"

„Nein. Wer weiß was die Wachleute mit ihr machen würden. Oder was sie machen würde." Sie senkte die Stimme. „Ich möchte sie weder wieder im Gefängnis sehen, noch möchte ich, dass sie flieht. Sie hat uns zwar schon einiges über die Ereignisse erzählt, doch möchte ich, dass sie bei uns bleibt. Ihre Erfahrungen werden uns sicher helfen, wenn wir das Anwesen betreten."

Zenon zuckte die Achseln. „Nun, wie Ihr meint."

Paulina machte sich mit Lev auf den Weg nach oben um die anderen zu holen. Während Lev seine volle Rüstung anzog klopfte sie an die Tür ihres Schlafzimmers, in dem Maelle und Marilka vorhin noch in ihren Betten gelegen hatten.

„Bei allen Heiligen, ich beeile mich ja schon", drang Maelles Stimme genervt und müde aus dem Zimmer.

Paulina öffnete schmunzelnd die Tür. Maelle stand im Raum und schnürte sich gerade die gestiefelten Füße, die sie auf einem kleinen Hocker abgestellt hatte. „Lasst Euch nur Zeit Maelle. Es ist noch früh."

Die Apothecaria schüttelte den Kopf. „Sagt das mal dem Lieutnant. Ich dachte Ihr wärt er."

Sie ging zu Marilkas Bett und schüttelte sie sanft an der Schulter. „Aufwachen, Marilka. Wir müssen los."

Als Antwort murmelte Marilka Unverständliches. Sie befreite sich von der Decke und suchte fahrig ihre Kleidung zusammen, in die sie gähnend schlüpfte.

Paulina lächelte. „Habt Ihr gut geschlafen?"

Marilka antwortete leise. „Ja." Sie stockte. „So gut wie noch nie."

Paulina bedachte die Frau mit einem mitleidigen Blick. Sie war bisher kaum in der Unterstadt gewesen, sie konnte sich nicht vorstellen, wie Marilka dort gelebt hatte. Sie seufzte. „Na dann, auf. Auf uns wartet ein langer Weg. Ist Meser Nowak schon aufgestanden?"

Maelle zuckte die Achseln. „Ich weiß nicht. Viel Spaß dabei, es herauszufinden."

Paulina verbeugte sich spöttisch zur Antwort und ging Richtung Zimmer des Arkanisten. Sie hob gerade ihre Hand um zu klopfen, als die Tür schwungvoll aufgestoßen wurde. Das müde, bärtige Gesicht von Sunder Nowak begrüßte sie. „Ja ja, ich komme schon."

Paulina lächelte den alten Kauz gezwungen an. „Ebenfalls guten Morgen."

Nowak schnaubte nur und drängelte sich an ihr vorbei, Richtung Schankraum.

Maelle trat nun durch ihre Tür in den Flur, Marilka stolperte hinter ihr her. „Wo wart Ihr so früh? Ich habe Euch gar nicht gehört als Ihr das Zimmer verlassen habt", fragte die Apothecaria.

Lev, der nun voll gerüstet aus dem Zimmer kam, in dem er und Zenon nächtigten, antwortete an Paulinas Stelle. „Wir haben die örtliche Kapelle besucht."

Maelle musterte ihn. „Ach, ich wusste gar nicht, dass Ihr dem Glauben des Einen angehört."

„Tue ich nicht."

Maelle sah ihn irritiert an, beließ es aber dabei. Gemeinsam gingen sie in den Schankraum, in dem Zenon mit mehreren Proviantbeuteln auf sie wartete. Sie verteilten die Beutel auf ihre Rucksäcke. In wildnisfester Kleidung, Lederstiefeln und voll bepackt standen sie im Schankraum.

Zenon fand abschließende Worte. „Nun, dann lassen wir den Jäger nicht warten."

Der Weg war angenehm gewesen. Einfache Wege, festgefahren von den Rädern der Wagen, die sie tagtäglich fuhren, wechselten sich mit felsigen Trampelpfaden ab. Ihre Pferde hatten sie wegen letzteren im Stall in Trocnov gelassen.

Dunja hatte ihnen eine Wegbeschreibung geliefert, der sie folgten. Das Haus des Jägers, Kolya Svetoslav, war etwa eine halbe Tagesreise vom Dorf entfernt. Die erste Rast machten sie, weil Maelle Schönblatt fand. Aufgeregt pflückte sie mehrere der großen Blätter und steckte sie in den Rucksack. Die anderen der Gruppe nutzten die Gelegenheit um ihre Füße auszustrecken und etwas zu rasten. Marilka schnaufte etwas mehr als die anderen. Als Zenon ihr einen Apfel anbot, nahm ihre Stimme einen entschuldigenden Ton an. „In der Unterstadt sind die Wege normalerweise kürzer."

Die zweite Pause nutzten sie um zu essen. Die Sonne hatte ihren Zenit überschritten und ihre Mägen knurrten hörbar. Sie hielten an einem kleinen Bach, der von Trichterfarnen umgeben war. Das leise Plätschern war unheimlich beruhigend und passte gar nicht zu dem Anblick des Anwesens der Laukai, das sie schon seit mehreren Stunden sahen. Es thronte einsam und bedrohlich auf einem felsigen Hügel, der fast wie ein Tafelberg aussah. Von dort aus musste man einen perfekten Blick auf die gesamten Ländereien der ehemaligen Adelsfamilie haben.

Paulina, Sunder, Marilka, Maelle, Lev und Zenon stärkten sich mit gesäuertem Brot, Hartkäse, geräuchertem Fisch und etwas eingelegtem Gemüse.

Am frühen Nachmittag kam das Haus des Jägers in Sicht. Es schmiegte sich an einen großen, grauweißen Felsblock, auf dem niedrige Bergkiefern wuchsen. Ein eingezäunter Vorgarten war dem sorgsam gezimmerten Haus angeschlossen, in dem einige Salatköpfe wuchsen. Vor dem Haus war ein Gerberfell aufgespannt und eine Werkbank, auf der mehrere gebrochene Pfeile lagen. Ein Bogen lehnte neben der Haustür. Noch bevor die Gruppe die Tür erreichte öffnete sie sich. Eine blonde Frau starrte ihnen ängstlich entgegen.

„Wer seid Ihr? Was wollt Ihr?"

Paulina trat vor. „Keine Sorge, wir möchten nichts Böses. Wir wollen Kolya Svetoslav ein paar Fragen stellen."

Der Gesichtsausdruck der Frau änderte sich nicht.

„Wir untersuchen die Vorgänge, die sich hier ereignen. Ihr habt sicher davon gehört."

Die Frau, die in der Tür stand wurde zur Seite geschoben. Ein junger Mann mit rotbraunem Haar schob sich vor sie. „Ich bin Kolya. Stellt Eure Fragen."

Die Frau tippte ihrem Mann auf die Schulter. „Liebster, wollen wir sie nicht hereinbitten?"

Svetoslav schnaufte. „Nun gut, tretet ein." Er deutete mit einem Arm in das Innere seines Heims, so als wollte er sie direkt hereinlotsen. Paulina ging vorneweg auf die Tür zu, die anderen folgten ihr.

„Moment mal." Kolya blockierte mit seinem Arm die Tür. „Was will die hier?" Er deutete mit seinem anderen Arm auf Marilka. „Ich dachte sie wäre eingesperrt."

Maelle streckte ihren Kopf von hinten vor. „Sie hilft uns bei unseren Untersuchungen."

Der Jäger schnaubte. Er wurde zornig. „Die kommt mir bestimmt nicht ins Haus." Maelle hob an zu antworten, wurde aber sofort unterbrochen. „Sie hat meinen Hund getötet und meine Familie bedroht. Sicherlich kommt sie mir nicht ins Haus."

Maelle wollte weiter diskutieren, Paulina unterbrach sie aber. „Marika, könnt Ihr…"

Marilka nickte. Sie verließ das Grundstück des Jägers und lehnte sich außen an den Zaun.

„Ich warte mit ihr", sagte Lev überraschend. Er ging ihr nach und blieb ebenfalls dem Haus fern.

Paulina, Zenon, Sunder und Maelle folgten dem Wink des Jägers, der immer noch etwas zornig schaute und traten in das Haus ein. Sie fanden sich in einem geräumigen Hauptraum wieder, der von einem steinernen Kamin und einem großen Holztisch beherrscht wurde. An den Wänden hingen Bärenfälle, Fuchsköpfe und Geweihe von Hirschen. Die Frau des Jägers kam mit etwas Käse, Brot und einem Krug leichten Biers aus dem angrenzenden Nebenraum zurück. Sie lächelte die Gruppe freundlich an. „Setzt Euch doch." Sie wandte ihren Kopf nach hinten. „Dagmara, bringst du bitte noch Becher für unsere Gäste mit?"

Ein verschüchtertes Kind kam mit vier Tonbechern in der Hand in den Raum gelaufen und gab die Becher seiner Mutter. Anschließend versteckte es sich sofort hinter den Röcken derselben.

„Du brauchst keine Angst haben, Liebes. Das sind nicht die bösen Menschen." An die Gruppe gewandt fügte sie hinzu. „Sie hat panische Angst vor Fremden und immer wieder Albträume durch die Räuber, die uns überfallen haben." Sie bedeutete ihnen sich zu setzen.

Maelle begann vorsichtig zu fragen. „Könnt Ihr uns den Überfall beschreiben?"

Der Jäger schnaubte verärgert. „Was soll das bringen?"

„Wir wollen die Vorgänge in Trocnov untersuchen, Meser. Alles könnte wichtig sein, je mehr wir erfahren desto besser."

„Wenn Ihr etwas über die Vorgänge wissen wollt, dann geht auf das Anwesen. Da werdet Ihr es sicher schnell herausfinden. Aber gut, wie Ihr wollt. Die Gruppe, zu der auch Eure Freundin draußen gehörte, kam zu uns. Sie waren, genau wie Ihr, auf dem Weg zum alten Laukai-Anwesen, sie hatten wohl den Kontrakt angenommen, den der Bürgermeister in Goldhafen ausgehängt hatte. Der Anführer der Gruppe, ein widerlicher Mensch, fragte uns nach dem Anwesen und wie man es genau erreicht. Ich gab ihm die Hinweise. Anschließend wollten sie Vorräte. Etwas Kleidung, Essen und sogar Waffen haben sie uns genommen. Die Schl... Eure Freundin..." Er betonte das Wort. „...hat sich meine Saufeder genommen." Maelle schüttelte nachdenklich den Kopf. Der Jäger sprach weiter. „Sie waren nicht für solch eine Reise gerüstet, das sah man ihnen deutlich an. Zu wenig Verpflegung, falsche Kleidung. Als die Bastarde immer mehr forderten, weigerte ich mich irgendwann ihnen das Verlangte zu geben. Der Anführer und so ein fetter Kerl bedrohten daraufhin meine Frau und meine Tochter. Sie sagten... nun, egal, Ihr könnt Euch sicher denken, was sie sagten. Einer der Banditen nagelte, bevor sie gingen, meinen Jagdhund mit seinem Zahnstocher an die Wand."

Zenon blickte irritiert. „Zahnstocher?"

„Er hatte so ein dünnes Schwert. Als sie dann hatten was sie wollten gingen sie."

Maelle hakte weiter nach. „Die Frau draußen, die auch am Überfall auf Euch beteiligt war. Was hat sie gemacht?"

Svetoslav schnaubte wieder. „Nichts. Sie hat zugesehen und sich Essen, Geld und meine Saufeder geschnappt." Maelle nickte nachdenklich und nahm einen Schluck aus ihrem Becher.

Am Käse kauend führte Zenon das Gespräch fort. „Es tut mir leid, was Euch widerfahren ist, mein Freund. Ihr habt Marilka dann gefunden? Könnt Ihr beschreiben wie?"

Der Jäger nickte. „Ich war auf dem Weg einige ausgelegte Fallen zu prüfen und ich wollte der Spur eines Keilers folgen, die ich am Tag zuvor entdeckt hatte. Im Fels unter dem Anwesen ist eine große, offene Höhle, die von den Laukai als Lagerraum und Wareneingang genutzt wurde. Seitdem dort niemand mehr ist, verziehen sich immer wieder wilde Tiere dorthin. Ich muss nur warten bis sie herauskommen oder sie aufscheuchen und zack, habe ich eines. Nun, ich war auf jeden Fall auf dem Weg dorthin. Etwa auf der Hälfte des Bergweges zum Anwesen hin, kommt eine kleine Kreuzung, an der es zu besagter Höhle geht. Dort fand ich sie, ich dachte erst sie wäre tot. Ein schrecklicher Anblick, völlig mit Blut bedeckt, ein gebrochener, oder zumindest angeknackster Arm, der seltsam von ihrem Körper baumelte. Sie atmete nur schwach. Ich untersuchte ihren Körper, schwere, lebensbedrohliche Verletzungen fand ich keine. Viele Prellungen, Blessuren, so als wäre sie mit einem stumpfen Gegenstand verprügelt worden, aber keine großen Schnitte oder offenen Wunden. Der Großteil des Blutes muss und glaubt mir, damit kenne ich mich aus, von anderen gekommen sein. Es sah aus, als hätte sie darin gebadet. Ich wollte sie ins Dorf bringen, ich trug sie also zu mir in die Hütte, lud sie auf einen Karren, und fuhr sie nach Trocnov. Ich erkannte erst bei mir im Haus, wen ich da gerettet hatte. Ins Dorf brachte ich sie dann trotzdem, immerhin gab es dann jemanden, der dafür geradestehen würde, was mir angetan war. Von ihren Begleitern war übrigens keine Spur zu sehen. So wie sie aussah vermute ich, dass alle tot sind."

Zenon kaute nachdenklich auf einem Stück Brot, Paulina rieb sich mit ihrer Hand am Kinn. „Und habt Ihr... nun, eine Idee was passiert sein könnte?"

Svetoslav tippte nervös mit seinem Schuh auf den Boden. „Naja, also man hört in der Tat immer wieder Geräusche vom Anwesen. Ich habe auch schon einen Fuchs gefunden, als es mich etwas näher zum Anwesen hingezogen hatte, der völlig zerfetzt worden war. Nicht, wie üblich bei Wildtieren, mit der Absicht den Kadaver zu fressen, sondern einfach aus purem Zorn. Ich

144

kann Euch nicht sagen was dort haust. Ich denke es könnte ein Bär sein. Möglicherweise ein tollwütiger Bär oder so etwas. Wenn Ihr dorthin wollt, rate ich Euch vorsichtig zu sein."

Sunder wandte sich an den Jäger. „Wisst Ihr seit wann dieses Phänomen auftritt? Die Todesfälle, die zerfetzten Tiere?"

„Ich denke seit den Vorfällen auf dem Anwesen. Seit es die Laukai nicht mehr gibt. Vermutlich hat das Tier, welches dort haust, sich direkt nach deren Ableben dort eingenistet."

Paulina dachte kurz nach, bevor sie weiterfragte. „Und könnt Ihr uns erzählen, was genau in der Nacht passierte als die Laukai getötet wurden?"

Die Frau des Jägers zuckte zusammen. Der Jäger runzelte die Stirn. „Nicht mehr, als Ihr sicherlich schon wisst. Sprecht in diesem Haus nicht darüber, das ist vergangen."

Paulina nickte. Man merkte dem Ehepaar deutlich an, wie jedem, mit dem sie bisher gesprochen hatten, dass die Ereignisse noch tief saßen. Sie wollten nicht darüber sprechen, sie waren verschlossen. Sie runzelte die Stirn. Es würde schwer werden, aus den Dörflern etwas herauszubekommen. „Nun, habt Dank für Eure Gastfreundschaft. Wir werden herausfinden, was dort oben haust, seid Euch sicher."

Der Jäger nickte ihnen zu und begleitete sie zur Tür. „Viel Erfolg." Er kratzte sich nachdenklich an der Wange. „Und gute Jagd."

Marilka stand mit Lev alleine vor dem umzäunten Haus des Jägers. Sie lehnte an den Holzstreben, Lev stand einer Statue gleich neben ihr. Ihr war es recht, dass der Jäger sie nicht hereingelassen hatte. Sie verstand ihn. Marilka wusste, dass es unrecht war, den Jäger zu bestehlen, doch sie hatte keine Wahl gehabt. Das redete sie sich jedenfalls ein. Sie hätte Dmitri, Pietr und den anderen nicht widersprechen können. Zumindest wäre das nicht gut für sie ausgegangen.

Marilka hatte keine Schuldgefühle. Wenn sie die hätte, läge sie schon lange tot in einer Gasse in der Unterstadt. Schuldgefühle waren etwas für Leute die sie sich leisten konnten. Und trotzdem fühlte sie sich nicht wohl dabei. Paulina, Maelle, sie alle waren so selbstlos und hatten ihr ohne zu zögern geholfen. Sie selbst hätte das nicht gemacht und sie wollte, und das überraschte sie selbst, nicht, dass ihre neuen Begleiter schlecht von ihr dachten. „Wisst Ihr, ich hatte keine Wahl, die anderen hätten mich sonst umgebracht", brachte sie ungestüm hervor. Das war vielleicht etwas übertrieben, aber nicht weit weg von der Wahrheit.

Der schwarze Krieger wandte ihr langsam den Kopf zu. Er nickte nur.

„Ich… ich bin normalerweise…" Sie stockte und brach ab. Sie wusste selbst, dass das was sie sagen wollte, gelogen war.

Überraschenderweise antwortete Lev diesmal. „Ihr braucht Euch nicht zu rechtfertigen, Medame. Ich habe viel mit schlechten Menschen zu tun und ich denke Ihr seid keiner davon."

Seine Offenherzigkeit war eine Wohltat. Sie musste lächeln, man hatte sie noch nie ‚Medame' genannt. Sie fühlte sich wie eine Oberstädterin.

Gerade wollte sie antworten, als die Tür aufging und die übrigen der Gruppe herauskamen. Marilka schlang sich ihren Rucksack, der an einem Zaunpfosten gelehnt hatte, wieder um die Schulter.

„Der Jäger hält es für ein tollwütigen Bären", eröffnete ihnen Maelle.

Marilka schüttelte den Kopf. „Ist es nicht."

Zenon strich sich nachdenklich über seinen Bart. „Das glaube ich auch nicht. Nun, es gibt nur einen Weg das herauszufinden."

Marilka starrte ihn entsetzt an. „Was meint Ihr?"

„Wir brechen auf zum Anwesen."

Marilka schüttelte fassungslos den Kopf. „Nein, das… Nein, ich gehe nicht mit. Auf keinen Fall, ich…"

Paulina fasste sie sanft an beiden Armen und schaute ihr tief in die Augen. „Marilka, wir brauchen Euch. Ihr seid die einzige, die dieses Biest schon gesehen hat. Macht Euch keine Sorgen, wir passen auf Euch auf. Begleitet uns nur zum Anwesen."

Marilka versuchte sich zu beruhigen, doch ihr war immer noch zum Heulen zumute. So hatte auch ihr letzter Ausflug zu dem verlassenen Anwesen begonnen.

Als die Gruppe sich in Bewegung setzte, trottete sie aber dennoch hinter ihnen her. Was hätte sie auch sonst tun sollen?

Kapitel IX

Begegnung

Galizina, Ostreich, Ortschaft Trocnov im Sommer 1271

Sie erreichten die Überreste des Lagerfeuers, an dem Marilkas Gruppe vor dem Anwesen gerastet hatte, am frühen Abend. Als sie die Furt überquert hatten, war Marilka noch einmal angehalten und hatte darum gebeten nicht mit zu müssen, doch Paulina war hartnäckig geblieben. Sie hatten vereinbart, hier zu rasten und den morgigen Tag abzuwarten. Für ein richtiges Lager hatten sie zu wenig mitgenommen, doch Zenon entfachte ein kleines Lagerfeuer und das Gras war bequem genug, um darauf zu schlafen. Außerdem hatten sie einige grobe Wolldecken im Gepäck mit dabei.

Marilka war nahe an das Lagerfeuer gerückt, das beruhigende Wärme spendete. Kalt war es zwar nicht, doch vertrieben die Flammen ihre Angst ein wenig. Zenon und Maelle teilten sich etwas Brot mit Schafswurst, Sunder kaute auf einem Stück Trockenfisch. Die Atmosphäre war angespannt, weniger als eine Stunde Fußmarsch trennten sie von den Toren des Anwesens.

Marilka griff in ihren Rucksack und holte Papier, Rauchkraut und Feuerzeug heraus. Sie bemerkte, wie Paulina ihr dabei zusah, wie sie sich mit zitternden Fingern einen Rauchstängel drehte. Sie konnte nicht anders, sie fischte nach einer kleinen Holzdose in ihrem Rucksack und öffnete sie. Der leicht glimmernde, lila Staub schien ihr ins Gesicht. Sie nahm vorsichtig etwas davon zwischen ihre Finger und bröselte es über ihren noch unfertigen Rauchstängel. Sie konnte Paulina nicht in die Augen sehen, spürte aber ihre Blicke auf sich ruhen. „Ich… normalerweise mache ich sowas nicht, ich…" Ihr brach die Stimme ab. Sie wusste selbst, wie lächerlich sie klang, natürlich war sie süchtig nach dem Gift.

Paulina fasste beruhigend ihre Hand und ließ sie machen. Zitternd schlug Marilka mit ihrem Feuerzeug Funken und entzündete den Rauchstängel daran. Der Traumstaub zeigte fast sofort Wirkung und sie war deutlich entspannter als zuvor, jedoch auch etwas benebelt. Sie sah wie Maelle und Zenon sich leise unterhielten, Sunder hatte sich schon schlafen gelegt.

Das helle Licht des Feuers wurde ihr irgendwann zu anstrengend, also ließ sie sich sanft nach hinten fallen und schloss die Augen. Sie zog noch einmal an dem Rauchstängel, als ihre Augenlider zu schwer wurden, um sie wieder zu öffnen. Wieso sollte sie das auch tun, so war es doch viel schöner.

Das letzte was sie, in halbwachem Zustand, wahrnahm war, wie Paulina sanft eine Decke über ihr ausbreitete und ihr den glimmenden Stängel aus der Hand nahm.

Am nächsten Morgen stand die Gruppe zügig auf. Gleich nachdem die Sonne aufgegangen war, aßen sie eine Kleinigkeit und packten ihre Sachen zusammen.

„Nicht zu viel", hörte Paulina Lev sagen. „Wir wissen nicht, was uns bevorsteht und man sollte nicht zu träge werden." Lev hatte die Waffen von allen geschärft; Paulinas Stoßrapier, Zenons Korbschwert und den Katzbalger, den Zenon für Marilka mitgebracht hatte. Allerdings war letztere wohl kaum in der Verfassung zu kämpfen. Sie sah schrecklich aus. Kreidebleich und zitternd stand sie reglos da, ihr war anzusehen, dass sie panisch war. Paulina tat es leid, sie mit hierher nehmen zu müssen, doch nur sie war bereits hier gewesen. Sie war sich sicher, dass die Frau aus der Unterstadt ihnen helfen konnte.

Maelle und Sunder hatten keine Waffen. Die Apothecaria band sich eine kleine Laterne an die Hüfte, welche sie zuvor entzündet hatte. Paulina erinnerte sich an ihr Gespräch auf dem Hinweg, über die Wirkweise von Arkanismus. Obwohl Maelle den Apothecarii angehörte, wusste sie wohl mit arkanem Feuer umzugehen. Die Laterne schien ihr Wirt zu sein.

Sie machten sich alsbald auf den Weg. Der Pfad, dessen Kopfsteinpflaster mittlerweile fast gänzlich überwuchert war, wand sich in großen Kurven den kleinen Berg hinauf. Bäume gab es hier nur vereinzelt, nur kleine, knorrige Kiefern und niedrige Sträucher säumten die Straße, der Blick auf das Anwesen war also weitestgehend frei. Es bestand aus hellgrauem Mauerstein, der aufgrund mangelnder Pflege großflächig mit Efeu und anderen

Ranken bewachsen war. Die großen, bronzebeschlagenen Torflügel standen offen.

Lev zog leise sein Reitschwert und seine geladene Radschlosspistole. Paulina, die unmittelbar hinter dem Gerüsteten ging, tat es ihm gleich, sie hörte wie Marilka und Zenon ebenfalls ihre Waffe zogen.

Vorsichtig traten sie durch die Torflügel, die Anspannung war deutlich spürbar. Lev bewegte sich sehr vorsichtig, als rechnete er damit, überfallen zu werden.

Paulina bot sich ein grausiger Anblick. Sie atmete heftig aus und zuckte etwas zurück. Leere Augenhöhlen aus einem teilverwesten Schädel starrten sie an. Der abgetrennte Kopf lag neben dem Torhaus. Sie kämpfte aufkeimende Panik herunter und versuchte nicht weiter hinzuschauen, aber der Schädel zog ihre Blicke förmlich an.

Sie spürte, wie Zenon sie an der Schulter anfasste, was sie zusammenzucken ließ. „Konzentriert Euch auf das, was unmittelbar vor Euch liegt."

Paulina nickte. Sie versuchte seinen Ratschlag zu beherzigen. Den Torbogen ließen sie hinter sich und traten in den sonnigen Innenhof. Es war totenstill, kein Wind wehte, kein Insekt zirpte.

Paulina hielt sich, bei dem Anblick der sich ihr nun eröffnete, die Hand vor den Mund. Zwischen der Gruppe und der nahen Eingangstür zum Hauptgebäude war ein Brunnen zu sehen. Auf dem Weg zu diesem Brunnen lag eine weitere Leiche, zwei mehr direkt am Brunnen. Es stank nach Blut und Verwesung. Paulina spürte, wie ihr die Galle hochkam. Sie hatte noch nie etwas derart Schreckliches gesehen.

„Keine Fliegen", flüsterte Maelle mit leicht zitternder Stimme. „Auf den Toten sind keine Fliegen."

Die Apothecaria hatte Recht. Keine einzige Fliege umschwirrte die verwesenden Toten. Paulina hatte sich wieder etwas besser im Griff, sodass sie die Hand vom Mund nahm. Sie hatte noch nie zuvor Tote gesehen. Maelle arbeitete im Apothecarium, Zenon hatte auf den Gassen von Goldhafen sicher häufiger mit solchen Anblicken zu tun und Lev war Soldat. Doch selbst Maelle und Zenon wirkten verstört.

„Oh verdammt…", stieß Zenon, der dem Brunnen jetzt am nächsten war, leise hervor. Paulina erkannte den Grund seines Ausrufs. Einer der Körper am Brunnen war in der Körpermitte durchtrennt worden. Die beiden Teile lagen in riesigen, trockenen Blutlachen am Boden. Mit dunkelrotem Blut verkrustete Eingeweide drangen aus ihnen hervor.

Marilka fing an zu wimmern. Sie schielte panisch zum Ausgang und klammerte sich schmerzhaft an Paulinas Arm.

„T-Tun wir weswegen wir hier sind", sagte Maelle. „Ich untersuche die Toten."

Paulina nickte ihr zu. „Ich helfe dir."

Marilka klammerte sich immer noch krampfhaft an Paulinas Arm, sie entschied, dass es wohl besser war, wenn sie einfach bei ihr blieb. Zenon und Sunder verteilten sich und sahen sich vorsichtig im Innenhof um. Lev stand still da, er bewegte jedoch langsam den Kopf, als würde er jedes Detail in der Umgebung aufsaugen wollen. Vorsichtig schritt Maelle zum Brunnen und kniete sich neben die beiden Körperhälften. „Das war kein Bär oder Wildtier. Ganz sicher nicht. Auch keines mit Tollwut."

Paulina positionierte sich neben sie, Marilka immer noch an sich geheftet wie eine Muschel an ein Felsriff. Sie musste sich überwinden, die Leichenteile anzuschauen.

Maelles Stimme klang wieder deutlich fester, jetzt da sie sich auf ihre Profession konzentrieren konnte. „Seht ihr die Ränder der… Wunde?" Sie deutete auf die Ränder der Körperhälften. „Ein Tier hat Klauen, keine Skalpelle. Die Wundränder wären zerfetzt und nie so fein wie hier." Paulina beugte den Kopf weiter vor. Sie hatte Recht, der Schnitt, der den Körper entzweit hatte, war mit chirurgischer Präzision geführt worden. Die Wundränder waren perfekt sauber. Maelle deutete etwas weiter runter, auf die Innereien, die herausquollen. „Selbst die Organe von ihm…"

„Dmitri." Marilkas Stimme zitterte heftig als sie den Namen ihres ehemaligen Gefährten aussprach. Paulina und Maelle wandten sich ihr zu. Maelle räusperte sich.

„Nun, selbst die Organe sind mit solcher Präzision durchtrennt. Ich kenne kein Wildtier, das so etwas tut."

Lev war von hinten an sie herangetreten. Seine Stimme ließ die drei Frauen kurz zusammenzucken. „Und ich kenne keine Waffe, die solche Wunden schlägt."

Bedrückt ließ Maelle von dem Leichnam ab und ging zum nächsten, der neben dem Brunnen lag. Wieder kniete sie sich vor ihn.

Paulina wandte sich leise an Marilka. „Marilka, wartet doch am Tor. Ihr müsst Eure Freunde so nicht sehen."

Marilka sah sie mit feuchten Augen an. „Das waren nicht meine Freunde." Paulina legte den Kopf schief. Sie entschied nicht weiter darauf einzugehen, Marilka war völlig verängstigt.

„Ich kann mir keinen Reim darauf machen", hörte Paulina Maelle zu Lev sagen.

Sie ging mit Marilka im Schlepptau zu ihr. „Auf was, Maelle?"

„Auf die Wunden. Seht, diese Leiche hier wurde von etwas durchbohrt. Das Loch ist faustgroß, wir…"

Die Apothecaria wurde von den würgenden Geräuschen unterbrochen, die von Marilka ausgingen. Sie übergab sich neben ihnen im Gras. Paulina streichelte ihr über den Rücken während Maelle fortfuhr. „Es sieht aus, als wäre er von einer Palisade durchbohrt worden. Was verursacht solche Wunden?"

„Ich glaube…"

Lev wurde unterbrochen. Nicht von Marilka, die immer noch würgte, sondern von plötzlich aufkommendem Wind. Der Wind spielte mit den Blättern der Bäume und pfiff durch den Innenhof. Im Stall neben dem Torhaus klimperte leise ein Windspiel. Marilka hatte aufgehört zu würgen. Sie zitterte. „Es kommt…"

Der Wind wurde stärker. Viel stärker. Lev schrie, dem Wind zum Trotz. „Zusammenfinden, Nowak, Grajev, sammeln am Brunnen." Eilig rannten der Lieutnant und der Scientus zum Brunnen. Der Verteilung der Leichen nach, hatte die Pariah-Gruppe ebenfalls hier gestanden. Keine guten Vorzeichen, doch Paulina war froh, dass der sonst so stille Lev das Kommando übernahm. Das war sein Fachgebiet.

Der Wind nahm weiter zu. Auf einmal presste sich Maelle die Hände auf die Ohren und ging ächzend in die Knie. Zenon, der neben ihr stand griff ihr unter den Arm. „Maelle, was habt Ihr?"

Eine Antwort bekam er nicht.

Paulina spürte, was Maelle in die Knie gezwungen hatte. Und wie es schien auch der Rest der Gruppe. Ein unvorstellbares, grauenvolles Schreien drang direkt durch ihren Kopf. Es war unfassbar laut, es war, als würde es sich direkt durch ihr Trommelfell brennen. Noch nie zuvor hatte sie etwas Vergleichbares gehört. Paulina sank vor Schmerz zu Boden. Sie schrie, vor Schreck und Angst, doch wurde das vollständig durch die unmenschlichen Schreie in ihrem Kopf übertönt. Sunder brachen ebenfalls die Beine weg, Zenon krümmte sich. Marilka lag auf dem Boden und hatte sich zusammengerollt. Tränen liefen ihr in den Strömen über die Wangen. Nur Lev stand noch, doch auch er hatte seine Pistole ins Gras fallen lassen und versuchte die Geräusche vergeblich aus seinem Kopf zu verbannen, indem er sich die freie Hand auf den Helm presste. Der Lärm war ohrenbetäubend, bis er plötzlich abrupt aufhörte.

Auf einmal war es wieder so still wie zuvor. Kein Wind, kein Schreien.

Paulina stand auf und blieb wie angewurzelt stehen, als sie die Kreatur wahrnahm, die zwischen Brunnen und Anwesen in der Luft schwebte. Bei allen Heiligen. Paulina konnte das Wesen nur anstarrten.

Sunder ächzte leise und Marilka wimmerte lauter. Ein langes, faseriges Kleid bedeckte die Kreatur, die mehrere Handbreit über dem Boden schwebte. Zu viele Gliedmaßen, die in Waffen und landwirtschaftlichen Werkzeugen endeten, ragten unter dem Stoff hervor. Dunkle, strähnige Haare rahmten den eingefallenen Kopf einer Leiche ein.

Levs Stimme drang an Paulinas Ohr, leise aber bestimmt. „Zurück. Verteilt Euch in einem kleinen Halbkreis. Grajev, Nowgoroda und ich vorne, Dorn und Nowak hinten." Langsam wichen sie vor der Kreatur zurück. Diese schaute sich um, ihre Blicke glitten aber wie durch sie hindurch.

Maelle fasste geistesgegenwärtig der wimmernden Marilka unter die Arme und zog sie mit sich. Im Gras, nahe des Torhauses, blieb sie liegen. Maelle erhob sich schwankend von der panischen Frau.

Zenon, Lev und Paulina standen nebeneinander und blickten das Wesen an. „W-Was tun wir?", fragte Paulina ängstlich.

„Warten", kam die knappe Antwort von Lev.

„Kreisen wir es ein", meinte Zenon. Seine Stimme bebte leicht, doch er wirkte gefasst. „Ich bleibe in der Mitte."

Lev ging nach links, Paulina nach rechts. Sie achteten darauf, nicht zu großen Abstand zueinander zu gewinnen, dass sie sich im Zweifel gegenseitig unterstützen konnten. Das Wesen begann sich hin und her zu bewegen, als würde es im Wind wiegen. Es bebte leicht, öffnete den Mund und schloss ihn wieder. Paulina fiel ein verdorrter Kranz aus Blumen auf dem verwesten Haupt auf, als hätte es sich zum Fest gekleidet.

Ein Leises Quietschen hallte durch den Innenhof, als Maelle die Laterne von ihrem Gürtel nahm und den Windschutz öffnete. Paulina zitterte. Sie hielt ihr Rapier dem Wesen entgegengereckt, wusste allerdings nicht, ob sie es schaffen würde, es einzusetzen. Es war ein Fehler gewesen hierherzukommen. Sie hätte den Worten von Marilka mehr Glauben schenken sollen. Sie würden sterben.

Die Bewegungen des Wesens stoppten. Und es tat noch etwas anderes.

Der Kopf drehte sich langsam zu Zenon, bis es ihm in die Augen blickte. Der Lieutnant hielt dem Blick tapfer stand. Die Augen des Wesens, welche vorher rötlich geglommen hatten, wurden jetzt leuchtend rot. Giftigen Rubinen gleich, starrten sie den Lieutnant an. Bedrohlich öffnete es den Mund und schrie, wieder der Schrei, den sie zuvor gehört hatten. Die Gruppe ächzte, doch dauerte der Schrei nur eine Sekunde an, bevor die Erscheinung sich auf Zenon stürzte.

Paulina heulte. „Achtung!" Sie schrie, konnte sich aber nicht von der Stelle bewegen. Zenon hob sein Korbschwert schützend vor sich und blicke das Wesen, das sich ihm schnell näherte, grimmig an. Bevor es ihn erreichte, wurde es von Lev, der einen Satz nach vorne gemacht hatte, von seinem schweren Reitschwert, auf Höhe der Körpermitte getroffen. Levs Klinge durchschnitt einen Teil des weißen Kleides und grub sich tief in den Unterbauch des Wesens. Zornig kreischte es auf und hieb mit einem seiner vier Arme, der in einer Heugabel endete, nach dem Söldner. Im letzten Moment riss dieser seinen linken Arm, der die Radschlosspistole hielt, hoch, um den Hieb abzulenken.

Durch die Wucht des Aufpralls wurde die Pistole weit durch die Luft geschleudert und prallte neben der zusammengerollten Marilka im Gras auf.

Das Wesen drang jetzt auf Lev ein, was Zenon dazu veranlasste einen weiten Hieb mit seinem Korbschwert zu unternehmen. Blitzschnell schoss einer der Arme hinter das Wesen um den Schlag in den Rücken zu blockieren. Seinerseits unternahm dieser Arm den Versuch Zenon aufzuspießen, was ihm durch einen beherzten Sprung zur Seite des Lieutnants nicht gelang.

„Ihr steht zu nah, ich kann nichts tun", kreischte Maelle, die etwas hinter den anderen stand.

Paulina hatte sich aus ihrer Starre gelöst und setzte nun ebenfalls auf das Wesen zu, deren Vorderseite immer noch Lev zugewandt war und auf den es mit zweien seiner Gliedmaßen eindrang. Dieser war kaum mehr in der Lage jeden der Schläge zu parieren, so schnell war die Abfolge. Paulina stach dem Wesen ihr Rapier tief unter die Achsel, was es zum Aufschreien brachte, die Bewegungen aber nicht verlangsamte. Ein Arm des Wesens, mit einer Sichel ausgestattet, beschrieb einen Rückhandschlag.

Paulina spürte wie sie den Boden unter den Füßen verlor und sie zwei Schritt entfernt im Gras liegen blieb.

Maelle schrie und rannte zu ihr. Bevor sie sie jedoch erreichte, war Paulina wieder auf den Beinen. Sie sprang förmlich auf, den feinen Schnitt am Oberarm ignorierend. Ihr Rapier hielt sie weiterhin in der Hand, sie war selbst verwundert, dass sie die Kraft besessen hatte, es nicht fallen zu lassen. Ein gemeinsamer Schlag der beiden Arme, die auf Lev eindrangen zwangen ihn in die Knie. Ein weiterer Schlag warf ihn rücklings auf den Boden. Zenon sprang heran um dem schwarzen Reiter zu helfen, als das Wesen seine Arme in die Höhe hob und einen markerschütternden Schrei ausstieß, der eine sichtbare Schockwelle durch den Innenhof sandte. Grashalme wurden umgeknickt, Holz knarrte und kleine Steine und Putz bröckelten vom Mauerwerk ab. Das Wesen hob den Heugabelarm und einen weiteren, der in einer Spitze endete um Lev den Rest zu geben.

Lev lag auf dem Rücken im Gras und schmeckte Blut. Durch die Schlitze seines Vollhelms sah er wie das Wesen zum letzten Schlag ausholte. Er schloss nicht die Augen, er wollte sehen wann es zu Ende war. Von Kameraden wusste er, dass sie sich in solchen Momenten ihre Liebsten ins Gedächtnis riefen. Lev hatte keine Liebsten, also dachte er an die Personen, die dem am nächsten kamen. Lieven. Und Esther. An die kupferroten Haare von Esther de Vries. Lev lächelte, was ihm schaumige, rote Bläschen vor den Mund zauberte. Es gab Schlimmeres, als mit dem Gedanken an Esthers wunderschöne Haare zu sterben. Lev wappnete sich innerlich und wartete auf den Hieb.

Was ihn stattdessen traf war der Schrei von Sunder, der ihn die roten Haare von Esther vergessen ließ. „Weg da!"

Zenon hechtete mit einem Sprung zur Seite und konnte um seine Reflexe froh sein. Wäre er einige Augenblicke länger an dem Ort geblieben, an dem er gestanden hatte, wäre er von dem Mauerstück, das Sunder auf die Reise geschickt hatte, erdrückt worden. Der Felsblock traf das Wesen mitten am Oberkörper, was es umwarf und zu Boden drückte. Es schrie und versuchte sich unter dem Felsblock hervor zu zwängen. Paulina, Zenon und Lev gab es damit genug Zeit sich aufzurappeln und zu sammeln.

Lev verzog das Gesicht, etwas an seinem Brustkorb fühlte sich nicht richtig an, er hatte Probleme beim Atmen.

Paulina hielt sich mit der Linken die Wunde am Oberarm, aus der in einem dünnen Rinnsal Blut lief.

Zenon spuckte aus, er hatte mehrere Kratzer und Blessuren im Gesicht und am Körper.

„Was tun wir?", stieß Paulina heftig hervor.

„Es ist verwundet, seht."

Das Wesen erhob sich schwankend wieder in die Luft. Blutige Tränen rannen sein eingefallenes Gesicht herab. Wieder stieß es auf die Gruppe zu. Mit der ausgestreckten Heugabel schwebte es erneut Zenon entgegen, diesmal war Paulina jedoch zur Stelle. Mit einem Hieb, den ihr Fechtlehrer sicherlich nicht gutgeheißen hätte, schlug sie der Erscheinung den Arm ab. Verwundert starrte sie von dem Armstumpf, aus dem kein Blut lief, zu dem Arm, der im Gras lag. Das Wesen nutzte diese Pause aus. Es hieb wütend kreischend nach Paulina, die gerade so ihr Stoßrapier zwischen sich und das angreifende Wesen bringen konnte. Die Waffe wurde ihr aus der Hand geprellt und segelte weit davon. Paulina fiel ächzend ins Gras und das Wesen näherte sich.

Plötzlich erschreckte sie ein ohrenbetäubender Lärm. Ein Krachen, auf das eine silbrig-graue Pulverwolke folgte. Marilka hatte sich auf ihre Knie aufgerichtet und stützte sich schwer auf die Radschlosspistole, aus deren Mündung noch Rauch quoll. Das Wesen zuckte zurück, der Schuss hatte es direkt im Brustkorb getroffen. Es taumelte zum Brunnen und schrie kläglich. Die Schreie waren in ihrer Tonalität anders geworden. Es klang leidender, weniger wütend als zuvor.

Glitzernder Staub begann die Luft zu erfüllen. Lev sah sich nach dem Ursprung um und sah, wie Maelle ihr leeres Arkanstaubfläschchen achtlos auf den Boden fallen ließ. Ihr Gesicht hatte einen seltsamen Ausdruck angenommen. Fokussiert, mit weiten Pupillen starrte sie die Erscheinung an.

„Sunder, Euer Arkanstaub, jetzt.“

Sogar ihre Stimme klang anders. Lev konnte jedoch nicht klar fassen was daran anders war. Sie war mehrschichtiger. Als sprächen zwei Zwillinge zugleich.

Sunder wirkte völlig perplex, er entkorkte fahrig sein Fläschchen und warf den Inhalt in die Luft. Was Lev jetzt sah machte ihm Angst. Er hatte im Sezessionskrieg an der Seite von Provocatorii, den Kampfarkanisten des Ordens gekämpft, doch nie zuvor hatte er so etwas gesehen.

Maelle erhob sich langsam in die Luft und schwebte, wie das Wesen, einen halben Schritt über dem Boden. Ihre Knöchel waren gekreuzt, ihre Arme weit ausgestreckt. Die Laterne hielt sie immer noch in der linken Hand. Auf einmal fingen ihre Augen Feuer. Zumindest leuchteten sie so grell, dass sie mehr an flüssige Lava erinnerten. Sie öffnete den Mund und schrie, gleichzeitig holte sie mit ihrem rechten Arm weit aus. Zenon, Marilka, Paulina, Lev und Sunder starrten sie mit offenen Augen und Mündern an. Ihren Arm krochen Flammenzungen hoch. Erst zögerlich, langsam und klein, doch je näher sie ihrer Hand kamen, desto größer wurden sie. Sie formten eine Kugel, die in ihrer Hand schwebte, sie aber offensichtlich nicht verbrannte. Mit einer schwungvollen Bewegung, die mehr an die einer Tänzerin erinnerte und einem markerschütternden Schrei, warf sie die Feuerkugel der Erscheinung entgegen, welche sich immer noch am Brunnen wand. Der Feuerball traf das Wesen voll und zerbarst in einem Inferno.

Es fing sofort Feuer. Wie trockene Äste im Lagerfeuer knackte und zischte es, bis die Arkanflammen das Wesen bis zur Unkenntlichkeit verbrannt hatten. Nur wenige Stücke und schwarze Asche blieb von ihm übrig.

Maelle sank in sich zusammen und schlug hart auf dem Boden auf.

„Maelle, Maelle. Hört Ihr mich?" Paulina schüttelte die reglose Apothecaria heftig. Blinzelnd öffneten sich ihre Augen. Maelles Kopf fühlte sich an wie nach drei Flaschen Apfelwein.

„Au!"

Verschwommen sah sie, wie Paulina von ihr abließ. „Verzeiht. Ihr… geht es Euch gut?"

Maelle antwortete nicht. Sie versuchte sich aufzurichten, mithilfe von Paulina schaffte sie das auch. Sie blickte in die Gesichter von Zenon, Marilka und Lev. Levs Gesicht war behelmt.

„Au!", sagte Maelle wieder und fasste sich ächzend an die Stirn. „Mein Kopf."

Paulina wollte sich gerade an ihrem Kopf zu schaffen machen, als Sunder sie grob beiseitestieß. „Geht zur Seite, Nowgoroda. Hier, trinkt." Der kauzige Scientus setzte der Apothecaria einen Wasserschlauch an die Lippen. Maelle trank gierig daraus.

„Danke, Sunder." Sie blickte sich kurz um. „Haben wir es besiegt?"

Zenon sah sie mit besorgter Miene an. „Ihr habt es besiegt, Maelle."

„Seid Euch da nicht so sicher. Was immer es war, es könnte wiederkommen", warf Sunder ein.

Paulina blickte die Apothecaria besorgt an. „Könnt Ihr… könnt Ihr mir sagen was das… nun, was das war?"

Maelle sah zur Seite. „Was meint Ihr? Das Wesen?" Sie wusste was Paulina eigentlich meinte. Das Wirken von arkanen Kräften konnte beängstigend sein.

„Nein, das Feuer… Das Schreien… Eure Augen…"

Maelle unterbrach sie. „Schon gut, schon gut. Ich weiß was Ihr meint." Sie holte tief Luft. „Das war eine Arkanistin in Aktion. Ich habe arkane Kräfte gewirkt. Und möglicherweise…"

Sunder schnaufte. „Ganz sicher."

„Und möglicherweise habe ich mich dabei etwas übernommen. Ich war wütend und verängstigt und ich musste handeln, also habe ich alle Kraft genommen, die ich aufbringen konnte und mit den Arkanstaubflaschen verstärkt."

„Ihr wisst, wieso der Orden jedem Arkanisten nur eine einzige Arkanstaubflasche erlaubt?", warf Sunder verärgert ein.

„Das weiß ich. Es… es musste sein. Ihr habt gesehen zu was das Ding fähig war."

Paulina fasste ihren Arm. „Es sah schrecklich aus, ich dachte Ihr würdet in Flammen aufgehen."

Sunder schnaubte wieder. „Genau das wäre auch passiert, wäre sie nur einen Fingerbreit weiter gegangen. Ich habe schon mehrfach mit ansehen müssen, wie es Arkanisten förmlich zerreißt, weil sie ihre Macht überschätzen, ich…"

Maelle unterbrach ihn. Ihre Stimme war immer noch sehr schwach. „Deshalb ist es auch so wichtig, dass Arkankünste kontrolliert eingesetzt werden und es den Orden gibt. Und der Grund, weswegen Wildarkanisten so eine Gefahr darstellen. Das Wissen um die Anwendung muss gelehrt werden. Jahrelanges Training und andauernde Wiederholung. Und glaubt mir, Nowak, ich kenne meine Grenzen gut." Auf einmal schlich sich ein Lächeln auf ihr Gesicht. „Hört hin."

Der alte Arkanist und die ganze Gruppe schauten sie irritiert an. „Ich höre nichts."

„Doch, tut Ihr. Vögel, Wind, Blätterrascheln, das Knarren von Holz, Summen. Die Geräusche, die man an so einem Ort erwartet. Vorhin war es still. Welche Präsenz auch immer hier war, jetzt ist sie nicht mehr da."

Sie lächelte schwach in die Runde. „Wir haben es geschafft."

Paulina protestierte, als Maelle sich neben sie kniete und ihre Schnittwunde am Arm untersuchte. „Ruht Euch aus, es ist nichts. Nur ein kleiner Schnitt."

„Seid still und lasst mich meine Arbeit tun." Sie gab ihr einen Klaps auf die Hand, die ihre Wunde verdecken wollte, lächelte sie aber an, um ihren Worten die Schärfe zu nehmen. Marilka kniete neben ihnen und hielt den Verband, den Maelle gerade anbrachte.

„Danke, Maelle. Und ich danke Euch, Marilka."

Verwundert schreckte Marilka hoch. „Für was denn?"

Paulina fasste ihre Hand. „Dafür, dass Ihr mich gerettet habt. Das… Ding hätte mich erwischt, hättet Ihr nicht geschossen. Dafür danke ich Euch." Paulina lächelte ihr zu.

„Ich… Es hat mich wütend gemacht. Ihr habt mich gerettet. Ihr alle. Ich wollte nicht, dass es Euch tötet, wie Dmitri und die anderen."

Lev sammelte gerade seine leer geschossene Pistole ein und sah sie prüfend an. Er nickte Marilka anerkennend zu. „Ihr seid eine gute Schützin, Medame."

Paulina musste ein Lachen unterdrücken, als sie sah wie Marilka rot wurde und den Blick abwandte. Die Anspannung viel langsam von ihr ab und sie sah sich im Innenhof des Anwesens um.

Zenon stand mit Sunder vor den Überresten der Erscheinung. Er ging vorsichtig in die Hocke. Der ausgemergelte Körper lag völlig verbrannt vor ihnen, mehr als ein paar Körperteile hatten den Flammen nicht widerstanden. Der Kopf war vollständig zu Asche zerfallen, das Kleid ebenfalls. Nur einige Zehen, ein Stück eines Armes und einige wenige andere Teile hatten das Inferno überlebt.

„Habt Ihr eine Erklärung dafür?", fragte Zenon.

„Nein, die habe ich nicht. Ich spüre, dass das Ding irgendwie arkan ist. Nun, es ist stofflich, ganz klar, aber es hat einen arkanen Nachhall. Normalerweise tritt so etwas nur bei starken arkanen Entladungen auf."

„Ihr meint wie Tau, nach einer kalten Nacht?"

Sunder sah ihn trocken an. „Eher wie der Gestank, wenn Ihr furzt, Ihr Träumer." Zenon schüttelte langsam den Kopf. Er wurde aus dem alten Arkanisten nicht schlau. „Der Nachhall geht aber eindeutig von dem Wesen aus, nicht von dem Schauspiel welches Medame Apothecaria veranstaltet hat. Ich verstehe es nicht."

„Ich kann mir auch keinen Reim darauf machen." Maelle kam mit den anderen zu Zenon und Sunder. Erschöpft strich sie sich eine ihrer dunkelblonden Haarsträhnen aus dem Gesicht.

Sunder blickte sie an. „Wart Ihr schon einmal in den Erzminen von Ur?" Maelle schüttelte irritiert den Kopf. „Dort fühlt es sich genauso an. Der arkane Nachhall ist dort genauso stark. Die Arkanerzadern, welche unter unserer gesamten Welt verlaufen, sind an einigen Stellen näher an der Oberfläche als an anderen. An diesen Stellen wird häufiger Arkanerzabbau betrieben, einfach weil sie leichter zu erreichen sind. So auch in der größten Arkanerzmine von Galizina, im Protektorat Ur." Er grummelte in seinen Bart hinein. „Zumindest war sie das, bis zur Explosion. Dort fühlt es sich genauso an. Wenn man in einer der Adern steht und glaubt mir, die können riesig sein, fühlt man dieses... nun, Vibrieren. Dieses arkane Pulsieren. Und das fühle ich auch, wenn ich dieses Wesen betrachte."

Maelle nickte nachdenklich. „Dann ist es wohl zweifellos arkanen Ursprungs. Wie kann das sein? Ich habe noch nie gesehen, dass Arkankunst etwas... Lebendiges erschafft. Nun, stofflich ist es ja zweifellos, wie wir sehen." Sie deutete auf die verbrannten Überreste. „Und doch wirkte es irgendwie ätherisch."

Sunder zuckte die Achseln und stocherte weiter mit einem Stock in den Überresten herum.

„Was war mit dieser Explosion in Ur?" Marilkas Stimme klang vorsichtig. Als würde sie ungern zugeben, dass sie das nicht wusste.

Sunder blickte sie unter seinen buschigen Augenbrauen durchdringend an. „Ich dachte, dass jemand, der von diesem verlassenen Fleckchen Erde kommt, darüber Bescheid wissen würde."

Marilka hielt dem Blickkontakt stand und antwortete trotzig. „Ich bin in der Unterstadt aufgewachsen und wahrscheinlich auch geboren. Ich komme nicht aus diesem Protektorat."

Zenon war überrascht von Marilkas Trotz. Durch den Sieg über die Erscheinung hatte sie wohl einiges an Selbstvertrauen wiedererlangt.

Sunder seufzte genervt. „Im Jahr 1253 ereignete sich eine Explosion in den Arkanerzminen von Ur. Seitdem ist der Bergbau eingestellt und das gesamte Protektorat zur Sperrzone erklärt worden. Die Ursache ist unklar. Zumindest offiziell. Möglicherweise hängt es mit dem Abbau des Erzes zusammen." Sunder hob warnend einen Finger. „Denkt bloß nicht daran dorthin zu gehen. Es ist verseucht."

„Wieso sollte ich dorthin gehen?" Marilka wirkte irritiert. „Meine Heimat ist die Unterstadt. Und nicht mal da will ich hin."

Eine kurze Stille folgte, die von Zenon unterbrochen wurde, der sich aufrappelte. „Nun gut, lasst uns die Gegend erforschen. Vielleicht finden wir Hinweise auf die… Entstehung dieses Wesens."

Sunder hüstelte. „Ich bleibe hier. Ich will sehen, ob ich mehr über die Wesenheit dieses Dings herausbekomme. Es muss etwas geben, was mir dessen Überreste verraten."

Zenon nickte ihm zu und wandte sich dann an die anderen. „Fangen wir bei den Ställen an."

Eine skelettierte Leiche lag im Eingang der Ställe, zwischen den Pferdeboxen. Sie trug die Reste eines festlichen Kleides, zerrissener Brokat mit Goldbestickungen.

„Marille de Laukai", flüsterte Paulina bedrückt.

„Im… im Stall liegt ihr Mann…", fügte Marilka hinzu. „Wir haben ihn festgekettet in einer Stallbox gefunden."

Paulina nickte und ging langsam weiter vor. Marilka, Zenon, Lev und Maelle folgten ihr. Sie warfen vorsichtig Blicke in die Pferdeboxen.

„Nach was suchen wir eigentlich?", fragte Marilka zögerlich.

Maelle antwortete. „Nun, alles was uns einen Hinweis darauf liefern könnte woher diese Erscheinung kam. Haltet einfach die Augen offen." Gebleichte Knochen knirschten unter ihren Stiefelsohlen.

„Sie wurden totgetrampelt. Vermutlich von durchgehenden Pferden…", sagte Zenon nachdenklich.

Paulina machte einen angewiderten Gesichtsausdruck und versuchte zu vermeiden, auf die Knochenstücke zu treten. Sie erreichten die Box, in der die Leiche von Iossif de Laukai lag. Er war mit zerfaserten Hanfseilen an einen Eisenring gefesselt. Sitzend lehnten seine skelettierten Überreste an der Wand, zwischen den Rippen des Skeletts steckten einige Pfeile.

„Das ist grausam… Wer tut so etwas?", stieß Paulina hervor.

Maelle ging neben dem Skelett in die Hocke. „Er muss gelebt haben, als er angekettet wurde. Seine Häscher haben sich einen Spaß daraus gemacht, ihn mit Pfeilen zu spicken. Das war nicht nur Mord. Das war grausige Folter."

Paulina wurde bleich. „Wisst Ihr was ich über die Ereignisse hier bisher dachte zu wissen? Dass sich das Dorf Trocnov gegen die jahrelange Tyrannei der Laukai erhob. Dass sie vor dem Anwesen protestierten und aufgrund dessen die Wachen der Laukai begannen, auf die Bürger einzuschlagen. Was wir hier sehen, sieht nicht danach aus, als wäre die Gewalt ausschließlich von den Laukai ausgegangen."

Zenon nickte nachdenklich.

„Ähm… im Brunnen… ist noch eine Leiche…", sagte Marilka zögerlich.

Sie verließen die Stallungen, an denen sich so grausige Ereignisse zugetragen hatten. Als sie an der Leiche von Marille vorbeigingen, blieb Zenon kurz stehen.

„Sie wurde von hinten erstochen. Der Lage ihres Körpers nach zu urteilen wollte sie zum Brunnen. Verdammt, es sieht so aus als hätte sie gesehen, was am Brunnen passiert ist."

Was am Brunnen passiert war, bemerkten sie selbst, als sie in selbigen blickten. Die leeren Augenhöhlen eines Schädels starrten sie an. Dort wo sonst der Eimer hing, hatte man einen Menschen an das Seil gehängt. Die Schlinge saß noch um den skelettierten Hals.

„Verdammt." Maelle wandte sich ab. „Es ist noch ein Kind gewesen."

Voller Ekel drehte sich auch Paulina weg. „Lasst uns hineingehen. Vielleicht finden wir dort Hinweise."

Vorsichtig gingen sie zum Eingangstor des Anwesens. Sunder, der mit geschlossenen Augen immer noch vor den

Überresten der Erscheinung kniete, beachtete sie gar nicht. Die hölzernen, mit kunstvollen Schnitzereien verzierten Türen waren nicht verschlossen. Paulina schob langsam eine der beiden Türflügel auf. Knarzend öffnete sich dieser und ein staubiger Geruch empfing sie.

Der Raum, in dem sie sich befanden, wurde in Sonnenlicht getaucht, das aus großen Bogenfenstern an den Seiten hereinbrach. Staubflocken glitzerten, durch das Sonnenlicht erhellt. Eingefasst wurde der geräumige Saal an den Seiten von kleinen Kreuzgängen, die über steinerne Treppen, ebenfalls an den Seiten, erreicht werden konnten. Am Ende des Raumes befand sich jeweils links und rechts eine Tür, die augenscheinlich weiter in das Anwesen führte. Der Raum, in den sie eingetreten waren, war direkt nach dem Tor relativ schmal, öffnete sich aber nach wenigen Schritt zu einem großen Saal. Dort wo sie gerade standen, hatten früher wohl Bedienstete den Gästen die Mäntel abgenommen, die Garderoben an den Seiten waren Zeuge davon.

Sie gingen einige Schritte in den Raum hinein, der von einer großen Tafel eingenommen wurde. Kunstvoll verzierte Stühle standen dabei und man sah Silbergedeck auf den Tischen.

Paulina atmete schwer aus, als sie die Verwüstung innerhalb dieses noblen Raumes sah. Silbergedeck und Geschirr lagen im Raum verteilt. Eine Wache, dem Wappenrock und dem verrosteten Helm nach zu urteilen, war mit einer Mistgabel auf einen Stuhl genagelt worden. Der Aufprall war so stark gewesen, dass es den Stuhl rücklings umgeworfen hatte. Die Leiche eines Mannes lag bäuchlings auf der Festtafel. In den Handrücken steckten Silbermesser.

Sie verteilten sich im Raum. Paulina ging langsam um die Festtafel herum und betrachtete die Leiche des Mannes auf dem Tisch. „Das ist der Sohn, Andrzej, wenn ich mich nicht täusche."

„Woran erkennt Ihr das?", fragte Maelle.

„Er war bekannt dafür viele Ringe zu tragen. Oft genug wurde er dafür verspottet. Ich habe ihn einmal in der Handelsgilde gesehen. Aufgrund der Bedeutung des Grünbarsches für den Handel, hatte ich mit der Familie Kontakt."

Maelle schluckte. „Kanntet Ihr sie... nun, gut?"

Paulina schüttelte den Kopf. „Nein. Den Verkauf haben andere Mitglieder der Gilde abgewickelt. Ich bin ihnen nur im Gildenhaus das eine oder andere Mal über den Weg gelaufen." Paulina war froh darum. Sie war froh, die skelettierten Leichen nicht gut gekannt zu haben.

„Und könnt Ihr einschätzen wie sie... Wie sie waren?" Zenon, der eine weitere Leiche eines Wachmanns in einer Ecke mit eingeschlagenem Schädel untersuchte, blickte zu ihnen herüber.

Paulina zögerte. Sie wollte in Gegenwart der Toten nicht zu schlecht über sie reden. „Nun, so wie man es in den Berichten zu den Vorfällen hier lesen kann. Mir kamen sie arrogant, tyrannisch und willkürlich vor. Sie betrachteten die Bauern und Fischer als Ressource, nicht als Menschen."

Marilka kam aus einem der angeschlossenen Räume. Sie schüttelte den Kopf. „Nur die Küche."

Maelle blickte in den anderen. „Hier geht es runter. Vermutlich durch den Berg in die Vorratskeller und zu der Höhlung, die der Jäger erwähnte."

Paulina nickte. „Nehmen wir uns erst die oberen Stockwerke vor."

Sie gingen die Treppen nach oben auf die Kreuzgänge. Weitere Räume gingen hiervon ab, vor allem in Schlafzimmer, vermutlich für die Bediensteten. Sie fanden die Überreste einer Magd in ihrem Bett liegend. An die Wand neben ihr war mit verkrustetem Blut das Wort ‚Verräterschlampe' gemalt worden. Paulina musste würgen und ging aus dem Zimmer.

Bald erreichten sie, am Kopfende des Gebäudes, eine geräumige Bibliothek. Mehrere Regale waren umgeworfen worden, lose Blätter lagen auf dem Boden. Sie durchquerten die Bibliothek und stiegen eine kleine Wendeltreppe nach oben, in die Privatgemächer der Laukai.

„Eine Hochzeit", murmelte Lev.

„Was?" Maelle blickte ihn irritiert an.

„Eine Hochzeit. Seht die vertrockneten Girlanden. Im ganzen Anwesen waren sie verteilt. Sie feierten eine Hochzeit als sie ermordet wurden."

Zenon schluckte. „Die Erscheinung... ihr Kleid erinnerte mich an ein..."

„Hochzeitskleid", beendete Paulina seinen Satz. Besorgt tauschten sie Blicke. Der Eisklotz, der sich seit dem Kampf in Paulinas Magen angesammelt hatte, wurde immer größer. Die Ereignisse hier waren schrecklich. Wie konnten Menschen sich so etwas antun? Sie wollte sich nicht vorstellen, wie sich die Toten in ihren letzten Augenblicken gefühlt haben mussten. Voller Freude wegen des feierlichen Anlasses, voller Glück und Begeisterung. Und dann voller Schrecken, als sie gejagt und abgeschlachtet wurden wie Ratten.

Vorsichtig gingen sie weiter. Über einer Tür war mit einer Goldkordel ein verschlungener Knoten gebildet worden, er ähnelte einer Acht – das ostgalizinische Zeichen für Heirat. Das Verschlungene sollte die Verbindung visualisieren, die die beiden Heiratspartner eingingen.

Als sie vorsichtig die Tür öffneten, blickten sie in ein geräumiges Schlafzimmer. Ein großes Bett stand am gegenüberliegenden Ende, ein Schreibpult war an der Seite aufgestellt. Vertrocknete Pflanzenkübel und große Ölgemälde von den Laukai bedeckten die Wände des Raumes und blickten streng auf sie herab.

Vorsichtig näherten sie sich dem Bett. Marilka sog heftig die Luft ein, als sie mit dem Anblick konfrontiert wurde. Ein Kissen verdeckte den Kopf des Leichnams, der mit dem Rücken auf dem Bett lag.

„Weiblich... vermutlich durch das Kissen erstickt", stellte Zenon fest.

„Sie... es sind keine Kleiderreste an ihr", sagte Maelle.

„Ihr habt Recht. Vermutlich war sie nackt."

„Oder...", warf Lev ein. „...Jemand hat sich das Hochzeitskleid nach ihrem Tod angeeignet.

Sie schauten ihn entgeistert an. Alles deutete darauf hin, dachte Paulina, dass das Wesen etwas mit der Hochzeit zu tun hatte. Das war kein Zufall.

Marilka wedelte mit einem Zettel, den sie auf dem Schreibtisch gefunden hate. „Hier steht ‚hinten Mutter'. Was soll das bedeuten?"

Paulina runzelte die Stirn. „Mehr steht da nicht?"

„Nein, das ist der einzige Schrieb."

Sie nahm ihr das Papier ab. „'Hinter Mutter' steht dort. Hinter Mutter…" Sie kratzte sich nachdenklich am Kinn. Ihr fiel nicht auf wie Marilka peinlich berührt zu Boden schaute. Das Lesen hatte sie nie richtig gelernt.

Lev schreckte, zum Schock aller Anwesenden, auf und richtete langsam seinen Arm auf ein Gemälde, das eine Frau in einem langen, schwarzen Kleid mit weißen Rüschen zeigte. Ihr strenger Blick schien durch das ganze Zimmer zu gleiten. Ihr haftete eine autoritäre, düstere Schönheit an. „Ist das Marille de Laukai?"

Paulina runzelte fragend die Stirn. „Ja, das ist sie, aber wieso… oh."

Sie ging, gemeinsam mit Lev zu dem Bild. Ächzend stemmte er das schwere Ölgemälde einen Spalt breit von der Wand ab. Paulina griff dahinter und zog ein sorgsam gefaltetes Papier hervor. „Ihr solltet Scientus werden, Lev."

Behutsam faltete sie es auf, die anderen schauten ihr gebannt zu. Sie erhob die Stimme und begann zu lesen.

Die undankbaren Bauern sind hier. Sie stehen direkt vor den Toren und schreien irgendetwas von Gerechtigkeit. Diese ungewaschenen Tölpel wissen nicht, wessen Agenda sie tatsächlich folgen. Ich hätte wissen müssen, dass ich dem Bürgermeister nicht trauen kann. Es reicht schon, dass er meine Marianne geschwängert hat und sie seinen Bastard austragen musste, jetzt will er mich wohl endgültig zum Schweigen bringen. Doch nicht mit mir. Was denkt dieser aufgeblasene Wichtigtuer wer er ist. Niedriggeborener Dreckkriecher. Die Hochzeit von Marianne wird stattfinden, er wird sie mir nicht versauen. Ich rechnete damit, dass er kommt und Forderungen stellt. Dass er versucht mich zu erpressen. Dass er die ganze Welt wissen lassen will, dass meine Marianne schon vor ihrer Hochzeit empfangen hat. Und weswegen? Weil er ihr schöne Augen gemacht hat. Weil er die Naivität einer Sechzehnjährigen ausgenutzt hat um seinen verdorbenen Samen zu verteilen. Und jetzt ist er hier um alles zu vertuschen. Doch nicht mit mir. Ich bin eine Laukai. Von ungewaschenem Pöbel werde ich mir nichts bieten lassen. Ich gehe jetzt hinunter und zeige diesem Bastard wem Trocnov wirklich gehört.
Marille de Laukai

Totenstille senkte sich über die Gruppe. Nur das leise Zirpen von Vögeln, die ihren Gesang durch zerbrochene Fensterscheiben trugen, war zu hören. Maelle ließ sich entgeistert auf den Holzstuhl vor dem Schreibpult fallen. Sie begann sehr langsam zu sprechen. „Nur dass ich das richtig verstehe… Der Bürgermeister von Trocnov hat mit der sechzehnjährigen Tochter von Marille de Laukai ein Kind gezeugt. Marille de Laukai und der Bürgermeister haben dann eine Abmachung ausgehandelt, dass dieser Umstand totgeschwiegen wird. Dem Bürgermeister war das Risiko aber zu hoch und deshalb hat er das komplette Dorf dazu animiert, die ganze Familie zu massakrieren. Am Tag der Hochzeit der Tochter."

Paulina konnte ihre Augen nicht von den Zeilen wenden. Immer und immer wieder überflog sie sie. „Nun… ja. So steht es hier. So verstehe ich das." Sie kratzte sich am Kopf. „Aber wieso sollte Marille de Laukai diese Worte niederschreiben? Und verstecken?"

Zenon schnaufte schwer. „Als Rückversicherung. Sie musste gewusst haben, dass etwas anders war. Dass etwas passieren würde. Sie wollte, dass dieser Zettel gefunden wird."

„Dann wird das hier Marianne sein?" Maelles Stimme zitterte, als sie auf die Leiche im Bett deutete.

Zenon nickte. „Ja. Sie wird sich hier oben versteckt haben. Sie wusste, was ihren Geschwistern und Eltern passiert war. Sie hat das Schriftstück ihrer Mutter versteckt. Sie hat den Hinweis darauf auf dem Schreibtisch platziert."

„Ich glaube es nicht." Maelle schüttelte den Kopf. „Ich kann es wirklich nicht glauben."

Betretenes Schweigen legte sich über die Gruppe. Paulina hielt es irgendwann nicht mehr aus. Sie wollte nicht mit der toten Marianne de Laukai in einem Raum sein. „Lasst uns die anderen Räume durchsuchen. Vielleicht finden wir noch etwas."

Zenon nickte. Er wandte sich Paulina zu. „Verstaut dieses Papier gut."

Einige Zeit später versammelten sie sich wieder im Innenhof. Sunder hatte seine Augen mittlerweile geöffnet und erwartete sie, am Eingangstor lehnend. Auf dem Weg zurück war ihnen in der

Bibliothek eine weitere Leiche aufgefallen. Paulina hatte erzählt, dass sie nach dem zweiten Sohn der Laukai aussah.

„Wie viele Söhne und Töchter hatten sie denn?", hatte Lev daraufhin erstaunt gefragt. Die Antwort darauf war sechs gewesen. Vier Töchter, zwei Söhne.

Sunder las den Brief, den er von Paulina überreicht bekommen hatte. Beim Lesen rückten seine Augenbrauen immer weiter zusammen. „Ungeheuerlich", flüsterte er als er das Papier Paulina zurückgab.

Zenon rieb sich den Kopf. „Lasst uns diesen verfluchten Ort endlich verlassen. Wir haben alles herausgefunden, was es herauszufinden gab."

Widersprechen tat ihm niemand. Jeder war froh, diese Gemäuer zu verlassen, wo sich so viel Schreckliches zugetragen hatte. Von dem Monster, das sie überfallen hatte, bis zu den Ereignissen, über die sie hier erfahren hatten.

Sie rasteten dort, wo sie die Nacht zuvor verbracht hatten. Die Stimmung war gedrückt, es wurde nicht viel gesprochen, jeder war in Gedanken. An das Erlebte und an das was sich vor vier Jahren hier ereignet hatte.

Und was es mit der Erscheinung auf sich hatte. Woher sie gekommen war und... nun, was sie war.

Zenon verteilte etwas Brot, Käse und geräucherte Wurst. Maelle fasste nichts davon an. Paulina kaute lustlos auf einem Stück Brot herum bevor sie aufsprang und sich in einen nahen Haselstrauch erbrach. Maelle eilte zu ihr, sie winkte sie aber zurück.

„Nur die Aufregung", sagte sie als sie wieder zurückkehrte.

Stille kehrte ein, die nach einiger Zeit von Zenon gebrochen wurde. „Wir sollten aufbrechen." Er runzelte die Stirn. „Wenn wir jetzt losgehen sind wir vor Einbruch der Dunkelheit in Trocnov."

Maelle rappelte sich umständlich auf. „Dann los", murmelte sie und fischte nach ihrem Rucksack.

Lev half Zenon dabei die Riemen seines Rucksacks fester zu ziehen. Schweigsam machte sich die Gruppe auf den Heimweg ins Dorf und zu der unausweichlichen Konfrontation mit dem Bürgermeister.

Kapitel X

Konfrontation

Galizina, Ostreich, Ortschaft Trocnov im Sommer 1271

Es war früher Nachmittag, als sie sich auf der schmalen Hauptstraße kurz vor Trocnov befanden. Maelle atmete schwer. „Ich könnte erstmal einen Humpen Bier vertragen und eine ganze Sau essen."

Zenon schmunzelte. „Das würde ich gerne sehen."

Paulina musste ebenfalls unwillkürlich lächeln, trotz des Schreckens, der ihr noch tief in den Knochen saß. „Ich nehme auch einen. Ich freue mich wirklich auf das Gasthaus. Ich…" Paulina brach abrupt ab.

„Was habt Ihr, Paulina?" Maelle schaute sie besorgt an.

„Nichts, es ist nichts." Paulina hätte sich selbst ohrfeigen können. Ihr war gerade etwas eingefallen und es war ihr ungemein peinlich, dass ihr der Gedanke jetzt erst gekommen war. Sie ließ sich langsam ans Ende der Gruppe zurückfallen, wo Marilka mit dem langen Weg zu kämpfen hatte. Vorsichtig sprach Paulina sie an. „Marilka, ich… nun, wir können Eure Freunde begraben, nachdem wir mit der Sache hier fertig sind. Verzeiht, nach den ganzen Vorfällen habe ich nicht daran gedacht."

Marilka schaute sie verdutzt an. „Das waren nicht meine Freunde."

Paulina wusste nicht so recht wie sie antworten sollte. „Nun, oder Eure Weggefährten. Wir können zurückkehren und sie bestatten, wenn Ihr das möchtet."

Marilkas Blick verhärtete sich. „Ich… es ist mir egal. Sie… haben sich nicht wie Freunde mir gegenüber verhalten. Oder Weggefährten." Ihre Miene versteinerte noch etwas mehr und sie nahm einen zornigen Gesichtsausdruck an. „Mir ist es egal ob sie dort oben verrotten oder unter der Erde liegen."

Paulina nickte ihr zu. „Wie Ihr möchtet." Schweigend gingen sie eine Weile weiter nebeneinander her. Die Friedlichkeit, die die

Landschaft ausstrahlte war wie Balsam, der sich über Paulinas Seele legte.

Marilka schaute angestrengt auf ihre Füße. „Ich weiß, sowas sollte man nicht sagen… aber ich bin froh, dass sie tot sind." Paulina sagte nichts. Sie konnte nicht mal ahnen wie es Marilka in der Unterstadt ergangen war. Wie es allen Menschen in der Unterstadt tagtäglich erging. „Nie wieder muss ich mich deren… Willen beugen."

Paulina wurde übel. Sie hatte damit gerechnet, nach Marilkas Ausführungen, dass die Pariah-Gruppe nicht allzu gut mit ihr umgegangen war. Das was sie nun andeutete, bestätigte ihren Verdacht. Marilka blieb unvermittelt stehen und sah Paulina in die Augen. Sie weinte.

Behutsam nahm Paulina sie in den Arm und streichelte ihren Rücken. Ihr fehlten die Worte. Was hätte sie auch sagen können? Sie hatte keine Ahnung von dem Leid, mit welchem sich die Bewohner der Unterstadt jeden Tag herumschlagen mussten. Lautlos schluchzte Marilka und ihre Schultern bebten. „Es ist vorbei, Marilka. Ihr gehört jetzt zu uns", raunte Paulina ihr leise zu.

Zenon, Lev, Maelle und Sunder waren stehen geblieben und warteten. Als Marilka und Paulina wieder zur Gruppe aufschlossen funkelte Sunder sie verärgert an. „Was habt Ihr…"

Er wurde jedoch sofort von Maelle unterbrochen. „Still, Sunder."

Daraufhin machte er einen noch wütenderen Gesichtsausdruck, hielt jedoch tatsächlich den Mund.

„Wir sollten vielleicht nicht direkt zum Bürgermeister", meinte Zenon, kurz vor dem Erreichen des Dorfes, stirnrunzelnd. Es war mittlerweile früher Abend. „Ich möchte die Anwohner befragen. Wenn wir sie mit unserem neuen Wissen konfrontieren, sind sie möglicherweise redseliger."

Sunder schnaubte. „Was soll das bringen? Es steht alles in dem Brief." Er deutete auf das gefaltete Papier, das in Paulinas Gürtel steckte.

„Das ist schon richtig. Doch was wissen die Bürger von alledem? Wussten sie um die Schwangerschaft der kleinen

Laukai? Waren alle an dem Massaker beteiligt? Wir sollten uns umhören."

Paulina blieb stehen. „Lasst uns das jetzt besprechen, wir sind gleich im Dorf. Ich stimme Zenon zu. Die Kaiserin hat uns zwar ausgesandt die Gefahr zu beseitigen, was wir getan haben, doch sollten wir dieses Verbrechen hier nicht unaufgeklärt lassen. Lasst uns mit den Dorfbewohnern sprechen. Diskret, am besten heute noch. Und danach gehen wir zum Bürgermeister."

„Wir brauchen Unterstützung", warf Lev überraschend ein. Verwundert starrte Paulina ihn an. „Falls die Dorfbewohner aufbegehren oder sich ihrer möglichen Strafe entziehen wollen."

Zenon nickte, doch Maelle protestierte. „Ihrer möglichen Strafe? Wir nehmen den Bürgermeister fest. Nicht das ganze Dorf."

Zenon mischte sich ein. „Er hat Recht, Maelle. Wir wissen nicht, wie die Bevölkerung reagiert – sie alle waren am Massaker beteiligt. Auf die eine oder andere Art. Wenn diese Leute Angst bekommen, kann es sehr schnell unschön werden."

Maelle scharrte unzufrieden mit ihren Stiefeln im Dreck. „Was machen wir also? Das galizinische Heer alarmieren? Bis wir in Goldhafen sind ist es viel zu spät und der Bürgermeister ist über alle Berge."

Zenon überlegte. „Wir müssen nicht nach Goldhafen. Die Stadtwache hat auch Zoll- und Kontrollposten im Umland von Goldhafen. Auf halber Strecke zur Hauptstadt liegt ein Zollposten der Goldhafener Stadtwache, auf dem Hinweg sind wir daran vorbeigeritten. Wenn ich schnell reite, bin ich in zwei Tagen wieder hier."

„Wie viel Wachleute sind dort? Wird das reichen?", fragte Paulina zweifelnd.

„Es muss", antwortete Zenon zähneknirschend. „Haltet den Bürgermeister so lange hin."

Die ersten Ausläufer und Höfe von Trocnov hatten sie schon passiert als sie auf einen Wachmann trafen, der gelangweilt auf seine Glefe den Eingang zu Trocnov bewachte. „Und? Was habt ihr gefunden, Medames und Mesers?", fragte er aufgeregt.

Zenon winkte ab. „Lasst uns erst unsere Kehlen befeuchten. Wir sind müde, durstig und hungrig von der Reise."

Sie gingen die wenigen Schritte zur Taverne, begleitet von den neugierigen Blicken einiger Anwohner. Zenon verschwand gleich im Stall und kehrte mit seinem Pferd zurück. „Grüßt mir Medame Dunja", sagte er grinsend als er sich auf sein Ross schwang.

Maelle lächelte ihm kopfschüttelnd nach. „Das machen wir."

Paulina gab dem Pferd einen Klaps. „Reitet schnell Zenon."

Der Lieutnant tippte sich mit zwei Fingern an den Kopf, zog an den Zügeln und ritt eilig davon. Sie sahen ihm kurz nach, bevor sie den Schankraum der Taverne betraten.

Das goldzähnige Lächeln von Dunja Kuszna empfing sie. „Meine edlen Medames und Mesers, willkommen zurück." Sie deutete einladend auf einen großen Tisch. „Bitte, setzt Euch, setzt Euch. Ich lasse Euch sofort etwas zu trinken und zu essen bringen."

Erschöpft ließ sich die Gruppe auf die Stühle fallen. Lev sammelte ihre Rucksäcke ein und brachte sie in ihre Gästezimmer. In der Taverne war noch nicht viel los. Die untergehende Sonne warf einen warmen Schein ins Innere des Schankraumes, die meisten Gäste kamen erst etwas später. „Linda", schrie die Wirtin nach einem ihrer Schankmädchen. „Bring Bier und etwas zu essen."

Gehorsam machte das junge Mädchen einen Knicks und eilte hinter den Tresen. Dunja nahm sich einen Stuhl und setzte sich rücklings auf ihn, zu Maelle, Sunder und Paulina an den Tisch.

„Was habt Ihr herausgefunden, Medames und Mesers?" Sie warf Sunder einen kurzen Blick zu und verbesserte sich. „Meser. Besteht noch Gefahr?"

„Nein, Gefahr besteht nicht mehr. Wir haben das alte Anwesen gründlich durchsucht", antwortete Paulina an Sunders statt.

Die Wirtin rutschte unruhig auf ihrem Stuhl hin und her. „Achja? Und?"

„Nun, wir fanden viele Leichen."

Dunja verzog die Miene und lachte gekünstelt. „Uh, das klingt aber nicht sehr erfreulich." Sie hüstelte peinlich berührt, das Gespräch verlief offensichtlich nicht in die Richtung, in der sie es gerne gehabt hätte. „Nun, dann lasse ich Euch mal in Ruhe ausruhen." Sie erhob sich etwas zu schnell und wandte sich gerade ab, als Maelle sie unterbrach.

„Medame Kuszna, könnt Ihr uns noch etwas Eurer Zeit schenken? Wir hätten da noch einige kleine Fragen."

Dunja lächelte gezwungen. „Nun, also die Gäste kommen gleich und ich…"

Paulina schob den Stuhl auf dem sie gesessen hatte mit ihrem Fuß etwas vom Tisch weg und bedeutete ihr sich zu setzen. „Ach, es dauert nicht lange." Ihre Stimme wurde etwas bestimmter. „Setzt Euch." Dunja folgte der Aufforderung und wischte sich nervös eine Haarsträhne aus dem Gesicht.

„Ich komme direkt zum Punkt." Maelle legte ihre Arme auf den Tisch und lehnte sich vor. „Wir fanden viele Leichen der Laukai und ihrem Personal. Bekannt ist, dass es einen Aufstand gab. Die Laukai haben ihre Untertanen nicht gut behandelt, hohe Steuern, unverständliche Politik und so weiter und so weiter. Doch neu war mir, dass es ein regelrechtes Blutbad gegeben hatte. Was wisst Ihr darüber?"

Alle Augen am Tisch waren auf die Wirtin gerichtet. Glitzernde Schweißperlen säumten ihre Stirn. Sie räusperte sich verlegen. „Ich…", begann sie mit kratziger Stimme. „Ich weiß nichts…"

Paulina seufzte entnervt bevor sie versöhnlicher wurde. „Dunja. Wir wollen Euch nichts Böses. Wir wollen verstehen, was damals passiert ist. Glaubt mir, wir wollen Euch sicher nicht anklagen, wir wollen es nur nachvollziehen können."

Die Wirtin beruhigte sich etwas. Sie lockerte den hohen Verschluss ihres Kleides und begann leise zu sprechen. „Wir… ich weiß nicht viel. Ich weiß nicht genau wie es begann. In der Taverne wurde schon immer viel geredet. Die Fischer beklagten sich seit Jahren, dass der Preis der Abgaben, die sie für jeden verkauften Fisch entrichten mussten, immer höher wurde. Die Jäger beklagten sich, dass viele ihrer ehemaligen Jagdgründe für das persönliche Jagdvergnügen der Laukai genutzt wurden. Die Händler klagten über zu viel… egal, Ihr versteht worauf ich hinauswill. Nun, beschwert wurde sich eine ganze Weile. Und zu

Recht will ich meinen. Ich weiß, man redet nicht schlecht über Verstorbene…"

Maelle verdrehte die Augen. „Jetzt kommt das ‚Aber'."

„Aaaaber…" Dunja sah sie missmutig an. „…sie waren Tyrannen. Schreckliche Tyrannen." Sie trank aus einem der Humpen, die ihr Schankmädchen vorhin auf den Tisch gestellt hat und wischte sich mit dem Handrücken über den Mund. „Wie dem auch sei, der Bürgermeister hielt eine flammende Rede. Dass wir uns von deren Joch befreien müssen, dass sie uns unterdrückten, dass wir bald gar kein Geld, Essen und so weiter haben werden. Ich glaubte dem nicht ganz. Zweifellos waren sie tyrannisch, aber was brachte es ihnen uns verhungern zu lassen." Sie begann sich eine Pfeife zu stopfen. Marilka zog ebenfalls schon an einem Rauchstängel und lauschte gebannt. „Nun, ich wollte auf jeden Fall sehen, was dabei herauskam. Ich ging mit den anderen Dorfbewohnern zum Anwesen. Einige hatten Waffen… also, wenn man das Waffen nennen kann. Fackeln, Heugabeln, Zimmermannshämmer und andere Handwerkszeuge. Sie versammelten sich vor dem Tor und…" Die Wirtin zündete sich hustend ihre Pfeife an „…forderten Einlass. Ich habe nicht viel gesehen, ich stand weit hinten. Ich habe die Matriarchin zetern und schreien hören. Sie war wütend. Ich… Schrecklich, was dann passierte." Sie schüttelte betroffen den Kopf.

Maelle starrte sie an. „Was passierte als Nächstes?"

„Ich glaube alle waren selbst überrascht was geschah. Es ging schnell." Ihr Blick verfing sich in der Leere. „Das Tor gab nach. Die Dorfbewohner stürmten hinein. Diener, Wachen, Laukai, alle wurden abgeschlachtet. Ich habe natürlich nichts gemacht, mir graut es immer noch, wenn ich an diese Barbarei denke." Sie schauderte sichtlich.

Maelle rümpfte die Nase. „Aber Ihr standet daneben und habt zugesehen."

Die Wirtin hob einen Finger. „Glaubt nicht, Medame, dass die Laukai das nicht verdient hätten. Sie haben das Land ausbluten lassen."

Paulina fuhr zornig auf. „Ach, und deshalb schlachtet man sie ab? Wisst Ihr was wir gefunden haben? Leichen die von Pferden zertrampelt wurden. Menschen die an Wände gefesselt und mit Pfeilen durchsiebt wurden. Die Leiche eines Kindes, das…" Ihr versagte die Stimme.

Lev, der zurück von den Gasträumen kam, beendete ihren Satz und lehnte sich an die Gasthauswand neben dem Tisch. „…mit einem Strick um den Hals in einen Brunnen gehängt wurde."

Dunja wurde rot. Sie sah beschämt zu Boden. „Ich hätte nichts machen können… wir… ich…"

Paulina redete sich immer mehr in Rage. Sie versuchte ihre Stimme gesenkt zu halten, dass nicht der ganze Schankraum das Gespräch verfolgen konnte, doch gelang ihr das immer weniger. „Wusstet Ihr, dass der Tag, an dem Ihr dem Schlachten zugeschaut habt, der Tag der Hochzeit der jungen Marianne de Laukai war?"

„Danke für Eure Zeit Medame", sagte Maelle verbittert.

Die Wirtin stand auf. Verlegen kaute sie auf dem Endstück ihrer Pfeife herum. „Denkt nicht zu schlecht von den Trocnovern. Wir…" Sie suchte nach Worten der Erklärung, der Rechtfertigung. Als sie keine fand, drehte sie sich wortlos um und verschwand hinter dem Tresen.

Draußen begann es zu regnen. Beruhigend prasselten die dicken Wassertropfen gegen die gläsernen Fenster der Taverne. Paulina lehnte sich erschöpft zurück. „Gehen wir nach oben? Schauen wir mal, ob wir den Bürgermeister noch einige Tage hinhalten können bis Zenon eintrifft."

Der nächste Tag verging ereignislos. Lev hatte geraten, dass alle sich soweit möglich abreisebereit machten, sollte es zum Schlimmsten kommen. Niemand rechnete wirklich damit, doch war es beruhigend zu wissen, dass sie das Dorf schnell verlassen konnten. Auch die Verfügbarkeit der Hintertür durch sie sie, vor einer gefühlten Ewigkeit wie Paulina fand, Marilka ins Gasthaus gebracht hatten, wirkte tröstlich. Paulina begann einen Bericht für die Kaiserin zu schreiben. Natürlich würden sie persönlich berichten, doch musste das trotzdem gemacht werden, für die Akten. Paulina war mit kaiserlicher Bürokratie mehr als vertraut. Von Zenon war keine Spur zu sehen.

Am nächsten Tag wurden sie unsanft geweckt. Lev hämmerte gegen die Tür des Zimmers, das Paulina, Maelle und Marilka sich teilten. Sunder und er, in voller Rüstung, Pistole und Reitschwert an die Hüfte geschnallt, standen im Türrahmen. „Es braut sich etwas zusammen. Der Bürgermeister steht vor seinem Haus, redet mit den Stadtwachen und einigen Bürgern. Sie sehen aufgebracht aus", eröffnete er ihnen.

Paulina weckte die anderen, die sich beeilten sich anzuziehen. „Was tun wir?" fragte sie gehetzt, während sie fahrig versuchte sich ihr Stoßrapier umzuschnallen.

Sunder steckte seinen kahlen Kopf durch die Tür. „Wir konfrontieren sie. Was auch sonst?"

Lev nickte zustimmend. Sie machten sich auf den Weg. Paulina rückte unbehaglich ihr Rapier zurecht, Maelle hatte ihre Laterne entfacht und an den Gürtel gebunden. Marilka klammerte sich an den Griff ihres Katzbalgers, welchen sie von Zenon erhalten hatte.

Sie traten in den strömenden Regen, der seit gestern nicht aufgehört hatte und gingen Richtung Marktplatz, vor das Haus des Bürgermeisters. Es lag etwas in der Luft, Paulina spürte es. Sie spürte, wie ihnen Blicke aus den Häusern folgten, die Luft war zum Zerschneiden dick. Irgendwo wieherte ein Pferd.

„Keine Gewalt wo es nicht sein muss.", schwor Paulina die anderen ein. Sie wollte nicht noch mehr Leid sehen müssen.

Gemeinsam betraten sie den Marktplatz. Um die Eingangstür zum Haus des Bürgermeisters, vor dem Timotheusz und seine Frau standen, hatte sich eine Menschentraube versammelt. Ein kleines Mädchen und ein etwas älterer Junge klammerten sich an die Frau des Bürgermeisters – vermutlich seine Kinder. Paulina erkannte auch den Jäger, Kolya Svetoslav und Dunja Kuszna. Norin, der Wachmann war ebenfalls anwesend, mit vier weiteren Wachleuten. Das musste die halbe Garnison sein, schätzte Paulina. Eine ältere Arkanistin begleitete sie, wahrscheinlich die Dorfarkanistin, mit der Sunder und Maelle gesprochen hatten. Etwa ein Dutzend weitere Dörfler waren anwesend.

Paulina erreichte festen Schrittes den Platz. Der Regen erzeugte ein prasselndes Geräusch auf den Stoffdächern der wenigen Marktstände um sie herum. Zu ihrer Rechten standen Lev und Marilka, zu ihrer Linken Maelle und Sunder.

Der Bürgermeister löste sich aus der Menschentraube die ihn und sein Haus umgab und ging ihnen zwei Stufen entgegen. „Welch eine Ehre Ihr mir erweist, dass Ihr Euch endlich blicken lasst, Medames und Mesers", spuckte er ihnen entgegen. „Nachdem Ihr meine Gefangene befreit und Euch tagelang nicht gezeigt habt." Er war sichtlich aufgebracht. „Ich weiß, Medame Nowgoroda, Ihr habt normalerweise mit Gütern, nicht mit Menschen zu tun. Doch ich hätte erwartet, dass Ihr den Unterschied zwischen ‚befreien' und ‚befragen' kennt."

Paulina musste laut antworten, um das strömende Geräusch des Regens zu übertönen. „Meser, Ihr scheint den Unterschied zwischen Menschen und Waren nicht zu kennen. Als wir Marilka in Eurem Kerker besucht hatten, war sie kaum in der Lage unsere Fragen zu beantworten, so wie Euer Folterer…" Sie deutete auf den rundlichen Wachmann. „…sie zugerichtet hat." Marilka blieb ruhig. Aus dem Augenwinkel fiel Paulina auf wie ihre Hände zitterten, doch abgesehen davon wirkte sie gefasst.

Der Bürgermeister setzte zu einer Antwort an, doch Paulina ließ es nicht dazu kommen. „Es freut Euch sicher zu hören…", schrie sie gegen Wind und Regen an. „…dass die Gefahr gebannt ist. Trocnov ist wieder sicher."

Ein Raunen ging durch die Menge, welche trotz des Wetters immer weiter anwuchs. Dorfbewohner kamen aus ihren Häusern um dem Spektakel zu lauschen, welches sich auf ihrem Marktplatz zutrug.

Der Bürgermeister verbeugte sich übertrieben. „Dann habt meinen Dank. Ein weiteres Verweilen in meinem Dorf ist ja dann nicht mehr vonnöten."

Maelle schaltete sich ein. „Euch interessiert nicht was es war?"

Der Bürgermeister machte eine wegwerfende Geste. „Ändert das etwas? Hauptsache es ist weg und wir können alle wieder ruhig schlafen." Wieder ging ein Raunen durch die Menge. Der Bürgermeister drehte sich zu seinen Dorfbewohnern um und wollte gerade ins Haus gehen.

Paulina suchte Maelles Blick. Diese nickte ihr kaum merklich zu und ballte die Fäuste. Jetzt oder nie, der Zeitpunkt für die Konfrontation war gekommen. Paulina trat einen Schritt vor, nur wenige Schritte trennten sie von der Menschentraube. „Haltet ein, Bürgermeister. Wir fanden einiges, das uns Kopfzerbrechen bereitet. Vielleicht könnt Ihr uns bei der Aufklärung helfen."

Paulina sah wie die Frau des Bürgermeisters ihre Hand stärker um die Schultern ihrer Kinder klammerte. Der Bürgermeister drehte sich langsam um. „So? Was soll das sein?"

Paulina erzählte von dem Gefundenen. Von den Leichen, von den Kampfspuren im Innern. Von den toten Söhnen und Töchtern der Laukai.

Als ihre Erzählung endete war Schweigen eingekehrt. Die Bewohner gaben keinen Ton von sich, nicht mal ein Räuspern war zu hören. „Ihr habt eine Hochzeit überfallen und eine ganze Familie ausgelöscht Timotheusz. Eure offizielle Darlegung ist falsch. Die Gewalt ging an jenem Tag nicht von den Laukai aus, sondern von Euch." Paulina nestelte an ihrem Gürtel herum, bis sie das Papier von Marille de Laukai zu fassen bekam. Sie hielt es in die Höhe. „Und ich meine nur von Euch." Sie suchte den Blick der Dörfler. „Doch ihr habt ihm dabei geholfen", fügte sie leise hinzu. Paulina bemerkte eine Vielzahl unterschiedlicher Regungen. Einigen Bewohnern stand Reue ins Gesicht geschrieben. Andere Augenpaare loderten vor Hass. Wiederum andere machten eher einen verwirrten Eindruck.

Maelle übernahm. „Wir fanden ein Papier im Anwesen, welches beweist, dass Ihr den Angriff eingefädelt habt, Bürgermeister. In ihm steht…"

Der Bürgermeister begehrte auf und blaffte zornig. „Das sind alles Lügen. Hört auf zu lügen, oder…"

Maelle schrie dagegen an. „In ihm steht, dass Ihr ein Abkommen mit Marille de Laukai hattet. In ihm steht…" Ihre Stimme wurde noch lauter „…dass Ihr einen Sohn mit Marianne de Laukai, der sechzehnjährigen Tochter, gezeugt habt. Und um das zu vertuschen und Zeugen zu entfernen, habt Ihr unter dem Vorwand der Gerechtigkeit ein Massaker an einer ganzen Familie begangen!"

178

Maelles Worte hallten noch einen Moment über den Marktplatz und vergangen dann leise im Regen.

Es sprach niemand. Die Worte der Apothecaria hingen wie die dunklen Regenwolken am Himmel über dem Marktplatz. Leises Schluchzen war von einer älteren Frau aus den Reihen der Dorfbewohner zu hören. Paulina sah, wie der Sohn des Bürgermeisters mit weit aufgerissenen Augen zu Maelle schaute. Seine Mutter, nicht weniger schockiert, hatte ihre Hände in die Schultern des Jungen gekrallt.

Langsam streckte der Bürgermeister seine beringte Hand nach Maelle aus. Er deutete zitternd auf sie. „Sie lügt", begann er leise. „Das verdammte Weib lügt." Immer lauter begann er zu reden, bis sich seine Stimme in ein irres Kreischen verwandelt hatte. „Glaubt dieser Frau nicht. Sie wollen… Sie lügt! Sie alle lügen!" Fieberhaft wandte er seinen Kopf zu Norin, dem Wachmann. „Ergreift sie, sofort! Sperrt diese Brut weg!"

Unsicher leckte sich der speckige Wachmann über die Lippen und packte seine Gleve fester mit beiden Händen. Er und zwei seiner Kameraden gingen einen Schritt auf Paulina, Maelle, Lev und Sunder zu. Der schwarze Reiter zog blitzschnell seine Radschlosspistole und zielte genau zwischen die Augen von Norin. Während dieser erschrocken stehen blieb fingen einige in der Menge an zu kreischen. Unruhe erfasste die Menschentraube.

„Halt", schrie Paulina. Sie hob das Schreiben der Kaiserin in die Höhe. „Haltet ein. Greift Ihr uns an, greift Ihr die Kaiserin an. Ihr macht euch zu Aussätzigen, im Namen der Krone, keinen Schritt weiter!"

Der Bürgermeister sah sich panisch um, bevor er sich an die versammelten Dorfbewohner wandte. „Ihr guten Leute, bitte, hört nicht auf diese schändlichen Lügen. Wir waren gemeinsam dort. Wir alle taten das Gleiche." Seine Stimme schlug um, sie wurde fast bedrohlich. „Und wir hängen dort alle gemeinsam drin." Die Worte verfehlten ihre Wirkung nicht. Einige der Dorfbewohner ballten die Fäuste und funkelten Paulina zornig an.

Maelle blickte in die Runde der Dorfbewohner. „Vor vier Jahren wurde Blut vergossen. Ihr dachtet, ihr handelt im Namen der Gerechtigkeit. Ihr wolltet vielleicht gar nicht, dass es soweit kommt. Ihr wolltet vielleicht nur euren Standpunkt verdeutlichen und bei den Laukai um bessere Bedingungen bitten. Vielleicht wolltet ihr auch nur eurem Ärger Luft machen, doch habt ihr euch von einer Welle der Gewalt mitreißen lassen. Eine Welle, die Witold Timotheusz, euer Bürgermeister, entfacht hat. Ihr habt jetzt die Möglichkeit die schrecklichen Ereignisse wieder gut zu machen, indem ihr uns helft alles aufzuklären. Deckt nicht den Mann, der euch zu diesen Taten verleitet hat."

Paulina war beeindruckt von den rhetorischen Fertigkeiten von Maelle. Sie konnte sich nicht vorstellen, dass sie in der Unterstadt im Apothecarium viel davon einsetzen konnte, doch war ihre akademische Bildung in diesem Moment unverkennbar.

Die Stimmung in der Gruppe änderte sich. Ein Bauer ließ die Heugabel fallen, die er kurz zuvor noch fest umklammert hatte. Viele der Dorfbewohner wichen vom Bürgermeister zurück, der sich immer panischer umsah. Ein junger Fischer fiel sogar auf die Knie, in den vom Regen aufgeweichten Boden und bat innbrünstig um Vergebung.

Die Stimme des Bürgermeisters zitterte und überschlug sich. „Norin, schnappt sie Euch endlich. Bringt sie zum Schweigen!"

Die Wachleute packten ihre Waffen fester und machten einen weiteren Schritt auf die Gruppe zu.

„Das würde ich lieber bleiben lassen, gute Medames und Mesers."

Lieutnant Zenon Grajev stellte sich, mit einer Hand lässig auf dem Schwertknauf, neben sie. „Wenn Ihr nicht wollt, dass Ihr unmittelbar unter Eurem Mund ein weiteres Loch vorfindet." Er deutete mit weiter Geste auf die zwölf Goldhafener Stadtwachen, die sich hinter ihm aufbauten und mit schweren Arbalesten auf die Trocnover Wachen zielten. Die safrangelben, gepufften Hosen und Hemden der Stadtwachen hingen, durch den Regen durchnässt, etwas trostlos herab, doch unter den Eisenhüten und Baretten blickten grimmige Gesichter die Dorfbewohner an. „Ich schlage vor, Ihr lasst eure Waffen fallen."

Kaum hatte er die Worte ausgesprochen fielen scheppernd Gleven, Hellebarden und Katzbalger zu Boden. Zenon ging einen Schritt weiter, in die Mitte des Marktplatzes, sodass er zwischen den beiden Gruppen stand. Er breitete die Arme aus und wandte sich an die Dorfbewohner. „Gute Leute, geht alle nach Hause. Wir werden die Ereignisse aufklären. Habt keine Angst vor Strafe wenn ihr Reue zeigt. Wir werden mit dem Bürgermeister sprechen." Er winkte einer Stadtwache zu sich. „Sergeant Bartá, geleitet die Trocnover Wachen in ihre Wachstube und sorgt dafür, dass sie dort bleiben." Er senkte seine Stimme etwas, sodass Paulina Schwierigkeiten hatte ihn zu verstehen. „Lasst außerdem die Wege im Dorf patrouillieren. Ich glaube zwar nicht, dass sich Widerstand regt, doch Vorsicht ist besser als Nachsicht."

Der Sergeant nickte Zenon zu und machte sich an die Ausführung seiner Befehle. Mit gesenkten Häuptern verließen die Dorfbewohner den Platz. Einige leise wimmernd, andere eilig und zielstrebig zu ihren Häusern. Dunja Kusznas leidender Blick traf sich kurz mit dem von Paulina, bevor sie in ihrer Taverne verschwand.

„Ihr habt ein wunderbares Gefühl für den richtigen Zeitpunkt, mein lieber Lieutnant", statuierte Maelle, als sie in Richtung des Bürgermeisterhauses schritten.

Zenon lächelte verschmitzt und blinzelte sich einige Regentropfen aus den Augen. „Ach, Ihr hättet das sicher auch ohne mich geschafft. Überzeugend wart Ihr auf jeden Fall."

Sunder, Maelle, Paulina, Zenon, Marilka und Lev standen vor der Treppe zum Bürgermeisterhaus, an dem sich ebenjener krampfhaft festklammerte. Er war völlig blass.

„Wieso gehen wir nicht hinein, Meser Timotheusz?", fragte Paulina behutsam.

Mit hängenden Schultern öffnete der Bürgermeister die Tür. Seine Frau und die beiden Kinder trotteten nach ihm in die Wohnstube. Der Frau liefen Tränen über die Wangen, auch der Junge sah aus, als würde er gleich anfangen zu weinen. Das Mädchen war noch zu klein um zu verstehen was passierte.

Die Gruppe folgte. Ein Feuer prasselte im Kamin, im Raum roch es angenehm nach frischem Brot. „Bitte, nehmt Platz", sagte Witold Timotheusz niedergeschlagen und deutete auf mehrere Stühle und Hocker vor dem Kamin. Lev lehnte sich neben den Kamin an die Wand, Maelle, Paulina und Zenon setzten sich. Der Bürgermeister nahm ihnen gegenüber Platz, seine Frau kniete sich weiter hinten in den Raum und redete beruhigend auf den Jungen ein. Sunder setzte sich nahe der Eingangstür, etwas abseits der anderen auf einen Hocker, Marilka suchte im Raum kurz nach einem geeigneten Platz, bevor sie sich an einen Holztisch lehnte.

„Erzählt uns was geschehen ist." Paulina hielt kurz inne. „Und diesmal keine Lügen."

Der Bürgermeister seufzte und zog geräuschvoll die Nase hoch. „Nun… Ihr… Ihr habt schon alles gesagt." Aus dem Mann war alle Kraft gewichen. Wie ein Sack war er auf seinem Hocker zusammengesunken. „Ich… ich hatte ein Verhältnis mit Marianne." Maelle blickte ihn angewidert an. „Sie… sie wollte es auch", begann er eilig zu erklären. „Wir… ich dachte wir liebten uns. Das tat ich wirklich. Wir verbrachten einen Sommer miteinander. Sie war oft mit ihrer Mutter im Dorf, um den Fischfang zu begutachten. Wir kamen immer häufiger ins Gespräch. Sie erfand Vorwände bei ihrer Mutter, um im Dorf schlafen zu können. Sie wolle die Lebensweise der Bewohner besser kennen lernen und so weiter. Dabei wollte sie nur bei mir sein." Seine Augen wurden glasig, als würde er in weite Ferne schauen. „Eines Tages eröffnete sie mir dann, dass sie ein Kind erwarte. Ich… ich wurde… nun, ich nahm es nicht gut auf. Der Bürgermeister mit der jungen Tochter der Laukai. Unverheiratet." Er räusperte sich und wischte sich über den Mund. „Selbstverständlich erzählte Marianne es ihrer Mutter. Wir stritten heftig. Eine Affäre mit einem niedriggeborenen Dörfler…" Er atmete tief aus. „…war wohl der schlimmste Alptraum dieses Miststücks. Doch wir einigten uns. Marianne gebar ihr Kind. Ich sollte es bei mir aufziehen und niemals verraten wer die eigentliche…" Entschuldigend schaute er zu seiner Frau. „…ich meine die leibliche Mutter des Kindes war. Natürlich nahm ich an. Ich liebe meinen Sohn und wollte ihn großziehen." Liebevoll sah er seinen Sohn an.

Maelle verzog das Gesicht, als hätte sie vergorenen Wein getrunken. „Wusstet Ihr davon?", fragte sie an die Frau des Bürgermeisters gewandt.

Langsam nickte die. Sie wischte sich die Tränen von den Wangen. „Ich wusste davon. Witold hat es mir erzählt. Ich wusste, dass er einen Fehler gemacht hatte, doch ich liebe ihn. Aaron…" Sie deute auf den Jungen „…liebe ich wie mein eigenes Kind. Ich habe ihn aufgezogen und bin ihm wie eine leibliche Mutter." Wie um das zu unterstreichen nahm der Junge die Hand der zitternden Frau.

Paulina runzelte die Stirn. „Wieso dann das Massaker? Was hat Euch dazu gebracht eine ganze Familie auszulöschen?"

Der Bürgermeister stampfte mit dem Fuß auf und heulte gequält. „Glaubt mir, das wollte ich nicht. Marille hat immer wieder Andeutungen gemacht sie würde unser Geheimnis ausplaudern. Sie wollte mir das Leben zu Hölle machen, das war ihre Rache für die Affäre mit ihrer Tochter. Sie wollte es mir heimzahlen, indem sie ihre Tochter mit einem arretischen Widerling verheiratet. Ich wollte sie davon überzeugen, dass ich mächtiger bin als sie. Dass das ganze Dorf hinter mir steht. Als wir das Anwesen erreichten, kam eines zum Anderen. Wir… jemand begann die Wachleute anzugreifen und… nun die Dinge nahmen ihren Lauf."

Maelle warf ihm einen verachtenden Blick zu. „Ihr wart eifersüchtig."

Erschrocken schüttelte Timotheusz den Kopf. „Nein! Nein, das war es nicht, ich hatte Angst um…"

Paulina verzog das Gesicht und rieb sich die Schläfen. Sie wollte diesem Mann nicht länger zuhören. „Marille dachte genau das Gleiche von Euch, wusstet Ihr das?. Sie dachte, Ihr wolltet das Geheimnis ausplaudern. Dass Ihr an jenem Tag gekommen seid, um Forderungen zu stellen und ihr zu drohen."

Timotheusz sah Paulina entsetzt an. „Nein, so war es nicht. Das müsst Ihr mir glauben." Seine Stimme versagte. „Bei allen Heiligen, dann war das alles ein… Missverständnis?" Er sackte noch weiter auf seinem Stuhl zusammen. Stumme Tränen liefen seine Wangen hinab.

Paulina seufzte. Sie fühlte sich erschöpft und ermattet. Mit hängenden Schultern wandte sie sich an Zenon. „Zenon, bitte ruft den Sergeanten. Er soll den Bürgermeister festnehmen. Die kaiserliche Justiz wird sich mit ihm befassen."

Als sie die Behausung des Bürgermeisters verließen und in den kühlen Regen traten, begleitete sie das Schluchzen von Medame Timotheusz und ihrem Sohnes.

Kapitel XI

Ausblick

Galizina, Ostreich, Goldener Palast, Goldhafen im Sommer 1271

„…und so gestand der Bürgermeister das Massaker, Eure Majestät."

Kaiserin Alessia Loretta nickte nachdenklich. „Danke Lieutnant. Der Bürgermeister und die Dorfbewohner sind angewiesen, die Leichen im Anwesen zu bestatten. Danach wird sich die kaiserlich-königliche Justiz um sie kümmern." Der Lieutnant verbeugte sich und reihte sich wieder neben Lev, Sunder, Marilka, Maelle und Paulina ein. „Berichtet mir von der Erscheinung. Ich las in Eurem Bericht davon, doch will ich es von Euch hören. Was hat Euch dort angegriffen?"

Sunder und Maelle traten vor. Sie blickten zuerst zu Erzarkanist Jaegar Raul, zur Obersten Apothecaria Eleni Svoboda und einem ernst dreinblickenden Mann, den Paulina nicht kannte, dann wieder zur Kaiserin. „Nun, Eure Majestät, die Erscheinung hatte irgendeine Verbindung zu Marianne de Laukai, dessen bin ich mir mittlerweile sicher. Sie wirkte wie das groteske Abbild von ihr." Für Paulina war die Schlussfolgerung von Sunder nicht überraschend. Sie hatten weite Teile der Heimreise mit dieser Debatte verbracht. „Das Wesen war von Arkanem durchdrungen. Deutlich spürte ich es, als ich neben ihm, selbst noch neben seinen Überresten, stand. Eure Majestät, wenn Ihr erlaubt. Habt Ihr einmal die Arkanerzminen des Protektorats Ur besucht?"

Die Kaiserin runzelte die Stirn. „Ich war früher einmal dort. Doch sie wurden… stillgelegt als ich noch ein Kind war. Worauf wollt Ihr hinaus, Scientus?"

Paulina verzog das Gesicht. Stillgelegt war eine Untertreibung. Sie waren explodiert.

„Es gibt ein Phänomen, welches wir den arkanen Nachhall nennen. In der Nähe größerer Arkanerzansammlungen oder an

Orten, die von arkaner Macht durchdrungen sind, spürt man dieses Vibrieren, dieses dumpfe Gefühl. Einige Menschen sind sensibler dafür, andere weniger, Arkannutzende spüren den arkanen Nachhall meist deutlich. Nun, als sich die Erscheinung manifestierte und ich später neben seinen Überresten kniete, fühlte es sich an, als würde ich neben einer Arkanerzader stehen. Die reine arkane Macht spürte man auf der ganzen Haut. Ich bin Scientus, es fällt mir nicht leicht so etwas zu sagen, doch mir scheint es so als wäre das Wesen arkangeboren gewesen."

Paulina fielen die Blicke auf, die die Kaiserin mit dem Erzarkanisten, der neben ihrem Thron stand, wechselte. Sie wussten etwas. Etwas, dass sie ihnen nicht gesagt hatten.

Der Erzarkanist antwortete anstatt der Kaiserin. „Danke für Eure Einschätzung Scientus Nowak." Sunder und Maelle verbeugten sich und reihten sich wieder ein.

„Im Namen des Reiches bedanke ich mich für Eure außerordentliche Leistung", verkündete die Kaiserin feierlich. „Ich werde Euch rufen lassen, falls in dieser Angelegenheit weitere Informationen benötigt werden." Sie stockte kurz. „Diese Angelegenheit ist ein Interesse der allgemeinen Sicherheit des Reiches. Ich erwarte Verschwiegenheit, von allen von Euch. Doch nun, ruht Euch aus."

Zenon, Sunder, Lev, Maelle und Paulina verbeugten sich. Marilka tat es ihnen eine zähe Sekunde später gleich. Man sah ihr an, dass sie mit höfischem Gebaren nicht vertraut war, ihr Knicks war sehr rudimentär.

Die Begleiter der Kaiserin verließen den Thronsaal und die Gruppe entfernte sich ebenfalls.

Paulina packte Marilka am Arm und eilte der Kaiserin entgegen, die sich gerade umwandte. „Eure Majestät, darf ich Euch um einen Gefallen bitten?"

Die Kaiserin zog die Brauen hoch. „Natürlich. Sprecht."

Paulina atmete tief durch. „Marilka Wasser hier, war, wie Ihr in meinem Bericht sicher gelesen habt, Teil der Gruppe, die…"

Die Kaiserin verzog missmutig das Gesicht. „Teil der Pariah-Gruppe."

Paulina fuhr fort. „Nun, ja, Teil der Pariah-Gruppe, welche den Kontrakt ursprünglich annahm. Vom Bürgermeister von

Trocnov wurde ein Haftbefehl gegen sie ausgestellt. Unter unmenschlichen Bedingungen wurde sie festgehalten, sie wurde gefoltert und misshandelt." Während aus Paulina die Worte hervorsprudelten sah Marilka betreten zu Boden. Augenscheinlich wusste sie nicht, ob man die Kaiserin ansehen durfte oder nicht. „Sie war während des ganzen Falls eine unabdingbare Hilfe für uns. Ohne sie hätten all das nicht aufklären können und ich stünde gar nicht hier. Ich frage demütigst nach einer kaiserlichen Begnadi…"

„Wegen mir", antwortete die Kaiserin. Paulina sah sie irritiert an. „Erteilt", wiederholte die Kaiserin. Sie wirkte gehetzt. Kaiserin Alessia wandte sich direkt an Marilka. „Ich lasse Euch außerdem eine Summe Kronen auszahlen. Seht sie als Entschädigung für Eure Entbehrungen und als Belohnung für Eure Verdienste an der Krone." Nun kräuselten sich ihre Lippen zu einem Lächeln. Es wirkte ehrlich, sicher war sich Paulina allerdings nicht. „Ach, selbst der Kaiserin dürft Ihr ins Gesicht schauen."

Die Kaiserin wandte sich ab und während Marilka Dankesreden stotterte, musste auch Paulina unwillkürlich lächeln.

Lev umarmte Lieven herzlich. Ihre Rüstungen stießen lärmend gegeneinander.

„Wie lange ist es her, alter Freund?", lächelte ihn sein Korporal an.

„Zu lange. Was tust du in Goldhafen?"

„Auf dich warten natürlich." Lieven grinste ihn an. „Wir sind immer noch bei der 6. Armee. Aktuell sitzen wir vor allem in Goldhafen fest. Im Herbst soll es zu Manövern in die Goldebene gehen. Zusammen mit den westgalizinischen Armeen."

Lev nickte. Dort hatten sie früher schon Manöver durchgeführt.

„Man sagte mir, dass du dich aktuell im Palast aufhältst. Lässt dich die Kaiserin endlich gehen?"

Lev zuckte die Schultern. „Sie hat es versprochen. Nach dem Trocnov-Auftrag, hatte sie gesagt. Ich spreche mit ihr und werde darum bitten." Lev rückte ein juckendes Rüstungsteil zurecht. „Wie geht es den schwarzen Reitern?"

Lieven nahm ihn am Ellenbogen und führte in langsam in die kleine Kapelle des Einen. Die Kapelle wurde nicht von der Kirche des Einen, die ausschließlich im Westreich als Institution existierte, betrieben, sie war mit persönlichen Mitteln eines lokalen Adeligen nahe des Südtores errichtet worden. Einer der wenigen Gläubigen im Ostreich. Sie waren die einzigen Besucher.

„Gut geht es uns, gut. Joris ist tot. Sonst keine Verluste. Die Zeit war leicht, keine größeren Konflikte. Handelszüge begleiten, ein paar Wegelagererneste ausheben, die Grenze nach Levka im Auge behalten, nichts Großes. Wir vermissen nur unseren Kommandanten."

Lev nickte. Auch er vermisste seine Truppe. „Wie ist er gestorben? Joris meine ich."

„Ganz ehrlich? Er wachte eines Morgens einfach nicht mehr auf. Wie alt war er? Hundertundfünfzig?"

Lev musste lächeln. Er hatte Joris gemocht. Er war der älteste der schwarzen Reiter gewesen und es stimmte ihn freudig, dass der alte Krieger in seinem Bett gestorben war und nicht blutend auf dem Schlachtfeld. „Wir werden auf ihn trinken."

Sie waren vor dem Altar angelangt und nahmen sich jeweils eine Kerze aus der Holzschachtel daneben. Lev wollte fragen, doch er bekam kein Wort heraus. Er hatte Angst vor der Antwort. All die Jahre hatte ihn der Gedanke an sie begleitet. Er würde es nicht ertragen, wenn sie tot war.

Er räusperte sich. „Esther…", bekam er krächzend über die Lippen.

Lieven zündete seine Kerze an einer bereits brennenden an. Trotz der wenigen Besucher, flackerten an all den Wänden Lichter. Sie sollten den Einen, in Person eines gleißenden Scheins symbolisieren, hatte Lieven ihm einmal erzählt. Offensichtlich kümmerte sich ein frommer Goldhafener Bürger darum.

Lieven befestigte seine Kerze am Altar und kniete sich vor ihn. Lev zündete seine Kerze ebenfalls an und tat es ihm gleich. Wieso zögerte sein Freund und Vertreter die Antwort so lange hinaus?

„Sie... lebt. Sie befindet sich in der Abtei der heiligen Iulia auf der Halbinsel Hel, zur Genesung", sagte er leise.

Lev weinte. Ihm liefen Tränen der Erleichterung die Wangen hinab. Er musste sich mit seiner behandschuhten Faust abstützen um nicht umzukippen.

Lieven legte ihm eine Hand auf die gepanzerte Schulter. „Lev... sie ist nicht mehr... sie war schwer verwundet. Sie ist nicht mehr die Gleiche. Ich... ich weiß was du fragen willst und meine Antwort ist Ja. Ich führe die schwarzen Reiter weiter so lange du weg bist, so lange es eben dauert. Geh und besuche sie. Doch bitte beachte, dass sie nicht mehr die ist, die du in Karenina zurückgelassen hast..."

„Das ist bedenklich, äußerst bedenklich..." Erzarkanist Jaegar Raul kratzte sich am Kinn.

„Das ist nicht bedenklich, das ist ein Desaster", schrie die Kaiserin ihm entgegen. „Eine Mine explodiert und auf einmal erscheinen überall Schreckenswesen? Wie kann das sein? Erklärt es mir, Erzarkanist."

Der Erzarkanist verzog keine Miene, trotz des Wutausbruchs der Kaiserin. „Das kann ich leider nicht Eure Majestät. Es gibt Theorien..."

Das Gesicht der Kaiserin wurde noch röter als es vorher schon war. „Ich will keine Theorien, ich will Erklärungen. Sechs Arkanisten im Raum und keiner kann mir eine liefern?" Sie blickte zornig in die Runde. „Wollt Ihr König Alexandr erklären, dass die Wesen, die auf einmal überall auftauchen und die Bevölkerung massakrieren, arkaner Natur sind? Wollt ihr ihm erklären, dass die Geschichten, die man sich hinter vorgehaltener Hand über irgendwelche Flüche und Geister erzählt, alle wahr sind?"

Ein alter Arkanist erhob sich und deutete auf die Karte, welche zwischen ihnen auf dem Tisch ausgebreitet war. Er deutete auf das kleine, abgegrenzte Gebiet unter dem Vulkan. „Eure Majestät, es ist unzweifelhaft, dass der Ursprung dieser Geschöpfe mit der arkanen Explosion vor achtzehn Jahren in Ur zu tun hat. Lasst mich eine Expedition dorthin organisieren. Lasst uns die alten Minen erforschen."

„Stattgegeben. Nehmt alles und jeden mit das oder den Ihr braucht, oberster Scientus. Und liefert mir Ergebnisse." Sie atmete tief durch, bevor sie fortfuhr. „Noch etwas?", fragte sie.

Die Anwesenden schüttelten die Köpfe.

„Gut. An die Arbeit."

Akt II

Kapitel XII

Auf und nieder

Galizina, Ostreich, Goldhafen, altgalizinische Bibliothek im Sommer 1271

Scientus Sunder Nowak stolperte fast über seine tiefblauen Gewänder, als er die Treppen zur altgalizinischen Bibliothek heruntereilte, die in einem unscheinbaren Gebäude begannen, welches sich nahe des Aufgangs zum Palast am Rosenviertel an eine Felsschwand schmiegte. Vier Wochen waren seit ihrer Rückkehr und dem Gespräch mit der Kaiserin vergangen und sie waren immer noch nicht schlauer, woher das Wesen gekommen war. Doch jetzt gab es erstmals einen Lichtblick.

„Es bringt nichts, wenn Ihr mit gebrochenem Hals unten ankommt", rief Maelle Dorn ihm zu, die keuchend versuchte Schritt zu halten. Sie wusste immer noch nicht, ob sie wegen der Entscheidung ihres Ordens wütend sein sollte. Der oberste Scientus hatte entschieden, nur Mitglieder seiner Divisio auf die Expedition in die Arkanerzminen nach Ur zu entsenden. Maelle war Apothecaria, sie fiel nicht darunter. Sie unterstützte die Entscheidung ihres Ordens, Arkanisten in das Protektorat zu schicken, jedoch voll und ganz. Sie hatten das hinreichend auf dem Heimweg von Trocnov diskutiert. Das Gefühl des Arkanen, welches den Ort des Geschehens, den Ort der Ereignisse in Trocnov, begleitet hatte, alles ließ darauf schließen, dass es arkan war. Sunder Nowak, der die Minen von Ur bereits besucht hatte, hatte erzählt, dass der arkane Nachhall, das Gefühl, das Empfinden der arkanen Energie nahezu gleich gewesen war wie in Ur.

Der Scientus schnaufte hörbar, als sie die alten, breiten Steinstufen hinabgingen. Die Bibliothek war tief in den Fels getrieben worden, auf dem der Goldene Palast thronte. Flackernde Laternen warfen einen schwachen Schein auf die Wände.

Die beiden Arkanisten erreichten die letzte Treppenstufe und standen vor einem großen, zweiflügeligen Holztor. Ein galizinischer Doppeladler aus Kupfer, der grünlich angelaufen war, schmückte das Tor.

Immer noch schnaufend klopfte Sunder Nowak an. Nach wenigen Sekunden begann das Tor sich quietschend zu öffnen. Langsam schwangen die beiden Torflügel auf und eine gebeugte Gestalt erwartete sie. An ihrer Stirn war mit einem Kopfband eine glimmende Kerze befestigt.

„Was ist Euer Begehr?", fragte die Gestalt tragend.

„Wir kommen im Auftrag des obersten Scientus des Arkanistenordens. Wir wollen alte Schriften des Ordens sichten."

Der gebeugte Mann schaute sie prüfend an, bevor er sie hineinwinkte. Maelle fiel auf, dass seine Hände dunkelblau verfärbt waren, vermutlich von der Tinte, mit der er täglich hantierte.

„Habt Dank, Meser."

Der Bibliothekar sagte nichts und schlurfte ihnen nur vorneweg. Maelle war lange nicht mehr in der Bibliothek gewesen. Als junge Novizin hatte sie ein, vielleicht zweimal die Bibliothek besucht, üblicherweise ließ man die Bibliothekare allerdings alleine. Nur selten kamen Arkanisten zum Studium hierher und noch seltener besuchten sie ihrerseits die Oberfläche, was man auch ihrer gelblich-weißen Hautfarbe ansah.

Die Bibliothek war riesig. Wobei riesig noch ein zu kleiner Begriff war. Regale voller Bücher, Inschriften auf Steinen und Papyrusrollen reichten bis an die Decke. Zum Teil waren die Regale mehrstöckig und verfügten über Laufstege, auf denen weitere Bibliothekare standen, die gebeugt staubige Bücher in den Händen hielten. Die Bibliothekare gehörten formell zur Divisio der Scientii, bildeten jedoch faktisch eine eigene Gruppe innerhalb des Arkanistenordens. Zu speziell war ihre Aufgabe, das Hüten des Wissens der Bibliothek.

Die Decke des Gemäuers war, aufgrund der Höhe derselben und des dämmrigen Lichts, kaum zu sehen. Steinbögen in gothischer Bauweise stützten die riesige Kaverne ab. Ihre Schritte klangen unwirklich laut auf den großen, steinernen Platten, die den Boden bildeten.

Sie schritten durch den Hauptflur, der mehrere Schritte breit war, auf einen Tisch zu, hinter dem der oberste Bibliothekar seinen Dienst versah. Schon aus der Entfernung sahen die beiden Arkanisten eine Person bei ihm stehen.

„Ihr habt weiteren Besuch?", fragte Sunder den Bibliothekar, der sie zu seinem Oberhaupt führte.

„Nein. Sie gehört zu Euch, sie erwartet Euch bereits."

Maelle und Sunder wechselten einen verwunderten Blick. Weder die Apothecaria, noch der Scientus hatten um Unterstützung gebeten.

Als sie vor dem Tisch des obersten Bibliothekars standen, blickte dieser von dem Papier, welches er in der Hand hielt, auf und sah sie streng an. „Ihr wünscht?"

„Oberster Bibliothekar, danke, dass Ihr uns empfangt. Wir suchen die Schriften von Mercator Trient", sagte Sunder.

Obwohl der Scientus leise gesprochen hatte, hallten seine Worte einem Donnergrollen gleich durch die Hallen.

Maelle musste fast schmunzeln. Der sonst so arrogante und herablassende alte Scientus buckelte vor einer anderen Person. Dass sie das erleben durfte.

„Im Auftrag von?", fragte der oberste Bilbiothekar, der sie prüfend musterte.

„Im Auftrag vom oberstem Scientus." Das war nur halb richtig. Der oberste Scientus hatte eine Expedition nach Ur befohlen, nicht, dass sie geheimen und geächteten Schriften nachspürten. Doch Sunder hatte zu Maelle gesagt, dass der Ersteller dieses Schriftstückes, ein lange toter Arkanist, möglicherweise doch nicht auf dem falschen Weg gewesen war. Sunder hatte es in der Taverne in Trocnov erzählt, er hatte das Auftauchen von grotesken Wesenheiten vorausgesehen. Auch hatte er diese Manifestationen mit dem intensiven Abbau des Arkanerzes in Verbindung gebracht. Maelle und Sunder waren sich einig gewesen, sie mussten das überprüfen. Und sie waren sich sicher gewesen, dass die kürzlich verkündete Expedition nach Ur kein Zufall war. Der Erzarkanist und die Kaiserin mussten um die Schriften von Mercator Trient wissen und sie mussten wissen, dass in den Schriften des verrückt geglaubten

Arkanisten möglicherweise doch mehr Wahrheit steckte, als zunächst angenommen.

Der Bibliothekar begann mit seinen Fingern auf dem Tisch zu trommeln. Seine langen, ungepflegten Fingernägel erzeugten ein unangenehmes Geräusch. „Ihr wisst, dass die Schriften als unwahr klassifiziert wurden? Mercator war wahnsinnig."

„Das wissen wir, oberster Bibliothekar."

Der Bibliothekar blinzelte Sunder prüfend an. „Und Ihr sucht den Rat eines Wahnsinnigen?"

Maelle schaltete sich ein. „Oberster Bibliothekar, über den Sinn dieses Auftrags dürft Ihr gerne mit dem obersten Scientus streiten. Wir sind nur hier um zu studieren, das ‚Warum' ist nicht unser Belang."

Sunder hielt die Luft an und blickte Maelle verärgert an. Nicht ganz zu Unrecht, so sprach man normalerweise nicht mit den Bibliothekaren. Sie waren geschätzte und eigensinnige Mitglieder des Ordens.

Der Mann erhob sich ächzend. Maelle fielen die lila Verfärbungen und Geschwüre an seinen Unterarmen auf. Sie musste ihren Ekel überwinden um dem alten Mann weiter ins Gesicht zu schauen. Die Geschwüre mussten vom vielen Sitzen, vom vielen Abstützen der Arme beim Lesen und beim Schreiben kommen. Sie hatte gehört, dass die Bibliothekare teilweise tagelang ihre Schreibpulte nicht verließen, nicht einmal aufstanden. Scheinbar waren die Gerüchte war.

„Apothecaria, ich bin der Hüter dieses Wissens. Um das Wissen dieser Hallen erlangen zu dürfen muss ich diese Fragen stellen." Maelle wollte antworten, doch unterbrach der alte Bibliothekar sie. „Doch habt Ihr das ausreichend getan. Nehmt Eure Freundin mit…" Er deutete auf die Arkanistin die neben dem Tisch stand und das Geschehen aufmerksam verfolgte „…und sucht Eure Schriften. Reihe einhundertzweiundsechzig, Regal siebenunddreißig."

Maelle verbeugte sich, Sunder tat es ihr nach. „Habt Dank, Oberster Bibliothekar."

Sunder eilte los. Goldene, grünlich patinierte Plaketten an den Stirnseiten der Regale, zeigten die Regalnummern und -reihen an.

Maelle bedeutete der Arkanistin mit einem Kopfnicken ihnen zu folgen und ging ebenfalls los.

„Wer seid Ihr?", fragte Maelle die Arkanistin unverblümt. Sie musterte sie aus dem Augenwinkel. Ihr Gesicht wirkte fast jugendlich, aber sehr ernst. Kurze, helle Locken rahmten ihre Züge ein. Ihre Kleidung wies sie als Scienta aus.

„Leyte Hórat, Scienta dritten Grades. Ich bin Teil der Expedition in das Protektorat. Der oberste Scientus hat mich hierher beordert, ich soll Euch hier unten zur Hand gehen."

„Na großartig…", murmelte Sunder Nowak, der offensichtlich nichts von seinem Glück gewusst hatte.

Maelle blieb unvermittelt stehen. „Woher wusste der oberste Scientus, dass wir hier sind?"

Die Scienta zuckte die Schultern. „Das weiß ich nicht. Ich soll Euch in euren Recherchen unterstützen, mehr wurde mir nicht gesagt."

Langsam setzte sich Maelle wieder in Bewegung. „Nun gut…"

Sie erreichten das genannte Regal. Unschlüssig standen die drei Arkanisten vor der riesigen Bücherwand. Buchrücken, Steintafeln, Schriftrollen, starrten ihnen bedrohlich entgegen.

„Wo fangen wir an?", ächzte Maelle resignierend.

„Am besten am Anfang", antwortete Leyte und nahm sich das erste Buch des Regals.

Marilka stand erschöpft vor dem wuchtigen Schreibtisch von Gildenvorstand Nowgoroda, der mit zusammengekniffenen Augen die Antwort las, die sie ihm gebracht hatte. Er murmelte vor sich hin.

„Die Karolinger machen Ärger, wie immer… dreißig Amphoren… hier fehlt die sieben…"

Geduldig wartete Marilka. Zu gerne hätte sie sich auf einen der beiden nicht minder wuchtigen Stühle gesetzt, um ihre schmerzenden Beine etwas zu entspannen, doch blieb sie tapfer stehen. Sie wusste, dass der Handelsherr nicht daran dachte, ihr anzubieten, sich zu setzen. Dazu war er zu sehr in das Schriftstück vertieft, das sie vom Hafen zu ihm gebracht hatte. Seit drei Wochen war sie nun schon als Botin für die Handelsgilde tätig. Die Anstellung hatte sie Paulina, vor deren Vater sie gerade stand, zu verdanken. Ohne ihr Zutun hätte sie nie hier anfangen dürfen. Selbst für Oberstädter war dieser Posten ein absolutes Privileg, für Unterstädter war er schlicht nicht erreichbar. Mit ihr als einzige Ausnahme.

„Ihr habt Euch die Abholung des Schriftstücks bestätigen lassen?", fragte der Handelsherr unvermittelt.

„Ja, Meser."

Sie überreichte das zweite, zusammengerollte Schriftstück, welches sie vom Hafen mitgebracht hatte. Wortlos nahm der Gildenvorstand es entgegen. An das ‚Meser‘ und ‚Medame‘ hatte sie sich immer noch nicht gewöhnt. Jedes Mal musste sie sich konzentrieren, um es nicht zu vergessen. Außerdem hoffte sie, bei jedem überbrachten Schriftstück keine Fehler gemacht zu haben. Marilka konnte nicht sehr gut lesen, sie hoffte das würde ihren Auftraggebern nicht auffallen.

„Gut gemacht, Medame Wasser. Ihr dürft nun gehen, eine Antwort wird nicht vonnöten sein. Ruht Euch aus."

Marilka deutete eine leichte Verbeugung an, wie sie es von Paulina gelernt hatte und verließ das Büro des Handelsherren. Lächelnd ging sie die Treppe herunter, in den Hauptraum der Gilde. Wie immer herrschte hier geschäftiges Treiben. Boten lieferten Briefe ein oder aus, Mitglieder der Handelsgilde inventarisierten Waren, Händler feilschten um bessere Preise. Paulina Katja Nowgoroda löste sich gerade aus dem Gespräch mit einem Händler und ging auf Marilka zu. „Na, wie lief es?"

„Gut", strahlte Marilka sie an. „Ich habe einen Brief vom Hafen geholt und ihn mir gegenzeichnen lassen. Euer Vater war zufrieden."

Paulina ließ sich von der Freude anstecken. „Sehr schön." Die beiden Frauen schlängelten sich durch die Menschenmenge Richtung Tür.

„Hast du Hunger?", fragte Paulina.

Marilka nickte. Niemals hätte sie gedacht, dass sie einmal mit einer Oberstädterin am Tisch sitzen würde, doch zwischen ihnen hatte sich eine Art Ritual entwickelt. Häufiger gingen sie gemeinsam nach der Arbeit in der Gilde in die Taverne der Stadtwachen am Hafen und trafen sich dort mit Zenon. Marilka lächelte. Paulina und sie waren Freunde geworden. „Ja. Gehen wir in den Trunkenen Fischersmann?"

Lieutnant Zenon Grajev saß an dem Tisch im Trunkenen Fischersmann, an dem er immer saß und trank das Goldhafener Bock, wie er es immer trank. Der Tag war ereignislos gewesen, was für einen Lieutnant der Goldhafener Stadtwache etwas sehr Positives war. Lächelnd sah er Wachfrau Sadina dabei zu, wie sie einen schwungvollen Tanz in der Mitte des Gasthauses aufführte. Ihr Mann war zum Aufseher in den Werften befördert worden und das wurde ausgiebig gefeiert. Er prostete ihr mit seinem Holzkrug zu.

Der Trunkene Fischersmann war das Stammlokal der Goldhafener Stadtwachen. Zwar hielten sich hier auch andere Gäste auf, doch mindestens die Hälfte der Besucher waren Männer und Frauen der Wache. Zenon lächelte, als er zwei Neuankömmlinge bemerkte, die zielstrebig auf seinen Tisch zusteuerten. Die beiden Frauen setzten sich.

„Seid gegrüßt, Medames."

„Ihr ebenso, Zenon. Gibt es etwas zu feiern?", erwiderte Paulina und deutete auf die tanzende Sadina.

„Ihr Mann wurde befördert. Das wird heute eine lange Nacht für einige der Wachleute. Eine lange und eine sehr trunkene, vermute ich." Der Lieutnant schmunzelte.

„Und das stört Euch nicht?", fragte Paulina stirnrunzelnd.

„Ach, nein. Ich kann mich bei allen darauf verlassen, dass sie zu Sonnenaufgang pünktlich ihren Dienst antreten. Selbst wenn sie heute trinken und feiern. Das sind immerhin Goldhafener Stadtwachen und keine Dorfbüttel", antwortete der Lieutnant nicht ohne Stolz.

Die Wirtin des Gasthauses kam an ihren Tisch. „Guten Abend. Das gleiche wie immer?", fragte sie warmherzig.

„Gerne", antwortete Paulina.

„Und Golka mit Fladenbrot bitte", fügte Marilka hinzu. Die Wirtin nickte und verschwand. Belustigt schauten die drei weiter der tanzenden Wachfrau zu, die immer mehr ihrer Kameraden zum Mittanzen animierte. Kurze Zeit später kam die Wirtin erneut, mit einem wunderbar duftenden Tablett in der Hand. Vor

Paulina stellte sie einen kleinen Krug mit Apfelwein ab, vor Marilka einen Krug Goldhafener Bock. Den Teller mit dem Fladenbrot und Golka stellte sie zwischen die beiden Frauen. Der Käse verströmte ein wunderbar rauchiges Aroma.

„Habt ihr Neuigkeiten von der Kaiserin gehört? Haben die Arkanisten herausgefunden, woher das Monster kam?", fragte Zenon leise Paulina.

„Ja, habe ich", antwortete Paulina kauend. Marilka lauschte auf. Scheinbar hatte es Paulina auch mit ihr bisher noch nicht geteilt. „Nun, nicht direkt. Doch heute Morgen kam ein Bote aus dem Goldenen Palast. Wir sollen uns in ebendiesem einfinden."

Marilka zog die Brauen zusammen. „Wir drei?"

„Maelle, Sunder, und wir drei", antwortete Paulina kauend.

Zenon zog die Augenbrauen zusammen. „Die alte Gruppe wieder vereint, was?"

Marilka legte den Kopf schief. Vorsichtig stellte sie eine weitere Frage. „Und Lev van Zanger?"

Lev van Zanger stand vor der nicht glücklich aussehenden Kaiserin des Westreiches von Galizina. Schwer hatte sie sich auf den Kartentisch gestützt, der in dem Raum stand, in dem sie ihm vor einigen Wochen seine Reise nach Trocnov offenbart hatte. „Ihr wollt uns in diesen Zeiten verlassen? Ihr wollt mich in diesen Zeiten verlassen?"

Lev fühlte sich unwohl, wollte aber unbedingt auf dem Versprechen beharren, das ihm die Kaiserin gegeben hatte. Er fühlte sich unwohl, weil er nicht wusste, ob die Kaiserin sich an ihr Wort halten würde, nicht weil er sie verließ. Das war lange überfällig. „Ihr hattet es versprochen, Eure Majestät. Nach dem Trocnov-Auftrag wolltet Ihr mich gehen lassen."

Die Kaiserin wischte seine Einwände mit einer zornigen Handbewegung beiseite. „Damals war die Situation auch noch eine andere. Eure schwarzen Reiter stehen immer noch in meinen Diensten. Was habt Ihr vor?"

Lev rang mit sich. Er wollte der Kaiserin nichts von seiner geplanten Reise nach Hel erzählen. „Ich will eine verwundete Kameradin besuchen."

Die Kaiserin starrte ihn an. „Wie lange dauert das?"

Lev ärgerte sich zunehmend. Das ging die Kaiserin überhaupt nichts an. „Das weiß ich nicht, Eure Majestät. Ich kenne ihre Verfassung nicht."

Die Kaiserin schnaubte. „Ihr seid kein Apothecarius, Ihr seid so ziemlich das Gegenteil davon. Ihr werdet ihr sowieso nicht helfen können. Ich…" Sie brach ab und massierte sich mit tiefem Seufzen die Schläfen. „Nun gut. Geht zu ihr. Kommt danach aber zu mir zurück, wann auch immer das sein mag. Ich brauche Euch hier."

Lev verbeugte sich. „Ich danke Euch, Eure Majestät."

Die Kaiserin sah ihn an. „Ihr dürft gehen."

Lev verbeugte sich erneut und ging Richtung Tür. Er wollte den Palast und ganz Goldhafen so schnell wie möglich verlassen. Bevor er durch die Tür war, hielt ihn Kaiserin Alessia noch einmal auf.

„Wartet mit Eurer Abreise bis morgen. Ich habe Dorn, Nowak, Nowgoroda und Wasser in den Palast eingeladen. Findet Euch dort ebenfalls ein. Danach seid Ihr frei zu gehen."

Paulina kam die Situation sehr vertraut vor. Vor einigen Wochen erst war sie in einer ähnlichen Situation gewesen. Eine Vorladung der Kaiserin, ein unbekannter Auftrag mit unbekannten Menschen. Nun, zumindest das hatte sich geändert. Als sie vor dem Thron stand und sich umsah, blickte sie in einige vertraute und freundliche Gesichter. Maelle Dorn, Marilka Wasser, Zenon Grajev, Lev van Zanger. Sogar über das unfreundliche Gesicht von Sunder Nowak freute sie sich. Leise unterhielt dieser sich mit Maelle, die anderen standen still vor dem leeren Thron.

In dem länglichen Thronsaal waren noch weitere Personen anwesend. Paulina erkannte den Erzarkanisten Jaegar Raul. Bei ihm war ein weiterer Arkanist, der, seiner Kleidung nach zu urteilen, der oberste Scientus war. Eine kleine, rundliche Scienta stand etwas abseits und starrte auf ihre Fingernägel.

Auf der anderen Seite des Raumes, nahe bei Lev, lehnte ein düster dreinblickender Mann. Sein Gesicht, das von einem dünnen Oberlippenbart verziert war, wurde von dem großen, dunkelbraunen Hut den er trug fast gänzlich verdeckt. Er trug, passend zum Hut, einen dunklen Ledermantel. Das Emblem, welches er auf Brusthöhe an seinem Mantel trug und was in seinen Hut eingelassen war, wies ihn als Inquisitor der heiligen, galizinischen Inquisition aus. Paulina schluckte. Was hatte die Kaiserin vor? Die heilige Inquisition war eine Gruppe von Menschenjägern und Unterdrückern. Sie sollten offiziell die Feinde des Reiches jagen, griffen dabei aber oft zu bestialischen Methoden und sahen schnell in jedem einen Staatsverräter.

Der Inquisitor bemerkte wohl Paulinas Blick, denn er schaute sie aus stahlblauen Augen an. Paulina bemühte sich, schnell weg zu sehen. Daneben waren noch weitere Personen anwesend. Paulina erkannte einen General des galizinischen Heeres, mehrere Arkanisten verschiedener Divisios, einige bekannte Gesichter aus der Duma, dem Beraterstab der Kaiserin, und Personen die sie nicht zuordnen konnte. Vermutlich wichtige Adelige.

„Medames und Mesers, Kaiserin Alessia Loretta Vyrkov, Herrscherin des Ostreiches und Kaiserin des großen, vereinten, heiligen Reiches von Galizina."

Die Stimme des Herolds dröhnte durch den Saal und Paulina verbeugte sich tief. Alle anderen im Raum taten es ihr nach, je nach Stellung bei Hof etwas tiefer oder etwas weniger tief. Man musste aufpassen, verbeugte man sich zu wenig, riskierte man den Zorn der Kaiserin, verbeugte man sich zu tief, schwächte man seine eigene Position in den Augen des Hofstaates. Früher hatte die Kaiserin, ihre alte Freundin, keinen Wert auf solche Floskeln gelegt. Paulina war sich aber nicht sicher, ob sie das immer noch so sah, daher verbeugte sie sich lieber etwas zu viel.

„Erhebt Euch, Medames und Mesers", tönte die klare, volle Stimme von Kaiserin Alessia. Sie sah umwerfend aus, fand Paulina. Die purpurne Farbe ihres Kleides passte wunderbar zu den goldenen Intarsien, mit denen es geschmückt war. Wie bei fast allen Kleidern, die Paulina bisher an der Kaiserin gesehen hatte, schmückte ihre Brust ein großer, galizinischer Doppeladler. Nur die Augen der Kaiserin passten nicht zu dem festlichen Auftreten. Sie wirkten, trotz des Puders und des Lidschattens, müde.

Kaiserin Alessia bedeutete dem Erzarkanisten vorzutreten. Schnell kam der der Aufforderung nach und stellte sich auf die unterste Treppenstufe des Thronpodestes. „Medames, Mesers, habt Dank für Euer Kommen. Der Gegenstand unserer Zusammenkunft ist ein sehr ernster. Wie Ihr wisst, konnte die Gruppe um Paulina Katja Nowgoroda..." Er deutete mit seiner beringten Hand auf Paulina. „...die Erscheinung in Trocnov beseitigen." Paulina versteifte sich. Sie hatte sich nie als Anführerin der Gruppe gesehen. „Scientus Nowak ermittelte, und wir kamen in unseren Überlegungen zu demselben Schluss, dass die Trocnover Erscheinung auf uns noch ungeklärte Weise mit arkaner Macht in Verbindung stehen muss. Erschreckenderweise erreichten uns Berichte über ähnliche Vorfälle wie in Trocnov." Paulina versteifte sich. Mehr dieser Schreckenswesen in Galizina? Ihr wurde heiß.

Der Herold hüstelte. „Die Schreiber und Gelehrten sammeln diese Berichte und dokumentieren alles, was über die Vorfälle bekannt ist. Doch werden wir diese... nun, diese Umstände nicht in Schreibstuben lösen können." Paulina lachte innerlich freudlos. Umstände war ein schönes Wort für grässliche Monster, die die menschliche Natur zu verhöhnen suchten. „Daher hat die Kaiserin beschlossen, eine Mission in die Arkanminen von Ur auszusenden. Scientus Nowak, Ihr leitet diese Mission."

Der alte Arkanist verzog keine Miene. Es schien so, als wären das keine Neuigkeiten für ihn.

„Ihr werdet nach Ur reisen, in die Arkanerzminen vordringen und... nun, Ihr sucht nach Unregelmäßigkeiten. Sowohl weltliche, als auch arkane. Findet heraus, ob die Erscheinungen mit Ur und Arkanem zusammenhängen."

Sunder zog die Nase hoch. „Wer begleitet mich, Erzarkanist?"

„Leyte Hórat, Scienta dritten Grades."

Er deutete auf die rundliche Scienta, die ihm zunickte. Offensichtlich wusste auch sie bereits davon.

„Außerdem vier weitere Scientii. Dazu Handwerker, Baumeister, Mineure und Gehilfen, die die Handwerksarbeit für Euch erledigen, solltet ihr Schächte freilegen müssen oder auf

Hindernisse stoßen. Seit der Explosion war kaum jemand dort..." Seine Stimme verlor sich.

Der Herold räusperte sich nervös und fuhr fort. „Ihr brecht morgen auf, Meser Nowak. Eine weitere Gruppe, bestehend aus Maelle Dorn, Paulina Nowgoroda, Lieutnant Zenon Grajev, Marilka Wasser und Inquisitor van Unrug wird sich um eine weitere Erscheinung kümmern."

Paulina schluckte. Mit Schrecken dachte sie an die Erlebnisse in Trocnov. Sie wollte nicht wieder auf so ein Wesen treffen. Gab es niemand geeigneteren für diese Aufgabe?

Offensichtlich war das auch die Frage, die sich Erzarkanist Raul stellte. „Eure Majestät, ich möchte die unglaublichen Leistungen von Medame Nowgoroda und ihren Gefährten nicht kleinreden, doch finden wir möglicherweise jemanden... geeigneteren, der..."

Alessia unterbrach ihn. „Entschuldigt, Erzarkanist, aber ich habe leider wenig auf arkane Ungeheuer spezialisierte Kammerjäger zur Hand", blaffte sie grob. Der Erzarkanist schluckte, verbeugte sich und schwieg.

Nach einem peinlich berührten Hüsteln fuhr der Herold fort. „Aufgrund der Erfahrung, die Ihr in Trocnov gesammelt habt, erscheint Ihr als die beste Wahl. Die Angelegenheit ist heikel. Die Erscheinung befindet sich hier, in Goldhafen, weswegen Diskretion die absolute Priorität hat. Wir wollen das Volk nicht mit solchen Gefahren verunsichern." Der Herold machte eine kurze Pause. „Wir wissen nicht viel über die Erscheinung. Sie ist in der Unterstadt aktiv und... nun scheint gefährlich zu sein. Uns erreichten Berichte von Leichen, denen... Körperteile fehlen und..." Er brach ab und sah aus als müsse er sich gleich übergeben.

Die Kaiserin scheuchte ihn mit einer Handbewegung davon, er gesellte sich zum Erzarkanisten, der ebenfalls an der Raumseite stand. „Um das Wesen hat sich ein Kult gebildet. Sie nennen sich die Hungerkinder und scheinen das Wesen anzubeten und für eine Art Gottheit zu halten." Als Maelle erschrocken die Augen aufriss, sah die Kaiserin sie irritiert an. „Ihr kennt sie, Dorn?"

Maelle schluckte. „Nun, kennen ist ein zu großes Wort, Eure Majestät. Ich habe ihre Schreine bereits gesehen."

„Umso besser, dann wisst Ihr wo Ihr Eure Suche beginnen werdet."

Zenon räusperte sich.

„Sprecht, Lieutnant", forderte die Kaiserin ihn auf.

„Eure Majestät, wieso marschieren wir nicht mit einer Garnison der Stadtwache hinein und erledigen das Monster. Wieso braucht es uns und... einen Inquisitor?"

Der angesprochene Inquisitor verzog keine Miene.

„Weil uns, Lieutnant, diese Informationen erst wegen der Inquisition und dem Inquisitor zur Verfügung stehen. Außerdem wollen wir eine Panik vermeiden und den Kult um das Wesen auslöschen. Es ist schlicht unmöglich mit einer Abteilung von Stadtwachen in die Unterstadt zu marschieren ohne einen Aufstand zu provozieren. Und..." Ihre Stimme wurde leiser. „Es gibt noch etwas. Wir haben Grund zur Annahme, dass die Kultführerin niemand Geringeres als Loftje de Laukai, eine der Töchter von Marille de Laukai, ist. Scheinbar sind doch nicht alle Laukai in Trocnov gestorben. Ihr startet in drei Tagen."

Lev sattelte im Hof sein Pferd. Er war froh, endlich los zu kommen, viel zu lange hielt ihn die Kaiserin bereits. Er verstaute seine beiden Pistolen an den Sattelholstern und band sein Reitschwert, welches in einer schlichten Scheide steckte, daneben. Die Satteltaschen mit den wenigen Habseligkeiten die er besaß, warf er auf den Pferderücken. Er sog die warme Mittagsluft ein und machte sich daran sein Pferd zu besteigen, als er Paulina, Maelle, Lev und Marilka auf sich zukommen sah.

„Ihr wolltet gehen ohne Euch zu verabschieden?", fragte Maelle in gespielter Aufregung. Zumindest glaubte Lev, dass es gespielt war.

„Verzeiht, ich wollte so schnell es ging los. Die Kaiserin... nun, meine Dienste wurden länger benötigt als mir lieb war."

Zenon nickte. „Ihr werdet also tatsächlich die Dienste der Kaiserin verlassen? Ihr werdet Eure verwundete Kameradin besuchen?"

Lev nickte knapp. „So ist es."

Zenon bot ihm die Hand an, die Lev ohne zu zögern im Soldatengruß ergriff. Er schätzte den Lieutnant. „Dann viel Glück dabei und gute Reise."

Lev erschreckte sich fast, als Maelle ihn umarmte. Sie stieß klappernd gegen seine Rüstung. „Grüßt mir die Apothecarii auf Hel. Ich war lange nicht dort."

Lev erwiderte vorsichtig die Umarmung. Er trug volle Rüstung und wollte nicht, dass sie sich an den scharfkantigen Rändern verletze.

Maelle löste sich von ihm und Marilka wiederholte scheu Maelles Umarmung. „Danke für alles", sagte sie leise."

Lev nickte nur, er wusste nicht was er sagen sollte.

„Gute Reise, mein Freund. Wir erwarten Euch wenn Ihr wiederkommt", lächelte Paulina ihn an, bevor auch sie ihn umarmte.

Lev nickte und schwang sich auf sein Pferd. Es begann langsam Richtung Tor zu traben. Er blickte zu den Vieren zurück.

„Passt auf Euch auf", sagte er und salutierte zum Abschied indem er sich mit der Faust auf die gepanzerte Brust schlug. Eine respektvollere Geste kannte er nicht und die vier, völlig unterschiedlichen Personen, die er zurückließ winkten ihm zum Abschied. Lev ritt durch die kurze Dunkelheit im Torbogen und verließ den Palast. Langsam führte ihn die steile, gepflasterte Straße in die Stadt hinab. Er sog die Luft ein. Er wusste nicht wann er zurückkehren würde. Oder ob er zurückkehren würde. Er wollte so viele Eindrücke wie möglich aufnehmen. Es überraschte ihn selbst, doch es schmerzte ihn, wenn er an Paulina, Maelle, Zenon und Marilka dachte und daran, dass er sie für längere, unbestimmte Zeit nicht sehen würde. Sogar Sunder vermisste er.

Er ritt an Bäckerständen vorbei, von denen ein köstlicher Duft herüberwehte, er passierte einen Hufschmied, der seinen Lehrling zurechtwies, er ritt an Menschen vorbei, die in Gespräche vertieft waren. All das versuchte er sich einzuprägen um es Esther zu erzählen.

Als er das Südtor passierte und die Gerüche und Geräusche der Stadt langsam hinter ihm verklangen, gab er seinem Pferd die Sporen. Um es Esther zu erzählen.

Kapitel XIII

Planung

Galizina, Ostreich, Goldhafen, Handelsgilde im Sommer 1271

Der Heugabelarm spießte Marilka auf, während eine gellende Stimme sie auslachte. Die Trocnover Erscheinung öffnete ihren Mund und näherte sich ihrem Gesicht. Marilka ächzte. Doch das Gesicht, welches sich ihrem eigenen näherte war nicht das der Erscheinung. Es war das von Pietr. Nein, Aleksiv. Nein, der Wachmann Norin. Nein. …allen zusammen. Marilka schrie. Sie schrie und krallte ihre Hände in die weiche Leinenbettwäsche. Sie atmete schwer und wurde sich gewahr, dass sie geträumt hatte. Sie war nicht mehr in Trocnov und das Vieh war tot. Außer Atem ließ sie sich in ihre Kissen zurücksinken, aus denen sie hochgeschreckt war. Sie wischte sich den Schweiß von der Stirn, als Paulina in ihr Zimmer stürmte.

„Marilka, alles in Ordnung?", fragte sie aufgeregt und eilte zu ihr ans Bett.

„Alles in Ordnung. Ich habe nur schlecht geträumt", antwortete Marilka noch etwas desorientiert.

Paulina schenkte ihr einen Becher aus dem Wasserkrug ein, der neben ihrem Bett stand. Marilka hatte sich, trotz der kurzen Zeit in der sie erst in der Oberstadt verkehrte, schon an die Bequemlichkeiten gewöhnt. Frisches Wasser, direkt neben dem Bett gab es in der Unterstadt nicht. Es gab überhaupt kein frisches Wasser. Dankbar nahm sie den Becher entgegen und trank einen großen Schluck.

„Wieso bist du schon wach?", fragte Marilka und nahm noch einen Schluck. Das Anwesen der Nowgorodas befand sich auf der anderen Straßenseite und Paulina nächtigte nicht in der Handelsgilde selbst. Das taten die wenigsten.

„Bevor wir uns in die Unterstadt aufmachen, wollte ich noch einige Dinge erledigen. Wer weiß, wie lange wir weg sein werden." Sie warf Marilka einen Blick zu. „Hast du über mein Angebot nochmal nachge…"

„Nein", sagte Marilka bestimmt und setzte sich im Bett auf. „Nun, ja, ich habe darüber nachgedacht, aber meine Antwort bleibt. Ich werde mich nicht davor drücken."

Marilka war sich sicher. Paulina hatte ihr angeboten, sie von der Mission freistellen zu lassen. Paulina hatte befürchtet, dass… nun, schlechte Erinnerungen wieder an die Oberfläche kommen würden, wenn Marilka wieder in die Unterstadt ging. Doch Marilka fühlte sich verpflichtet, sie war es ihren Freunden schuldig. Lev, Maelle, Paulina… Wenn sie gingen, dann ging Marilka auch.

Paulina hob entwaffnet die Hände und lächelte sie an. „Schon verstanden, schon verstanden. Schon alles gepackt?"

Marilka deutete auf einen kleinen Rucksack, der an dem Schrank neben der Tür lehnte. „Klar. Alles bereit."

„Sehr gut. Die Handelsgilde weiß auch schon Bescheid. Dann müssen wir jetzt nur noch abwarten bis zur Mittagsstunde. Zenon und der Inquisitor werden uns direkt im Trunkenen Fischersmann treffen."

Marilka nickte. Das wusste sie, sie war bei der Besprechung dabei gewesen.

„Wollen wir vorher noch ins Badehaus?", fragte Paulina.

Marilka nickte energisch, während sie schon aus dem Bett sprang und Leinentuch und frische Kleidung aus ihrem Schrank holte. Sie nahm die Kleidung mit, die sie später auch tragen wollte, sie würden, nach dem Aufenthalt im Badehaus sicher direkt in die Taverne, zum Treffpunkt, gehen. Marilka schloss die Tür ihrer Kammer hinter ihnen und steckte den Schlüssel ein. Die Kammer lag im Ostflügel, im Westflügel befanden sich die Schreibstuben der Gildenschreiber und Vorsteher.

Der Flur, der sie in die Haupthalle führte, war leer. Sogar die Haupthalle selbst, in der es sonst laut und aufgebracht zuging, war wenig besucht. Einige wenige Händler redeten mit noch weniger Gildenmitgliedern. Die beiden Frauen nickten einigen grüßend zu, als sie an ihnen vorbei die gewundene Steintreppe hinabstiegen. Marilka mochte es hier herunterzugehen. Natürlich mochte sie das Baden, aber schon der Weg dahin war wunderbar.

Der helle Granit, aus dem Treppen und Wände waren, wurde von Öllampen beschienen und gab dem ganzen Weg einen wunderbaren, angenehmen und meditativen Charakter.

Marilka und Paulina zogen sich aus und legten ihre Kleidung in die dafür vorgesehenen Nischen im Vorraum des Badehauses. Beide wickelten sich ein Leinentuch um die Hüften und gingen an den Privatbädern, kleine, in den Fels gehauene Nischen, die vor allem für vertrauliche Verhandlungen in angenehmer Atmosphäre vorgesehen waren, zu dem geschwungenen Hauptbecken. Leise plätscherte etwas Wasser aus einer steinernen Amphore, die von der Figur einer alten Kaiserin oder Heiligen gehalten wurde. Neben den beiden Frauen genossen einige weitere Gildenmitglieder ein morgendliches Bad.

Marilka erkannte einen Botenjungen und nickte ihm freundlich zu. Kaltherzig erwiderte der ihren Blick. Mit einem tiefen Seufzer ließ sich Paulina in das Wasser gleiten, nachdem sie ihr Tuch am Beckenrand abgelegt hatte und legte sich im Wasser auf den Rücken. Marilka ging die Stufen, die sich über die ganze Seite des Beckens erstreckten, herunter und tauchte ebenfalls ins Wasser ein. Sie tauchte unter und verblieb dort einige Sekunden lang. Das kühle Wasser fühlte sich wunderbar an, den Alptraum spülte es buchstäblich fort. Langsam bewegte sie ihre Arme in dem kühlen Nass und erfreute sich daran, wie ihre Bewegungen durch den Wasserdruck träge wurden. Marilka hatte sich in das Badehaus verliebt. Noch nie hatte sie etwas Ähnliches gesehen, noch nie hatte sie solch ein Gefühl erlebt. Sie tauchte auf und schüttelte sich sanft das Wasser aus ihren dunklen Locken. Paulina hatte sich bereits auf den Stufen an der Seite des Beckens niedergelassen, sodass sie bis zum Bauchnabel im Wasser saß und beobachtete sie lächelnd. Marilka ging zu ihr und setzte sich neben sie.

„Es ist immer noch ungewohnt für mich. Es ist... wie kann man so etwas Wunderbares erschaffen?", begann sie und breitete ihre Arme zu einer den Raum einschließenden Geste aus.

Paulina kicherte. „Glaub mir, selbst nach Jahren in der Gilde ist so ein Bad immer noch etwas Besonderes und Wunderschönes." Sie stutze kurz. „Wie man so etwas erschaffen kann weiß ich nicht. Das weiß vermutlich niemand mehr. Das sind altgalizinische Bauten, heute würde so etwas nicht mehr gebaut werden."

Marilka schaute sie gedankenverloren an. „Ist das nicht traurig? Etwas so Schönes sollte an jeden Ort in Galizina gebaut werden, dass jeder in den Genuss kommen kann."

Paulina fasste ihren Arm und lächelte sie mitfühlend an. „Das wäre sehr schön. Doch haben uns die Altgaliziner nur wenig schriftliches Zeugnis über ihr Handwerk hinterlassen."

Marilka lehnte sich etwas zurück und schloss genießerisch die Augen. Sie war den Menschen von damals auf jeden Fall dankbar für dieses Badehaus. Es war wirklich umwerfend.

Paulina kicherte. Blinzelnd öffnete Marilka die Augen. „Hm?", fragte sie träge. Paulina kicherte wieder.

„Ich glaube dein Botengängerkollege mag dich." Sie deutete mit einem Nicken in die Richtung des Botengängers, dem Marilka vorhin zugenickt hatte. Tatsächlich schaute dieser Marilka an und grinste verwegen, ganz anders als vorhin, als er sie nicht einmal richtig gegrüßt hatte.

„Sicher nicht, die Blicke gelten dir", antwortete Marilka verlegen und senkte errötend den Blick.

Paulina kicherte erneut und ignorierte ihren Einwand. „Der kann ja gar nicht den Blick von dir lassen."

Marilka schlug Paulina spielerisch mit der flachen Hand auf ihr Bein und fing ebenfalls an zu kichern. „Jetzt hör aber auf, Paulina. Ich…"

Paulina unterbrach sie gackernd. „Oooooh, schau jetzt gehen sie. Na, da wird sich sicher noch eine andere Gelegenheit zum Gespräch ergeben."

Marilka schüttelte energisch den Kopf, lächelte aber. In der Unterstadt war sie mit so etwas noch nie in Berührung gekommen. Liebe beschränkte sich dort meistens auf das Eingehen von nützlichen Zweckgemeinschaften oder auf käufliche Lust in Bordellen. Das hier war ihr gänzlich unbekannt.

Vielleicht wechselte sie ja wirklich mal das eine oder andere Wort mit dem Meser, gut sah er auf jeden Fall aus, fand Marilka.

Die beiden Frauen begannen sich zu waschen und genossen noch einige Zeit das himmlische Wasser und die angenehme Kühle. Sie trockneten sich mit den Leinentüchern ab und gingen gemeinsam zu den Nischen zurück, in denen sie ihre Kleidung abgelegt hatten. Paulina wurde von der persönlichen Schreiberin ihres Vaters abgefangen, die gerade zum Baden kam. Sie würdigte Marilka nicht mal eines Blickes.

Freudig wechselten die beiden einige Worte. Marilka machte sich schon mal auf den Weg in ihre Nische. Sie beneidete Paulina etwas. Sie war als Tochter eines der Handelsgildenvorstände hoch angesehen. Außerdem war sie wortgewandt, witzig und außergewöhnlich hübsch. Sie konnte mit ihrem Charme jede Person für sich gewinnen. Und wenn das nicht reichte, dann mit ihrem Nachnamen oder der Geldbörse ihres Vaters.

Sich über sich selbst ärgernd schüttelte Marilka den Kopf. Sie hatte Paulina alles zu verdanken. Dass sie nicht in einem Gefängnis in Trocnov verrottete, dass sie nicht zurück in die Unterstadt zum Arbeiten musste, dass sie eigenes Geld verdiente, dass sie jederzeit in ein Badehaus gehen konnte. Sie verbannte diese Gedanken aus ihrem Kopf. Paulina war ihre Freundin.

Marilka stand vor ihrer Nische und legte ihr Leinentuch vor sich auf den Boden. Als sie nach ihrer Kleidung greifen wollte, durchzuckte sie ein Schrecken. Statt ihrer Kleidung, lag etwas in der Nische, das aussah wie ein Kartoffelsack. Auf diesem war ein Streifen Papier platziert worden. Mit zitternden Händen entfaltete sie es.

‚Das ist eher deine Garderobe, Schmarotzerin‘, war mit fein säuberlicher Schrift darauf geschrieben worden. Marilka nahm den Sack und hob ihn hoch. Tatsächlich war es ein alter Kartoffelsack, in den man grob zwei Löcher für die Arme geschnitten hatte. Sie spürte wie ihr die Tränen kamen.

Marilka stolperte aus der Nische und wollte sich nach ihrer Kleidung umschauen. Es war die beste Kleidung die sie je hatte. Ganz zu schweigen von dem kleinen, abgenutzten Blechmedaillon, das sie schon besaß seit sie sich daran erinnern konnte.

Ihr liefen Tränen über die Wangen als sie, immer noch nackt, vor Paulina stolperte, die sie geschockt ansah.

„Marilka, was… was ist los?“ Paulina blickte irritiert den Kartoffelsack in ihrer Hand an.

„Ich… meine Kleidung und meine Kette ist…" Ihr versagte die Stimme. Zitternd reichte sie Paulina das Papier.

„Ich bring sie um", zischte sie, als sie die Zeile überflogen hatte.

Die Schreiberin, die über Paulinas Schulter mitgelesen hatte lachte. „Das ist ja…", begann sie, wurde aber von Paulina unterbrochen.

„Das ist nicht witzig", blaffte sie die Schreiberin an, die erschrocken zusammenzuckte. „Warte hier, ich regle das", fügte sie an Marilka gewandt hinzu und eilte die Treppen hinauf, zwei Stufen auf einmal nehmend.

Die Schreiberin blickte Marilka herablassend an. „Ich finde ja dir würde der Sack gut stehen. Passt zu deinem Lispeln." Kichernd zog sie Richtung Becken davon.

Marilka ging, am Boden zerstört, zurück zu ihrer Nische und band sich ihr Leinentuch wieder um die Hüften. Sie wollte nicht, dass Andere sahen, in welcher Situation sie war. Sie schnaubte. Von wegen sie gefiel dem Botenjungen. Er hatte sie nur lächerlich machen wollen.

Für Marilka war eine Ewigkeit vergangen, als Paulina mit ihrer Kleidung auf dem Arm zurückkam. Ihr fiel jetzt erst auf, dass sie nur mit dem Leinentuch um die Hüften hochgerannt war und die Diebe gestellt hatte.

„Alles da, auch dein Medaillon", sagte Paulina und versuchte sie mit einem schwachen Lächeln aufzumuntern.

„Ich… was…", begann Marilka, doch wieder versagte ihr die Stimme. Sie schluchzte und das nervte sie. Seit wann war sie so verdammt weinerlich?

„Mach dir nichts draus. Das sind dumme Jungen", meinte Paulina versöhnlich und nahm sie in den Arm.

Marilka nickte und versuchte ihre bebenden Schultern zu beruhigen. Sie löste sich von Paulina und band sich das Medaillon mit dem eingeritzten ‚S' um den Hals, bevor sie anfing sich anzuziehen. Sie wollte sich vor Paulina nicht noch mehr blamieren, indem sie jetzt heulte wie ein Schlosshund. Verärgert schlüpfte in ihre Stiefel. „Danke… Ich… weiß das zu schätzen."

Paulina lächelte sie, lässig an der Steinwand lehnend, an. „Ach, kein Problem. Das hat sogar Spaß gemacht, du hättest die Gesichter der Händler oben in der Gildenhalle sehen sollen."

Marilka musste lachen und Paulina fiel mit ein. Als sie fertig angezogen war und auch Paulina sich bekleidet hatte, machten sich die beiden Frauen mit ihrem Gepäck auf den Weg zum Trunkenen Fischersmann.

Die Luft im Trunkenen Fischersmann war abgestanden und das obwohl es erst mittags war. Viele der Gäste an den Tischen aßen gute, deftige Kost und tranken leichtes Bier dazu. Paulina blickte in erschöpfte Gesichter der Wachmänner und -frauen. Einige nickten ihr freundlich zu, in den letzten Wochen war sie ein wiederkehrender Gast gewesen. Häufig hatten sich Marilka, Zenon und Paulina nach ihrer jeweiligen Arbeit hier getroffen. Auch Maelle war manchmal gekommen, wenn es ihre Tätigkeit in der Unterstadt zugelassen hatte und wenn sie sich an den Aufstieg wagte. Der Weg aus der Unterstadt war lang und er lohnte sich meist nicht für ein gemeinsames Abendessen. Der Raum, den Marilka und Paulina auf der Suche nach ihren Gefährten durchquerten, war in der Mitte etwas tiefer als an den Seiten. Der Großteil der Tische stand auf den Erhöhungen rechts und links des Hauptraumes. Sie schritten auf den Tresen zu, der sich an der Stirnseite erstreckte. Als die Wirtin, die gerade einen Humpen mit einem fleckigen Tuch sauber rieb, sie sah, deutete sie eine Kopfbewegung zu einem der hintersten Tische an. Paulina und Marilka folgten der Bewegung und sahen Lieutnant Zenon Grajev, Maelle Dorn und Inquisitor van Unrug in einer dunklen Ecke an einem Tisch sitzen. Der Lieutnant nahm gerade einen Schluck aus einem Holzkrug, der Inquisitor trommelte unruhig mit seinen Fingern auf die hölzerne Tischplatte und Maelle stützte ihr Gesicht mit den Händen ab. Als sie Paulina und Marilka herannahen sah, sprang sie auf und umarmte beide.

„Ich dachte schon, Ihr lasst mich noch weiter alleine mit diesen beiden…" Der Inquisitor zog fragend eine Augenbraue hoch und blickte sie kritisch unter seinem Hut hervor an. Die Apothecaria räusperte sich. „Na wie dem auch sei, jetzt seid Ihr ja hier."

Marilka und Paulina setzten sich. Marilka fühlte sich sichtlich unwohl neben dem Inquisitor Platz zu nehmen. Für eine kurze Zeit war es still am Tisch, niemanden sagte etwas. Nur die Geräusche der lärmenden Esser drangen aus den anderen Bereichen der Taverne zu ihnen.

„Loftje de Laukai", hauchte Maelle. „Könnt ihr das glauben? Wie hat sie überlebt? Ich dachte alle de Laukais wären in Trocnov gestorben."

Zenon nickte. „Das dachte ich auch. Doch wir haben nicht die Leichen von allen Familienmitgliedern gefunden. Sie muss irgendwie abgehauen sein."

„Wie hat es sie in die Unterstadt verschlagen? Wie kommt sie dazu einen Kult anzuführen, der eines der Wesen anbetet, welches in ihrer ehemaligen Heimstatt sein Unwesen trieb?", fragte Paulina entgeistert.

„Das kann sie uns hoffentlich selbst beantworten.", sagte Maelle schlicht. Stille kehrte wieder ein.

Zenon räusperte sich und brach diese damit. „Nun, wie gehen wir es an?"

Maelle blickte kurz in die Runde, bevor sie antwortete. „Um das noch einmal zusammen zu fassen. Es existiert eine Erscheinung in der Unterstadt, derer wir sie entledigen sollen. Mit ‚wir' meine ich eine Handelsgildenvertreterin und deren Assistentin. Außerdem eine mittelbegabte Apothecaria, einen Lieutnant der Stadtwache und einen Inquisitor, dessen Vorname ich nicht einmal kenne."

„Emil", kam die tonlose Antwort des Inquisitors, der deswegen das Trommeln seiner Finger kurz unterbrochen hatte. Maelle verzog die Lippen und nickte ihm zu. „Wer hatte noch einmal den Gedanken, dass das eine gute Idee ist?", fuhr sie fort.

Paulina musste, aufgrund der Offenheit der Apothecaria, lächeln. „Ihr verkauft Euch unter Wert, meine Liebe. Ich würde Euch als überdurchschnittliche Apothecaria bezeichnen. Ihr seid immerhin Apothecaria des ersten Grades. Außerdem haben wir mit Euch und Marilka zwei Personen, die die Unterstadt gut kennen."

Maelle winkte ab, fuhr aber in ihrer Ausführung fort. „Nun, wie dem auch sei. Wir sollen die Erscheinung zur Strecke bringen, um die sich offensichtlich ein Kult gebildet hat. Wir gehen also äußerst vorsichtig vor, wir gehen in die Unterstadt, versuchen so diskret wie möglich so viel wie möglich herauszubekommen und bringen das Vieh dann zur Strecke."

Paulina nickte nachdenklich. „Fallt Ihr nicht auf? Ich meine, seid Ihr nicht bekannt in der Unterstadt? Im Apothecarium hattet Ihr doch sicher mit vielen Leuten zu tun."

Maelle zog die Augenbrauen hoch. „Es rührt mich fast, dass Ihr denkt, ich wäre eine Bekanntheit. Natürlich werde ich dort nirgendwo anpreisen, dass ich eine Apothecaria des Apothecariums bin. Was denkt Ihr, wieso ich nicht meine Gewänder trage? Aber selbst wenn ich erkannt werde, das ist egal." Maelle hob einen Finger. „Man merkt, dass Ihr nicht viel in der Unterstadt verkehrt. Es ist dort egal woher Ihr kommt. So lange Ihr Geld, Rauschmittel, oder manchmal auch eine Waffe habt, mit der Ihr umgehen könnt, ist es den Leuten egal. Bezahlt sie oder bedroht sie und Ihr bekommt was Ihr wollt. Ob Ihr die Kaiserin oder ein Bettler seid spielt dabei keine Rolle." Paulina verschränkte nachdenklich die Arme vor der Brust.

„Unsere beste Chance ist also den Kult zu infiltrieren?", fragte Zenon. „Haben wir Anhaltspunkte, wie wir am besten an sie herankommen?"

Paulina runzelte die Stirn. „Nun, infiltrieren ist glaube ich schon zu viel gesagt. Wir müssen schauen, wo sie sich treffen, denn da wird die Wahrscheinlichkeit hoch sein, dass wir auch ihren Götzen, die Erscheinung, finden. Und der zweite Anhaltspunkt sind natürlich die Spuren des Wesens selbst. Die Orte, wo die Opfer gefunden wurden, die Sichtungen des Wesens und so weiter."

Der Inquisitor meldete sich zu Wort. „Darüber kann ich Auskunft geben. Mein Vorgänger, dem wir die meisten Informationen, die wir haben, verdanken, konnte das Wirken der Erscheinung auf den Bereich eingrenzen, wo sich Altes Wasserwerk, Neuer Schacht und Leichengrube treffen. Wir gehen davon aus, dass die Sekte irgendwo dort ihren Unterschlupf hat."

„Ihr wart selbst nicht dort?", fragte Paulina ihn.

214

„Nein, mein Vorgänger leitete die Ermittlung. Unglücklicherweise wurde er... abkommandiert."

Paulina schloss aus seiner Miene, dass er dazu keine weiteren Fragen beantworten würde. Stattdessen brannte ihr eine andere Frage auf der Zunge. „Was... was ist die Leichengrube?"

Maelle blickte sie traurig an. „Könnt Ihr Euch das nicht denken?"

Paulina atmete schwer aus. „Bin ich die einzige, die Angst hat?" Bedrückt schüttelten Maelle, Zenon und Marilka den Kopf.

Überraschenderweise erhob der Inquisitor erneut das Wort. „Dazu gibt es keine Notwendigkeit. Ich habe die Berichte aus Trocnov studiert. Ihr habt Euch hervorragend geschlagen. Es gibt keine geeigneteren Personen für diese Mission." Dankbar nickte Paulina ihm zu.

Zenon ergriff wieder das Wort. „Wir sollten außerdem die Pariah berücksichtigen. Sie könnte uns helfen, viel wahrscheinlicher ist aber, dass sie uns gefährlich werden kann."

Der Inquisitor erhob wieder die Stimme. „Vor allem, wenn wir eine ihrer ehemaligen Agentinnen in unserer Mitte haben", sagte er kalt und starrte Marilka aus stahlblauen Augen an. Die zuckte unter seinen Blicken zusammen. Wieder stoppte er das Trommeln seiner Finger. „Wie gesagt, ich habe die Berichte aus Trocnov gelesen."

Den Anflug von Sympathie, den Paulina für Inquisitor van Unrug verspürt hatte, verflog so schnell wie er gekommen war. „Dann habt Ihr sie offensichtlich nicht richtig studiert. Marilka war eine unabdingbare Hilfe bei der Beseitigung des Wesens und wurde von der Kaiserin persönlich begnadigt. Und das, bevor sie überhaupt eines Verbrechens angeklagt war", spie sie ihm entgegen.

Der Inquisitor blickte sie kalt an. „Na dann kann uns ja nichts passieren."

Maelle schaute zwischen dem Inquisitor und Paulina hin und her. „Ich schlage vor", lenkte sie vom Thema ab. „Dass wir am nassen Markt beginnen. Dort liegt das Apothecarium und die Glimmerstube, eine bekannte Taverne in der Unterstadt. Der nasse Markt grenzt an die Hauptkaverne, von dort kommen wir leicht in Neuer Schacht oder Altes Wasserwerk, oder wo immer wir auch hinwollen. In Nasser Markt gibt es eine Straße, in der Kulte, Religionen und Sekten gedeihen und ihre… nun, Dienste und Götzen anpreisen. Dort habe ich das erste Mal von den Hungerkindern gehört. Lasst es uns dort versuchen."

Kapitel XIV

Kontakt

Galizina, Protektorat Ur, Expeditionslager bei den Arkanminen im Sommer 1271
Sunder füllte frustriert die Seiten des Expeditionstagebuches. Gestern waren sie angekommen und er brauchte mehr Mittel. Mehr Arbeiter und vor allem mehr fähige Arkanisten. Sie hatten ihr Lager in den zerfallenen Urischen Ruinen erbaut, die direkt neben dem Krater vor sich hin bröckelten. Sie waren direkt von der arkanen Explosion erfasst worden. Der Krater, dessen Umrundung sicher mehrere Stunden gedauert hätte, wirkte wie eine Wunde auf der Haut der Welt. Es machte die Expeditionsteilnehmer demütig, welche Kraft arkane Macht entfesseln konnte.

Ihre Umgebung hatte sich verändert, seit sie die Grenzposten nach Ur überschritten hatten. Sehr bald schon waren keine satt blühenden Wiesen oder reich bedeckten Laubbäume mehr zu sehen gewesen. Weniges, knorriges Gestrüpp und Aschewüsten lösten die Idylle ab. Die arkane Explosion vor achtzehn Jahren, hatte die Landschaft von Ur beinahe vollständig zerstört. Der fruchtbare Boden, aus dunklem, vulkanischem Sand, war tot. Es wirkte, als wäre ein Drache, ein Fabelwesen aus den Märchen, über das Land geflogen und hätte alles in einer Feuersbrunst zerstört. Ganze Dörfer und Höfe waren dem Erdboden gleich gemacht worden. Die Bewohner waren vertrieben und das gesamte Protektorat war abgeriegelt worden.

Sunder schnaufte. Von wegen, die Bewohner waren weg. Gestern, als sie ihre Zelte in den Ruinen aufgeschlagen hatten, waren sie beobachtet worden. Von einer schwarzen Hügelkuppe aus hatten drei Urer den Aufbau des Expeditionslagers beobachtet. Sunder hatte gelesen, dass man die hartnäckigen Personen, die auch nach der Explosion ihre Heimat nicht verlassen wollten, bleiben ließ. Er schnaufte wieder. Die armen Trottel. Was wollten sie noch hier? Im galizinischen Ostreich könnten sie aufblühen, einen vernünftigen Beruf erlernen und in Frieden leben. Stattdessen blieben sie hier, auf dem schwarzen Feld, dem kaputten Fleck von Galizina und hausten in den Ruinen ihrer primitiven Behausungen.

Der alte Arkanist machte einen Strich unter seinen gestrigen Tagesbericht. Sie waren angekommen, sehr viel mehr war dort nicht zu lesen. Er hatte einige der Protektor-Wachen, die sie begleiteten, in den Krater und die darin offen liegenden Minenschächte geschickt. Die Schächte selbst waren in einem erstaunlich guten Zustand. Einige Verschüttungen und Erdrutsche gab es, allerdings nichts, was sie nicht beseitigen konnten.

Die Zeltplane an seinem Eingang wurde beiseitegeschoben. „Meser Nowak, wir haben Besuch", sagte Leyte kurzatmig. Auf ihrer Reise hatte sich die kleine Scienta als seine Adjutantin etabliert. Sie hatte ihm lästige Aufgaben abgenommen und sie war das Glied zur restlichen Gruppe. Trotzdem mochte er sie nicht besonders, sie war irgendwie langsam.

„Von wem?", fragte er genervt.

Leyte war aufgeregt. „Von den… Einheimischen", antwortete sie.

Sunder seufzte. Derart Ablenkungen konnte er nicht gebrauchen. Mühsam stand er von seinem Schreibpult auf und eilte Richtung Zelteingang. Solche Unterbrechungen kosteten Zeit und sie hatten heute viel vor. Sunder trat in die Morgensonne. Die Luft war hier nie ganz klar, immer brach sich das Licht an kleinen Partikeln in der Luft. Entweder kamen sie vom zerriebenen Sand, der den Boden bildete, oder von der Asche, die der nahe Vulkan in unregelmäßigen Abständen ausstieß.

Sunder ließ Leyte neben sich stehen, die ihm erneut zu langsam war. Er nickte einigen nahen Protektoren zu und bedeutete ihnen ihm zu folgen.

Die unwillkommenen Besucher standen bereits im Lager. Sunder blickte sie prüfend an, sie waren zu dritt. Zwei Frauen, ein Mann. Die Frau, die in der Mitte ging, trug über einem cremefarbenen Gewand mit Goldbesatz, ein messingfarbenes Korsett, welches unter ihrer Brust endete. Tiefblaue Röcke mit

218

rotem Versatz und Schulterplatten aus Stoff in derselben Farbgebung, ergänzten ihre Erscheinung. Ihre blasse Hautfarbe wurde von dem ascheschwarzen Haar, welches sie in dicken Zöpfen, die in einer kunstvollen Steckfrisur arrangiert waren, trug, noch verstärkt. Ein messingfarbener, an eine Krone erinnernder Schmuck, zierte ihren Kopf. An den Unterarmen trug sie ebenfalls messingfarbene Armschienen. Die Frau links von ihr war ähnlich gekleidet, nur machte sie einen etwas weniger protzigen Eindruck. Der Mann zu ihrer Rechten war eindeutig ein Soldat. Seine Rüstung war aus demselben, messingfarbenen Material, wie die prächtige Kleidung der beiden Frauen. Sie sah aus wie eine Röhre, die horizontal in einzelne Glieder geschnitten war, in die man den Mann gesteckt hatte. Sie ging ihm in einem weiten Halbkreis bis auf die Höhe des Mundes. Sein Kopf steckte in einem hohen, altmodisch wirkenden Helm mit Wangenklappen, der von Dutzenden, kleinen, hellbeigen Platten bestückt war, die an Zähne erinnerten. Die Rüstung unterschied sich deutlich von denen aus Galizina. Von denen aus dem Ost- und Westreich, korrigierte Sunder sich in Gedanken selbst, Ur war als Protektorat offiziell Teil des Reiches. In der Hand des Kriegers lag ein Speer mit ungewöhnlich breitem Blatt.

Obschon der Aufzug der Ankömmlinge sicherlich protzig war, schaute der Scientus sie geringschätzig an. Er hatte nicht viel übrig für die Urer. Es gab kaum Aufzeichnungen zu dem verschlossenen Volk, doch alles in allem waren sie ungewünschte Sonderlinge, die sich der Zivilisation von Galizina verschlossen.

Er blieb einige Schritte von den Personen entfernt stehen. „Sprechen die unsere Sprache?", schnauzte Sunder Leyte an, die sich abmühte, zu ihm zu kommen.

„Ja, ich glaube schon", schnaufte sie als Antwort.

„Wer seid Ihr und was wollt Ihr?", blaffte er die Neuankömmlinge an.

Hochnäsig starrten ihn die blasshäutigen Menschen an. Die mittlere Person sprach zuerst. „Ishtar Ur-Hammon." Die Frau zu ihrer linken folgte. „Lilith Ur-Hammon." Der Mann sprach zuletzt. „Mirzet Ur-Arkan."

Die Stimmen waren ruhig und gebieterisch. Sie ließen keine Unsicherheit oder Vorsicht erkennen.

Die Arbeiter, Protektoren und Arkanisten, welche sich im Lager aufhielten, blickten das Aufgebot der Einheimischen mit offenen Mündern an. Ihre sonderbare und fremde Erscheinung hatte etwas Anziehendes. Und die Fremdartigkeit, mit der sie gesprochen hatten, befeuerte die vorsichtige Neugier nur noch mehr.

„Und was wollt Ihr hier?", blaffte Sunder sie an.

Die Stimme von Ishtar Ur-Hammon, die ihm antwortete, war tief. Sie sprach mit schwerem, rollendem Akzent, die Worte kamen sehr stark aus dem Hals. „Das fragen wir Euch. Ihr kamt in unser Reich, nicht anders herum."

Sunder zuckte kaum merklich zurück. Die Worte, die die Fremde gesprochen hatte, hatten eine gewisse Kraft. „Wir sind auf Geheiß von Kaiserin Alessia Loretta Vyrkov von Goldhafen hier. Unserer und auch Eurer Kaiserin."

Ishtar Ur-Hammon antwortete nicht.

„Wir untersuchen die Arkanminen und wollen herausfinden wie es zu dem Unglück vor achtzehn Jahren kommen konnte." Das war nicht die ganze Wahrheit, aber diese Wilden mussten ja nicht alles wissen, dachte Sunder.

„Welches Unglück?", fragte die Sprecherin. Sunder starrte sie irritiert an. Er deutete auf den riesigen Krater hinter ihm. „Das ist wohl schwer zu übersehen", fauchte er sie an.

Die Frau zu ihrer linken antwortete diesmal. „Für Euch war es ein Unglück." Ihre Stimme war etwas höher, als die der vorherigen Sprecherin, doch immer noch sehr tief. „Für uns bedeutete es die Befreiung von jahrzehntelanger Ausbeutung durch Euresgleichen." Sie deutete mit ausgestrecktem Zeigefinger auf Sunder.

Mehrere der Anwesenden packten ihre Hellebarden und Arbalesten fester, die Arbeiter nahmen Hacken und Schaufeln auf. Sunder hörte Gemurmel über Einheimische, die ihnen an die Kehle wollten, aus den eigenen Reihen.

„Ruhig, Freunde", hörte Sunder Leyte sagen. Sie trat schwerfällig nach vorne, bis sie neben Sunder stand. „Mein Name ist Leyte Hórat, ich bin Scienta dritten Grades des Arkanistenordens des Ostreiches. Wir belästigen Euch nicht, wir wollen hier nur unsere Grabungen durchführen und

Nachforschungen anstellen. Wir werden Euch nicht behelligen, Ihr werdet unsere Anwesenheit nicht einmal spüren. Das versichere ich Euch."

Schweigen. Nur der vom lauen Wind aufgewirbelte Sand erzeugte ein reibendes Geräusch. Ishtar nickte ihr langsam zu. Ihre Begleiterin sah entrüstet aus und redete wütend in ihrer Muttersprache, die seltsam kehlig klang, auf sie ein. Das erste Mal, dass überhaupt eine menschliche Regung auf einem ihrer Gesichter zu erkennen war. Ishtar brachte ihre Begleiterin mit einer forschen Geste zum Schweigen.

„Dann grabt, Leyte Hórat, Scienta dritten Grades des Arkanistenordens des Ostreiches."

Sie machte auf dem Absatz kehrt und ging. „Habt Dank, Ishtar Ur-Hammon", rief Leyte ihr schnell hinterher. Der gerüstete Mann folgte ihr.

Ihre Begleiterin, Lilith Ur-Hammon, richtete noch einmal das Wort an sie. „Die unsterbliche Kashshaptu ist großmütig. Ich wäre es nicht. Ich bete zu Baal-Hammon, dass Ihr schnell wieder verschwindet." Eine kleine Sandwolke aufwirbelnd drehte sie sich um und folgte den beiden anderen. Leyte schluckte schwer.

„Ich bin…" Sunder unterbrach seine sich anbahnende Tirade. „Was habt Ihr?" Leytes Gesicht hatte einen seltsamen Ausdruck angenommen.

„Meser Nowak, ich glaube das war ihre Herrscherin. Ich habe den Begriff ‚Kashshaptu' schon irgendwo gelesen."

Der alte Scientus zuckte mit den Schultern. „Wir haben zwei Herrscher, wir leben in einer Doppelmonarchie, keiner Drei… keinem Reich mit drei Herrschern. Wer immer sie auch ist, eine Herrscherin ist sie bestimmt nicht."

Leyte schaute ihn entgeistert an. „Meser, sie sind Teil des Reiches. Ur ist ein Protektorat, sie dürfen ihre eigenen Herrscher haben und…"

„Belehrt mich nicht, Hórat. Von einer Arkanistin dritten Grades…" Er betonte das Wort ganz besonders. „…brauche ich keine Lektionen." Er blickte in den Halbkreis seiner Arbeiter und Protektoren, die sich um ihn gebildet hatte. „Wartet Ihr alle darauf, dass ich euch die Füße massiere?", schrie er schon fast. „Geht an die Arbeit, wie wir es gestern besprochen haben."

Murrend kamen die Arbeiter und Arkanisten dem nach. Sunder holte sich Wachstafel und Griffel aus seinem Zelt und begann den Abstieg in den Krater. Glücklicherweise war der relativ leicht, die Ränder waren nicht sehr steil. Leyte hatte dennoch Schwierigkeiten ihm zu folgen, fiel ihm missgelaunt auf. Sie rutschten und gingen den Kraterrand hinab.

Mehrere Minenschächte waren in den Kraterrändern zu sehen. Es sah aus, als hätte eine riesige Hand ein Stück eines Ameisenhaufens herausgerissen. Als Sunder rutschend zum Stehen kam, erwartete Protektorin Karlotta Helsteva sie bereits. Sie führte die Wachen des Arkanistenordens, die Protektoren, auf der Expedition.

„Haltet Eure Wachen an, aufmerksam zu sein, Helsteva. Wer weiß, ob diese Leute wiederkommen."

Die Protektorin nickte. „Natürlich, Scientus. Mit ein paar dieser Primitiven werden wir schon fertig." Sunder grunzte und klopfte sich den Sand von den Gewändern. Leyte kam schlitternd neben ihm zum Stehen.

„Also, welcher Schacht ist gut zu begehen?", fragte der Scientus die Protektorin.

„Einige. Ich weiß nicht wieso, aber die Meisten der Schächte sind nicht verschüttet. Der hier sieht besonders vielversprechend aus", sagte Protektorin Helsteva und deutete auf einen der Schächte, der nahe des Kraterbodens war. Helsteva war eine Frau in den Mittvierzigern und damit etwas jünger als Sunder. Sie hatte ein vernarbtes Gesicht und kurze, dunkle Haare. Ihre Züge hatten die Grobschlächtigkeit einer alten Soldatin, sie war jedoch beliebt bei ihren Männern und Frauen und auch viele der Arkanisten respektierten sie.

„Gut, dort fangen wir an. Nehmt Euch einen Mann mit und folgt uns." Sunder holte tief Luft. „Milan!", schrie er. Sein Ruf hallte im Krater unwirklich lange wider. Ein junger Arkanist kam angelaufen. „Ja, Scientus Nowak?"

„Ihr begleitet mich und Hórat in die Schächte."

Der Arkanist nickte aufgeregt. „Natürlich, Meser." Wenigstens war er Scientus zweiten Grades, dachte Sunder.

Beinahe ehrfürchtig trat die Gruppe auf den Schachteingang zu. Dicke Holzbohlen stützten die Decke und die Seitenränder ab. Der Fels war hier fest und nicht, wie die oberen Schichten, auf denen sie gingen, zu Sand zermahlen.

„Lasst mich vorgehen, Meser. Ihr seid zu wichtig für die Unternehmung", sagte Protektorin Helsteva.

Sunder grunzte. „Ihr habt Recht. Geht vor."

„Lampen an", sagte die Protektorin mit befehlsgewohnter Stimme. Leyte und Milan zündeten Laternen an, die an einem gepolsterten Metallring befestigt waren. Den Ring setzten sie sich dann auf den Kopf, um so die Hände frei zu haben. Es sah albern aus, dachte Sunder. Helsteva und der andere Protektor, der sie begleitete und den Abschluss der Gruppe bildete, hielten gusseiserne Laternen in ihren Linken. Die Protektorin drehte sich noch einmal zu den Arkanisten um und nickte ihnen zu, bevor sie die Dunkelheit des Schachtes betraten.

Fast sofort merkte Sunder eine Veränderung. Alles wurde irgendwie dumpfer und es vibrierte. Nicht physisch, die Wände und die Decke waren absolut stabil, aber mental. Es war, als schüttelte jemand kräftig sein Gehirn durch.

„Spürt Ihr es auch?", flüsterte Leyte. Sunder ließ sich nicht zu einer Antwort herab. Natürlich spürte er es.

Karlotta Helsteva antwortete ihr allerdings. „Was meint Ihr?"

Sunder schritt nun doch ein. „Der arkane Nachhall. Die Nähe zu den Arkanerzadern. Nur Arkanisten spüren das, Ihr solltet maximal ein leichtes… nun eine leichte Veränderung in der Luft spüren." Die Potektorin nickte grimmig. Der Minenschacht war mit schmalen Gleisen ausgelegt, auf denen die Loren gefahren waren. Als Sunder zurückblickte, sah er einige neugierige Köpfe, die ihnen hinterherschauten, bis der Gang eine leichte Biegung machte und auch dieser Anblick verschwand. Sie waren jetzt völlig von Schwärze umgeben.

Nach einigen weiteren Schritten öffnete sich der Minenschacht seitlich etwas. Ein vollständig mit Holz ausgekleideter Raum war in die Seitenwand geschlagen. Fässer, Kisten, Truhen und ein Schreibpult standen darin. Ein verstaubtes, aufgeschlagenes Buch lag darauf, schmutzige Hacken und Schaufeln lehnten an der Wand. Es sah so aus, als wäre hier vor wenigen Minuten noch gearbeitet worden.

„Es ist noch so wie sie es verlassen haben", sagte Milan leise. „Es muss eine rasante Flucht gewesen sein."

Sunder schnaubte. „Die hier oben hatten wenigstens das Glück zu fliehen. Auf den unteren Ebenen war das vermutlich nicht möglich." Sunder ging zu dem Buch und warf einen Blick hinein. Er fand nichts Besonderes. Aufzeichnungen zu geschürftem Erz, Krankheitsfälle der Arbeiter, Berichte zu benötigten Ressourcen.

„Das muss das Büro eines Minenvorstehers gewesen sein", schloss er. „Das Buch lassen wir nachher einsammeln, das soll in die Bibliothek unseres Ordens. Wir gehen weiter." Die Lichter, die sie mit sich führten, warfen einen warmen Schein auf die dunklen Wände. Leyte und Milan schreckten immer wieder kurz hoch, wenn die Schatten ihnen etwas vorgaukelten, was nicht existierte. Amateure. Selbst über Maelle Dorn hätte Sunder sich jetzt gefreut und sie war nur Apothecaria, doch wenigstens ersten Grades und sie hatte Erfahrung.

Sie kamen an einer weiteren Nische vorbei. Drei Tische mit leeren Tonkrügen standen darauf. Ein Fass, welches in einer Halterung lag und mit einem Zapfhahn versehen war, ragte in einer Ecke empor. Dies war wohl ein Ort, an dem sich die Arbeiter erfrischt hatten. Eine weitere Nische beinhaltete nur leere Kisten. Ein paar Fackeln, einige Loren und wenige kaputte Werkzeuge lagen noch darin. Nach weiteren Schritten öffnete sich der Gang erstmals etwas und wurde zu einer geräumigeren Kaverne. Wieder waren Fässer und Kisten an den Seiten zu sehen, mehrere Schreibpulte und Hocker standen an den Seiten. Der Blickfang war aber die große, hölzerne Plattform, welche in der Mitte hing. Dem Anschein nach war sie ein Aufzug, der die Loren, Arbeiter und Materialien nach unten oder oben transportiert hatte. Eine große Winde, die von mehreren Arbeitern gleichzeitig bedient werden konnte, war daneben angebracht.

Sunder dachte kurz nach. „Hórat, Ihr geht zurück und holt einige fähige Arbeiter und Handwerker. Sie sollen prüfen ob der Aufzug noch einsatzbereit ist. Milan, Ihr schaut Euch mit mir zusammen um. Vielleicht finden wir hier weitere Aufzeichnungen, die es zu sichern gilt."

Karlotta Helsteva sprach ihn an. „Scientus, glaubt Ihr wirklich, dass Scienta Leyte…"

„Ich habe gerade Befehle erteilt, oder? Kommt ihnen nach." Die Protektorin nickte demütig und schwieg.

Leyte machte einen unglücklichen Gesichtsausdruck, machte sich jedoch an den finsteren Rückweg zum Expeditionslager. Nach einigen schweigsamen Minuten, in denen die beiden übrigen Arkanisten den Raum durchkämmten, brach Karlotta Helsteva die Stille.

„Wir könnten Fackeln an den Wänden befestigen. So hätten wir immerhin etwas Licht."

„Ja, ja, macht nur", sagte Sunder geistesabwesend, während er eine Kiste durchsuchte. Die Protektorin nickte ihrem Kameraden zu und die beiden machten sich an die Arbeit. Nach weiteren zähen Minuten kam Leyte wieder. Schnaufend machte sie in der Kaverne halt, begleitet von acht Arbeitern. Sie hatte sich außerdem ein Rucksack mit Schriftstücken und Büchern auf den Rücken geschnallt.

„Ah, gut, Ihr seid da", sagte Sunder zu den Arbeitern. Leyte beachtete er nicht. „Prüft ob wir diesen Aufzug nutzen können, oder ob er alt und morsch ist."

Leyte lehnte sich erschöpft an ein Fass, welches in der Nähe stand. Sunder verzog das Gesicht und wünschte sich erneut fähigere Kollegen.

Die Arbeiter machten sich an die Prüfung. Winden wurden fachkundig begutachtet, Seile wurden gesichtet. Karlotta ging zu Leyte. „Geht es, Medame?"

Leyte nickte etwas zu schnell. „Ja. Alles bestens, es geht schon. Danke, Karlotta."

Sunder lief ungeduldig auf und ab, während die Arbeiter ihren Befehl ausführten. Nach etwa einer Stunde waren sie mit ihrer Begutachtung fertig.

„Es scheint alles sicher zu sein, Scientus Nowak", sagte einer von ihnen.

„Gut, dann rein." Er winkte energisch Karlotta, ihren Kameraden, Leyte und Milan zu sich. Vorsichtig stiegen sie auf die hölzerne Plattform. Die dicken Seile, welche sie trugen, knirschten bedenklich. Karlotta sah nervös aus, wie Sunder auffiel. Sicherlich nicht zu Unrecht, es war nicht die beste Idee mit einem Aufzug, der achtzehn Jahre nicht genutzt und einer Explosion ausgesetzt war, in die Tiefe zu fahren. Doch es war alternativlos, der Erzarkanist brauchte diese Erkenntnisse. Das ganze Reich brauchte sie.

Eine Glocke war neben dem Aufzug befestigt, deren Seil in die bodenlose Tiefe führte.

„Wir benachrichtigen Euch damit, wenn Ihr uns wieder hochziehen sollt. Jetzt lasst uns ab."

Der Arbeiter nickte. „Wenn das mal eine gute Idee ist…", murmelte er leise in seinen Bart. Er gab den Männern an der Winde ein Zeichen. Vorsichtig drehten sie an der Winde und der Aufzug sank langsam in die Tiefen hinab.

Kapitel XV

Hinab

Galizina, Ostreich, Goldhafen, Eingang zur Unterstadt im Sommer 1271

Maelle Dorn, Paulina Nowgoroda, Marilka Wasser, Zenon Grajev und Emil van Unrug standen vor der großen, höhlenartigen Öffnung im Fels. Die Gebäude, die über ihnen, auf der felsigen Erhebung inmitten von Goldhafen thronten, gehörten allesamt zum großen Konvent des Arkanistenordens.

Vor dem Eingang zur Unterstadt standen schwer gerüstete Wachleute. Statt ihren Pluderärmeln und -beinen trugen viele der Wachen stählerne Arm- und Beinschienen. Die Arbalesten und Hellebarden lagen einsatzbereit in ihren Händen. Sie sollten dafür sorgen, dass sich kein Oberstädter in die Unterstadt verirrte und, viel wichtiger, dass der umgekehrte Fall nicht eintrat. Jeder Unterstädter, der in die Oberstadt wollte, wurde, obwohl es kein explizites Verbot gab da die Unterstadt offiziell zu Goldhafen gehörte, kontrolliert, durchsucht und nicht selten auch abgewiesen.

Der Eingang zur Unterstadt selbst war ein riesiges Loch im Fels, dessen gähnende Schwärze sie wie das Maul einer riesigen Seeschlange anstarrte. Holzstreben und Seile sicherten den Fels ab und machten noch einmal deutlich, dass es ich um einen alten Mineneingang handelte. Einige grob gezimmerte Holzbauten waren vor und im Felseingang ebenfalls zu erkennen. Die Wachen ließen sie ohne Fragen passieren, als sie den Lieutnant und den Inquisitor erkannten. Sie salutierten und gingen wieder ihrer Arbeit nach.

Maelle, die an der Spitze ging, blieb unvermittelt stehen und schaute sie der Reihe nach an. „Ihr seid alle das erste Mal in der Unterstadt, habe ich Recht? Marilka einmal ausgenommen." Beflissen nickten sie. „Gut, dann achtet auf das was ich sage." Die sonst so fröhliche Maelle wurde ernst. „Behaltet Eure Hände bei Euch und achtet darauf, dass es andere auch tun. Tragt keine

Schmuckstücke oder Wertgegenstände offen. Befestigt Taschen und Rucksäcke so, dass man sie Euch nicht entreißen kann. Falls Euch jemand etwas anbietet, sagt, dass Ihr kein Interesse habt und geht zügig weiter. Egal was es ist. Lasst Eure Waffen stecken und provoziert niemanden. Eine Waffe im falschen Moment zu ziehen kann hier den Tod bedeuten."

Lieutnant Zenon unterbrach sie. „Woran merke ich, wann der richtige Moment gekommen ist?"

Maelle grinste schief. „Das merkt Ihr erst im Nachhinein." Sie fuhr fort. „Wenn Mitglieder der Pariah uns kontrollieren, uns Kronen abnehmen wollen oder irgendetwas anderes wollen, dann kommen wir dem nach. Wir können es uns nicht erlauben, es uns mit denen zu verscherzen." Maelle blickte vor allem den Inquisitor an. „Ich meine vor allem Euch, Inquisitor." Dieser hob abwehrend die Hände, sagte aber nichts. „Gut. Außerdem, und ja, ich schaue bewusst Euch an Paulina, helfen wir keinen Armen, Kranken oder Wehleidigen. Wir geben keine Münzen an Bettler, wir helfen keinem armen Trunkenbold, der auf der Straße seiner letzten Groschen beraubt wird. Haben das alle verstanden?" Paulina nickte, wenn auch zerknirscht und unglücklich. Auch die anderen nickten. „Gut, dann weiter."

Sie gingen in die Dunkelheit des Eingangs. Die Schwärze wurde von einem breiten Lichtkegel unterbrochen, der von einem Loch in der Höhlendecke stammte. Die Geräusche, die sie bis eben noch aus der Oberstadt gehört hatten, verklangen immer mehr. Der steinige Weg endete in einem ausufernden, breiten Holzgerüst, dass sie über Rampen weiter in die Tiefe führte. Über diese Rampen, die an den Wänden eines tiefen Loches verliefen, stiegen sie weiter ins Dunkel hinab. Sie waren so breit und flach, dass sich gut zwei Karren nebeneinander passieren konnten, ohne, dass die Räder sich berühren würden.

„Früher gab es hier auch mal einen Aufzug", erklärte Maelle und zeigte auf ein dickes Hanfseil, welches in der Mitte des Schachtes hing. Ihre Stimme wirkte unnatürlich laut.

Bald trafen sie auch auf die ersten Menschen. Zwei Unterstädter in schmutzigen Wämsern lehnten am Geländer der Rampen und rauchten Rauchstängel. Maelle nickte ihnen im Vorbeigehen zu und die verwunderten Blicke der beiden folgten ihnen noch eine Weile. Die Luft roch zunehmend mineralisch und abgestanden, das Licht, welches noch etwas durch den Eingang zu ihnen gelangte, wurde immer weniger. Ersetzt wurde es durch brennende Fackeln und Öllampen. Das schnelle Rauschen von Wasser kündigte einen Fluss oder Kanal an, noch bevor sie ihn sahen.

Nach einigen Minuten hatten sie den Grund des Schachtes erreicht. Paulina schaute nach oben. Der Eingang zur Unterstadt zeichnete sich in einiger Entfernung über ihr ab. Sie war nervös. Im Umgang mit Unterstädtern und ihren Bewohnern kannte sie sich nicht aus und das bereitete ihr Unbehagen.

Maelle deutete auf einen weitaus kleineren Durchgang, der von dem Schacht abging. Ein grimmig dreinblickender Mann in weiten, dunkelgrauen Hosen und einer schwarzen Brigantine mit dunkelgrauem Überwurf, stand davor. In seinem Gürtel war eine Nagelkeule eingehakt. Er starrte sie an, als sie an ihm vorbeigingen. Vor allem auf Emil van Unrug blieb sein Blick haften. Im Gegensatz zu den anderen Mitgliedern der Gruppe, hatte er nicht auf seine standesgemäße Inquisitorenkleidung verzichtet. Paulina und Marilka trugen einfache Leder- und Leinenkleidung, Maelle hatte ihr Apothecariagewand gegen ein einfarbiges, beiges Kleid getauscht und selbst Zenon hatte seinen Brustpanzer und seine Amtskette in der Wachstube gelassen. Doch der Inquisitor trug seinen unverkennbaren, dunkelbraunen Ledermantel, seinen dazu passenden Hut und sogar seinen Hexenhammer, der in Ketten an seinen Gürtel geheftet war. Das Buch, vor dem sich jeder fürchtete, ob er eines Verbrechens schuldig war oder nicht.

Zenon schloss zu Maelle auf und blickte sie fragend an. „Das war dann, nehme ich an, unser erster Kontakt zur Pariah?"

Die Apothecaria nickte. „Das war er. Spätestens jetzt weiß jede Pariah-Zelle, dass wir hier sind", antwortete sie zerknirscht. Paulina wurde unbehaglich zumute. Sie fühlte sich beobachtet, gejagt.

Neben dem Gang, den sie entlanggingen, brach bald ein mehrere Schritte breiter Fluss aus der Felswand, der reißend dem Weg folgte. Die Wassermassen wurden durch mehrere, dicke Eichenbretter vom Weg ferngehalten. Nass und matschig war es durch die aufgewühlte Gischt trotzdem und die Wassertropfen schlugen ihnen ins Gesicht.

„Hier haben wir noch Glück", sagte Marilka. „Weiter in der Unterstadt ist das Wasser mehr eine zähfließende Brühe."

Der Fluss folgte dem Weg eine Weile, bis er abknickte. Paulina konnte schon das Lärmen und die Geräusche hören, die denen der Oberstadt gar nicht so unähnlich waren, als Maelle abrupt gegen die Tunnelwand gedrückt wurde. Eine kaum mehr als Mensch erkennbare Gestalt klammerte sich an ihr Kleid. Sie war völlig ausgemergelt. „Habt Ihr Staub, edle Medame?", fragte sie geifernd.

Maelle verzog das Gesicht und wollte die Person abschütteln, ihr Griff war aber überraschend fest. Paulina sprang nach vorne und wollte der Person, die sich kaum auf den Beinen halten konnte, aufhelfen.

Zenon hielt sie am Arm fest. „Nicht", sagte er leise. „Denkt an das was Maelle Euch gesagt hat."

Marilka trat vor. „Habt Ihr in den Minen gearbeitet?", fragte sie mit fester Stimme die Gestalt. Die brachte etwas hervor was entfernt an ein Nicken erinnerte. „Dann geht zu Mineur Orlik. Er verteilt Staub an ehemalige Arbeiter."

Die Gestalt ließ von Maelle ab und rannte geduckt davon, ohne sie eines weiteren Blickes zu würdigen. Paulina war schockiert, die Bewegungen der Person erinnerten sie mehr an die eines wilden Tieres.

Maelle nickte Marilka zu. „Ich danke Euch." Sie hielt kurz inne. „Mineur Orlik gibt es gar nicht, oder?"

Marilka lächelte humorlos. „Kennt Ihr jemanden aus der Unterstadt, der Traumstaub verschenkt?" Sie gingen weiter. Paulina war schockiert. Die ersten Eindrücke machten ihre schlimmsten Befürchtungen wahr.

Vor ihnen öffnete sich der Gang etwas und gab den Blick auf eine riesige Kaverne frei. Paulina fiel fast die Kinnlade herunter. Unzählige Holzhütten, die alle aus denselben graubraunen Brettern bestanden, waren am unregelmäßigen Boden und an den Wänden nach oben errichtet worden. Tageslicht fiel durch kleine Löcher in den hohen Felswänden und an der Decke. Es reichte kaum aus, um genug Helligkeit zu spenden. Das ganze erinnerte

Paulina an einen Ameisenhaufen. Wahllos waren Hütten aufeinander gebaut worden, manche Häuser waren mehrstöckig und mit Brücken verbunden oder nur über Treppen erreichbar. In vielen der Hüttenfenster brannte Licht, was in der sonstigen Finsternis den Anschein erweckte, dass tausende Glühwürmchen die Höhle bevölkerten. Und genau wie auf einem Ameisenhaufen blühte auch hier das Leben. Paulina sah hunderte Menschen ihren Tätigkeiten nachgehen. Sie sah wie alte Frauen sich um die besten Plätze am Fluss stritten um ihre Kleider zu waschen, sie sah wie Kinder barfuß im Schlamm spielten, sie sah wie Wahrsager, Händler und Betrüger ihre Waren und Dienstleistungen feilboten. Es roch nach Schlamm, Fäulnis und Mineralien.

„Herzlich Willkommen in der Unterstadt", verkündete Maelle und lächelte schwach dabei. „Wir sind hier in der Hauptkaverne. Von dem Platz in der Mitte führen Wege und Tunnel in die anderen Bereiche und Bezirke." Sie winkte den Rest der Gruppe her. Paulina fiel auf, dass auch Zenon und der Inquisitor über den Anblick staunten, der sich ihnen bot. „Kommt schon, es ist nicht mehr weit bis nach Nasser Markt." Maelle führte sie über die lehmig-schlammige Straße, die immer breiter wurde.

Die Bewohner, denen sie begegneten, schauten sie argwöhnisch an. Furcht, Abscheu, Neugierde, die verschiedensten Emotionen konnte Paulina in den Blicken lesen. Maelle führte sie über den Hautplatz, der einen Durchmesser von mindestens sechzig Schritt hatte, in eine größere Seitenstraße. Die Hütten wuchsen hier mit ihren Dächern so sehr zusammen, dass sie die Sonne verdeckt hätten, wenn sie hier unten scheinen würde. Paulina fiel nervös auf, wie ihnen immer wieder Mitglieder der Pariah entgegenkamen. Maelle hatte erzählt, dass man sie an der hellgrauen Farbe ihrer Kleidung erkannte.

Der Wechsel von der Hauptkaverne zum Nassen Markt erfolgte so fließend, dass Paulina es nicht einmal mitbekam. Anders als andere Bezirke der Unterstadt, lag Nasser Markt nicht in einer separaten Höhle, die mit einem Tunnel mit der Hauptkaverne verbunden war, sondern sie war Teil von ihr. Die Höhlendecke war im Bezirk Nasser Markt jedoch deutlich niedriger als noch in der Hauptkaverne. Viele der Hütten berührten hier die steinerne Decke und waren gerade einmal sechs Mannslängen hoch. Paulina widerstand der Versuchung, sich die Hand vor Nase und Mund zu halten, als sie den Kanal sah und roch, der durch Nasser Markt floss. Wie Marilka beschrieben hatte, war es eher eine zähfließende, grünlich-trübe Brühe mit allerlei Unrat darin. Der Kanal selbst bestand aus gemauerten Steinen, die sicherlich noch von den Mineuren erbaut worden waren, zur Blütezeit des hiesigen Bergbaus.

„Riecht das immer so?", fragte sie.

Marilka nickte. „Ja. Manchmal noch schlimmer, wenn eine tote Katze oder ein… etwas anderes Totes lange unentdeckt im Kanal treibt."

Paulina schüttelte ungläubig den Kopf. Wie konnte man so leben? Und wie konnte man zulassen, dass Menschen aus der gleichen Stadt so lebten? Die Oberstädter, von denen sie nur wenige Schritt Felsgestein trennte, wussten nichts von all dem Leid hier unten. Oder besser gesagt, sie wollten nichts davon wissen.

Der Weg führte sie in eine Querstraße zum Hauptweg, der am Kanal entlangführte. Die Straße hier bestand nun ausschließlich aus Matsch, auf den ein paar Bohlen gelegt worden waren. „Jetzt könnt Ihr Euch denken woher Nasser Markt seinen Namen hat", erklärte Maelle. „Über uns befindet sich ein Markt, ich glaube es ist der Fischmarkt am Hafen. Wasser, Unrat, und Feuchtigkeit gelangt durch den Fels hier herunter."

Paulina schüttelte erneut ungläubig den Kopf. Sie sah Zenon an, der neben ihr ging. Auch er wirkte entgeistert.

Etwas weiter die Straße hinab erhellte rötliches Leuchten die Dunkelheit. Das vertraute Lärmen einer Taverne drang an ihre Ohren. „Wir sind da. Die Glimmerstube", sagte Maelle. „Überlasst mir das Reden, ich kenne den Wirt."

Ein glubschäugiger Türsteher starrte die Gruppe an. „Was wollt ihr?", grollte er.

„Bier und Betten", antwortete Maelle kokett.

Der Türsteher grunzte nur und hielt ihnen den Vorhang auf, der den Raum von der Straße separierte. Paulina trat mit den anderen ein, Maelle vorneweg. Die Atmosphäre der Taverne traf sie wie ein Hammerschlag. Die Luft war rauchig und roch nach

Rauchkraut und… süßlich? Vermutlich Rauschmittel, die hier eingenommen wurden. Es war überraschend geräumig. Von außen erkannte man keine einzelnen Behausungen, sie waren so dicht gebaut, dass zwischen den Hütten kein Platz war. Das sorgte dafür, dass unmöglich abzuschätzen war, was genau sich hinter den einzelnen Türen befand und wie viel Raum sich dahinter bot.

Trotz der Größe des Schankraumes war es gerammelt voll. Sie mussten sich mehrmals an streitenden, lachenden oder einfach nur lärmenden Grüppchen vorbeidrängeln um Richtung Tresen zu kommen. Schon nachdem Paulina wenige Schritte gegangen war, wurde sie aufgehalten. „Möchtet Ihr etwas Traumstaub, meine Liebe? Für Euch Oberstädter mache ich ein Sonderangebot", sprach sie ein zahnloser alter Mann an und hielt ihr verführerisch eine Dose unter die Nase. Maelle packte sie am Arm und zog sie mit sich mit. Paulina war froh darüber. Sie drängten sich an den Tresen.

„Sieh an, sieh an, wen haben wir denn da?", begrüßte sie der Wirt mit einem hässlichen Grinsen. „Arkanisten? Oberstädter? Inquisitoren? Alles zusammen?" Er kicherte vergnügt.

Maelle schaute ihm fest in die Augen. „Wir wollen Zimmer reservieren. Habt Ihr welche frei?"

Der Wirt zuckte die Achseln. „Natürlich. Wie viele wollt Ihr? Mit Traumstaubpfeifen darin? Mit Huren? Frauen? Männer? Sagt was Ihr braucht und wenn Ihr genug Münzen habt, werden wir uns einig."

Paulina wollte etwas sagen, doch Maelle drückte ihren Arm, so sehr, dass es schmerzte. „Danke für das Angebot, aber wir brauchen nur die Zimmer. Zwei reichen. Eines mit zwei Schlafplätzen, eines mit dreien."

Der Wirt nickte. „Soll mir recht sein. Wie lange gedenkt Ihr zu bleiben?"

Maelle zuckte die Achseln. „Das werden wir sehen. Ich bezahle Euch pro Nacht. Wie viel nehmt Ihr?"

Der Wirt blickte sie der Reihe nach abschätzend an. „Fünfzig Kronen. Für jeden. Pro Nacht."

Paulina verschlug es die Sprache. Fast genau so viel zahlte man für ein Etablissement im Rosenviertel. Sie beobachtete entsetzt wie Maelle seufzte und sich in die Falten ihres Kleides griff. Paulina wollte sich damit nicht zufriedengeben.

„Fünfzig Kronen? Das kann nicht Euer Ernst sein", rief sie erzürnt. Der Wirt würdigte sie keines Blickes. Als er sprach sah er weiterhin Maelle an. „Fünfzig für Euch und die anderen. Für die da..." Er zeigte lässig auf Paulina. „...machen wir sechzig."

Paulina wollte weiter protestieren, doch Maelle trat ihr auf den Fuß. Sie lächelte gezwungen. „Gut. Bitte sehr." Sie überreichte dem Wirt das Geld. „Seid so freundlich und bringt uns fünf Bier, ja?"

Der Wirt grinste sie an. „Habt Dank, edle Medame. Das Bier kommt sofort."

Maelle wandte sich um, auf der Suche nach einem Tisch, als der Wirt sie noch einmal ansprach. „Sagt mir, habe ich Euch nicht schon einmal gesehen?" Maelle schenkte ihm ein breites Lächeln. „Ich glaube nicht, Meser."

„Ich habe dir gesagt, du sollst den Mund halten", fuhr Maelle Paulina an.

Paulina begehrte auf. „Das ist Wucher. Der Mann will uns ausnehmen."

„Natürlich will er das, wir sind in der Unterstadt. Jeder will Euch hier ausnehmen. Wir könnten natürlich auch in der Gosse schlafen, wenn Ihr mögt. Neben den Ratten, den Kranken und den Dieben, die Euch den Hals für ein paar Groschen durchschneiden."

Paulina sagte nichts mehr. Sie ärgerte sich über sich selbst, sie hätte einfach den Mund halten sollen. Und über den Wirt. Und darüber, wie sie trotz der unauffälligen Kleidung wohl überall als Oberstädterin erkannt wurde.

Ein Schankmädchen kam mit fünf Krügen Bier an den Tisch geeilt, den sie sich gekrallt hatten. Sie stellte die ramponierten Holzgefäße schwungvoll auf den Tisch, wobei sie sich weit vorbeugte und den Blick auf ihr großzügiges Dekolletee frei gab. „Wenn Ihr nachher noch etwas anderes braucht als das Bier, fragt nach Zarya", sagte sie mit einem verschwörerischen Lächeln. Mit einer schwungvollen Drehung verließ sie den Tisch, aber nicht bevor sie vorher Paulina einmal zugezwinkert hatte. Bei allen

Heiligen, Paulina fühlte sich so fremd hier. Wie hatte Marilka hier leben können und wie schaffte es Maelle freiwillig hier Dienst im Apothecarium zu verrichten?

Zenon räusperte sich und begann mit leiser Stimme zu sprechen. „In Ordnung, wie gehen wir es an? Maelle, wollt Ihr zu Euren Brüdern und Schwestern ins Apothecarium und erfragen, ob es dort Informationen zu den Hungerkindern gibt?"

Maelle schütttelte den Kopf. „Nein. Das Apothecarium flickt die Menschen zusammen und setzt sie wieder vor die Tür. Sie werden nichts wissen. Und ich will Aufsehen vermeiden. Das Apothecarium sollte unsere letzte Anlaufstelle sein." Sie legte die Stirn in Falten. „Wir können es direkt frontal versuchen. Die Hungerkinder haben einen Schrein in der Glaubensstraße…"

Der Inquisitor runzelte die Stirn. „Was gedenkt Ihr dort zu tun? Sie infiltrieren? Sie ausräuchern?"

Maelle zuckte die Schultern. „Ersteres. Wir sagen, dass wir beitreten wollen."

Der Inquisitor nickte. „Das mache ich."

Paulina fühlte sich unwohl bei dem Gedanken. So wie der Inquisitor bisher aufgetreten war, würde ihre Tarnung sofort auffallen und sie würden nie etwas von den Sektenmitgliedern erfahren.

„Meser Inquisitor, meint Ihr nicht…", begann sie, doch wurde von ihm unterbrochen. Mit seinen kalten, blauen Augen fixierte er sie. „Es besteht immer die Gefahr, dass Ihr Euch der Sekte hingebt, wenn Ihr mit ihnen verkehrt. ‚Ein offener Geist ist das Einfallstor für Dunkelheit', wie im Hexenhammer geschrieben steht. Mein Geist ist dafür geschult. Ich werde gehen."

Paulina wagte es nicht weiter zu widersprechen. Die Inquisition war gefürchtet für ihre… Methoden. Sie waren berüchtigt dafür, schnell und hart gegen, in ihren Augen, Staatsfeinde, Abweichler und Widersprüchler vorzugehen.

Maelle nickte knapp. Paulina sah ihr an, dass auch sie mit der Entscheidung des Inquisitors nicht zufrieden war. „Nun gut. Ich gehe nach Leichengrube. Vielleicht finde ich an den Wunden der Toten Hinweise auf das Wesen. Marilka, wisst Ihr wie ich dort hinkomme?" Sie machte eine kurze Pause. „Ich war im Rahmen meiner Arbeit bisher fast nur in der Hauptkaverne und in Nasser Markt unterwegs", fügte sie fast entschuldigend hinzu.

„Über die Hauptkaverne erreicht man die Leichengrube. Allerdings sind die Wege oft... verstopft oder blockiert. Weit angenehmer ist es über Altes Wasserwerk zu gehen", antwortete Marilka. Sie blickte auf den Boden ihres Bierkrugs. „Ich begleite Euch, wenn Ihr wünscht."

Maelle trank einen Schluck. „Gern."

„Praktischerweise", begann der Inquisitor und blickte unter seiner Hutkrempe hervor. „Führt der Weg über Altes Wasserwerk, wenn ich mich nicht ganz täusche, sehr nahe an Neuer Schacht heran. Dem Gebiet, in dem die Pariah-Gruppe, der Ihr angehört, beheimatet ist, wie im Trocnov-Bericht zu lesen war."

Maelle warf ihm giftige Blicke zu. „Inquisitor, lasst das doch meine Sorge sein. Ich reise mit ihr und ich vertraue ihr. Wenn die Mission ein Erfolg werden soll, solltet Ihr das vielleicht auch tun."

Paulina schüttelte den Kopf. Der Inquisitor war unerträglich. Sie versuchte auf dem unbequemen Holzschemel, auf dem sie saß, eine bequemere Position zu finden. Wenn sie Erfolg haben wollten, dann musste ihn jemand bremsen. Und offensichtlich fiel das nun ihr zu. „Inquisitor, wenn Ihr erlaubt begleite ich Euch zur Glaubensstraße." Er nickte. „Zenon, begleitet Ihr Maelle und Marilka?"

Maelle nickte aufgeregt. „Auf jeden Fall. Ein Paar zusätzliche Arme kann sicher nicht schaden."

Zenon, der die ganze Zeit schon schweigsam war, nickte nachdenklich und blickte in die Runde. Er rieb sich seinen Bart. „Moment mal. Bevor wir jetzt alle losstürmen. Wir sitzen hier in einer Taverne. In Tavernen treffen sich alle Arten von Leuten. Lasst uns zuerst versuchen hier etwas herauszufinden. Möglicherweise weiß ja jemand etwas. Hat etwas gesehen oder gehört."

Paulina nickte. Daran hätte sie denken sollen, sie war so versessen darauf sofort loszustürmen, dass sie vergessen hatte, dass Tavernen Goldgruben für Informationen waren. „Ihr habt

Recht, Zenon." Sie dachte kurz nach. „Aber wie fragen wir die Leute ohne zu viel Aufmerksamkeit zu erregen?"

Maelle grinste. „Ganz einfach. Wir fragen nach Zarya."

Kapitel XVI

Adler

„Es ist unziemlich", sagte der königliche Erzkonfessor Theodor Polyák verärgert.

Botschafter Peter van Kóvári zuckte mit den Schultern. „Sie ist die Kaiserin im Osten. Sie bestimmt, was ziemlich ist und was nicht."

Der Erzkonfessor schnaubte. „König Aleksandr würde so etwas nie tun."

Der Botschafter schaute den Erzkonfessor ungläubig an. „Glaubt Ihr das wirklich?"

„Ich meine nicht ‚das'. Ich meine, dass er es nie so offen vor uns tun würde…"

Die beiden Männer standen in einem prächtigen Empfangszimmer, dem Bernsteinsaal, dessen Wände mit Kunstwerken und allerlei Gold- und Bernsteinintarsien geschmückt waren. Selbst an der Decke, die rundliche Wölbungen aufwies, fanden sich Malereien. Der Erzkonfessor schnaubte wieder. Malereien, die weltliche Wohltäter, ketzerische Arkanisten, die zu Heiligen verklärt worden waren, zeigten und nicht den Glanz des Einen widerspiegelten. Zumindest nicht wenn es nach dem Erzkonfessor ging. Die Bewohner des Ostreiches waren Ketzer und Heiden. Sie überhöhten ihren Arkanistenorden. Alte, längst tote Arkanisten wurden zu Wohltätern und Heiligen stilisiert und manchmal wurde ihnen sogar etwas außerweltliches, etwas göttliches zugedichtet. Mürrisch verzog er das Gesicht. Was den Arkanistenorden in seiner politischen Position natürlich stärkte. Es war dem Erzkonfessor zuwider. Für ihn gab es nur einen Gott. Den Einen und seine Kirche. Und er war einer seiner weltlichen Vertreter. Auch die fadenscheinigen Erklärungen und Kompromisse, die bei der Wiedervereinigung eingegangen waren, um die Religion des westlichen Reichsteils mit der Säkularität und dem Unglauben des östlichen Reichsteils miteinander zu vereinbaren, widerten ihn an. Fadenscheinig war versucht worden, die weltlichen, arkanen Heiligen aus dem Ostreich mit dem Glauben des Einen zu verbinden. Sie sollten seine Aposteln sein. Der Erzkonfessor verzog missmutig das Gesicht. Damit zog man all die tatsächlichen Aposteln in den Schmutz, all diejenigen, die wirklich die wahren Verkünder des Einenglaubens gewesen waren. All diejenigen, die den Glauben verteidigt hatten. Und diese verdammten arkanen Heiligen konnten das nicht sein, sie waren, ob sie die ihnen zugedichteten Taten wirklich getan hatten oder nicht, zutiefst weltlich. Menschen, keine Heilige. Wesen, denen Göttlichkeit fehlte. Er schnaubte wieder. Was für ein Blödsinn. Doch offen zugeben würde er er das natürlich nicht. Noch nicht.

Der Raum war fast vollständig leer. Ein kleiner Tisch aus geöltem, galizinischem Eichenholz, der über kunstvolle Beine verfügte, stand in einer Ecke. Auf ihm waren auf feinen Silbertellern Karpatkas drapiert. Daneben stand eine Karaffe mit leichtem Wein. Erzkonfessor Polyák ging lustlos zu dem Beistelltisch. Bevor er sich eine Karpatka nahm, richtete er seine Pluviale. Auf dem hinteren Teil war ein großes Einenkreuz, daneben war ein ‚U' und ein ‚I' aufgenäht, für ‚Unus Invictus', was sich im altgalizinischen mit ‚Der Eine ist unbesiegt' übersetzen ließ. Den vorderen Teil der Pluviale zierte der galizinische Doppeladler, der für das geeinte Reich stand und sein Wappen war.

Verärgert biss er von der Karpatka ab. Er schüttelte den Kopf. Vereintes Reich. Einhundertundzwölf Jahre waren die beiden Reichsteile getrennt gewesen, doch war sich der Erzarkanist nicht sicher, ob die Wiedervereinigung, die von der damals neunzehnjährigen Kaiserin im Osten und deren Duma federführend initiiert worden war, wirklich der richtige Schritt gewesen ist. Jetzt musste er bei Ketzern und Häretikern vorstellig werden. Offen aussprechen würde er seine Gedanken nicht. Er wollte nicht des Hochverrats angeklagt werden. Selbst sein König, König Aleksandr Woikow von Westheim, hielt die Vereinigung für das Großartigste, was dem Reich jemals widerfahren ist. Er dachte, dass er so die scheinbare Schande der Abspaltung, die von seinen Vorfahren begangen wurde, wieder reingewaschen hatte.

Erkonfessor Polyák verzog wütend das Gesicht. Und der König nahm es sogar hin, dass die Kaiserin immer mehr Macht ansammelte und der dominierende Machtfaktor im heiligen, vereinten Reich wurde.

„Was verzieht Ihr so das Gesicht, mein Freund?", fragte Botschafter van Kóvári ihn freundlich. „Erfreut Ihr Euch nicht an der Reise? Die Sommer in Goldhafen sind doch wunderbar."

Die Laune des Erzkonfessors besserte sich nicht. Der Botschafter war viel zu lange dem echten Glauben ferngeblieben. Er verhielt sich schon wie ein verdammter Ostreichler, trotz ihrer geteilten politischen Ansichten. Er antwortete nicht auf die Frage.

„Wie lange wird das noch dauern?", fragte er stattdessen.

Der Botschafter zuckte die Achseln. „So lange wie es der Kaiserin beliebt."

Ihn schien das Ganze nicht zu stören. Ihn schien es nicht zu stören, dass die Kaiserin sie warten ließ, während sie ihren Trieben nachging. Missmutig kaute der Erzkonfessor an der Karpatka und betrachtete die Gemälde. Sie waren hübsch anzusehen, doch nichts gegen die gothische Architektur im Westreich. Die vermaledeiten Bauten des Arkanistensordens bedienten sich zwar ebenfalls gothischer Elemente, doch verblassten sie völlig im Vergleich zu den westgalizinischen Kirchen und Kathedralen des Einen.

Die Tür am Ende des Raumes wurde laut und schwungvoll aufgestoßen und die Kaiserin schwebte herein. Ihre tiefschwarzen Haare waren in einem mächtigen, locker geflochtenen Zopf, in den allerlei Goldfäden und -ketten eingewebt waren, über ihre Schulter gelegt. Ein leuchtend rotes Kleid, mit langer Schleppe, die von einer Zofe beaufsichtigt wurde, ließ die Kaiserin erstrahlen und passte gut zu den wuchtigen goldenen Ringen, welche ihre Ohren schmückten. Eine schmale Krone, die mit einem einzigen Rubin besetzt war, thronte auf ihrem Haupt.

Ein Herold, der sie eigentlich hätte ankündigen sollen, eilte hinter der Kaiserin her, ebenso wie ihre Zofe, die dafür zu sorgen hatte, dass sich die lange Schleppe des Kleides nirgendwo verfing.

Der Erzkonfessor legte die angebissene Karpatka schnell auf den Beistelltisch zurück und klopfte sich die Finger ab. Kaiserin Alessia steuerte direkt auf den Botschafter zu, der sie anlächelte und sich tief verbeugte. Hätte er sich noch etwas weiter herunter gelehnt, hätte er den Boden geküsst, dachte der Erzkonfessor verächtlich. Als die Kaiserin vor Botschafter van Kóvári stand, reckte sie eine beringte Hand vor. Der Botschafter ergriff sie sanft und küsste sie.

„Erhebt Euch, Botschafter", sagte die Kaiserin.

„Kaiserin Alessia Loretta Vyrkov. Die Sonne strahlt für mich an diesem Tag etwas heller, jetzt wo ich Euch sehen durfte."

Die Kaiserin lächelte dünn. „Etwas zu viel, Botschafter. Etwas zu viel."

Der Botschafter erlaubte sich ebenfalls ein Lächeln und deutete eine erneute Verbeugung an, als die Kaiserin sich abwandte und dem Erzkonfessor entgegenblickte. Dieser beeilte sich zu ihr zu gelangen und sich zu verbeugen. Nicht ganz so tief wie der Botschafter vor ihm. Auch ihm streckte sie ihre beringte Hand entgegen.

Der Erzkonfessor ergriff sie und deutete einen Kuss an. Es widerte ihn an. Es war eine altmodische, unangebrachte und demütigende Geste, doch er wagte es nicht sie der Kaiserin zu verwehren. Sie tat das nur um ihre Machtposition zu demonstrieren, das war ihm klar. „Kaiserin Alessia Loretta Vyrkov. Ich entbiete demütigst meinen Gruß und den meiner Kirche."

Die Kaiserin bedeutete ihm aufzustehen. „Erzkonfessor Polyák. Es ist lange her, seit Eurem letzten Besuch. Wie ich sehe erfreut Ihr Euch bester Gesundheit."

Der Erzkonfessor lächelte gekünstelt. „Der Eine beschützt."

Die Kaiserin nickte. „Dann hoffe ich, dass er das auch bei mir tut."

Der Konfessor nickte. „Oh, aber natürlich. Der Eine beschützt jedes seiner Kinder, selbst wenn sie sich nicht zu ihm bekennen. Er…"

Botschafter van Kóvarí trat zu ihnen. „Damit wollte der geschätzte Erzkonfessor sicher nicht sagen, dass Ihr den vereinten Glauben ablehnt, Eure Majestät", sagte er schnell. „Ich glaube, geschätzter Erzkonfessor, dass die Kaiserin keine Predigten von uns hören möchte." Er lachte gekünstelt.

Der Erzkonfessor nickte. „Natürlich nicht, verzeiht Eure Majestät."

Die Kaiserin sagte nichts dazu, sie lächelte nur. Ihr Mund tat das zumindest, ihre Augen nicht. Sie machte eine einladende Geste auf eine Tür, die aus dem Bernsteinsaal führte. „Wollen wir auf den Balkon gehen?" Es war keine Frage.

Die Kaiserin ging vorneweg, Botschafter und Erzkonfessor folgten. Die Zofe der Kaiserin hielt sich seitlich, immer bereit einzugreifen, der Herold dackelte, seiner Funktion beraubt, hinter ihnen her. Während sie den kurzen Weg zum Balkon gingen, begann die Kaiserin mit höfischer Plauderei. „Wie geht es dem ehrenwerten König Alexandr Woikow?"

„Sehr gut. Er erfreut sich bester Gesundheit. Er freut sich auf die kommende Reise und Euren anschließenden Besuch in Westheim. Das Volk ebenso, es verehrt Euch."

„Wie schön", statuierte Kaiserin Alessia schlicht, während einer der anwesenden Drushinar die Tür zum Balkon öffnete.

Er war groß. Gothische Bögen schmückten die steinernen Säulen, die das Dach des Balkons hielten. Wuchtige, hölzerne Stühle standen auf roten Teppichen und akkurat geschnittener Efeu rankte am steinernen Geländer entlang. Die Aussicht war schön, es war einer der Balkone des Goldenen Palastes, der einem einen wunderbaren Blick über Goldhafen eröffnete. Die mittagliche Hitze kündigte sich schon an, obwohl es erst vormittags war. Es war sehr warm.

Die Zofe der Kaiserin schenkte aus dem bereitgestellten Dekanter drei Gläser leichten Wein ein und verteilte sie an die Anwesenden. Es war feinstes Glas und die wuchtigen Gläser waren unbequem in der Hand zu halten. Erzkonfessor Polyák verdrehte die Augen, als der Botschafter mit seinen Lobpreisungen fortfuhr.

„Das Volk von Westheim und des ganzen Westreiches hält Euch für eine großartige Kaiserin, Eure Majestät. Sie bewundern Eure Schönheit und Euren Edelmut."

Kaiserin Alessia lächelte ihn höfisch an und nahm einen Schluck aus ihrem Glas. Laut den Agenten der Inquisition stimmte das. Das Volk des Westreiches mochte sie wirklich. Vermutlich mehr als das des Ostens, über den sie direkt herrschte, dachte sie bitter.

„Nun, Mesers, wollen wir zum Grund Eures Besuchs kommen? Ich plane die Reise zu Erntedank über die Oblaste Jiznitok und Severnitok nach Litaunia. In Litaunia wird dann das Herbstmanöver unseres edlen galizinischen Heeres stattfinden. Erntedank selbst werde ich nach den Manövern in Wielki-Kossolwesk verbringen. Der Einladung des Königs und des Kardinals nach Westheim, kann ich leider nicht folgen. Die Reichsgeschäfte lassen das nicht zu. Jedoch werde ich nach Koleda Westheim und die Westoblaste bereisen, Ihr, Botschafter van Kóvarí, habt bereits ein entsprechendes Schreiben an den geschätzten König erhalten." Der Botschafter nickte. „Welche Oblaste gedenkt König Alexandr zu bereisen?"

„Unser großartiger König wird über das südliche Stastín nach Litaunia reisen, um mit Euch die Manöver zu beaufsichtigen. Anschließend wird er das nördliche Visigothia besuchen, Kostok und den Uralsee. Kaukasin wird der letzte Oblast, den er besuchen wird. Morgen breche ich nach Westheim auf, ich werde König Alexandr Eure Entscheidungen mitteilen und Euer Schreiben überbringen. Aber…" Der Botschafter räusperte sich. „Wenn Ihr die Frage gestattet. Werdet… werdet Ihr Stastín und Karenina besuchen, Eure Majestät?"

Die Kaiserin schnaubte. Sie hatte nicht vor die Nordoblaste zu besuchen. Der Krieg war noch zu frisch.

Die Kämpfe um die Nordoblaste, die mit der Unterstützung des levkischen Zarenreiches rebelliert hatten, gewaltsam im Reich zu halten, waren erst seit zwei Jahren beendet. Ihre Duma hatte ihr empfohlen, die beiden Oblaste zu bereisen, als Zeichen der Freundschaft und der Vergebung. Sie wollte jedoch die Zerstörungen und die Wunden im Reich nicht sehen. Noch nicht, es war zu früh.

Kaiserin Alessia blickte den Botschafter durchdringend an. „Es ist nicht vorgesehen. Ich werde dem König meine finale Entscheidung allerdings mitteilen lassen." Der Botschafter neigte den Kopf. Kaiserin Alessia machte eine kurze Pause. „König Alexandr wird also hauptsächlich die Ostoblaste bereisen? Das ist gut. Ein wichtiges Signal für den Zusammenhalt und die Größe unserer Doppelmonarchie. Nach Koleda, im neuen Jahr, werde ich mich revanchieren, indem ich die Westoblaste bereise."

Alessia stelle ihr Weinglas auf dem Beistelltisch ab. Die nächsten Minuten verbrachten sie mit belanglosem Geplänkel, über den Bau der großen Kathedrale in Westheim, welcher schon etwa achtzig Jahre andauerte, über die sommerliche Hitze, über alles was nicht von Belang war. Kaiserin Alessia hätte fast Freudensprünge machen können, als sie endlich aus diesem Gespräch erlöst wurde.

„Eure Majestät, die Vertreter der Duma haben sich im Weißen Saal eingefunden", piepste die Stimme ihrer Zofe, die gerade Meldung von einem Bediensteten erhalten hatte. Die Kaiserin stützte sich auf das steinerne Geländer des Balkons auf. „Nun, Mesers, mein Herold wird Euch in den Großen Speisesaal führen. Meine kaiserlichen Pflichten verhindern leider eine Teilnahme an dem Bankett, allerdings werden Euch der Vertreter der Handelsgilde, des Arkanistenordens und die anderen Medames und Mesers sicher gut unterhalten. Es war mir eine große, wenn auch kurze Freude Euch zu sehen. Ich hoffe, Erzkonfessor, Ihr genießt Euren Aufenthalt in Goldhafen."

Botschafter van Kóvarí und Erzkonfessor Polyák verbeugten sich. „Das tue ich in der Tat. Möge der Eine Euch stets beschützen, Eure Majestät", antwortete der Erzkonfessor demütig. Alessia war froh diesen Widerling aus den Augen zu kommen. Sie mochte den Botschafter, doch den Erzkonfessor, den Berater des Königs in religiösen Fragen, konnte sie nicht ausstehen. „Richtet dem König meine liebsten Grüße aus, wenn Ihr abreist", sagte Kaiserin Alessia.

Die beiden Männer verbeugten sich erneut und ließen sich vom Herold hinausbegleiten.

Kaiserin Alessia nahm sich einen Moment Zeit und atmete tief durch. Ihre Hände verkrampften sich um das steinerne

Geländer. Schwungvoll drehte sie sich um und ging in den Bernsteinsaal zurück, um in ihre Schlaf- und Ankleidegemächer zu gelangen. Ihre Zofe beeilte sich Schritt zu halten.

Die Kaiserin stieß die Tür auf und betrat den kunstvollen Vorraum, den sie mit fünf großen Schritten durchquerte. Auch durch die nächste Tür rauschte sie und stand in ihrem prunkvollen, goldenen Schlafzimmer. Das massige Himmelbett, welches etwas erhöht über Stufen zu erreichen war, nahm den Großteil des Raumes ein. Goldrandige Spiegel und Gemälde ihrer selbst waren an den Wänden befestigt.

„Hol mir das karierte Sommerkleid, Kasia", befahl Alessia ihrer Zofe, die gehorsam im angrenzenden Ankleidezimmer verschwand. Über die feste Verschnürung schimpfend, zog Alessia ihre weißen Schnabelschuhe aus. Achtlos flogen sie neben ihr Bett.

Kasia kam mit einem Kleid in der Hand herbeigeeilt. „Nicht das", blaffte Alessia verärgert. „Das safrangelbe." Kasia entschuldigte sich ausführlich und zog wieder davon. Die Kaiserin löste die Verschnürungen ihres geschlossenen, formellen Kleides und fluchte. Es war fast unmöglich, die höfischen Kleider alleine aus- oder anzuziehen. Sie wartete, bis Kasia mit einem safrangelb-karierten Kleid bei ihr war. „Hilf mir das verdammte Kleid auszuziehen."

Wortlos legte die Zofe das Kleid auf Alessias Bett und löste die Verschnürungen im Rücken. Kämpfend befreite sich die Kaiserin daraus. Das edle Kleid fiel zu Boden. „Zieh mir das safrangelbe an." Kasia kam der Aufforderung sofort nach und half Alessia in das Kleid zu schlüpfen.

„Ich ertrage den Erzkonfessor nicht. Ein alter, fanatischer Sack. Ich spüre seine Verachtung in seinen Blicken, auch wenn er vor mir buckelt."

„Ja, Eure Majestät", antwortete Kasia leise, die mit dem Kleid von Alessia beschäftigt war. Kasia zog fest eine letzte Lederschnur an, was Alessia schwanken ließ. „Verzeiht, Eure Majestät."

Die Kaiserin winkte ab. „Ich gehe in die Palastgärten, in den Teepavillon. Begleitet mich. Und nehmt Schreibzeug mit, ich will einen Brief verfassen."

Kasia stockte. „Eure Majestät, die Duma…"

Alessia winkte ärgerlich ab. „Die sollen ohne mich tagen."

Sie nahm sich einen edlen Strohhut mit einem Federgesteck und eilte aus dem Raum. Durch die weiten Flure gingen sie dem Ausgang zu den Gärten entgegen, der hinter dem Thronsaal lag. Im Thronsaal erwartete sie Eliska Tésarik, die Kommandantin der Drushinar und ihre persönliche Leibwache. „Eure Majestät", sagte sie und verbeugte sich. Die Kaiserin nickte ihr zu und öffnete die Türen.

Die warme Sommerluft empfing sie. Entgegen dem Aufenthalt auf dem Balkon, waren hier kaum Stimmen der nahen Stadt zu hören. Sie wurden durch den Palastflügel abgeschirmt. Kasia, Eliska und die Kaiserin eilten die fein gepflegten Kieswege entlang, vorbei an kunstvollen Brunnen, sauberen Teichen, niedrigen Hecken und sorgsam angelegten Zierbeeten. Der Teepavillon war etwas versteckt im hinteren Bereich der Gärten, dort wo sie weniger statisch gestaltet waren, wie es der neueren Mode entsprach. Birken und Weiden fungierten als prächtige Blickfänge und Hecken boten einige ruhige Ecken.

Sie erreichten den hölzernen Pavillon und die Kaiserin setzte sich auf einen der Stühle an den Tisch. Ihre Zofe stand schräg hinter ihr und Eliska platzierte sie etwas abseits. Die Kaiserin seufzte. Früher hatte sie hier oft mit Paulina gesessen und geredet, gelacht und getrunken. Alessia musste grinsen, als sie daran dachte, wie Paulina einmal, nach zu viel Wein, durch das Geländer des Pavillons gebrochen war. Die Stelle war immer noch zu sehen, die Farbgebung des reparierten Holzes war etwas anders, als das die sonstigen Dielen. Das waren schöne Zeiten gewesen. Sie erinnerte sich auch daran, wie sie hier im Herbst still mit Lev van Zanger gesessen hatte und in Gedanken versunken nur Tee getrunken hatte. Es hatte ihr geholfen, nicht sprechen, schreiben oder zuhören zu müssen. Alessia seufzte.

„Wie sehen die Kürbisse aus?", fragte sie unvermittelt ihre Zofe.

Kasia zuckte zusammen. „Meser Nowgoroda hat Euch in der letzten Sitzung der Duma darüber informiert, dass sie gut wachsen. Es verspricht eine gute Ernte zu werden, Eure Majestät."

„Und die Kastanien?"

„Selbiges gilt für die Kastanien."

Zufrieden nickte Alessia. Sie war froh, über das Gedächtnis ihrer Zofe, die bei den meisten Sitzungen der Duma anwesend war. Selbst hätte sie sich das alles nicht merken können. „Was sagte die Handelsgilde noch zu den sonstigen Vorbereitungen zum Fest? Hat der Herold alles was er benötigt?"

Das anstehende Erntedankfest war einer der wichtigsten Feiertage im Ostreich und selbst im Westreich, wo vor allem religiöse Feiertage dominierten, war er relevant. Es wurde als schlechtes Omen gesehen, wenn die Erzeugnisse, mit denen Erntedank zelebriert wurde, also viel Kürbis, Kastanie und Getreide, nicht zahlreich waren. „Die Vorbereitungen laufen gut, sagte der Herold. Er ist noch vor der geplanten Zeit und die Kosten scheinen die geplanten nicht zu überschreiten, Eure Majestät", piepste Kasia leise. Die Kaiserin nickte zufrieden. Sie streckte die Hand aus. Kasia deutete dies richtig und drückte ihr Federkiel und Papier in die Hand. Sie öffnete ein kleines Tintenfass und stellte es vor ihr auf den Tisch. Kaiserin Alessia begann zu schreiben.

„Es freut mich sehr, Euch erneut zu sehen", sagte Botschafter Peter van Kóvarí verwundert.

Die Kaiserin winkte ab. Sie standen im Kriegssaal, vor dem Kartentisch. „Ich habe einen Brief für Euren König, Botschafter. Er ist äußerst vertraulich und äußerst wichtig. Der König muss ihn dringend erhalten. Ich möchte, dass Ihr ihn persönlich überreicht."

Der Botschafter blickte noch verwunderter. „Natürlich, Eure Majestät. Doch werdet Ihr den König doch selbst in wenigen Monaten…"

„Das spielt keine Rolle. Die Sache duldet keinen Aufschub. Es geht um Erkenntnisse was die… Wesenheiten betrifft, über die wir bereits gesprochen haben."

Der Botschafter riss überrascht die Augen auf. Er nahm den Brief aus der Hand der Kaiserin und nickte ernst. „Die Gerüchte sind also bestätigt? Sie existieren wirklich, Eure Majestät?"

Die Kaiserin nickte bitter. „Ja, Meser. Es scheint sie zu geben. Ich lasse bereits Nachforschungen anstellen, vom Arkanistenorden, der Inquisition und anderen Stellen. Wir vermuten… wir vermuten, dass die Wesen etwas mit arkaner Macht zu tun haben."

„Mit arkaner Macht? Ihr meint…"

„Ich sagte, was ich meine, Botschafter van Kóvári. Der Rest ist für Euren König bestimmt."

Botschafter van Kóvarí nickte. „Der König wird den Brief so schnell wie möglich erhalten."

„Ich schicke Euch einige meiner Drushinar mit auf den Weg. Sie sollen Euch nach Westheim begleiten." Wieder nickte der Botschafter. „Ihr dürft gehen. Und denkt daran Meser, es ist äußerst vertraulich."

Botschafter van Kóvarí verbeugte sich tief. „Natürlich, Eure Majestät."

„Das ist ungeheuerlich. Diese Arkanisten werden noch unser Untergang sein. Ich wette sie sind dafür verantwortlich, durch irgendein gottloses Experiment", zeterte Erzkonfessor Polyák. „Erst empfängt sie uns nur wenige Minuten und dann sowas."

Botschafter van Kóvarí fasste den Erzkonfessor am Arm. „Beruhigt Euch, mein Freund. Sie wissen noch nicht worin genau die Ursache dieser Erscheinungen liegt. Die Kaiserin wollte mir nicht mehr sagen."

Der Erzkonfessor blickte prüfend den Brief an. „Nun, wir könnten…" Erbost funkelte der Botschafter ihn an. „Nein, das ist keine Option. Nicht nur würde man sofort das gebrochene Siegel erkennen, es wäre auch Verrat an unserem König, nicht nur an der Kaiserin. Wir werden den Brief wie befohlen dem König überreichen. Und dann wird er selbst Nachforschungen anstellen lassen. Das Westreich wird diese Aufgabe sicherlich nicht alleine dem Ostreich überlassen." Der Botschafter grinste den Erzkonfessor gerissen an. „Und wir werden alles dafür tun, Erzkonfessor, dass das Westreich, nicht das Ostreich stärker aus dieser Krise hervorgehen wird. Ich habe da bereits einige Ideen…"

Kapitel XVII

Nebel

Galizina, Ostreich, Goldhafen, Unterstadt, Taverne Glimmerstube im Sommer 1271

Paulina war benebelt. Seit sie das untere Stockwerk durch eine unscheinbare Tür im hinteren Bereich der Schankstube betreten hatten, hingen lilafarbene Schwaden in der Luft, die sie träge machten. Sie konnte kaum klar denken. Der Raum, den sie vor sich hatten, war, überraschenderweise gepflastert und nicht aus dunklen Holzbohlen gezimmert. Das musste früher, als in der Unterstadt noch gefördert wurde, ein Verlade- oder Umschlagplatz gewesen sein. An den Seiten des länglichen Raumes waren grobe Trennwände aus Holz befestigt, die mit Vorhängen verhüllt waren. Die Blicke, die Paulina erhaschen konnte, bescherten ihr mit Kissen ausgelegte Nischen, auf denen Menschen Traumstaubpfeifen rauchten oder… andere Dinge taten um sich zu vergnügen.

Paulina versuchte sich auf Zarya zu konzentrieren, die vor ihr ging. Sie folgte ihren schwungvollen Bewegungen. Sie musste fast kichern über den kurzen, purpurfarbenen Rock. Man sah ihm deutlich an, dass er aus Purpurleinenfasern bestand. Purpur war eine Farbe die der Oberschicht vorbehalten war, der Stoff war in der Herstellung sündhaft teuer. Allerdings versuchten die Unterstädter sich offensichtlich mit dem billigen Purpurleinen Abhilfe zu schaffen.

Zarya drehte sich um und lächelte Paulina sinnlich zu. Sie hatte ihr Kichern wohl falsch interpretiert. Maelle, die hinter Paulina ging, legte ihr behutsam eine Hand auf die Schulter. „Geht es Euch gut?", raunte sie ihr leise zu. Paulina nickte. Sie versuchte sich zu konzentrieren. „Ja… alles bestens…", sagte sie gedehnt. Es fühlte sich an als würde sie durch Watte gehen.

Maelle ließ ihre Schulter nicht los. „Ihr seid sicher, dass Ihr nicht nach oben zu Zenon und dem Inquisitor gehen wollt?"

Paulina schüttelte ihre Hand ab. „Ich schaffe das schon." Sie wollte helfen. Paulina fühlte sich hier unnütz, alles was sie bisher getan hatte, war den Wirt zu verärgern. Und auch bei den kommenden Aufgaben konnte sie nichts tun. Der Inquisitor würde die Hungerkinder befragen, Maelle würde die Wunden der Leichen sichten. Paulina kannte sich weder, wie Marilka, in der Unterstadt aus, noch wusste sie wie man sich hier verhielt. Sie hatte keine medizinische Kenntnis und konnte auch bei der Ursachenforschung zur Erscheinung nichts beitragen. Wenn sie wenigstens in einer Drogenhöhle nützlich sein konnte, dann wollte sie das tun.

Zarya drehte sich in der Mitte des Raumes zu ihnen um und bereitete lächelnd die Arme aus. „Macht es Euch bequem, Medames. Sucht Euch eine Nische und kostet von dem, nach was es Euch gelüstet."

Nach einer kurzen, verlegenen Stille war Marilka die erste, die in eine der Nischen verschwand. Paulina fiel auf, wie ihre Hände zitterten. Maelle ging in eine Nische gegenüber. Zu Paulinas Enttäuschung räkelte sich in dieser ein nahezu vollständig nackter Mann auf einigen Kissen. Er begrüßte Maelle mit einem Handkuss und sie zog die Vorhänge zu, jedoch nicht bevor sie Paulina einen eindringlichen Blick zugeworfen hatte, der ihr wohl Vorsicht vermitteln sollte.

Paulina schwankte leicht durch die süßlichen Dämpfe des Raumes. „Dann bleiben wohl noch wir zwei", schnurrte Zarya sie an und nahm sie bei der Hand. Sie führte Paulina in eine Nische etwas weiter hinten, die mit Kerzen ausgeleuchtet war. Zarya ließ sich in die Kissen gleiten und sie zog Paulina mit sich. Das Schankmädchen drapierte sich neben Paulina und fuhr mit zwei Fingern langsam ihr Bein entlang. Paulina versuchte erneut sich zu konzentrieren. Was war ihre Aufgabe? Etwas über die Hungerkinder herauszufinden. Doch es war so neblig... ihr Verstand war so neblig.

„Ich... ich war noch nie in einer Staubhöhle", sagte sie unbeholfen.

Zarya lächelte. „Das dachte ich mir, Oberstädterin." Sie drehte sich kurz von Paulina weg um eine Pfeife zu holen. Mit einem Holzstäbchen, das sie an einer Kerze entfacht hatte, zündete sie die Pfeife an. Kräftig zog sie und atmete einen Augenblick später genüsslich lilafarbenen Rauch aus. „Aaaaaaah. Willst du mal versuchen, meine Liebe?" Paulina schüttelte den Kopf. Zarya lächelte wieder. „Dann willst du sicher etwas anderes."

Bevor Paulina antworten konnte hatte Zarya die wenigen Knöpfe ihres Mieders geöffnet und ließ es zu Boden fallen. Das Hemd, welches sie darunter trug war im Dekolletee offen. Paulina starrte sie träge an. „Ich scheine dir zu gefallen", sagte Zarya sinnlich und beugte sich etwas weiter zu Paulina.

Paulina ließ ihren Kopf auf den Schoß von Zarya sinken, die sie überrascht anblickte. „Erzählt mir etwas von der Unterstadt", sagte Paulina leicht lallend.

Zarya strich ihr durchs blonde Haar. „Die meisten Oberstädter, die uns hier unten besuchen wollen etwas anderes." Sie zuckte die Schultern. „Da gibt es nicht so viel zu erzählen, du siehst ja wie es ist. Dreckig, dunkel und laut. Und dennoch gibt es immer wieder wunderschöne Stellen und Ereignisse. Von einem solchen Ereignis kostest du gerade."

Paulina lächelte ihr verträumt zu. Sie schloss die Augen. „Fahrt fort."

Zarya begann ihren Kopf zu massieren. Es fühlte sich etwas unbeholfen an, aber das störte Paulina nicht. Alles war so bequem und unbeschwert. „Die Unterstadt sprüht vor Leben. Es geschieht immer etwas. Das Steife und Sperrige der Oberstadt gibt es hier nicht. Man wird nicht schief angeschaut, wenn man gegen eine Norm verstößt, man wird nicht belächelt, wenn man sich nicht an Etikette hält."

Paulina seufzte genüsslich, als die Hände von Zarya die obersten Knöpfe ihres Hemdes öffneten und ihre Schultern massierten. Sie musste sich konzentrieren, aber Zaryas Stimme war so schön. „Und das alles hier gehört der Pariah?"

Zarya stockte kaum merklich, fuhr dann aber fort. „Nein, der Pariah gehört zwar vieles, aber nicht die ganze Unterstadt. Es gibt immer mal wieder wechselnde Eigentümer von bestimmten Bereichen der Unterstadt. Mal sind die einen größer, mal die anderen."

Paulina öffnete die Augen leicht und atmete schwer aus. Zaryas Brüste waren direkt über ihrem Gesicht. Es fiel ihr schwerer sich zu konzentrieren, also schloss sie widerwillig ihre Augen wieder. „Und wer hat gerade das Sagen?", fragte Paulina träge.

„In der Glimmerstube? Die Pariah."

„Und auf den Straßen?"

Zaryas Berührungen wurden intensiver. „Auch die Pariah. Obwohl sich gerade immer mehr Leute religiösen Sekten zuwenden. Beten Götzen an und erhoffen sich dadurch weniger Morde."

Paulina wurde aufmerksamer. Sie versuchte fokussiert zu bleiben. Sie waren jetzt genau beim Thema, sie durfte sich nicht ablenken lassen und sie durfte nicht ihre Konzentration verlieren. „Weniger Morde? Passierten den in letzter Zeit viele?"

Zarya seufzte. „Es passieren immer Morde in der Unterstadt, Liebes. Doch in letzter Zeit häufen sich die Fälle im Dreieck Neuer Schacht, Altes Wasserwerk und der Leichengrube."

Paulina stutzte. Wenn die Berührungen von Zarya sie doch nur nicht so ablenken würden. „Und… wisst Ihr wo diese Sekte ihren Ursprung hat? Kann ich mit ihnen sprechen?"

Zarya stutze wieder kurz in ihren Bewegungen. „Nein. Such nicht nach ihnen, Oberstädterin. Ich weiß, für euch von oben übt so etwas eine gewisse Faszination aus, doch sind sie gefährlich. Selbst wenn ich es wüsste, würde ich es dir nicht sagen, zu deinem eigenen Schutz. Zu viele Oberstädter kommen hier herunter, auf der Suche nach kurzfristigen Abenteuern und kehren nicht mehr zurück. Du bist zu hübsch um den gleichen Fehler zu machen." Zarya nahm sanft Paulinas Hände und dirigierte sie zu ihren Brüsten. „Such' lieber hiernach, das ist besser für uns beide."

Paulina öffnete ihre Augen wieder und sah in Zaryas lächelndes Gesicht. Sie sah außerdem ihre Hände an Zaryas Brüsten. Erschrocken zog sie die Hände weg. Zarya ließ sich nicht beirren. „Hab keine Scheu, Oberstädterin", schnurrte sie.

Paulina seufzte. „Ich… ich… wisst Ihr wo sie sich aufhalten?"

Zarya legte erneut ihre Hände auf Paulinas Schultern und setzte ihre Arbeit fort. „Nein, das habe ich dir schon gesagt, meine Liebe. Ich weiß es nicht und du tust gut daran nicht nach ihnen zu suchen. Sonst endet dein Abenteuer in der Unterstadt in einem Holzsarg."

Paulina musste auf einmal kichern. Zarya dachte doch tatsächlich, dass Paulina eine reiche Oberstädterin war, die nur zum Vergnügen und für das Abenteuer in die Unterstadt gekommen war. Hielt sie den Inquisitor für ihre Leibwache?

„Nun, Oberstädterin", raunte Zarya. „Wir waren gerade ganz woanders…" Wieder nahm Zarya die Hände von Paulina und…

„Paulina?", unterbrach eine Stimme die sinnliche Atmosphäre. Marilka stand im Eingang der Nische und hatte den Vorhang zur Seite gezogen. Paulina sprang auf. So sehr, dass es die erschreckte Zarya in die Kissen drückte.

„Marilka, ähm… was machst du?"

Marilka schaute prüfend zwischen Zarya und Paulina hin und her. „Du bist schon eine Weile da drin, ich wollte nach dir sehen."

„Ich… ich komme." Paulina schaute sich fahrig im Raum um und wandte sich dann zum Vorhang, der die Nische von dem Gang trennte.

„Hast du nicht etwas vergessen, Oberstädterin?", fragte Zarya grinsend, immer noch mit entblößter Brust.

Paulina schaute sie irritiert an, begriff dann jedoch. „Entschuldigt", sagte sie ihr und drückte ihr einige Münzen in die Hand.

Zarya ließ staunend die Münzen durch ihre Finger gleiten. „Du darfst gerne wiederkommen."

Paulina wollte die Nische schnell verlassen. Sie wollte raus hier, raus aus der Staubhöhle, einen klaren Kopf bekommen, doch Marilka versperrte ihr den Weg.

„Was?", fragte Paulina, immer noch benommen. Marilkas Blick wanderte etwas weiter herunter, bevor sie Paulina einen vielsagenden Blick zuwarf. „Oh verdammt… Danke." Peinlich berührte knöpfte Paulina ihr Hemd zu.

Maelle erwartete sie im Gang vor den Nischen. „Eine schöne Zeit gehabt?", grinste sie Paulina an.

„Lass uns nach oben gehen", lallte Paulina nur. Marilka legte ihren Arm um Paulinas Hüfte und bugsierte sie Richtung Treppe. Gemeinsam stiegen sie die wenigen Stufen zum Schankraum empor. Knarrende, ausgetretene Holzbohlen bildeten die Treppenstufen, die sie in das Obergeschoss und zu ihren Zimmern führten. Marilka setzte Paulina sanft auf dem Bett ab und gab ihr einen Schluck aus dem Wasserschlauch, den sie aus ihrem Rucksack fischte. Zenon und der Inquisitor hatten ihre Sachen wohl schon auf die Zimmer gebracht.

Paulina merkte, wie der Nebel, der sich in ihrem Kopf gebildet hatte, sich langsam auflöste. „Tut mir leid", sagte Maelle unvermittelt.

Paulina war irritiert. „Was denn?"

Statt einer Antwort bekam sie eiskaltes Wasser ins Gesicht, das sie wie eine Faust traf. Empört und erschrocken öffnete sie den Mund. „Das meinte ich", sagte Maelle und reichte ihr ein wollenes Tuch. Paulina rubbelte sich ab.

„Danke. Mir geht es besser. Auch wenn eine Vorwarnung nett gewesen wäre."

Maelle lächelte sie entschuldigend an. „Dann hätte es nicht gewirkt." Das schelmische Grinsen kehrte auf ihr Gesicht zurück. „Nun, Ihr habt Eure Zeit also genossen? Das was ich vom Gang aus gesehen habe, sah auf jeden Fall nach einer eindringlichen Erforschung der… Unterstadt aus."

Paulina wäre am liebsten im Boden versunken. Wie konnte es sein, dass sie der Traumstaubnebel so mitgenommen hatte, aber Maelle und Marilka davon wohl kaum betroffen waren? „Ich… ich weiß nicht was Ihr gesehen habt, aber der Staubnebel war… stark", begann Paulina. Sie war verhandlungssicher, das kam mit ihrem Beruf. Aber sich vor den beiden Frauen zu erklären, fiel ihr ausnehmend schwer. Lieber wäre sie mit zehn wütenden Händlern gleichzeitig im Gespräch gewesen. „Zarya hat mich… nun, sie war…" Paulina seufzte.

Maelle zog sich einen Hocker heran und setzte sich. „Ihr müsst Euch nicht erklären, wir beide…" Sie deutete auf Marilka und sich selbst. „…wissen welch benebelnde Wirkung Traumstaub haben kann." Sie lächelte kokett. „Außerdem ist sie wirklich ausgesprochen hübsch."

Paulina lächelte sie humorlos an. „Das konntet Ihr Euch nicht verkneifen oder?"

Maelle schüttelte grinsend den Kopf.

„Ihr genießt das gerade, richtig?"

Maelle nickte, noch breiter grinsend.

Paulina vergrub ihr Gesicht in den Händen. „Das ist mir ausgesprochen unangenehm, nur dass das klar ist."

Marilka, die an einem alten, gammligen Regal lehnte, war etwas ernster. „Habt Ihr etwas herausgefunden?"

Paulina schüttelte den Kopf. „Nein. Nur dass Zarya nichts weiß. Ich konnte sie fragen was sie über die Hungerkinder weiß. Sie sagte, dass sie immer mehr an Zuwachs gewinnen und dass sie sich von ihrem Götzen, das muss wohl die Erscheinung sein, erhoffen, dass er die Mordserie einstellt. Wo sie sich aufhalten weiß sie nicht, sie weiß nur, dass sie sehr gefährlich sind."

Marilka nickte ihr zu. Paulina fiel jetzt erst auf, dass ihre Augen sehr glasig waren. Sie musste Traumstaub eingenommen haben. Sie seufzte innerlich. Marilka hatte sich diese schlechte Angewohnheit in ihrer Zeit bei der Handelsgilde abgewöhnt gehabt. Scheinbar nicht nachhaltig. Ihr fiel wieder ein, was ihr Bruder zu ihr gesagt hatte, als Marilka ihre Anstellung in der Gilde begonnen hatte. ‚Du bekommst die Unterstädterin aus der Unterstadt, aber nicht die Unterstadt aus der Unterstädterin.' Verärgert wischte Paulina den Gedanken fort. Das war Blödsinn. „Ähnliches bei mir. Sie gewinnen an Zuwachs, sie verehren ein mystisches Wesen, das von manchen Leuten scheinbar gesehen wurde, von vielen aber für eine Schauergeschichte gehalten wird."

Paulina und Marilka wandten sich Maelle zu. „Habt Ihr etwas heraus…" Paulina stockte. „Moment mal. Ihr macht Euch über mich lustig, aber seid selbst in eine Nische gegangen in der jemand auf Euch wartete? Und Ihr wart nicht unter dem Einfluss von Traumstaub", sagte Paulina empört. Zusätzlich dazu erinnerte sie sich wieder an die Enttäuschung, die sie verspürt hatte, als Maelle die Nische betreten hatte. Paulina schüttelte sich. Die ganze Sache wurde ihr noch unangenehmer. Sie versuchte den Gedanken los zu werden und schob ihn auf ihre erste Erfahrung mit Traumstaub.

„Das habt Ihr richtig beobachtet. Doch auch ich habe nicht viel herausgefunden. Er erzählte mir sehr viel, zu viel um ehrlich zu sein, doch nur sehr wenig Inhalt. Zusätzlich zu den

Informationen, die auch Ihr erhalten habt, sagte er, dass die Hungerkinder wohl tatsächlich das tun was der Name verspricht. Viele ihrer Akolythen hungern sich zu Tode für ihren Götzen. Zu welchem Zweck wusste er nicht, aber er sah Prozessionen der spindeldürren Sektenmitglieder an den Tatorten eines Mordes, den wir vermutlich der Erscheinung zurechnen können."

Paulina nickte nachdenklich. Es war unvorstellbar für sie, wie man sich freiwillig einer solchen Sekte anschließen konnte. Eine andere Frage brannte aber gerade fast mehr auf ihrem Herzen. „Und das hat er Euch einfach so erzählt?", fragte sie Maelle.

„Nun, ich kann sehr überzeugend sein", antwortete Maelle kokett und grinste selbstsicher. Paulina wollte antworten, doch Maelle unterbrach sie und erhob sich von dem Holzschemel. „Fragt nicht weiter, Paulina. Ich habe meine Antworten erhalten und das wars." Sie lächelte Paulina an um ihren Worten die Schärfe zu nehmen. „Sammeln wir unsere beiden Freunde ein, vielleicht haben sie ja im Schankraum etwas herausgefunden. Wenn nicht dann müssen wir morgen wohl auf die Straßen."

Kapitel XVIII

Forschung

Galizina, Ostreich, Goldhafen, Unterstadt, Taverne Glimmerstube im Sommer 1271

Paulina stand nervös mit dem Inquisitor vor der Glimmerstube. Die Nachforschungen von ihm und Zenon hatten leider auch keine Früchte getragen. Niemand schien zu wissen, wo die Sekte ihren Ursprung oder ihren Treffpunkt hatte. Nach einer unruhigen Nacht, einem einfachen Frühstück ihres eigenen Proviants, etwas Brot und Schinken, wollten sie wie abgesprochen vorgehen. Der Inquisitor und Paulina würden zum Schrein der Hungerkinder in der Glaubensstraße gehen, Marilka, Zenon und Maelle machten sich auf den Weg nach Leichengrube um die Wunden der Verstorbenen zu sichten.

„Es ist nicht weit. Ein paar Straßen in diese Richtung." Der Inquisitor deutete an der Taverne vorbei in einige Gassen. Die Straßen waren deutlich leerer als gestern noch, trotz des ewigen Dämmerlichts hielten sich offensichtlich einige Unterstädter an die gängigen Tageszeiten.

Der Inquisitor und Paulina gingen los. Der gestrige Abend bedrückte noch immer ihr Gemüt. Außerdem fühlte sich ihre Zunge pelzig an und sie hatte Kopfschmerzen. Das hatte sie sicher dem Traumstaub zu verdanken.

Vom Hauptweg, auf dem sie gingen, zweigte eine kleinere Gasse ab. Dunkler als der Hauptweg, und noch dreckiger. „Da lang", sagte der Inquisitor zielstrebig. Paulina folgte.

Es roch faulig, noch fauliger als auf dem Hauptweg. Eine graubraune Katze zog miauend davon, als sie ihre Schritte auf dem, mit langen Holzdielen belegten Weg, hörte.

„Ihr fallt auf wie ein Konfessor in einem Bordell", ertönte eine Stimme aus den Schatten. Paulina schreckte aus ihren Gedanken und presste sich an die gegenüberliegende Wand. Sie verfluchte sich, dass sie ihr Stoßrapier nicht mitgenommen hatte, doch Maelle hatte ihr davon abgeraten die Waffe offen zu zeigen. Ein so kostbares Stück lockte zu viel Gesindel an.

Der Inquisitor verzog keine Miene. Er drehte sich in Richtung der Stimme um. „So fühle ich mich auch. Ihr habt lange gebraucht bis Ihr Euch endlich zeigt."

Die Stimme klang belustigt. „Ihr wart ja auch beschäftigt Euch in einer Taverne zu vergnügen." Sie hatte einen schweren Akzent. Paulina war er weitestgehend unbekannt, sie meinte sich an einen Kapitän eines fremden Schiffes zu erinnern, das am Goldhafener Hafen angelegt hatte, dessen Aussprache ähnlich klang. Einige alte Handelsgildenmänner hatten ihr erzählt, dass er wohl weit aus dem Südwesten kommen würde. Noch über Ruthenia und Podolia hinaus.

Die Gestalt, der die Stimme angehörte, trat aus einer Ecke hervor und gab sich zu erkennen. Sie war schmal und trug unscheinbare, farblose Kleidung aus Leder und Wolle. Das Gesicht war Paulina ebenso fremd wie der Akzent. Dunkle, mandelförmige Augen leuchteten Paulina unter schwarzen Haaren, die zu zwei Knoten, rechts und links des Scheitels gebunden waren, entgegen. Paulina konnte nicht feststellen, woher sie ursprünglich stammen musste. Goldhafen und ganz Galizina unterhielt Handelsbeziehungen mit verschiedenen Ländern, darunter auch sehr ferne und fremde. Zu Einigen davon nur lose. Sie dachte, sie hatte schon alle Ethnien gesehen, doch die Frau, die vor ihr stand, belehrte sie eines Besseren.

Die Gestalt deutete eine Verbeugung an. „Inquisitor."

Der Inquisitor nickte ihr zu. „Gut Euch zu sehen." Er wandte seinen Blick Paulina zu. „Medame Nowgoroda, das ist Inquisitionsagentin Ruß. Sie wird unser Vorhaben unterstützen."

Die Frau verbeugte sich auch vor Paulina, die die Geste durch ein Nicken erwiderte.

„Wann dachtet Ihr uns darüber zu informieren, dass wir eine weitere Mitstreiterin haben?", fragte Paulina den Inquisitor barsch. Sie nahm sich immer noch vor ihm in Acht, doch ärgerte sie sein Verhalten zunehmend.

Der Inquisitor fixierte sie wieder mit seinen blaukalten Augen. „Jetzt. Vorher bestand keine Notwendigkeit."

Paulina wandte sich der Frau zu. „Medame... Ruß. Ich möchte gerne etwas mit dem Inquisitor unter vier Augen besprechen. Würde es Euch etwas ausmachen, uns kurz den nötigen Raum zu geben?"

Ruß zuckte die Achseln und ging einige Schritte die Straße herunter. Paulina fiel dabei das große, verdeckte Paket auf, das sie auf dem Rücken trug. Sie fragte sich, was sich darunter wohl verbarg.

Paulinas Schritte machten schmatzende Geräusche als sie sich dem Inquisitor zuwandte. Sie musste ihren Kopf etwas anheben, um dem größeren Mann ins Gesicht schauen zu können. „Meser Inquisitor, ich möchte, dass diese Unternehmung ein Erfolg wird."

Der Inquisitor nickte. „Das möchte ich au..."

„Doch wir müssen beginnen uns zu vertrauen und uns gegenseitig zu respektieren. Ich bin mit der Arbeitsweise der Inquisition nicht vertraut, doch konnten wir die Trocnover Erscheinung nur besiegen, weil wir gemeinsam gearbeitet haben." Paulina war verärgert, sie redete sich in Rage. „Und das müssen wir hier auch tun, sonst sterben wir alle und die Erscheinung und deren Sekte existiert weiter."

„Da stimme ich Euch zu, doch..."

„Und wenn ich vertrauen sage, dann meine ich das so. Behandelt uns wie gleichwertige Mitglieder, oder wir können unsere Aufgabe nicht erfüllen. Und da schließe ich auch Marilka ein. Behandelt sie endlich wie eine von uns, denn das ist sie."

Der Inquisitor hob an zu antworten, stutzte dann aber kurz. „Seid ihr fertig?", fragte er Paulina ruhig. Paulina schluckte schwer und nickte. „Ich stimme Euch zu, Medame Nowgoroda. Wir sollten einander vertrauen." Der Inquisitor machte auf dem Absatz kehrt und ging weiter die Gasse entlang. Paulina blieb irritiert zurück. „Kommt Ihr? Wir haben eine Sekte zu infiltrieren."

Die Glaubensstraße hatte den Namen, den Maelle für sie auserkoren hatte, verdient. Die Gasse, über die sie die Straße erreicht hatten, hatte sich geöffnet und war irgendwann in eine belebte, weitere und etwas hellere Verkehrsader übergegangen.

Sogar der überall wabernde Fäulnisgeruch war durch den von Weihrauch und Kerzenwachs verdrängt worden. Paulina war nicht religiös erzogen worden, was für das Ostreich üblich war. Es wurden zwar, je nach Oblast, Region und Stadt, einige arkane Heilige mehr oder weniger aktiv verehrt, doch nahm der Glaube einen weit weniger wichtigen Teil in der Gesellschaft ein, was die gläubigen Abgesandten des Westheimer Königshofs auch sehr störte, wenn sie das ‚gottlose' Ostreich besuchten, wie Kaiserin Alessia ihr einmal erzählt hatte, als ihre Beziehung noch besser war. Umso mehr Unverständnis machte sich in ihr breit, als sie die Schreine der unzähligen Göttlichen, Götzen und Götter sah, die hier aufgestellt worden waren. Prediger und Quacksalber übertönten sich gegenseitig mit Untergangsszenarien, Heilsversprechen und anderem Gezeter. Sogar ein Schrein des Einen war hier aufgestellt. Er überragte viele der anderen Schreine an Größe und Imposanz.

„Das Leben ist nur der Weg zum Tod. Huldigt dem Einen, wascht euch von euren Sünden rein. Nur in seinem Licht könnt ihr gerettet werden", skandierte ein junger Konfessor, der auf einer Holztribüne vor dem Schrein des Einen stand. Eine junge Mutter mit einem Kind auf dem Arm sah ihm gelangweilt zu. Zwei Jugendliche, die etwas abseits standen, spielten die Szene nach. Der eine plusterte seine Brust auf und skandierte in der gleichen Tonalität wie der Konfessor, der andere hing gebannt an seinen Lippen.

„Fanatiker…", murmelte Paulina. Der Inquisitor wandte sich ihr zu. „Entschuldigt, ich bin nicht religiös. Ich wollte Euch nicht beleidigen."

Der Inquisitor zuckte mit den Schultern. „Ich stimme Euch zu."

Paulina blickte ihn irritiert an. „Ich dachte die Inquisition ist dem Einen treu ergeben?"

Der Inquisitor nickte. „Die heilige Inquisition des Westreiches ist das auch. Die Inquisition im Ostreich ist es weniger." Paulina wurde gewahr, dass sie, trotz ihrer Nähe zum Palast, wenig über die Geheimpolizei des Reiches wusste. Und das war vermutlich auch gut so. „Nach dem Fall der theodosianischen Landmauer und der Wiedervereinigung des

Ost- und Westreiches sind die beiden Institutionen zusammengeführt worden. Sie steht jetzt unter dem direkten Befehl der Kaiserin und des Königs, oft noch mit der Zwischenstelle der Kirche des Einen und des Arkanistenordens. Ich gehöre zur... nun, weltlichen Inquisition des Ostreiches. Gehörte ich zur heiligen Inquisition des Westreiches, hätte ich Euch nach dieser Aussage als Häretikerin gebrandmarkt und hingerichtet."

Paulina suchte in seinem Gesicht nach einem Hinweis darauf, dass der letzte Satz ein Scherz war, fand aber keinen. Während sie weiter die Glaubensstraße hinabgingen, stellte Paulina eine weitere Frage. „Ihr habt also die gleichen... Ziele? Die heilige Inquisition des Westens und des Ostens?"

Der Inquisitor nickte. „Offiziell ja. Schutz des Reiches von Feinden im Inneren. Für mich heißt das vor allem Wildarkanisten, Staatsfeinde und Terroristen. Für die Inquisitoren im Westen sind diese feinde Ketzer und Häretiker. Schaut, ich glaube wir sind da."

Der Inquisitor hatte Recht, ein dünner Mann, der nur ein Sackleinenhemd trug, betete mit tragender Stimme einige Verse herunter. Vor ihm hatte sich eine beachtliche Menge an Menschen gesammelt, bestimmt einhundert an der Zahl. Weit mehr, als vor allen anderen Schreinen.

„Wie gehen wir vor?", fragte Paulina.

„Wir gehen zu ihm hin und sagen wir wollen beitreten", antwortete der Inquisitor.

„Meint Ihr das ist wirklich der beste..."

„'Der direkte Weg ist der, der den Festen zum Sieg verhilft.' Hexenhammer, Kapitel drei, Vers vierzehn. Ruß, haltet Euch im Hintergrund."

Die Inquisitionsagentin tippte sich mit zwei Fingern an die Stirn und verschwand.

„Die Morde, die ihr beobachtet sind Symptom unseres Verfalls. Der Hunger kam, um uns unseren falschen Weg aufzuzeigen. Die Kaiserin hat uns verlassen, der König hat uns verlassen. Sie wollen uns hier verrotten lassen, doch das werden wir nicht. Wir werden befreit. Der Hunger befreit. Wir müssen uns ihm nur zuwenden." Der Prediger streckte einen Arm aus und deutete in die Ferne. „Spürt seine Erlösung. Es wird euch retten. Wir müssen ihm nur huldigen, dann hört unser Leiden auf. Er mordet um seine Unzufriedenheit zum Ausdruck zu bringen. Er mordet die Schwachen und die Falschgläubigen. Doch wenn wir uns ihm voll hingeben, hört es auf. Alles hört auf und wir steigen in sein Paradies auf…"

Paulina drehte sich zum Inquisitor um, doch war er nirgends zu sehen. Verdammt. Er würde etwas Dummes anstellen. Etwas, das in seinem verfluchten Hexenhammer stand. Paulina bahnte sich durch die Menge und suchte den Inquisitor. Sie fand ihn neben dem Schrein, wo er leise auf eine dünne Person einredete. Strähnige Haare hingen ihr ins Gesicht. Paulina bahnte sich ihren Weg durch die Menge auf die zwei Gestalten zu. „…der Hunger wird dir den Weg zeigen", hörte Paulina das Sektenmitglied gerade noch sagen.

„Nun, dann beschleunigt den Prozess doch und sagt Ihr es mir", antwortete der Inquisitor drohend.

„Nein, nein, das würde dem Hunger nicht gefallen. Er wird dich zu uns führen, wenn er dich für würdig erachtet."

Der Inquisitor funkelte den Mann böse an. „Ihr wisst wer ich bin?", fragte er.

Der Mann nickte. „Dein Aufzug ist unverkennbar. Selbst hier unten."

Der Inquisitor nickte. „Dann wisst Ihr auch, dass ich Euch alle für die Aussagen dieses Quacksalbers…" Er deutete auf den Prediger auf der Holztribüne. „…exekutieren lassen kann?"

Der Mann breitete die Arme aus. „Tut es. Der Hunger wird mich schützen und mich in sein Paradies geleiten."

Der Inquisitor packte den Mann grob an seinem Hemd und drückte ihn an eine nahegelegene Hüttenwand. Einige der Unterstädter, die dem Prediger, der immer weiter predigte, an den Lippen gehangen hatten, schauten den Inquisitor empört an. „Sagt mir jetzt wo Ihr Eure Treffen veranstaltet, ihr jämmerlicher Wurm, oder ich wende Methoden an, vor denen Euch auch Euer Hunger nicht schützen kann."

Der Mann, der an die Wand gedrückt war, lächelte den Inquisitor an. „Der Hunger schützt vor allem, was du mir androhst, Knecht des Unrechts."

„Inquisitor, es reicht", sagte Paulina mit fester Stimme.

Der Inquisitor sah sie nicht an. „Wollen wir das mal ausprobieren? Ich denke ich fange mit Euren Finger…"

„Unrug, lasst den Mann los", rief Paulina. Der Inquisitor drehte sich um. Er sah, dass der Prediger aufgehört hatte zu predigen und er und die Menschenmasse ihn böse anfunkelten. Der Inquisitor ließ das Sektenmitglied los und klopfte ihm auf die Schulter.

„Los, verschwinden wir von hier", raunte er Paulina zu.

„Das war ja eine wunderbare Idee", sagte Paulina wütend, als sie einige Schritte gegangen waren. Der Inquisitor erwiderte nichts. „Von wegen ‚der direkte Weg'. Ich würde in Eurem Hexenhammer nochmal nachle…"

Der Inquisitor blieb stehen und hob Paulina einen Finger vors Gesicht, sodass er fast ihre Nasenspitze berührte. „Vorsicht, Nowgoroda. Denkt nicht, dass Ihr von Strafe ausgenommen seid, nur weil ihr Teil dieser Mission seid. Passt auf was Ihr sagt." Er ging weiter, Paulina folgte.

Ruß schloss sich ihnen kurze Zeit später an. „Keiner folgt uns, wir sind sicher."

„Gut. Wir warten in der Taverne auf Dorn, Grajev und Wasser."

Maelle, Zenon und Marilka hatten mehrere dunkle Tunnel durchquert und waren am neuen Wasserwerk vorbeigekommen, bevor sie im alten Wasserwerk ankamen. Die Kaverne war hoch, deutlich höher als der nasse Markt. Ein riesiges Wasserrad, mehrere Mannslängen im Durchmesser, nahm den Blick sofort ein. Um das Wasserrad, das sich träge in einem kleinen Rinnsal drehte, waren Hütten gezimmert worden.

„Das sieht… irgendwie schön aus", sagte Zenon.

„Beeindruckend trifft es vielleicht eher als schön", meinte Maelle.

Marilka zuckte die Schultern. „Der Bezirk war früher viel belebt. Mehrere Leute gingen hier ihrer Arbeit nach, wer im Wasserwerk arbeiten durfte, hatte Glück. Irgendwann wurde das stillgelegt, als der Wasserstrom versiegte und in das neue

Wasserwerk umgeleitet wurde. Wieso das passiert ist, weiß ich nicht. Viele der Menschen sind mit in das neue Werk gezogen. Diejenigen die hier blieben, hatten auf einmal keine Lebensgrundlage mehr und mussten sich anderswo Arbeit suchen. In den Staubminen, bei der Pariah, in den Tavernen…" Sie machten Platz, um einem Fuhrwerk, das mit Steinen beladen war, auszuweichen. „Ich bin hier aufgewachsen", schloss sie und ihr Blick wanderte in die Ferne.

Sie gingen weiter. Maelle fiel auf, dass hier deutlich weniger Menschen verkehrten, als in der Hauptkaverne oder in Nasser Markt. Es war wie in der Oberstadt. Je weiter man sich von den Märkten und Stadtplätzen entfernte, desto weniger Menschen waren auf den Straßen. Marilka deutete auf eine Hütte, die ein großes Fenster aufwies, an das eine Theke gezimmert war. Sie lächelte. „Das war meine Lieblingssuppenküche. Hier habe ich oft gegessen."

Maelle maß die Hütte mit einem prüfenden Blick. Sie unterschied sich, bis auf das große Fenster, nicht von den Hütten rechts und links daneben. Kein Schild, kein Schriftzug, der die Hütte als Gasthaus oder Essensstand auswies. Ein Mann stand davor und löffelte etwas Undefinierbares aus einer Schüssel.

Als sie gerade die Hütte passierten, der Marilka sehnsüchtig Blicke zuwarf, drang eine Stimme aus der Baracke. „Marilka? Rilka, bist du das?" Sie drehten sich um. Eine Frau in braunbeigem Kleid ging vorsichtig auf sie zu.

„Agatha?", antwortete Marilka aufgeregt.

„Ja. Ja", antwortete die Person, die über das ganze Gesicht strahlte und die letzten Schritte auf Marilka zu rannte. Die beiden umarmten sich innig. „Ich dachte du wärst tot…", sagte Agatha und legte eine Hand auf Marilkas Wange.

„Und ich dachte, du würdest nur noch mit Oberstädtern verkehren", antwortete Marilka lächelnd.

Agatha blickte an Marilka vorbei und sah Maelle und Zenon an. „Das musst du gerade sagen. Außerdem weißt du ja wie sie sind. Die haben mich ein paarmal bei sich gehabt, ich durfte ein bisschen für sie kochen und dann haben sie mich wieder fallen gelassen." Sie zuckte die Schultern. „Jetzt bin ich halt wieder hier. Aber immerhin…" Sie drehte sich im Kreis, dass die Säume ihres

Kleides sich drehten. „…durfte ich das hier behalten." Sie fasste Marilka bei den Schultern. „Komm, ich mach dir… euch meine ich, eine Schale schwarzen Topf."

Marilka schaute fragend, fast schon bittend zu Maelle und Zenon. Maelle merkte wie glücklich es Marilka machte, ihre Freundin in ihrem alten Viertel wieder zu sehen. Sie nickte. Sollte sie ihren Spaß haben, die Toten blieben tot, die konnten warten.

Agatha verschwand in der Hütte und schaute sie aus dem Fenster an, während sie drinnen mit eisernen Töpfen und Pfannen hantierte. „Wer sind denn deine Begleiter, Rilka?", fragte Agatha fröhlich.

Marilka stellte die beiden der Reihe nach vor. „Maelle und Zenon. Das sind meine… Freunde. Sie haben mir das Leben gerettet."

Agatha warf einen prüfenden Blick aus ihrem Fenster. „So? Das sieht Oberstädtern gar nicht ähnlich." Die Frau legte den Kopf schief. „Nichts für ungut", fügte sie eilig hinzu. Maelle winkte lächelnd ab.

„Seit wann arbeitest du hier?", fragte Marilka.

„Ach weißt du Rilka, Großmutter ist gestorben. Manche sagen der Hunger hat sie geholt, andere sagen sie war einfach alt."

„Das ist ja schrecklich. Ich habe ihren Topf geliebt." Marilka drehte sich zu Zenon und Maelle um. „Sie war nicht wirklich irgendjemandes Großmutter. Jeder hat sie hier nur so genannt." Bevor einer der beiden etwas sagen konnte fuhr Agatha fort.

„Dann hast du meinen noch nicht probiert Rilka." Sie stellte drei dampfende Schüsseln mit Schwarzer Topf vor ihnen auf den Tresen. „Lasst es euch schmecken!"

Maelle sah Marilka lächelnd dabei zu, wie sie ihren Eintopf verschlang. „Schmeckt wunderbar", sagte sie mit vollem Mund zu Agatha. Maelle nahm widerwillig selbst einen Löffel. Es schmeckte weit weniger schlimm, als sie erwartet hatte. Trotzdem versuchte nicht daran zu denken, was sie da gerade aß. Sie hoffte sie würde heute Abend nicht über dem Brückengeländer hängen und alles wieder auskotzen. „Sagt, Agatha, wo wurde die Leiche von… Großmutter gefunden?", fragte Maelle.

Agatha runzelte die Stirn. „Ich weiß es nicht genau. Irgendwo zwischen Altes Wasserwerk und Neuer Schacht. Also ganz in der Nähe."

Zenon blickte sie fragend an. „Habt Ihr keine Angst, dass… nun, dass Euch auch etwas passieren könnte?", fragte er kauend.

Agatha musterte den Lieutnant. „'Euch'? So förmlich bin ich wohl noch nie angesprochen worden." Sie kicherte und winkte ab. „Hier passieren ständig Verbrechen. Hier, genauso wie in Nasser Markt oder der Hauptkaverne. Es ist egal wo man sich aufhält, die Gefahr ist überall gleich."

Eine Weile aßen sie schweigend weiter. „Was machst du hier eigentlich mit deinen… Begleitern?", fragte Agatha neugierig.

„Nun… nichts… besonders", sagte Marilka und senkte den Blick.

Agatha nickte fürsorglich. „Ich verstehe. Pariah-Kram. Pass bloß auf dich auf, Rilka, ich will dich nicht irgendwann tot auf der Straße auflesen müssen."

Marilka stieg die Röte ins Gesicht und Maelle verstand warum. Agatha dachte, dass sie noch für die Pariah arbeitete. Und wieso sollte sie das auch nicht denken, das war üblicherweise eine Verpflichtung auf Lebenszeit. „Mach dir keine Sorgen, wenn du mich mal eine Weile lang nicht siehst, Agatha", meinte Marilka betreten. „Ich bin derzeit öfter mal länger weg."

Agatha machte große Augen. „Du musst mir unbedingt mal etwas aus der Oberstadt mitbringen."

Marilka nickte. „Das mache ich bestimmt."

Maelle legte Marilka eine Hand auf die Schulter. „Wir müssen weiter, Marilka", sagte sie leise.

Marilka schaute Agatha entschuldigend an. „Wir müssen…"

Die nickte und lächelte Marilka an. „Ich verstehe schon, Rilka. Es war schön dich zu sehen." Sie umarmte Marilka, die die Umarmung ebenso herzlich erwiderte und drückte ihr einen Kuss auf die Wange. Als sie sich lösten, wandte sich Agatha ihr noch einmal zu. „Achja, schau doch mal in deiner Baracke vorbei. Wenn du länger nicht hier bist, dann nehm' dein Zeug lieber mit."

Marilka starrte sie ungläubig an. „Das ist noch da?", fragte sie.

Agatha nickte. „Klar. Ich hab' die Baracke abgeschlossen und zugemacht, als du irgendwann nicht mehr aufgetaucht bist."

Marilka umarmte Agatha erneut, diesmal stürmisch. „Danke, Agatha. Ich weiß nicht, wie ich das wieder gut machen soll."

Agatha lachte. „Am besten indem du mich nicht erdrückst."

Zenon deutete eine Verbeugung an. „Es hat mich gefreut, Agatha. Habt Dank für das Essen." Maelle nickte ihr ebenfalls zu und die drei gingen weiter. Was Agatha nicht gesehen hatte, war, wie Zenon mehrere Münzen unter die leeren Schüsseln gelegt hatte. Maelle wurde etwas wärmer ums Herz. Der Lieutnant war wirklich ein guter Mensch.

„Es ist nicht mehr weit", sagte Marilka, als sie weiter durch die Gassen gingen.

Unvermittelt standen sie vor einem nahezu runden Tunneleingang. Die Holzbohlen, die sonst die Wege bildeten, lagen hier nicht mehr im Dreck und es waren deutliche Karrenspuren sichtbar. „Das ist der Weg, über den die Leichensammler gehen, wenn sie Tote in die Leichengrube werfen."

Maelle atmete tief durch und nickte ihren beiden Begleitern zu. „Na dann los."

Gemeinsam gingen sie in das Dunkel. Der Tunnel war relativ schmal, öffnete sich aber bald zu einer größeren Höhlung. Einige Menschen, die am Wegesrand kauerten, schauten sie müde an, als sie vorbeigingen. Als der Tunnel sich etwas öffnete, wurden auch wieder Holzhütten sichtbar, die an die Höhlenwand gebaut waren. Zenon wirkte schockiert. „Hier... wohnen Menschen? Ich dachte das wäre die Leichengrube."

Marilka schaute ihn irritiert an. „Natürlich wohnen hier Menschen. Leichengrube ist ein Bezirk der Unterstadt. Seinen Namen hat er von der Leichengrube, die in seiner Mitte ist, doch in den Randbereichen wohnen Menschen. Es ist sehr billig hier eine Baracke zu beziehen, daher wohnen hier meist die Armen und Kranken." Maelle sah Zenon entgeistert den Kopf schütteln. Auch sie hatte lange gebraucht, sich an die Zustände hier unten zu gewöhnen. Dass Menschen neben dem Gestank von Verwesung und Tod, der ihnen jetzt schon entgegenwehte, lebten, war schwer zu verstehen.

Als sie sich der tatsächlichen Leichengrube, die dem Viertel ihren Namen gab und hinter fauligen Holzwänden mehr schlecht als recht versteckt lag, näherten, reichte Maelle ihnen Tücher. „Bindet das um Mund und Nase und fasst keine Toten an. Wir wissen nicht, ob hier Seuchen grassieren." Marilka und Zenon taten wie ihnen geheißen und banden sich das, nach Kräutern duftende, Tuch um.

Sie gingen um eine Holzwand herum und der gesamte, grauenerregende Anblick der Leichengrube der Unterstadt bereitete sich vor ihnen aus. In der Mitte war tatsächlich eine flache Grube, in der mehrere tote Körper lagen. Maelle brauchte einen Moment, bis sie ihren Magen wieder unter Kontrolle hatte. Zwar waren im Apothecarium Leid und Tod an der Tagesordnung, doch das hier war eine ganz andere Größenordnung. Sie hätte nichts essen sollen.

Außerhalb der Grube, an den Rändern des rundlichen Bereichs in dem sie standen, brannten zwei Feuer, an denen zwei Personen die Leichen verbrannten.

„Wir begraben unsere Toten nicht", würgte Marilka hervor. „Wir verbrennen sie hier."

Maelle nickte. Etwas unsicher stand sie vor der Grube. „Sollen wir die…" Sie deutete auf die Leichenarbeiter. „…fragen ob sie uns helfen können?"

Marilkas Antwort kam gedämpft, sie atmete flach durch den Mund. „Nein, die interessiert nicht was mit den Leichen passiert. Wir können einfach…"

„Achtung!", schrie eine Stimme in ihrem Rücken. Ein mit zwei Leichen beladener Handkarren wurde von einem speckig aussehenden Mann herangekarrt.

„Woher sind die?", fragte Maelle geistesgegenwärtig, während der Mann sich abmühte seinen Wagen die kleine Steigung zu der Grube hoch zu wuchten.

„Der Hunger hat sie geholt. Hier ganz in der Nähe. Wurden zwei Straßen weiter gefunden." Er ächzte unter dem Gewicht seines Karrens.

„Könnt Ihr sie einfach hier abladen? Ich würde sie mir gerne mal ansehen", fragte Maelle und beugte sich vor, um einen Blick auf die Körper zu erhaschen.

Der Mann musterte sie. „Klar, wieso nicht", sagte er nach einem kurzen Augenblick des Zögerns. Er wuchtete den Wagen an den Holmen um, sodass die Körper zur Seite herunterfielen, Maelle vor die Füße, die erschrocken einen Schritt zurück machte. „Bitte sehr. Was, beim Arsch der Kaiserin, hast du da im Gesicht?"

Maelle tastete irritiert in ihrem Gesicht, bis ihr auffiel, dass er ihre Maske meinte. „Das ist zur…" Maelle seufzte. „Nicht so wichtig." Sie wollte dem Mann nicht sagen, was er sowieso nicht anwenden konnte, aufgrund von mangelnden Kräutern und Geld.

Der Unterstädter zuckte die Schultern und ging, den Handkarren hinter sich herziehend, den Weg zurück, den er gekommen war. Maelle hörte Marilka würgen. Sie schaute zu ihren beiden Gefährten. Auch aus Zenons Gesicht war alle Farbe gewichen. Die Apothecaria kniete sich neben die beiden Leichen und betrachtete sie. Die eine war die einer Frau, etwa in der Mitte ihres Lebens, vermutete Maelle. Einfach zu beurteilen war das nicht, große Teile des Fleisches waren brutal herausgerissen worden. Ein Arm fehlte und im Bereich des Bauches waren schreckliche Bissspuren zu sehen. Maelle schaute sich den Armstumpf an. Die Wundränder waren unsauber, als hätte man den Arm mit bloßer Gewalt abgerissen. Ein Knochenstück war sichtbar. Maelle stutze. Der Knochen war abgebrochen und sah aus, als wäre ihm das Mark herausgesaugt worden.

Zenon ging neben ihr in die Hocke. „Seht Ihr die Male an den Handgelenken?", fragte er, ein Würgen unterdrückend.

Maelle schaute hin. Rote Blessuren und offene Stellen waren daran zu erkennen. „Sie… sie war gefesselt?"

Zenon nickte. „Mit eisernen Ketten. Seht Ihr die Rostablagerungen in den offenen Stellen?" Er deutete auf die entsprechenden Stellen in der Wunde. „Was denkt Ihr? Ein gewöhnliches Verbrechen?"

Maelle schüttelte langsam den Kopf. „Ich weiß es nicht… die Frau war noch am Leben, als ihr diese Wunden zugefügt wurden. Ein Mord von jemandem, der die Leiche dann einfach auf die Straße geworfen hat, war es nicht. Ich verstehe es nicht." Maelle dachte nach.

„Ich glaube ich komme nicht ganz mit." Der Lieutnant runzelte die Stirn.

„Nun, das Opfer hat gelebt, als ihr die Wunden zugefügt wurden. Dass das ein gewöhnlicher Mord war und der Mörder die Leiche nur loswerden wollte und deshalb auf der Straße entsorgte und die Erscheinung dann nur die Leiche anfraß ist unwahrscheinlich. Ebenso unwahrscheinlich ist es, dass das Opfer auf offener Straße gefesselt gelegen hatte und dort von der Erscheinung überrascht wurde. Wisst Ihr was ich glaube?" Zenon zog fragend die Augenbrauen hoch. „Für mich sieht es so aus, als wäre das Opfer irgendwo gefesselt worden. Die Erscheinung hat es getötet und angefressen. Danach wurde die Leiche des Opfers auf die Straße geworfen. Aber wer tut so etwas? Wieso sollte jemand der Erscheinung Menschen zum Fraß vorwerfen?"

Zenon schaute sie an. „Nun, aus religiösem Fanatismus. Ein Menschenopfer. Das ist genau das, was ich von einer Sekte wie den Hungerkindern erwarten würde."

Maelle nickte. Sie erhob sich und schaute sich die andere Leiche an. Ein Mann, etwa gleichen Alters wie die Frau. Auch die Wunden sahen ähnlich aus. „Gehen wir. Wir haben alles gesehen, was es zu sehen gab", sagte sie. Marilka atmete sichtlich auf, als sie die Leichengrube verlassen konnten.

„Lasst uns schauen, dass wir schnell zurück in die Taverne kommen. Wenn diese Erscheinung hier ihr Unwesen treibt, dann will ich mich nicht unvorbereitet hier aufhalten", sagte Zenon und schaute sich um, als sie vor der Leichengrube standen.

Marilka räusperte sich leise. „Ich möchte noch in meiner Baracke vorbei." Sie blickte zu Boden. „Ich komme dann so schnell wie möglich nach."

Maelle schüttelte den Kopf. „Auf keinen Fall. Ihr geht nicht alleine, wir begleiten Euch."

Marilka hob beschwichtigend die Hände. „Das müsst Ihr nicht, wirklich. Ich komme…"

Zenon unterbrach sie. „Doch, Maelle hat Recht. Wenn Ihr dort hingeht, begleiten wir Euch."

Marilka nickte zögernd. Sie deutete in die Richtung, aus der sie gekommen waren. „Dort lang."

Sie führte sie auf den Weg zurück. An einer Kreuzung bog sie allerdings nach rechts in eine Gasse. Die Hütten hier waren wieder turmhoch gebaut worden. „Wir sind hier genau auf der

Straße die Altes Wasserwerk von Neuer Schacht trennt", sagte Marilka. Über ihnen beobachteten sie zwei junge Frauen, die an dem Geländer einer Brücke lehnten, die sich über die Gasse zog. Es war, bis auf wenige Stimmen, die sie hörten, relativ leise, nur das schmatzende Geräusch ihrer Schritte war zu hören. Hin und wieder wurde ein hölzerner Fensterladen geschlossen oder ein Kind schaute ihnen interessiert hinterher. Ein älterer Mann saß im Schneidersitz auf einer Holzkiste und spielte einige traurige Töne auf einer mindestens ebenso alten Zither.

Unvermittelt blieb Marilka stehen. „Wir sind da."

Sie betrat einen engen Spalt, zwischen zwei Hütten, der mit Brettern ausgelegt war. Von diesen ging eine Tür in die angrenzende Hütte. Marilka zog einen kleinen Bronzeschlüssel aus ihrer am Gürtel befestigten Tasche und steckte ihn in das Schloss. „Habt Ihr den die ganze Zeit mit Euch herumgetragen?", fragte Maelle. Sie war verblüfft. Marilka konnte unmöglich gewusst haben, wann sie das nächste Mal ihre Baracke sehen würde.

Marilka zuckte mit den Schultern. „Nimmt ja nicht viel Platz weg. Ich habe meine Sachen gern bei mir. Nur Agatha hat einen zweiten weiteren Schlüssel."

Nach etwas Rütteln an der Tür schwang sie quietschend auf. Maelle und Marilka traten ein, Zenon blieb in der Türschwelle stehen. Wäre er mit hineingekommen, hätten sie sich kaum umdrehen können, ohne sich gegenseitig zu behindern. Eine Ratte huschte ärgerlich quiekend davon.

Maelle sah sich in dem kleinen, fensterlosen Raum um. Einige abgebrannte Kerzen waren auf einer grob gezimmerten Kommode festgeklebt.

„Zenon, könnt Ihr mal einen Schritt zur Seite machen, wir sehen kaum etwas", bat Maelle den Lieutnant. Der trat aus der Türschwelle und ging zurück auf die Gasse. Ein schmaler Lichtschein fiel jetzt von draußen herein und ermöglichte zumindest ein wenig Sichtbarkeit. Maelle sah ein Nachtlager aus Stroh, auf dem eine zerschlissene Decke lag. Einige leere Flaschen und zerdrückte Rauchkrautstummel lagen neben dem Bett auf dem Boden. Maelle meinte auch die Überreste von

Traumstaub zu erkennen, der das Holz an einigen Stellen lila verfärbt hatte. Mehr war in dem Raum nicht zu sehen.

Marilka schaute Maelle an. „Erzählt das bitte nicht den anderen…"

Maelle seufzte. „Marilka, es gibt nichts weswegen Ihr Euch schämen braucht, ich…"

Marilkas Gesicht nahm einen flehenden Ausdruck an. „Versprecht es. Erzählt es nicht den anderen." Maelle seufzte erneut. Marilka tat ihr leid. Sie wusste nicht, was sie trauriger fand. Dass Marilka dachte, sie wüssten nicht, wie sie in der Unterstadt gelebt hatte, oder dass sie dachte, sie würden es ihr übel nehmen, wenn sie es wüssten. Sie legte ihr eine Hand auf den Arm. „Ich verspreche es. Meine Lippen sind versiegelt."

Marilka lächelte schwach. „Danke."

„Also, was suchen wir?", fragte Maelle, während sie weiter in den kleinen Raum eintrat.

Marilka zuckte die Schultern. „Gar nichts. Ich will nur meine übrigen Sachen holen."

Maelle schaute Marilka gespannt über die Schulter, als sie die einzige Schublade der Kommode öffnete. Zwei einfache Kleider lagen darin, ein safrangelbes und ein bräunlich-beiges.

Marilka nahm beide an sich und klemmte sie sich unter den Arm. „Wir können zurück", sagte sie.

„Das wars schon?", fragte Maelle und bereute es sofort. Sie wollte nicht, dass sich Marilka wegen ihr noch schlechter und weniger Wert fühlte. Schnell schob sie eine Frage hinterher. „Das gelbe Kleid ist sehr schön. Woher habt Ihr es?"

Marilka zuckte die Schultern. „Weiß nicht, es gehört meiner Schwester."

Maelle, die sich gerade zum Ausgang gewandt hatte, fuhr herum. „Ihr habt eine Schwester? Das habt Ihr gar nicht erwähnt."

Wieder zuckte Marilka mit den Schultern. „Es hat niemand gefragt", sagte sie ohne Anklage.

Maelle lehnte sich an die Holzwand neben dem Eingang. Marilka hatte nicht in der Vergangenheitsform gesprochen. Ihre Schwester musste noch am Leben sein. „Wisst Ihr wo sie ist?", fragte Maelle vorsichtig.

„Nein. Ich habe sie seit bestimmt…" Marilka dachte angestrengt nach. „…fünfzehn Jahren nicht gesehen. Wir haben zusammen hier gewohnt. Damals sah es noch etwas sauberer aus. Ich erinnere mich noch daran, wie sie mir immer etwas zu Essen mitgebracht hatte, wenn sie abends nach Hause kam. Sie…" Marilka schniefte und eine Träne lief ihr über die Wange. „Sie hat immer weniger gegessen als ich. Sie hat gesagt, dass sie keinen Hunger hat, weil sie nicht mehr wachsen muss, ich dagegen schon. Heute weiß ich…" Ihr versagte die Stimme. „Heute weiß ich natürlich, dass sie das nur gesagt hat, weil wir nicht genug hatten. Sie… sie hat sich um mich gekümmert." Maelle nickte mitfühlend. „Ich… irgendwann kam sie nicht mehr nach Hause. Sie arbeitete in einer Taverne als Schankmädchen. Ich habe den Wirt nach ihr gefragt. Der hat nichts gesehen. Andere Schankmädchen sagten, sie hätte mit einer anderen Person die Taverne verlassen und dass ich sie vergessen solle, weil sie ihr Glück gefunden hat." Marilka rieb sich die Augen und seufzte. „Ich habe die Leichengruben besucht. Jeden Tag über Wochen. Ich habe überall nach ihr gesucht, doch ich habe keine Spur von ihr gefunden. Ich habe tagelang in der Baracke gesessen und geweint. Irgendwann konnte ich nicht mehr. Ich hatte seit Tagen nichts gegessen und musste Geld verdienen. Ich bin dann… in eine Taverne gegangen, ähnlich der Glimmerstube und habe… als Schankmädchen dort angefangen, ähnlich wie Zarya." Marilkas Schultern bebten und mehr Tränen benetzten ihre Wangen. „Ich habe meine Schwester beinahe vergessen… ich war nur darauf fixiert am Leben zu bleiben." Maelle ging zu ihr und nahm sie behutsam in den Arm. Marilka vergrub ihren Kopf in Maelles Schulter und schluchzte. Nach einer Weile löste sie sich von der Apothecaria. „Irgendwann danach bin ich der Pariah beigetreten, weil ich es in der Taverne nicht mehr aushielt. Und dann habt ihr mich gefunden. Von meiner Schwester habe ich nie wieder etwas gehört."

Maelle streichelte sanft ihren Arm. Sie merkte, dass Marilka ihre Geschichte noch nie jemandem erzählt hatte. „Es tut mir unsagbar leid, was Euch widerfahren ist, Marilka.", sagte Maelle.

Marilka schüttelte schniefend den Kopf. „Es ist... alles gut, ich weiß nicht wieso ich Euch das Ganze erzählt habe. Es tut mir leid."

Maelle suchte ihren Blick. „Das muss es nicht. Ihr seid meine Freundin Marilka. Ich freue mich, dass Ihr das mit mir geteilt habt." Maelle lächelte. „Und Weinen hilft mir auch immer."

Marilka lächelte sie unter einem Tränenvorhang dankbar an. „Das stimmt." Sie wischte sich die Nase an ihrem Ärmel ab. „Gehen wir. Zenon fragt sich sicher schon, wo wir bleiben."

Marilka drückte die beiden Kleider fester an sich und steuerte mit Maelle voran auf die Tür zu. Draußen lehnte Zenon an der Wand und wollte gerade etwas sagen, als er Maelles Gesichtsausdruck und Marilkas verweintes Gesicht sah. Wortlos griff er sich an den Gürtel und holte ein feines, weißes Tuch hervor. Er reichte es Marilka. „Danke", hauchte sie. Zenon lächelte ihr aufmunternd zu.

„Gehen wir zur Taverne zurück", sagte Maelle und sie setzten sich in Bewegung. Gerade, als sie die Gasse zurück gingen, drehte sich Maelle noch einmal zu Marilka um. „Ich habe gar nicht gefragt wie Eure Schwester heißt."

Marilka schaute ihr in die Augen, während ihre Stiefel wieder schmatzende Geräusche auf dem feuchten Untergrund erzeugten. „Stanja. Stanja Wasser."

Kapitel XIX

Tiefe

Ächzend kamen sie zum Stehen. Der wackelige Ritt hatte etwa zehn Minuten gedauert. Keiner sagte ein Wort, alle spähten angestrengt in die Dunkelheit der Kaverne, in die sich der Aufzug öffnete. Ihre Laternen leuchteten nur einen kleinen, winzigen Bereich aus. Die einzige andere Lichtquelle, waren schwach leuchtende, kristalline Steine, welche unstet und fluoreszierend nur wenig Helligkeit spendeten. Die ersten Ausläufer der arkanen Ader, die sich hier unten befand. Karlotta zog geistesgegenwärtig eine Fackel aus dem Beutel, der an ihrer Hüfte schwang und entzündete sie an ihrer Laterne. Schwungvoll warf sie die Lichtquelle vor sich.

Lärmend prallte das Holzstück vom felsigen Boden ab, bevor es reglos liegen blieb. „Hier ist nichts", schnauzte Sunder und drängte sich an Karlotta und Milan vorbei. Seine Stimme wirkte unnatürlich laut. Er betrat die Kaverne.

Sie war derjenigen, welche mehrere Dutzend Schritte über ihnen lag, sehr ähnlich. Drei Gleise führten hier zusammen und liefen zum Aufzug hin. Die Zerstörung war hier aber weit größer. Zerbrochene Kisten, aus denen glimmerndes Arkanerz fiel, lagen auf dem Boden, Fässer, deren Dauben geborsten waren standen an den Seitenwänden. Hier sahen sie auch den ersten Toten. Leyte sog die Luft ein, als sie ihn entdeckte. Sie deutete auf die skelettierte Leiche die, wie ein müder Schreiber, zusammengesunken, mit dem Kopf auf einem Schreibpult, lag.

„Entzündet die Fackeln, Helsteva", befahl Sunder der Protektorin. Sie und ihr Kamerad machten sich daran, die Fackeln, die wie oben in Halterungen an den Wänden steckten, zu entfachen. Das würde die Dunkelheit zumindest etwas mehr in die Schranken weisen.

Milan trat vorsichtig zu dem Skelett und verrückte die Hand desselben. „Hier ist noch ein Logbuch." Er überflog die Zeilen in dem Zwielicht. „Hier steht etwas, Meser Nowak. Der Vorarbeiter berichtet über Erschütterungen. Der Boden habe gebebt. Und…" Seine Augen verengten sich etwas, als er versuchte die verblichene Schrift zu lesen. „…und die diensthabende Arkanistin berichtete von arkanen Ausstößen. Der Vorarbeiter schreibt, er wisse nicht was die Arkanistin damit gemeint hatte, dass sie aber wie verrückt auf der Verladerampe bei der Arkanerzader hin und her gelaufen sei und in ihr Protokollbuch geschrieben hat."

Sunder sah ihn an. „Das ist ein guter Fund. Wir müssen die Aufschriebe der Arkanistin finden."

Der alte Arkanist sah wie Milans Brust vor Stolz fast platzte. Komplimente von Sunder Nowak waren so selten, wie Arkanisten, die Pulverwaffen bedienten.

„Gehen wir. Die Arkanerzader ist nah, dass ist deutlich spürbar. Helsteva, wie vorher, Ihr geht vor." Karlotta nickte Ernst und setzte sich an die Spitze.

Die drei Gleise führten alle in einen einzelnen Gang, der sehr breit war. An den Seiten waren Holzaufbauten angebracht, auf denen mehr Kisten standen, Seilzüge, Wasserräder und andere mechanische Aufbauten, die seit Jahren unbenutzt waren und deren Sinn sich auch nicht mehr erschließen ließ. Vorsichtig folgten sie dem Gang. Hinter einer Lore sahen sie ein weiteres Skelett. Noch im Tode kauerte es sich, Schutz suchend, an die dünne Metallwand des Wagens. Gerettet hatte es die arme Seele nicht.

Keiner der Gruppe ging an dem Skelett vorbei ohne es anzusehen. Und niemanden ließ es kalt. Niemand wusste, wie gefährlich diese Minen waren, sie waren die ersten seit der Katastrophe, die den Abstieg gewagt hatten. Sie wussten nicht, ob die Quelle der Explosion noch hier war. Oder ob Erscheinungen, wie die in Trocnov oder der Unterstadt, auch hier ihr Unwesen trieben. Die Arbeiter oben und die Protektoren, Karlotta und der Protektor der sie begleitete eingeschlossen, wussten von den Erscheinungen natürlich nichts. Sie kannten den wahren Grund der Expedition nicht.

Zwei schwarze verfärbte Skelette lagen nicht weit entfernt vom ersten auf dem Boden. Es sah so aus, als wären sie vor etwas weggerannt. Die Knochen wirkten verbrannt, als wäre eine Feuerwalze über sie hinweggefegt.

Der Gang öffnete sich und das Vibrieren, der Druck, den die Arkanisten verspürten, wurde nochmals stärker. Es war jetzt ein spürbares Zittern der Luft. Sie folgten weiter dem Gang, der in einer leichten Steigung nach oben führte.

Was sie sahen, als sie oben angekommen waren, raubte ihnen die Worte. Die Kinnladen von Milan und Leyte klappten herunter. Der Gang mündete in einer riesigen Höhle, die sich unter ihnen erstreckte. Eine kristalline Ader, einem gigantischen Wurm gleich, durchzog eine gewaltige, zylindrische Höhle. Die Enden, in denen die Ader verschwand, waren nicht erkennbar, so groß war die Höhlung. Die Arkanerzader selbst maß leicht fünfzehn Schritte im Durchmesser und war nahezu rund. Von ihr ging ein türkisblaues Glimmen aus, wie von einem übergroßen Leuchtkäfer. Sie war freigelegt worden und wurde von Holzpodesten stabilisiert, die am Höhlenboden befestigt waren. Die Ader selbst war offen. Eine riesige Lücke klaffte in der Seite der Arkanader, über die sie mithilfe von weiteren Podesten und gezimmerten Brücken, betreten werden konnte.

„Bei allen Heiligen", hauchte Karlotta Helsteva. Selbst Sunder brauchte einen Moment der Stille.

„Sie leuchtet weniger, als noch vor der Katastrophe", sagte er dann schlicht und setzte sich weiter in Bewegung. Milan schaute ihm ungläubig hinterher.

Die Schienen führten zur Verladerampe. Mehrere hölzerne Plattformen, von denen eine Treppe zur Ader selbst führte. Das Erz, das von den Arbeitern aus der Ader geschlagen worden war, wurde mit komplizierten Anordnungen von Seilwinden, Kränen und Rädern nach oben transportiert, die jetzt völlig stillstanden. Ihnen fielen sogar einige Kübel mit Erz auf, welche noch an Kränen in der Luft hingen, wie als würden sie darauf warten, in die Loren auf der Verladerampe gehievt zu werden. Auf der Verladerampe, die Sunder gerade entlangeilte, standen außerdem mehrere Tische und einige leere Wasser- oder Bierfässer. Ein großes Schreibpult, welches sehr zentral und wuchtig auf der Rampe stand, war ebenfalls zu sehen.

Die anderen eilten Sunder hinterher, der genau dieses Pult zum Ziel hatte, nicht aber ohne immer wieder stehen zu bleiben und die riesige Arkanader zu bewundern. Er selbst beachtete die wuchtige Kristallstruktur, welche einige Schritte unter ihm die ganze Kaverne einnahm, gar nicht.

„Verdammt", fluchte der alte Arkanist. „Keine Spur von der diensthabenden Arkanistin oder von ihrem Logbuch."

Fieberhaft suchte die Gruppe nach einem Hinweis auf den Verbleib der Arkanistin oder ihres Buches.

„Ich... ich glaube ich habe sie gefunden", sagte Leyte vorsichtig. Sie stand am Rand der Plattform. Sunder eilte zu ihr. „Wo?", schnauzte er. Leyte deutete wortlos nach unten.

Eine verdrehte Leiche lag zehn Schritt unter ihnen auf einer Holzplattform. Die vergilbte und zerrissene Kleidung einer Scienta war an der Toten erkennbar.

Sunder verzog keine Miene. „Und das Buch?"

Leyte deutete auf eine kleine, hölzerne Plattform, die zwei Schritt von dem Holzpodest, auf dem sie gerade standen, entfernt an einem Kran baumelte. Ein kleines Buch mit dunklem Ledereinband war darauf erkennbar.

„Wie kommt das denn da hin?", fragte Milan irritiert.

„Vielleicht stand die Arkanistin auf der Plattform und ist von dort gefallen?", mutmaßte Karlotta.

Sunder blickte sie prüfend an, bevor er sich abwandte. „Hórat, springt rüber und holt das Buch."

Leyte starrte ihn entgeistert an. „W... was?", fragte sie.

„Springt auf die Plattform und bringt uns das Buch. Es ist nicht weit, zwei Schritt vielleicht." Sunder wandte sich ab und wollte weiter die Inhalte des Schreibpults sichten.

„Meser, ich finde das...", begann Karlotta.

„Es ist nicht von Bedeutung was Ihr findet, Helsteva. Ich habe einen Befehl erteilt und Hórat wird dem folgen."

„Meser Nowak, lasst mich...", versuchte die Protektorin es erneut.

„Ruhe, Helsteva. Lasst Hórat ihre Arbeit tun und haltet den Mund."

Aus Leytes Gesicht war alle Farbe gewichen. Sie blickte Karlotta an und schüttelte sachte den Kopf. Es brachte nichts zu widersprechen. Der alte Arkanist wollte, dass sie das Buch holte, daran konnte auch Karlotta nichts ändern.

Milans entsetzter Blick wanderte zwischen Sunder, der ihnen mittlerweile den Rücken zugewandt hatte und Leyte hin und her. Die junge Scienta humpelte auf den Rand zu und sah prüfend hinab. Wenn sie zu kurz sprang, würde sie so enden wie die Arkanistin dort unten. Leyte suchte sich eine geeignete Stelle für den Absprung und trat einige Schritte zurück. Nervös atmete sie aus und schloss kurz die Augen. Sie hatte einen halben Schritt gemacht als sie Karlotta schreien hörte. „Stop!" Zeit um sich zu wundern blieb ihr nicht, denn sie stieß gegen die silberne Brustplatte der Protektorin, die sich ihr in den Weg gestellt hatte. Ächzend gingen sie zusammen zu Boden.

„Alles in Ordnung?", fragte Karlotta sie leise und rappelte sich auf. Etwas benommen nickte Leyte und nahm die ihr dargebotene Hand an. Karlotta half ihr auf die Beine zu kommen.

„Was geht hier vor?", donnerte Sunder und eilte herbei. „Seid Ihr wahnsinnig, Helsteva?" Er kochte vor Wut. Doch auch Karlotta Helsteva verlor die Geduld.

„Seid Ihr blind, Meser? Wollt Ihr sie in den sicheren Tod schicken?"

„In den sicheren Tod?", schrie Sunder und Speicheltröpfchen flogen aus seinem Mund. Die Schreie hallten von den Wänden wider und warfen Echos. „Das sind zwei Schritt. Das schafft sogar eine Scienta dritten Grades."

„Seid Ihr völlig blind?", schrie Karlotta zurück. Sie hatte offensichtlich vergessen, dass ihr Rang weit niedriger war als der von Sunder. Oder es kümmerte sie nicht. Leyte sah sie mit großen Augen an. „Schaut Euch ihr Bein an. Sie hinkt. Sie läuft nicht gut. Wenn Ihr sie springen lasst, stirbt sie!"

Sunder machte wütend den Mund auf um etwas zu erwidern, schloss ihn aber kurz darauf wieder. Er versuchte es erneut, scheiterte aber ebenso. „Ich…"

Ein knirschendes Geräusch unterbrach ihn. Milan hatte Anlauf genommen und war auf die Plattform gesprungen. Er klammerte sich an eines der Seile, die die Plattform am Kran hielten, während sie durch sein Gewicht wild hin und her schwang. Der Arkanist hatte sich das Buch geschnappt und hielt es fest an sich gedrückt. Einen erneuten Schwung der Plattform nutzte der junge Scientus um, mit der Eleganz eines Seiltänzers, wieder zurück zu springen. Es reichte knapp. Als alle Blicke auf ihm ruhten grinste er verlegen. „Ich dachte, ich mache einfach mal."

Sunder Nowak riss dem jungen Arkanisten das Buch förmlich aus der Hand und ging zurück zum Schreibpult, wo er es aufschlug und studierte. Licht brauchte er dazu kaum, das Leuchten der Arkanerzader spendete genug Licht.

„Ruht Euch aus und trinkt etwas", sagte Karlotta mit befehlsgewohnter Stimme zu den anderen. Leyte und Milan waren zwar ranghöher, Karlotta wusste jedoch, wie man ein Kommando führte. Sie hatte in der galizinischen 6. Armee eine Kompanie befehligt, bevor sie zur Protektorin wurde.

Während Milan einen Arm um die immer noch blasse Leyte legte und Karlottas Kamerad sich einen großen Schluck Wasser genehmigte, ging sie selbst zu Sunder an das Schreibpult.

„Ja?", murrte er ohne von dem Logbuch des Arkanisten, das vor ihm ausgebreitet lag, aufzusehen. Er las es nicht wirklich, sah Karlotta. Seine Gedanken waren woanders.

„Ich möchte mich dafür entschuldigen, Eurem Befehl widersprochen zu haben, Meser Nowak."

Sunder winkte ab. „Wie es aussieht hattet Ihr Recht, Helsteva."

Karlotta nickte und blieb kurz stehen. Nach einem Moment drehte sie sich um und wollte gehen.

„Ich wusste es nicht." Sunder blickte von seinem Buch auf und sah ihr in die Augen. „Ich wusste nicht, dass sie hinkt."

„Euch ist es nie aufgefallen?", fragte Karlotta ungläubig.

„Nein. Ich habe mich gefragt, wieso sie mitunter langsam ist. Doch ist es mir nie aufgefallen."

„Das… das verwundert mich. Wieso dachtet Ihr, dass sie noch nicht Scienta zweiten oder sogar ersten Grades ist? Bei ihrem Verstand?"

Sunder blickte sie irritiert an. „Ihr meint... dass sie nur den dritten Grad erreicht hat liegt an ihrer... Beeinträchtigung?"

Karlotta nickte. „Natürlich. Zumindest sagen das die Magister und anderen Arkanisten."

Karlotta merkte, wie sich der Gesichtsausdruck von Sunder veränderte. Sie meinte sogar so etwas wie Mitgefühl und Reue zu bemerken. Das verschwand aber sofort wieder und der übliche, missmutige Blick schlich sich wieder auf sein Gesicht. „Woher wisst Ihr das alles?"

Karlotta lächelte ihn knapp an. „Nun, es ist hilfreich sich über die Leute zu informieren, mit denen man reist. Und noch wichtiger ist es, das zu tun, für denjenigen, der sie befehligt. So lernt man ihre Stärken und Schwächen kennen, Meser Nowak."

Der alte Arkanist hob einen Zeigefinger. „Vorsicht, Helsteva. Ich lasse Euch die eine Unverfrorenheit durchgehen, doch die nächste nicht."

Karlotta senkte demütig ihr Haupt. „Verzeiht, Meser Nowak." Sie wusste, das sie einen Nerv getroffen hatte.

„Ihr dürft gehen, Helsteva."

Karlotta wandte sich ab. Sie war zwei Schritte gegangen, als sie sich noch einmal umdrehte und Sunder mit verkniffenem Gesicht ansprach. „Meser, wenn ich noch eine Sache sagen darf. Medame Hórat hilft sicher gerne bei der Entschlüsselung dieses Buches."

Kapitel XX

Verrat

Galizina, Ostreich, Goldhafen, Unterstadt, Taverne Glimmerstube im Sommer 1271

Maelle, Marilka und Zenon betraten den lauten und dröhnenden Schankraum der Glimmerstube. Stanja. Stanja Wasser. Wo hatte Maelle diesen Namen schon einmal gehört? Den ganzen Weg zurück hatte sie fieberhaft nachgedacht. Irgendetwas löste der Name in ihrem Gedächtnis aus, doch konnte sie nicht greifen was es war. Woher kannte sie den Namen? Wortlos ging sie an dem Muskelberg vorbei, der den Türsteher mimte und ohne, dass sie sie bewusst steuerte trugen ihre Füße sie an den Tisch, an dem sie gestern gesessen hatte.

„Alles in Ordnung mit Euch?", begrüßten sie die warmen Worte von Paulina, die sie fragend anschaute.

Maelle schob einen Stuhl vom Tisch und setzte sich darauf. „Ja. Ja, ich war nur in Gedanken."

Marilka und Zenon setzten sich ebenfalls. „Wollt Ihr uns unsere Begleiterin vorstellen?", fragte Zenon etwas irritiert und deutete auf die schwarzhaarige Frau, die neben dem Inquisitor saß und an einem Bierkrug nippte.

„Ruß", sagte die Frau knapp.

„Inquisitionsagentin Ruß. Der Inquisitor hielt es nicht für nötig, uns im Voraus zu informieren, dass wir eine Mitstreiterin haben", ergänzte Paulina zerknirscht.

Der Inquisitor grinste unsympathisch und zuckte mit den Schultern. Zenon ließ sich schnaufend auf einen Hocker fallen und nickte der Frau zu. „Nun denn... willkommen." Er reckte den Kopf etwas weiter vor. „Was habt Ihr herausgefunden?"

Paulina schnaufte nur und verschränkte die Arme vor der Brust. Ein Schankmädchen, zur Freude von Paulina nicht Zarya, erschien und brachte den drei Neuankömmlingen drei Krüge Bier.

„Habt Ihr für uns bestellt?", fragte Maelle. Schüttelnde Köpfe.

„Hier gibt es normalerweise nur Bier. Wenn es voll ist, dann halten sich die Bedienungen oft nicht damit auf zu fragen, was getrunken werden möchte. Sie bringen es einfach. Vor allem wenn viel los ist", klärte Marilka sie auf.

Zenon nahm einen Schluck. Das Bier schmeckte wässrig. „Also?", fragte er.

„Wir haben nichts herausfinden können", sagte der Inquisitor knapp.

„Die Methoden des Inquisitors waren...", begann Paulina.

Der Inquisitor schlug seine Faust auf den Tisch, sodass der Krug von Ruß zitterte und Biertropfen umherspritzten. Verärgert sah Ruß daraufhin den Inquisitor an. „Das reicht. Treibt es nicht zu weit, Nowgoroda", knurrte er.

„Unsere Ergebnisse sind leider auch nicht sehr ertragreich", beeilte sich Zenon zu sagen. Er erzählte was sie herausgefunden hatten.

„Die meisten der Morde fanden im Dreieck zwischen Neuer Schacht, Altes Wasserwerk und der Leichengrube statt. Das hat zumindest Zarya gesagt. Und Eure Beobachtungen scheinen das ja zu bestätigen." Paulina legte nachdenklich die Stirn in Falten.

Maelle seufzte und massierte sich die Schläfen. „Das bringt uns aber nichts", sagte sie niedergeschlagen. „Wir stehen wieder am Anfang, sind keinen Schritt weiter."

Zenon runzelte die Stirn. „Was können wir tun? Auf den nächsten Mord warten? Die Straßen patrouillieren?"

Der Inquisitor schüttelte den Kopf. „Das erste dauert zu lange und für das zweite haben wir nicht die Männer."

Zenon stützte sein Kinn auf seinen Daumen. „Es muss doch etwas geben. Wie kommen wir an den Aufenthaltsort..."

Marilka räusperte sich leise. Paulina fiel jetzt erst auf, dass sie Stoff fest an ihre Brust gedrückt hielt. Kein Stoff, ein Kleid. „Ich... ich weiß vielleicht einen Ausweg", sagte sie vorsichtig. Alle blickten sie an. Deutlich war der ausgelassene Lärm des Schankraumes zu hören.

Ruß schlürfte geräuschvoll an ihrem Bier. „'Tschuldigung", murmelte sie, als die Blicke auf einmal sie trafen.

„Sprecht, verdammt", forderte der Inquisitor sie grob auf.

Marilka zuckte zusammen. „Die... Pariah hat Informanten. Ihnen entgeht nichts, sie wissen über alles in der Unterstadt Bescheid. Ich weiß wo sich der Informant der Pariah in Neuer Schacht aufhält."

Am Tisch wurde es wieder ruhig. Zwei Musikerinnen stimmten gerade ein unflätiges Trinklied an, das der halbe Raum mitgrölte. „Das ist... das ist eine gaaaanz schlechte Idee", meinte der Inquisitor langsam und legte mit aufgestützten Ellenbogen die Hände vor seinem Gesicht zusammen.

Paulina schluckte. „Wird er... wird er uns denn verraten, was wir wissen wollen? Du hast dich ewig nicht bei der Pariah blicken lassen..."

„Das weiß ich nicht", sagte Marilka leise.

Die Stimme des Inquisitors klang monoton. „Woher wisst Ihr, dass sie uns nicht sofort die Kehlen durchschneiden, wenn wir bei ihm einmarschieren?", fragte er.

„Das weiß ich nicht." Marilka wirkte zerknirscht.

Zenon nickte langsam. „Wo halten sich diese Informanten auf? Müssen wir mit einer Gruppe an Schlägern rechnen, die sich zu uns gesellt, während wir den Informanten befragen?"

Marilka zuckte mit den hängenden Schultern. „Das kann ich Euch nicht sagen. Die Informanten bewohnen üblicherweise ganz normale Barracken. Sie haben keinen besonderen Personenschutz oder so etwas, wenn Ihr das meint."

Maelle nickte. „Im besten Fall besuchen wir ihn also, schieben ihm einige Münzen zu, er sagt uns was wir wissen wollen und wir verschwinden wieder?"

Marilka nickte.

„Und im schlimmsten Fall?", fragte Zenon.

„Im schlimmsten Fall kommen Pariah-Schläger und werden uns freundlich bitten, die Unterstadt zu verlassen", antwortete Maelle an Marilkas statt.

„Das klingt mir nach einem großen Risiko. Einem zu großen Risiko...", meinte Zenon und lehnte sich nachdenkend auf seinem Stuhl zurück. „Was ist mit dem Apothecarium?"

Maelle schnaubte. „Da setze ich mein Geld eher auf die Pariah. Mir gefällt das alles auch nicht, aber haben wir eine Wahl?"

Zenon sagte nichts, seinem Gesichtsausdruck war jedoch anzusehen, was er darüber dachte.

„Lasst uns das einstimmig entscheiden. Wer ist dafür, dass wir den Pariah-Informanten bemühen?", fragte Paulina.

Der Reihe nach nickten sie zögerlich. Die Blicke blieben auf Ruß haften, die wieder einen Schluck aus ihrem Krug nahm. Ertappt und leise hustend setzte sie den Krug ab. „Bin dafür. Ich wusste nicht, dass ich ein Mitbestimmungsrecht habe", sagte sie mit ihrem schweren Akzent.

„Habt Ihr auch nicht", sagte der Inquisitor mürrisch. „Also gut. Wir ruhen uns heute aus und morgen besuchen wir den Informanten." Grimmig nickte die Gruppe.

Marilka war froh, dass sie ihre Hände auf ihre Oberschenkel unterhalb der Tischplatte abgelegt hatte. So sah niemand, wie schweißnass ihre zitternden Hände geworden waren.

Paulina fragte sich immer noch, ob das eine gute Idee war. Vorsichtig ging die Gruppe durch die Gassen von Altes Wasserwerk. Es war früh am Morgen, nicht, dass das hier unten irgendetwas bedeutete. Einige Betrunkene torkelten ihnen entgegen, aus den Schatten blickten ihnen Augenpaare hinterher, doch mehr war nicht zu sehen. Sie hatten Teile ihrer Bewaffnung mitgenommen und versuchten sie so gut es geht zu verhüllen. Paulina hatte ihr Stoßrapier umgeschnallt und trug es verdeckt unter einem Mantel, der Inquisitor hatte ein breites Falchion an der Hüfte, Zenon hielt sein Korbschwert unter einem losen Umhang und Marilkas Knöchel klammerten sich um den Knauf ihres Katzbalgers. Maelle und Ruß waren, bis auf das große Paket auf Ruß' Rücken, was auch immer sich darin befand, unbewaffnet.

Paulina war aufgeregt. Sie war nervös wegen dem Informanten. Und sie war aufgeregt, ob sie geradewegs in eine Falle liefen. Paulina dachte an das, was Maelle in Trocnov getan hatte. An die unbändige arkane Macht, die sie freigesetzt hatte. Es hatte ihr damals Angst gemacht, doch jetzt war sie froh, dass

Maelle dieses Potential hatte, falls es zum Schlimmsten kommen würde.

Sie gingen durch die dreckigen Gassen von Altes Wasserwerk und passierten bald die unsichtbare Grenze zu Neuer Schacht. Einen Wegweiser, an dem ein quietschendes Metallschild befestigt war, dessen Emaillierung so abblätterte, dass nicht zu lesen war, was einst darauf stand, ließen sie hinter sich. „Wir sind gleich da", hauchte Marilka. „Er arbeitet in einem Lagerhaus und wohnt dort auch."

Paulina hatte das Gefühl beobachtet zu werden. Allerdings hatte sie das fast schon seit dem Moment, als sie in die Unterstadt gekommen waren. Die Düsternis hier unten machte sie langsam verrückt.

Marilka blieb stehen, Zenon der hinter ihr ging, wäre fast gegen sie geprallt. Sie schaute sich kurz um und deutete dann in eine kleine Gasse, die von der Straße abbog. Sie führte auf eine etwas größere Hütte zu, die vorne offen war. Das Tor war groß, ein geräumiger Wagen würde mit Leichtigkeit dort hindurch passen.

Vorsichtig gingen sie auf den Eingang zu. Zenon ließ seine Blicke über die Dächer rechts und links schweifen und Paulinas Blicke folgten ihm. Es war keine Bewegung zu erkennen. Maelle zündete vorsichtig die eiserne Laterne an, die an ihrem Gürtel baumelte.

„Ruß, bleibt hier und haltet Wache", raunte der Inquisitor seiner Agentin zu. Ruß blieb wortlos stehen und lehnte sich gegen eine nahe Wand. Die Gruppe ging langsam weiter, in Erwartung eines Hinterhaltes… der nicht kam. Sie standen unmittelbar vor dem Tor und traten hindurch. In dem Raum standen einige Kisten und Fässer, wie man es von einem Lagerhaus erwartete. Im hinteren Bereich war eine Holztür in die Wand eingebracht, die in einen Raum führte, dessen flaches Dach zeitgleich als zweiter Fußboden und Empore diente, auf dem weitere Kisten standen. Eine Treppe an der Seitenwand des Raumes führte auf diese Empore. Die Baracke war mit einem hohen, gegiebelten Dach gedeckt.

Marilka ging vorsichtig vor und klopfte mehrmals laut an die Tür.

„Ja?", kam die schlecht gelaunt und müde klingende Antwort von innen. Marilka machte einen Satz zurück und versteckte sich zwischen den anderen. „Was ist?", dröhnte es aus der Tür hervor, die sich ruckartig öffnete und den Blick auf einen schlaksigen Mann freigab, der lose ein Schreibbrett mit Griffel in der Hand hielt. Fettige, kurze Haare, die an den Schläfen zurückgingen, rahmten die schlanke Gestalt ein. „Was wollt ihr in meinem Lagerhaus?", fragte er verärgert.

Als Marilka keine Anstalten machte zu antworten, ergriff Paulina das Wort. „Wir benötigen Informationen und wir sind uns sicher, dass Ihr sie uns geben könnt."

Der Lagermeister schaute sie verächtlich an. „So, seid ihr das? Und wie kommt ihr darauf?"

„Nun, wir haben gehört, dass Ihr Informationen beschafft. Gebt uns Auskunft und wir verschwinden wieder."

Der Lagermeister lächelte. „Achja? Und was sollen das für Informationen sein?"

„Wir suchen nach einer Sekte, die sich die Hungerkinder nennt. Wir wollen wissen, wo sie sich aufhalten, wo ihr Unterschlupf ist, von wo aus sie operieren. Wir…"

Der Informant unterbrach sie. Verächtlich wanderten seine Blicke zwischen ihnen hin und her. „Tut ihr das? Ihr wirkt gar nicht religiös."

„Unsere Motive können Euch egal sein", knurrte der Inquisitor. Der Informant musterte den Inquisitor, der seinen unverkennbaren Ledermantel und Hut trug. Eine Weile lang sagte niemand etwas. Zenon spannte sich an, die Hand, die locker auf seinem Schwert gelegen hatte, verkrampfte sich etwas. Die Luft war zum Zerschneiden dick.

„Wir bezahlen Euch für die Information. Gebt sie uns und wir verschwinden", sagte Maelle mit fester Stimme.

Die Mundwinkel des Lagermeisters wölbten sich nach oben. Er begann dröhnend zu lachen. „Hast du das gehört? Die anständigen Oberstädter wollen sogar für die Information bezahlen. Du hättest mir einfach ein Messer an die Kehle gehalten."

Maelle blickte ihn irritiert an. „Was…"

Das Lachen des Informanten verstarb abrupt. „Ich habe nicht mit Euch geredet, Oberstädterin", blaffte er sie an.

„Da hast du wohl Recht, mein lieber Mikolaj", tönte eine volle Stimme über ihnen. Ein Mann, in ein speckiges Wams gehüllt, mit einem hellgrauen Schal und hellgrauen Stoffhosen, erschien auf der Empore. Düster und gerissen lächelte er sie aus einem vernarbten Gesicht an.

„Willkommen, Medames und Mesers, in… ah, das würde ich sein lassen." Er deutete auf den Inquisitor, der sein Falchion halb aus seinem Gürtel gezogen hatte. Hinter Kisten und Fässern, auf der Empore, kamen drei weitere Menschen zum Vorschein. Mit gespannten Armbrüsten in der Hand, die auf sie anlegten. Aus der Tür, aus der der Informant getreten war, traten zwei Männer und eine Frau, mit Nagelknüppeln und einer Axt bewaffnet. Maelle blickte hinter sich. Auch vor der Tür waren vier bewaffnete Schläger aufgetaucht.

„So, wo war ich? Achja." Der Mann grinste gerissen. „Willkommen Medames und Mesers. Es freut mich außerordentlich, dass Oberstädter die Unterstadt besuchen. Ich möchte Euch in meiner Stadt willkommen heißen." Kalte Furcht machte sich in Paulina breit.

Der Inquisitor knurrte und senkte den Kopf, als würde er gleich auf den Mann zu rennen wollen. „Ich bin Emil van Unrug, Inquisitor der heiligen, galizinischen Inquisition. Wenn Ihr mich tötet, ist die ganze Inquisition hinter Euch her." Paulina war beeindruckt in der Stimme des Inquisitors keinerlei Anzeichen von Furcht zu erkennen. Er glaubte wirklich das was er sagte.

„Ihr meint die Inquisition, die seit Jahren durch Abwesenheit in der Unterstadt glänzt?" Der Mann grinste. „Wirklich, ein schauderhafter Gedanke. Doch wo Ihr so nett wart und Euch vorgestellt habt, Emil van Unrug, erlaubt mir dasselbe zu tun. Man nennt mich Brabek, ich habe die große Ehre diese edlen Mesers und Medames…" Er deuete auf die Männer und Frauen, die sie umgaben und sie grimmig anstarrten. „…anzuführen."

Der Eisklumpen in Paulinas Magengrube wurde noch kälter, noch scharfkantiger. Langsam, wie auf einem Abendspaziergang an den Docks, schlenderte Brabek die Treppe hinunter, zu ihnen. „Ich würde Euch ja bitten Euch vorzustellen. Doch ärgerlicherweise weiß ich bereits wen ich hier vor mir habe. Apothecaria Maelle, Euer Schaffen im Apothecarium wird von vielen bewundert. Auch meinen Männern und Frauen habt Ihr oft das Leben gerettet. Dafür danke ich Euch sehr." Paulina versteifte sich noch mehr, als Brabek zwischen sie ging, die Hand von der blassen Maelle ergriff und sie herzlich schüttelte. „Euch, Medame Nowgoroda, kenne ich nicht so gut." Er stand jetzt direkt vor Paulina, die versuchte nicht in seine Augen zu blicken. Sie konzentrierte sich auf seinen Nasenrücken. „Na, na, kein Grund Angst zu haben." Offensichtlich hatte er ihr Zittern bemerkt. „Ich werde Euch schon nicht auffressen." Er ging weiter zu Zenon, der gefasst, mit beiden Beinen fest auf dem Bretterboden der Baracke stand und Brabeks Blick erwiderte. „Ich kann nicht leugnen, dass ich einen gewissen Groll gegen Eure Zunft hege, Lieutnant. Viele meiner Männer und Frauen würden Euch gerne zerfleischen. Doch freut es mich trotzdem Eure Bekanntschaft zu machen." Er trat von der Gruppe etwas zurück. „Und dann gibt es noch dich… Rilka. Komm her." Zitternd drückte sich Marilka nach vorne.

„Tut ihr nichts, sie…", begann Maelle, wurde jedoch grob unterbrochen.

„Haltet das Maul. Denkt Ihr, ich tue meinen eigenen Schützlingen etwas?", fuhr Brabek sie an. Er lächelte Marilka an und breitete die Arme aus. „Komm her, Rilka. Ich dachte du wärst tot, wie die anderen." Marilka trat zögernd einen weiteren Schritt nach vorne. Brabek umarmte sie. Er legte zärtlich eine Hand auf ihren Hinterkopf und schloss die Augen. „Es tut gut dich zu sehen." Er ließ von der zitternden Marilka ab, die sich wieder zwischen die anderen verdrückte. „So, ihr wollt also Informationen von meinem geschätzten Freund Mikolaj hier. Wie kann er Euch dienen?" Niemand antwortete. Brabek blickte Mikolaj an. „Sind deine Kunden immer so scheu?", fragte er.

Mikolaj zuckte die Achseln. „Vielleicht muss man sie erst mit etwas spitzem Pieksen, bevor sie anfangen zu reden." Das dröhnende Lachen von Mikolaj erfüllte wieder den Raum. Auch einige der Pariah-Schläger kicherten.

Paulinas Blick streifte den von Zenon. Sein Gesicht hatte sich zu einer Maske des Ärgers verzogen und sie konnte sich vorstellen wieso. Auch sie hasste diese Machtspielchen. Es war nichts anderes, als bei Kapitänen, Botschaftern oder Handelsherren. Wenn sie meinten in einer besseren Position zu sein, dann kosteten sie es aus. Sie ließen ihr Gegenüber wissen, dass es machtlos war. Paulina schluckte. Nur dass es bei den Verhandlungen, die Paulina bisher geführt hatte, um ein paar Kronen gegangen war, nicht um ihr Leben. Was Paulina am meisten bedrückte, war, dass sie mitspielen mussten. Sie hatten hier keine Macht, keine Kontrolle. Das war Pariah-Territorium.

„Wir suchen den Aufenthaltsort der Hungerkinder-Sekte", sagte Zenon mit fester Stimme. Paulina versuchte sich etwas von der Standhaftigkeit des Lieutnants abzuschauen. Er musste schon öfter in ausweglosen Situationen gewesen sein. Sie versuchte an ihre eigenen Erfahrungen in der Gilde zu denken. Einigen konnte man sich meistens und Paulina glaubte zu erkennen, dass die Fassade aus Wahnsinn, die der Pariah-Boss sich anlegte, eben nur eine Fassade war. Und mit rationalen Menschen konnte man verhandeln.

„So, also doch jemand der redet. Und was wollt Ihr von dieser Sekte, Meser Lieutnant?" Paulina beobachtete wie der Lieutnant die Stirn in Falten legte. Was sollten sie preisgeben, was nicht. Zenon entschied sich dagegen die Unwahrheit zu sagen. Der Pariah-Boss schien sowieso alles zu wissen.

„Wir wollen ihnen Fragen stellen. Wir wollen herausfinden, ob sie etwas mit der anhaltenden Mordserie hier unten zu tun haben."

Der Pariah-Boss funkelte ihn an. „Seit wann interessiert sich denn die Stadtwache für Morde, die hier unten geschehen?"

„Seit sie so außergewöhnlich und zahlreich sind wie in den letzten Tagen und Wochen. Unsere Auftraggeber befürchten, dass sich die Mordserie auch auf die Oberstadt ausweiten könnte."

Brabek lächelte. „Aaaaah, endlich ein wahres Wort. Die fette, kaiserliche Schlampe, die auf dem Thron sitzt, hat Angst, dass ihrer feinen Gesellschaft oben etwas angetan wird. Soso."

Paulina wurde gewahr, dass Brabek wohl noch nie die Kaiserin, noch nicht einmal ein Bild von ihr gesehen hatte. Fett war sie nämlich ganz und gar nicht.

„Mein lieber Mikolaj, hast du diese Information?"

Der Informant grinste seinen Boss an. „Die habe ich überraschenderweise, Brabek."

„Nun, dann wäre es doch eine Schande sie unseren neuen Freunden hier nicht zur Verfügung zu stellen, oder?"

„Das wäre es. Geradezu Verschwendung. Die Sekte hält sich in der Kanalisation auf. Sie haben dort ihren Hauptsitz und dort ist auch ihre Mortress. Ihr erreicht die Kanalisation über Leichengrube. Kurz vor der Leichengrube in Leichengrube befindet sich ein vernagelter Durchgang in einen alten Minenschacht. Nicht zu verfehlen. Brecht diesen auf und ihr werdet über einen Durchbruch in die Kanalisation gelangen. Von dort findet ihr den Weg, glaubt mir."

Brabek vollführte ergänzend eine winkende Handbewegung. „Und jetzt verschwindet aus meinem Bezirk."

Paulina konnte nicht glauben, dass die Pariah sie einfach ziehen ließ, doch sie wollte ihr Glück nicht herausfordern. Noch völlig perplex drehte sie sich um, in Erwartung gleich einen Armbrustbolzen zwischen den Schultern zu spüren. Doch die Schläger vor dem Tor traten tatsächlich zur Seite, um sie passieren zu lassen.

„Rilka", sagte eine Pariah-Frau, die auf der Empore stand und ihre Waffe gesenkt hatte. „Du gehst mit diesen... Menschen?" Sie stockten. Maelle, Paulina, der Inquisitor und Zenon drehten sich langsam wieder um. „Du bist jetzt eine Oberstädterin?", fuhr die Frau ungläubig fort. „Wusstest du, dass Josefina tot ist? Sie wollte aus einem Brunnen oben sauberes Wasser für ihr krankes Kind holen. Sie wurde von den Wachen erschossen."

Marilka sackte etwas in sich zusammen. „Josefina?", flüsterte sie ungläubig.

Brabek blickte ihr durchdringend in die Augen. „Du bist gefoltert worden, Rilka. Deine Freunde und Gefährten sind abgeschlachtet worden", sagte er leise. „Wie oft bist du ausgelacht worden wegen deinem Lispeln?"

„Sie ist unsere Freundin...", begann Paulina wütend aufzubegehren.

„Wie oft wurdest du verabscheut, weil du aus der Unterstadt kommst?", blaffte Brabek zornig. „Deine sogenannten Freunde halten uns für Tiere. Sie denken, wir sind barbarische Hunde, weil wir uns nicht im Prunk suhlen können, wie die oben. Weil wir nicht jeden Tag vom Goldteller speisen können. Wenn sie uns zu sich heranlassen, dann weil sie sich damit schmücken wollen." Brabek schrie mittlerweile fast. „'Seht her, ich bin eine mitfühlende und wohltätige Oberstädterin, die den armen, armen Unterstädtern hilft'.", äffte er.

Marilka ging mit hängenden Schultern einen Schritt auf ihn zu.

„Marilka, nein! Er... er lügt, wir sind deine Freunde", rief Paulina entsetzt.

„Komm wieder zu uns zurück", sagte Brabek nun leise. Mitfühlend. „Wir sind deine Familie."

Marilka drehte sich zu Paulina um, die mit ausgestrecktem Arm dastand, als würde sie nach ihr greifen wollen. Sie war entsetzt. Das konnte nicht sein. Nicht nach allem, was sie gemeinsam durchgemacht hatten.

Marilka warf ihr einen flehenden, nein, einen herzzerreißend entschuldigenden und traurigen Blick zu, bevor sie sich wieder umwandte. Paulina sah noch, wie ihr eine einzelne Träne über die Wange lief.

Marilka ging mit hängenden Schultern in die ausgebreiteten Arme von Brabek. Sie erwiderte schniefend seine Umarmung. Die zwei Schläger, die rechts und links von ihr standen, klopften ihr auf die Schulter. „Willkommen zurück Rilka", sagte einer der beiden leise zu ihr, als sie sich von Brabek löste.

„Verschwindet von hier", sagte Brabek knurrend. „Ihr habt, was Ihr wolltet."

„Wir haben nicht was wir wollten", rief Paulina wütend. „Wir..."

„Strapaziert meine Geduld nicht. Wir sind keine Monster. Wir gaben euch die Informationen, die ihr gesucht habt und wir lassen euch gehen. Überspannt den Bogen nicht."

Paulina suchte Marilkas Blick, doch Marilka blickte mit hängenden Schultern auf den Boden.

„Los, wir gehen", sagte der Inquisitor und drehte Paulina grob um, um sie Richtung Ausgang zu schieben. Maelle dasselbe etwas sanfter mit Zenon, der Marilka ungläubig anstarrte. Die vier verließen die Lagerhalle. Weder Paulina, noch Maelle, Zenon oder der Inquisitor blickten noch einmal zurück. So sahen sie nicht wie ihnen Marilka mit tränenden Augen, mit quälendem und um Verständnis bittenden Gesichtsausdruck, nachschaute.

Kapitel XXI

Erkenntnis

Galizina, Protektorat Ur, Arkanminen im Sommer 1271

„Hórat!", donnerte die Stimme von Sunder durch die Kaverne. Leyte, die gerade den angebotenen Wasserschlauch von Karlotta abgelehnt hatte und in ihrem Notizbuch eine grobe Skizzierung der Arkanader anfertigte, schreckte hoch. „Kommt her!"

Leyte klappte ihr Buch zu und steckte es sich wieder zurück in den Gürtel. Sie humpelte dem alten Arkanisten, der über das Schreibpult gebeugt stand, entgegen. Ihr Bein schmerzte vom vielen, eiligen Gehen.

„Lest das und sagt mir, was Ihr denkt", grunzte der alte Arkanist, als sie am Schreibpult angekommen war. Er deutete auf einen Absatz im Buch. Rastlos ging er auf und ab, während sich Leyte auf das Buch konzentrierte. Sie versuchte das knirschende Geräusch, das Sunders Stiefel verursachten zu ignorieren als sie konzentriert zu lesen begann.

Bericht von Karolina Zednik, Scienta ersten Grades, Arkanminen von Ur, zwölfter Expeditionstag im Jahr 1253.
Wir müssen hier raus. Nach zwölf Tagen macht mir die ständige Nähe zu den Arkanerzadern langsam zu schaffen. Ich spüre wie meine Übelkeit zunimmt und meine Konzentration darunter leidet. Doch was die letzten Tage passiert ist, lässt sich nicht nur damit erklären. Es ist etwas Anderes. Etwas Größeres und wir haben keine Zeit. Ich habe einen Eilboten nach Goldhafen geschickt, mit der Bitte um Anweisungen.

Bericht von Karolina Zednik, Scienta ersten Grades, Arkanminen von Ur, dreizehnter Expeditionstag im Jahr 1253:
Ich schreibe diese Zeilen, falls ich es nicht mehr schaffe davon zu berichten. Die Erde bebt und die Arkanerzadern glühen. Ich kann mir keinen Reim darauf machen. Es fing an mit stärkerem arkanem Hall als sonst. Als hätte

man hundere Arkanstaubfläschchen am Körper. Einige meiner unerfahreneren Kollegen mussten sich übergeben oder sind zusammengebrochen. So eine starke arkane Kraft habe ich noch nie gespürt. Das zweite Ungewöhnliche, das ich beobachtet habe, war etwas noch seltsameres. Einer der Arbeiter hatte einen Unfall. Eine Kiste hat ihm das Bein zerschmettert. Etwas ist über ihm erschienen. Es war eine silbrige Wolke, etwas Ätherisches und doch konnte ich die Züge einer Wesenheit erkennen. Etwas entfernt Menschliches. Alle haben es gesehen. Ihr mögt mich für verrückt halten, doch ich bin mir meiner Beobachtung sicher, etwas hat sich manifestiert. Nach wenigen Minuten ist es verschwunden, ich weiß nicht was es war. Ich bin zu dem Arbeiter gegangen und habe mich der ätherischen Erscheinung genähert. Ich bin mir sicher, dass ihr Ursprung in der Arkanerzader liegt, der arkane Nachhall in der Nähe dieses Wesen war noch stärker als ohnehin schon.

Bericht von Karolina Zednik, Scienta ersten Grades, Arkanminen von Ur, vierzehnter Expeditionstag im Jahr 1253:
Zwei Arkanisten sind tot. Der arkane Nachhall hat sie umgebracht. Ich habe noch nie etwas so Starkes gespürt. Es passiert etwas. Alle haben Angst. Ich habe Angst. Noch einen Tag und ich wäre abgezogen worden. Bitte schickt uns Hilfe. Bitte…

Leyte ließ sich erschöpft auf den Stuhl sinken, welcher vor dem Schreibpult stand. „Was meint Ihr?", fragte Sunder sie. Leyte war fassunglos. Mit zitternden Händen klappte sie das Buch zu. Sie… bedauerte den Tod der Arkanistin. Ein schreckliches Schicksal hatte sie ereilt.

„Ich… ich weiß es nicht. Ich habe das schon irgendwo gelesen."

Sunder schnaubte. „Ihr wart also schon hier unten? Na sicher." Leyte schaute ihn an.

„Ich denke das, was Zednik beschreibt, sind die Vorboten der Explosion. Ihr letzter Eintrag… das muss unmittelbar vor der Explosion gewesen sein. Die ätherische Erscheinung, die sie beschreibt muss den gleichen Ursprung haben wie die Erscheinungen in Trocnov und der Unterstadt", sagte Sunder.

Leyte runzelte die Stirn. „Aber Meser, im Trocnov-Bericht habt ihr geschrieben, dass die Erscheinung primär stofflich war. Sie machte nur den Anschein, ätherisch zu sein."

Sunder ging aufgeregt zu dem Schreibpult und klappte es erneut auf. „Das stimmt. Aber vielleicht war das eine… frühe Form von diesen Erscheinungen."

Leyte sah nicht überzeugt aus. „Ihr meint das Arkane… lernt?"

Sunder winkte zornig ab. „Natürlich nicht. Aber es verändert sich möglicherweise. Wird stärker und schwächer."

Leyte sah ihn durchdringend an. „Das Arkane ist unveränderbar. Es folgt Gesetzen. Das arkane ändert sich so wenig wie Wasser aufhört nass zu sein oder wie ein Stein nach oben schwebt, wenn man ihn fallen lässt", sagte sie fest.

„Woher habt Ihr das denn?", fragte Sunder entnervt.

Leyte hielt seinem Blick stand. „Aus ‚Arkanerz und die Adern der Welt', von Sunder Nowak. Ihr habt das selbst gesagt, Meser. Ich habe dieses Buch mehrfach gelesen, es ist erhellend."

Sunder blickte sie schweigend an. Leyte beobachtete, wie sich auf seinem Gesicht Missmut und Stolz die Waage hielten. „Nun, Ihr… ich weiß nicht wieso das passiert. Aber es scheint so, als hätte sich etwas verändert. Ich habe das Buch vor der Explosion geschrieben. Vielleicht… vielleicht müssen die Inhalte des Buches überdacht werden."

Leyte fasste sich nachdenklich ans Kinn. „Das denke ich nicht. Ich halte es für großartig und ich wünschte es wäre Pflichtlektüre für alle angehenden Scientii." Der alte Scientus wurde rot. „Das Arkane ist unveränderbar. Es folgt Naturgesetzen, es ist erklärbar. Es ist wissenschaftlich, keine Quacksalberei. Wenn man das Arkane als das begreift was es ist, dann ist es unveränderbar."

Sunder nickte. „Vielleicht ist es dann etwas anderes als das, was wir bisher dachten."

Leyte starrte ihn mit großen Augen an. Der Arkanistenorden war nicht dafür bekannt, aus Freigeistern zu bestehen. Die meisten der Arkanisten des Ordens waren konservativ und hielten an einmal entdeckten Erkenntnissen fest. Und das vermutlich zu Recht, dachte Leyte. Wie sie gesagt hatte, Arkanes war Wissenschaft, kein Hirngespinst.

Sunder fuhr ungerührt fort. „Dann ist dieses Protokoll wertlos für uns? Es stehen keine weiteren Anhaltspunkte darin."

Leyte deutete mit ihrem Finger auf einen Absatz in der Schrift. „Seht diesen Absatz hier, Meser. Scienta Zednik beschreibt wie die Erscheinung nach der schweren Verwundung eines Arbeiters aufgetaucht ist. Ich habe das schon irgendwo gelesen..." Leyte wuchtete ihren Rucksack auf das Schreibpult, was für eine Frau von ihrer Größe keine leichte Aufgabe darstellte. Sorgsam holte sie eine Schriftrolle daraus hervor. „Ich habe das hier von den Bibliothekaren transkribieren lassen, nachdem wir in der altgalizinischen Bibliothek waren. Es sind Zeilen von Mercator Trient." Mercator. Der Arkanist, der mit seinen spekulativen Theorien den ganzen Orden wahnsinnig gemacht hatte, bis er es selbst wurde und den Orden verlassen musste.

„Wieso habt Ihr das gemacht?", fragte Sunder ehrlich erstaunt. Sie waren gemeinsam in der altgalizinischen Bibliothek gewesen und hatten die Schriften des verrückt gewordenen Arkanisten studiert. Doch selbst Sunder wäre in seiner Sorgfältigkeit nicht so weit gegangen, Abschriften von seinen Abhandlungen anfertigen zu lassen, um sie hier, vor Ort, studieren zu können.

Leyte sah ihn irritiert an. „Ich... ich will vorbereitet sein. Ich bin vielleicht eine Enttäuschung was die... praktische Schnelligkeit angeht, aber mit Büchern kenne ich mich aus. Ich dachte es könnte nützlich sein." Sunder sagte nichts dazu. Leytes Blick verblieb noch kurz auf ihm, bevor sie die Schriftrolle glattstrich. „Seht, hier. Mercator beschreibt exakt das. Er beschreibt, dass diese Adern das Gefüge der Welt zusammenhalten. Sie zu ‚ernten', um das Erz zu fördern, wäre, als würde man sich eigenes Fleisch aus dem Körper schneiden. Er sagt eine Katastrophe voraus, wenn der Abbau weiter geht. So weit so gut." Leyte strich immer wieder die Seiten der Rolle glatt, bis Sunder einen Stein darauflegte, um die Ränder zu beschweren. „Hier wird es kryptischer. Mercator beschreibt, dass an Orten großen Leidens die Erde sich auftut und die Adern sich wehren.

Die Macht der Adern manifestiert sich." Leyte schaute Sunder mit den leuchtenden Augen einer glühenden Wissenschaftlerin an.

„Und?", fragte Sunder knapp.

„Seht doch, Meser!", sagte sie überschwänglich. „Er beschreibt sprichwörtlich, wie sich der Boden auftut. Er beschreibt, dass die Adern, dass das Arkane, sich wehrt. Und, das wichtigste, er schreibt, dass das an Orten großen Leidens passiert. Das ist es!" Die anderen drehten sich überrascht zu ihnen um. Leyte wurde immer überschwänglicher. „In Trocnov. Das Wesen ist an einem Ort aufgetaucht, an dem ein Massaker stattgefunden hatte. Wo Leute gelitten haben. Ein Ort großen Leidens. Die zweite Erscheinung, die Unterstadt. Die ganze Unterstadt ist ein Ort großen Leidens. Ein Arbeiter verliert ein Bein. Ebenfalls großes Leiden."

Sunder wirkte nicht überzeugt. „Wenn Eure Theorie stimmt, müsste überall, wo sich jemand den Zeh stößt, eine Erscheinung erscheinen. Das Reich wäre voll davon."

Leyte blickte ihn an. „Nicht zwingend, Meser. Vielleicht ist diese... leichte Erscheinung bei dem Unfall des Arbeiters nur erschienen, weil es so nahe an den Arkanadern passiert ist. Möglicherweise brauchen sie mehr... Leid um weiter weg, wie beispielsweise an der Erdoberfläche zu erscheinen. Oder es können immer nur wenige Erscheinungen gleichzeitig existieren. Vielleicht gibt es Begrenzungen. Und wenn es Begrenzungen gibt, gibt es vielleicht auch Gegenmaßnahmen. Wir..."

Sunder starrte sie an. „Leyte, sagt niemals wieder, dass Ihr eine Enttäuschung seid. Ihr seid das Gegenteil davon."

Ein Lächeln breitete sich auf Leytes runden Wangen aus. „Es ist nur eine Theorie...", nuschelte sie errötend.

„Das stimmt. Eine mit wenigen handfesten Beweisen, aber mit einigen Indizien." Sunder ging in Richtung der anderen. „Weitermachen. Helsteva, durchsucht den Ort nach allem, was wichtig aussieht. Schriftstücke, Briefe, alles was irgendwie von Nutzen sein kann. Milan, Ihr geht mit Hórat und mir in die Ader. Sehen wir uns das mal von innen an."

Kapitel XXII

Hunger

Galizina, Ostreich, Goldhafen, Unterstadt, Taverne Glimmerstube im Sommer 1271

„Was bei allen Heiligen war das denn?", blaffte der Inquisitor verärgert und schlug mit der Faust auf den Holztisch, sodass ihre Bierkrüge einige Fingerbreit in die Luft gehoben wurden.

„Wieso hat sie das gemacht?", fragte Paulina leise.

„Ich habe es Euch doch gesagt. Sie ist eine Unterstädterin", schnauzte der Inquisitor sie an.

„Ich… ich hätte mehr sagen sollen. Ich hätte sie daran erinnern sollen, weswegen…", fuhr Paulina fort, ohne auf den Inquisitor einzugehen.

„Nein, das hättet Ihr nicht", begehrte Maelle auf und legte ihr eine Hand auf den Arm. „Ihr könnt nichts dafür Paulina, gebt Euch nicht die Schuld." Paulina sah ihr traurig in die Augen.

„Wieso haben sie uns einfach gehen lassen?", fragte der Inquisitor.

„Weil für sie die Erscheinung und die Sekte genauso eine Bedrohung darstellen, wie für uns. Sie müssen sich nicht die Hände schmutzig machen, wenn sie uns das beseitigen lassen", meinte Zenon niedergeschlagen.

Ruß kam in den Schankraum hereingestürmt. „Wo wart Ihr, zum Henker?", fuhr der Inquisitor sie an.

Ruß blickte beleidigt zurück. „Ich wollte Euch warnen, doch war der Eingang bereits umstellt. Ich bin auf die Dächer gekrochen und hätte euch zur Not Rückendeckung gegeben." Maelle redete auf Paulina ein, der Inquisitor fuhr weiter Ruß an.

„Ruhe, verdammt nochmal", schrie Lieutnant Zenon Grajev mit befehlsgewohnter Stimme, die er normalerweise nicht oft einsetze. Trotz der allgemeinen Lautstärke im Schankraum blickten sich Personen, die nahe bei ihnen standen zu ihnen um. Alle am Tisch schraken zusammen. Alle außer Ruß, die an ihrem Bier nippte.

Zenon seufzte. „So, beruhigt euch alle. Bitte. Wir haben was wir wollten. Ich weiß, wir leiden unter dem was Ma... was passiert ist. Aber wir haben was wir wollten und wir haben immer noch einen Auftrag. Wir werden jetzt etwas essen. Dann werden wir nach oben gehen, unsere Sachen packen und wir werden das Hauptquartier der Sekte aufspüren. Wer weiß, wie lange die noch da sind. Und wenn das alles vorbei ist, können wir uns Gedanken um Marilka und die verdammte Pariah machen. In Ordnung?"

Alle nickten. Sogar der Inquisitor sagte nichts mehr und nickte nur.

Zenon ging an den Tresen und bestellte für sie etwas zu Essen. Wenige Minuten später kam ein Schankjunge mit etwas Brot und Piroggen mit Hack-, Kohl- und Gerstenfüllung. Lustlos ließ Paulina eine Pirogge durch ihre Finger wandern. „Iss, Paulina. Du brauchst Kraft, für das was noch vor uns liegt." Zenon schaute in die Runde. „Ich bin ehrlich zu euch, wir werden sicherlich nicht auf viel Verständnis treffen, wenn wir die Gottheit dieser Spinner töten wollen. Wir werden es also vermutlich mit der ganzen Sekte zu tun bekommen. Macht euch auf das Schlimmste gefasst."

„Wie kommen wir gegen eine ganze Sekte an?", fragte Maelle. Sie gab sich alle Mühe, sich nichts anmerken zu lassen, doch litt sie unter dem was Marilka getan hatte. Vor allem so kurz nachdem sie sich ihr anvertraut hatte.

„Im besten Fall gar nicht. Wir versuchen das Ding zu töten und hauen ab. Die Sekte wird sich von selbst auflösen, wenn ihr Gott nicht mehr ist. Ich sage nur, im schlimmsten Fall…"

„…der heute schon einmal eingetreten ist", sagte Paulina niedergeschlagen.

„Na, immerhin leben wir noch", antwortete Zenon und versuchte es schwach mit einem Lächeln. Paulina brachte es nicht über das Herz das Lächeln des Lieutnants zu erwidern. Sie fühlte sich verraten und… dumm. Wieso hatte Marilka sie im Stich gelassen? Sie hatte die Wahl gehabt. Oder hatte sie sie nicht? Hatte die Pariah ein Druckmittel und sie hatten es nicht gesagt, um sie zu entzweien? Was waren Marilkas Beweggründe?

Sie aßen fertig. Paulina wischte sich achtlos den Mund ab und ging mit den anderen nach oben. Stimmte, was der Pariah-Boss gesagt hatte? War Marilka ihr Projekt gewesen? Ihr armes Unterstadtmädchen, an dem sie ihre Wohltätigkeit messen konnte, über die sie vor Trocnov noch mit der Kaiserin gestritten hatte? Hatte sie sich, der Kaiserin und allen anderen damit etwas vormachen wollen?

„Ich weiß was Euch umtreibt, Paulina." Maelle legte ihr eine Hand auf die Schulter, während sie die Treppe hinaufgingen. Die anderen gingen den beiden Frauen vorneweg. „Bitte, gebt Euch keine Schuld. Es war Marilkas freie Entscheidung."

Paulina blieb stehen. „Was ist, wenn es das nicht war?", fuhr Paulina sie an, Zornestränen im Gesicht.

Maelle antwortete nicht darauf. „Paulina, wir brauchen Euch. Wir brauchen Euch für das Kommende. Wir können danach trauern, aber jetzt brauchen wir Euch", sagte Maelle fast flehend.

Paulina war wütend und traurig. Sie wusste, dass Maelle Recht hatte, doch war es so schwer sich auf das vor ihnen liegende zu konzentrieren, wenn das hinter ihnen liegende so schmerzhaft war. Paulina wischte sich über das Gesicht und atmete mehrmals tief durch. „In Ordnung. Ich bin konzentriert. Ich bin bereit auf das was vor uns liegt."

Maelle lächelte sie an. „Sehr gut, liebe Freundin."

Der Inquisitor und Zenon bogen in ihr Zimmer ab, Maelle und Paulina gingen in ihres. Ruß stand etwas unschlüssig im Flur, folgte dann aber den beiden Frauen. Mit ausdrucksloser Miene stand sie in einer Ecke des Raumes und schaute ihnen beim Packen zu. Sie hatten darauf geachtet, so wenig wie möglich mitzunehmen, um keine Angriffsfläche für Diebe zu bieten, aber auch um schnell den Standort wechseln zu können. Etwas, das ihnen jetzt zugutekam. Die wenigen Habseligkeiten, hauptsächlich etwas Proviant und etwas Kleidung, konnten sie in Taschen an ihren Mänteln befestigen. Einen Rucksack hatten sie dabei, der sich in Zenons Zimmer befand.

„Marilka hatte nichts dabei?", frage Maelle vorsichtig. Paulina schüttelte den Kopf. „Nein, ich glaube außer dem Proviant nicht. Die Kleider, die Ihr geholt habt…"

„…hat sie mitgenommen. Sie hat sie am Körper getragen. Das eine davon gehörte ihrer Schwester."

„Ich wusste nicht, dass sie eine Schwester hat", antwortete Paulina verwundert. Maelle erzählte Paulina, was Marilka ihr anvertraut hatte. Sie wollte die persönlichen Dinge von Marilka nicht ausplaudern, in Anbetracht der Umstände und ihrer Nähe zu Paulina, hielt sie das aber für mehr als angebracht.

Paulina nickte nachdenklich. „Das ist… das ist so traurig." Maelle nickte. Sie waren längst fertig mit dem Packen.

„Was, bei allen Heiligen, habt Ihr damit vor?", schoss es auf einmal aus Maelle hervor. Ruß hatte während ihres Gespräches das Paket auf ihrem Rücken enthüllt: Eine riesige Bügelarbaleste mit Linse, die sie gerade sorgsam mit einem Tuch polierte.

„Oh, ich wollte Euer Gespräch nicht unterbrechen", sagte die Agentin. „Ich bereite mich nur auf den Kampf vor." Paulina sah die Frau verwundert an. Die Arbaleste wirkte in ihren Händen wie eine Balliste. Der Bügel, der zum Nachladen verwendet wurde, lag neben ihr auf der Kommode, an die sie sich gelehnt hatte.

Zenon und der Inquisitor kamen in den Raum. Auch Zenon schaute Ruß überrascht an. Der Inquisitor bemerkte seinen Blick. „Sie ist eine begnadete Schützin. Seid Ihr fertig?" Die letzten Worte richtete er an Paulina und Maelle. Die beiden nickten. „Gut. Dann gehen wir auf die Jagd."

Zenon trat mit seinem beschlagenen Stiefel heftig gegen die Bretter, die unsauber vor den Tunneleingang genagelt worden waren. Nach einem weiteren Tritt gaben sie nach.

„Tretet ein", sagte er und machte eine einladende Geste. Maelle merkte, dass er nervös war. Wie sie alle. Sie zündete die eiserne Lampe an, die als Wirt für ihre arkanen Künste fungierte und hakte sie in ihrem Gürtel ein. Vorsichtig gingen sie den dunklen Tunnel entlang. „Maelle, könnt Ihr vorgehen mit eurem Licht?"

Die Apothecaria zwängte sich an den anderen vorbei. Es war wirklich so dunkel, dass man ohne Lichtquelle überhaupt nichts sah. Maelle war aufgeregt. Sie wusste, dass sie völlig unvorbereitet waren. Sie wussten nicht was kam, ob sie kämpfen mussten, gegen wen und wie viele. Etwas war anders als in Trocnov.

Der Tunnel vor ihr hörte abrupt auf, ein Erdrutsch hatte ihn verschlossen. Links von ihr war jedoch ein Durchbruch zu sehen. Grünlich verfärbte, gemauerte Steine waren aus der Wand gebrochen worden. Sie blickten auf die Außenseite der Kanalisation von Goldhafen.

„Wir sind an der Kanalisation", flüsterte sie nach hinten.

„Geht schnell hindurch und macht Platz für die anderen. Wenn wir erwartet werden, sollten wir so viel Raum wie möglich haben", raunte Zenon ihr zu.

Maelle schlüpfte durch die Öffnung und trat ins Leere. Mit einem leisen, unterdrückten Quieken fiel sie nach vorne und landete auf allen vieren. Sie hatte übersehen, dass es unter dem Durchbruch einen Schritt in die Tiefe ging. Die Laterne schepperte den gepflasterten Boden entlang, ging aber nicht aus. Maelle beeilte sich, sich aufzurappeln, Zenon sprang jedoch schon vor sie um sie zu verteidigen, falls notwendig.

Was es glücklicherweise nicht war. Sie standen in einem kleinen, leeren, Raum. Die gemauerten Wände waren aus grauem Stein, den die Jahre und das Abwasser hatten grünlich werden lassen, errichtet worden. Die Verfärbung kam von Flechten, dem Abwasser und Moos. Aus dem Raum führte ein schmaler Gang, in dem keine zwei Personen nebeneinander gehen konnten. Maelle blickte zurück und sah, wie Ruß gerade den Durchbruch passierte. Sie nickte den anderen zu und sie setzten ihren Weg fort. Der schmale Durchgang führte sie in eine weit größere Halle mit niedriger Decke. Der Gestank, der sie empfing, kündigte eindeutig die Kanalisation an. Es roch faulig, aber nicht faulig wie in der Unterstadt, nach Holz und Nässe, sondern nach Fäkalien und stehendem Wasser. Den Mittelteil des länglichen Raumes nahm ein Kanal ein. Nur an den Seiten waren schmale Laufgänge zu sehen, die am Kanal entlangführten. An der einen, kurzen Seite ergoss sich der Kanal in ein halbmondförmiges Gitter, hinter welchem das Rauschen großer Wassermassen, die in die Tiefe stürzten, zu hören war. Auf der gegenüberliegenden Seite kam das Wasser träge aus einer Höhlung herausgeflossen. Zwei weitere Gänge führten aus dem Raum heraus, jeweils rechts und links auf den langen Seiten. Maelle versuchte flach durch den Mund zu atmen und ging den Laufgang links des Kanals entlang.

Sie achtete auf ihre Schritte, sie wollte nicht abrutschen und in der Brühe landen.

„Wieso diesen Weg?", flüsterte Paulina von hinten.

Maelle deutete nach vorne. „Wegen der Fackel. Dieser Weg wird regelmäßig benutzt."

Die Fackel steckte in einer notdürftig angebrachten Halterung vor dem Durchgang, auf den sie gerade zusteuerten. Maelle drückte sich an die Wand und lauschte in den Gang hinein. Sie hörte Stimmen. Leise. „Da drinnen ist jemand", raunte sie den anderen zu.

Zenon drückte sich an ihr vorbei. „Lasst mich nach vorne." Maelle wünschte sich, der Lieutnant hätte seine stählerne Brustplatte an, die sie oben zurückgelassen hatten. Ihre Anspannung wuchs.

Sie hakte sich die Laterne wieder in den Gürtel, ein Lichtschimmer drang ihnen vom Tunnelende aus entgegen.

„Bereitmachen", sagte Zenon. Maelle fragte sich wie.

Ein knirschendes Geräusch ließ sie zusammenzucken. Ruß hatten den Ladebügel ihrer Arbaleste aufgesetzt und sie gespannt. Entschuldigend mit den Schultern zuckend, befestigte sie ihn wieder an ihrem Gürtel. Sie legte vorsichtig einen Bolzen auf die Führungsschiene. Maelle hoffte, dass sie wirklich eine so gute Schützin war. Ihr war nicht geheuer, dass sie hinter ihr mit einer geladenen Arbaleste ging. Ein kleiner, falscher Ruck am Abzugshebel und der Bolzen würde davonschießen.

Zenon ging vorneweg, Maelle dahinter. Danach folgten der Inquisitor und Paulina. Ruß bildete den Abschluss. Der Inquisitor hatte eine Radschlosspistole gezückt, was Maelle verwunderte. Der Feuerwaffengebrauch war im arkanfokussierten Ostreich geächtet, der Gebrauch der Waffen galt als Verschwendung des kostbaren Arkanerzes. Und der Inquisitor kam, anders als Lev van Zanger und seine schwarzen Reiter, die ebenfalls diese Pistolen führten, aus dem Ostteil des Reiches. Trotzdem erinnerte sie der Anblick angenehm an Lev. Seine Ruhe, Konzentration und Entschlossenheit hätten sie hier gut gebrauchen können. Maelle atmete tief durch und folgte dem Lieutnant auf den Lichtschimmer zu.

Der gemauerte Gang endete in einem etwas größeren Torbogen, von dem zwei Treppen, jeweils eine rechts und eine links, in einen großen Raum führten. Der Raum war sowohl mit Fackeln an den Wänden ausgeleuchtet, als auch vom Sonnenlicht, welches durch eine Öffnung in der Decke schwach hereinfiel. Zwei weitere Gänge führten, sich gegenüberliegend an den Seiten des Raumes, aus selbigem hinaus. Es sah aus, als wäre es ein Auffangbecken gewesen, welches trockengelegt worden war. In der Mitte des runden Raumes befand sich eine etwa einen Schritt tiefe Vertiefung, welche zwei oder drei Wagenlängen maß und einen provisorischen Altar aus gammligen und zerfressen Holzkisten beherbergte. Der Altar war leer.

Mehrere Menschen standen im Raum. Einige unterhielten sich leise, andere waren auf dem steinernen Boden auf die Knie gesunken und schienen zu beten. Paulina beobachtete, wie zwei der Gestalten reglos und apathisch im Raum standen, mit hängenden Köpfen. Sie alle hatten dreckige Fetzen an. Selbst von dieser Entfernung und im Dämmerlicht, erkannte Paulina, dass die Menschen völlig abgemagert waren. Paulina sah deutlich hervorstehende Oberschenkel- und Schlüsselbeinknochen. Die Wangen waren eingefallen und die Augen versteckten sich in den Höhlen. Einigen von ihnen fielen bereits die Haare aus. Sie hatte viele Facetten von Armut, in ihrem kurzen Aufenthalt in der Unterstadt gesehen, aber so etwas noch nicht. Schwer schluckend bemerkte sie außerdem, dass die meisten der Personen behelfsmäßige Waffen trugen. Knüppel, Nagelbretter, verrostete Dolche.

Die Sektenmitglieder hatten sie noch nicht wahrgenommen.

„Seht, das muss sie sein", flüsterte Paulina erschrocken, als sie ihren Blick weiter wandern ließ. Der Raum war symmetrisch. Auf der ihnen gegenüberliegenden Seite waren die gleichen Treppen, wie diejenigen, auf denen sie standen. Der Gang dahinter war allerdings mit Holzbrettern verschlossen und statt in einen weiteren Raum, führten die Treppen zu einem Thron. Einem Thron, der aus altem Holz und dreckigen Bohlen zusammengenagelt worden war.

Auf diesem saß Loftje de Laukai. Sie trug ein zerschlissenes, langes Kleid und eine Halskette aus Zähnen. Auf ihren zerzausten Haaren ruhte eine Krone, die aus dem Schädel einer Ziege gefertigt war. Vor ihr auf den Treppen saßen zwei Personen, ein Mann und eine Frau. Alle drei hatten die Augen geschlossen.

„Ruß, Ihr bleibt hier. Gebt uns Deckung. Wir anderen gehen vor und verhaften diese Frau. Sie soll uns sagen, wie wir die Bestie finden", raunte der Inquisitor ihnen zu.

Paulina hielt den Plan für schrecklich, die anderen schienen auch nicht glücklich zu sein. Doch eine bessere Idee hatte niemand. Der Inquisitor richtete sich zu voller Größe auf und begann die Treppen, die im Halbkreis in den Raum führten, hinabzusteigen. Seine dröhnende Stimme erfüllte den Raum und hallte von den Wänden wider. „Loftje de Laukai. Gemäß den Statuten der Kaiserin und der heiligen Inquisition verhafte ich Euch, nach den Gesetzen des Hexenhammers und stelle Euch unter Arrest. Ihr habt Euch der Verschwörung gegen die kaiserlich-königliche Herrschaft schuldig gemacht. Gesteht Eure Sünden und Euer Urteil wird milde sein."

Die Sektenmitglieder schraken aus ihrer Starre hoch. Viele wichen vor der Gruppe, die mit weiten Schritten den Raum durchschritt, zurück, einige drückten sich an die Wände. Andere starrten sie gehässig an.

Loftje de Laukai öffnete ihre Augen. Sie war kaum älter als sie selbst, fiel Paulina auf. Auch sie war dürr. Nicht so abgemagert wie viele andere im Raum, aber dennoch dürr. Die beiden Menschen, die zu ihren Füßen gesessen hatten, standen auf und blickten sie schockiert an. „Ihr dringt in mein Domizil, in mein Heiligtum ein und bedroht mich?", fragte die Kultführerin mit ruhiger Stimme, die erstaunlich hoch war, wie Paulina fand. „Was wollt Ihr?"

Der Inquisitor holte Luft um zu antworten, doch Paulina kam ihm zuvor. Mehr Zitate aus dem Hexenhammer oder offizielle Anklagen brachten sie nicht weiter. „Wir wollen wissen, wo die Erscheinung sich aufhält, die Ihr den Hunger nennt. Sie ist keine Gottheit. Sie ist eine Monstrosität, die unschuldige Bürger dahinschlachtet."

Die Hungerkinder reagierten. Mehrere der Leute schlugen fremde Schutzzeichen, oder atmeten geschockt aus. Einige packten ihre Waffen fester und blickten sie zornig an.

Loftje beruhigte sie mit einer einfachen Geste. Sie nickte nachdenklich. „Ihr habt Recht. Der Hunger mordet. Der Hunger mordet oft. Der Hunger mordet aber nicht aus Bosheit, so wie es die Pariah tut, so wie es die Unterstädter seit Jahrzehnten tut. Er mordet, um uns zu befreien." Sie stand von ihrem Thron auf und lächelte. „Er befreit uns von allen Qualen unseres schrecklichen Lebens hier unten. Wir müssen ihm nacheifern. Wir müssen ihm huldigen. Seht Euch meine Kinder an." Sie streckte die Arme aus. „Seht sie Euch an. Sie eifern ihm nach. Und sie leben. Sie leben. Das Licht des Hungers füllt ihre Mägen, sie brauchen keine verdorbenen Abfälle der Leute von oben essen." Paulina starrte sie an. Sie war sprachlos, sie wusste nicht was sie sagen sollte.

„Loftje, wir…", begann Maelle.

„Nennt sie nicht so", kreischte die Frau, die am Fuß der Kultführerin gekniet hatte und raufte sich die Haare. „Sie ist die Mortress!"

Maelle entschloss sich, ihr Spiel mitzuspielen. „Mortress, wir waren in Trocnov. Wir haben die Überreste Eurer Familie gefunden. Wir…"

„Seid still", schrie Loftje de Laukai spitz. „Nichts, was Ihr zu sagen habt, kann das wiedergeben, was ich sah. Ich war dort. Ich habe gesehen, wie die Dorfbewohner meine Schwestern vergewaltigt und meine Brüder umgebracht haben. Ich habe gesehen, wie der Fischer, bei dem ich meine Waren kaufte, meiner Mutter die Röcke hochzog. Als sie sich wehrte, hat er ihr eine Heugabel in den Rücken gerammt." Ihre Miene war hart, als sie von den Gräueltaten berichtete. „Ich sah alles mit an. Ich versteckte mich, unfähig mich zu bewegen. Ich war dabei, als sie Stojan in der Bibliothek fanden. Er schaute mir in die Augen, als er starb, mit flehendem Ausdruck ihm zu helfen. Doch ich konnte nicht." Loftje machte eine kurze Pause. „Und wisst Ihr was? Ich war auch danach da. Als ihre Leichen begannen zu stinken, als wären sie nicht mehr als Abfall und die Dorfbewohner längst abgezogen waren. Ich schrie. Ich schrie und weinte. Wusstet Ihr, dass man so lange weinen kann, bis die

Tränen zu Blut werden?" Ihr Gesicht veränderte sich. Es wurde von Angst und Schmerz eingenommen. „Und ich sah es. Ich sah, wie es sich bildete. Es sah so aus, als würde es aus dem Boden kommen, doch es entstand aus dem Nichts. Die Luft... vibrierte als es sich manifestierte. Ich sah, dass es das Hochzeitskleid meiner Schwester trug, doch es war nicht sie. Nicht die süße Marianne. Ich begriff damals nicht was es war. Ich rannte. Ich rannte vor Angst und endete in der Unterstadt. Hier traf ich auf den Hunger. Ich verstand, dass auch hier schreckliche Dinge stattgefunden haben mussten. Und je länger ich hier lebte, desto mehr verstand ich, dass sie täglich stattfanden. Ich begriff, dass diese Wesen Rache bedeuteten. Sie waren Rache für Ungerechtigkeit, sie zerstörten das Unreine. Alles Böse wird von ihnen zerschmettert." Sie reckte den Kopf vor. „Und so begann ich ihm zu dienen. Meine Kinder und ich. Unsere Gottheit ist aus dem Gefühl geboren, dass es hier unten am meisten gibt. Hunger. Ewiger Hunger. Wir wollen dieses Gefühl nicht mehr. Wir wollen uns an denen rächen, die für dieses Gefühl verantwortlich sind. Wir opfern dem Gott, dem Hunger, schlechte und grausame Menschen. Auf dass er unsere Mägen mit seinem Licht füllt."

„Auf dass er unsere Mägen mit seinem Licht füllt", murmelte es vielfach von den Hungerkindern zurück.

Es wurde still. Niemand sagte etwas. Zenon warf achtsame Blicke nach links und rechts, auf die immer unruhiger werdende Meute der Hungerkinder.

„Loftje, Ihr habt Schreckliches erlebt. Die Wesen sind keine Götter. Sie sind arkangeboren, lasst es mich…"

„Ihr beleidigt unsere Mortress", schrie die Frau zu Loftjes Füßen wieder.

„Ssssh, ruhig, meine Liebe", beruhigte Loftje sie. „Für Euch gibt es hier nichts mehr. Gebt Euch dem Hunger hin. Oder wir müssen Euch dabei helfen."

„Langsam zurück", knurrte Zenon ihnen zu. Fast zeitgleich machten sie einen Schritt rückwärts, in dem leeren Auffangbecken.

Loftje de Laukai blickte von ihrem Podest aus in die Menge. „Das ist schade." Sie machte eine kurze Pause, in der sie tief einatmete. „Schnappt sie Euch, meine Kinder. Der Hunger soll sie holen."

Die Meute der Hungerkinder stürmte auf sie los. Blitzschnell zog Zenon sein Korbschwert und auch das Falchion des Inquisitors lag wenige Sekunden später in dessen Hand.

„Kreis", schrie Zenon und sie bildeten zu dritt einen Kreis, in dessen Mitte Maelle stand. Paulina blickte, das Rapier in der Hand, panisch nach links und rechts, um die Lücken zu ihren beiden Gefährten ja nicht zu groß werden zu lassen.

Das erste Hungerkind das starb, wurde durch das Falchion des Inquisitors gefällt. Er ließ es senkrecht auf den Kopf des Sektenmitgliedes fallen und hinterließ eine schreckliche Wunde, an der es sofort zu Boden ging. Schnaufend löste der Inquisitor seine Waffe aus der fallenden Leiche. Zenon schlug einem weiteren Angreifer das Heft seines Schwertes ins Gesicht, was dessen Nase hörbar brechen ließ. Ein dritter Angreifer ging auf Paulina zu. Nein, er torkelte mehr. Kraftlos hieb er mit einem Knüppel nach ihr. Den Schlag parierte Paulina formvollendet. Sie stieß den Mann mit der Linken zurück. Als sie seine Brust traf fühlte es sich an, als würde sie einen ledrigen Sack Knochen schlagen.

„Hört auf!", schrie sie ihn an. Der Mann beachtete ihre Worte nicht. Er holte weit aus und versuchte Paulina mit einem Überkopfschlag zu treffen. Der Schlag war so langsam ausgeführt, dass es fast unwirklich war. Paulina hielt den Arm am Handgelenk fest und sah ihm in die Augen. „Hört auf!", kreischte sie erneut. Das Gesicht des Mannes näherte sich ihrem und er knurrte sie an. Paulina stieß ihn erneut weg und hielt ihm ihr Rapier wie eine Lanze entgegen.

Sein nächster Angriff sollte zugleich sein letzter sein. Der letzte in seinem Leben. Der Mann spießte sich selbst auf Paulinas Rapier auf, die erschrocken aufschrie. Blut sickerte aus der Wunde, seitlich an Paulinas Rapierklinge vorbei. Das Hungerkind starrte erstaunt auf die Waffe in seinem Körper und brach zur Seite weg, was Paulina fast das Rapier aus der Hand gerissen hätte. Er krümmte sich am Boden, schrie aber nicht. Blut sickerte aus seinem Mund.

„Sie sind völlig kraftlos", schrie Zenon, der einen Angreifer wegstieß. Paulina dachte das gleiche. Das Fasten, das nicht Essen, hatte sie zu dürren Abbildungen ihrer früheren Selbsts gemacht. „Was tun wir?", rief sie zurück.

„'Nur durch den Tod wird die Sünde des Hochverrats reingewaschen'", schrie der Inquisitor rasend, während er einer angreifenden Frau das Falchion in die Seite rammte. „Hexenhammer, Vers…"

„Haltet Euer verdammtes Maul", schrie Maelle zur Antwort. „Ich…"

Maelle brach ab. Auch der Waffenlärm, das Stöhnen und die Schreie verstummten. Paulina fühlte es. Es war wie in Trocnov. Jedes Geräusch war verklungen. Eine unnatürliche Stille legte sich wie Nebel über die Kanalisation. Die Flammen der Fackeln an den Wänden, die bis eben noch leicht im Luftzug gezittert hatten, waren absolut still. Paulinas Nackenhaare stellten sich auf. Sie tastete mit ihrer freien, linken Hand panisch nach dem Inquisitor, der neben ihr stand.

„Was… was ist los? Wo ist es?", fragte sie.

„Er ist hier…", hauchte Loftje de Laukai und erhob sich. „Er ist endlich hier." Mit großen Schritten eilte sie die Stufen von ihrem Thron herab, vorbei an Paulina. Deren Blicke folgten ihr. Sie sah wohin sie rannte. Und das gleiche Gefühl der Panik und der Angst wie in Trocnov nahm sie ein.

Ein Wesen war durch einen der Durchgänge an den Seiten erschienen. Es erinnerte an eine ausgemergelte Kreuzung aus Mensch und Hund. Es bewegte sich auf allen vieren vorwärts, wobei die Vorderbeine länger als die Hinterbeine waren. Den Abschluss der Arme bildeten dünne, langgliedrige Hände mit scharfen Krallen. Ledrige, schwarzbraune und haarlose Haut bedeckte die Erscheinung. Das Gesicht wurde von einer Kapuze bedeckt, die an ein feinmaschiges Fischernetz erinnerte. Der Kopf der Kreatur ruckte hin und her, als würde es Witterung aufnehmen.

Loftje war vor dem Wesen stehen geblieben und fiel auf die Knie. Mit tränenden Augen starrte sie es an. „Wir haben so lange gewart…"

Ein Klauenhieb unterbrach sie und sie wurde, wie eine Puppe durch die Luft geschleudert. Hart schlug sie gegen eine Wand, an der sie bewegungslos herunterrutschte. Paulina sah ihre Augenlider flattern. Das Wesen gab sich nicht weiter mit ihr ab, sondern stürzte sich auf das nächste Hungerkind, dessen Kopf es brutal abriss. Den Kadaver warf es achtlos davon. Schreie erfüllten das Auffangbecken. Einige der Sektenmitglieder fielen auf die Knie, andere versuchten davon zu rennen. Wenige griffen das Wesen an. Sie starben zuerst.

„Wie letztes Mal", schrie Zenon. Es löste die Starre. „Ich von links, Paulina, Ihr von rechts und der Inquisitor aus der Mitte." Es war gar nichts so wie letztes Mal, dachte Paulina. Lev war nicht bei ihnen. Marilka war nicht bei ihnen.

Die rechte Flanke, die Paulina abdeckte, führte Paulina nahe an die zusammengesunkene Loftje de Laukai, die tapfer versuchte die Augen offen zu halten. „Bleibt wach", zischte Paulina ihr aus dem Mundwinkel zu. Sie wusste selbst nicht warum.

„Ihr hattet Recht... ihr hattet so Recht...", ächzte die Mortress. Paulina wunderte sich, wie schnell sich das Bild der Kultanführerin über ihren Götzen geändert hatte. Eine seltsame Wut auf die Schwerverletzte machte sich in Paulina breit. Was, bei allen Heiligen, hatte sie denn erwartet, nach den ganzen Morden. „Es... tut mir leid... ich...", stöhnte Loftje und hielt sich die Seite.

„Bleibt wach", raunte Paulina erneut.

„Ich... ich kann nicht... es ist... Mama..."

Der Kopf des Wesens ruckte in ihre Richtung. „Seid still", flüsterte Paulina der Verwundeten flehentlich zu. „Bitte, seid still."

„Ich will zu... Mama..." Das Wesen machte einen Satz in ihre Richtung.

„Komm hierher, hässlicher Hund", schrie Maelle und warf ein Holzstück, das sie aus dem Altar in der Mitte des Beckens gerissen hatte, nach der Kreatur.

Es erzielte die gewünschte Wirkung. Mit großen Sprüngen stürzte sich das Wesen nun auf Maelle. Der Schuss, der aus der Pistole des Inquisitors abgefeuert wurde und in Paulinas Ohren klingelte, hielt es nicht auf. Die Kreatur landete auf der

Apothecaria, die rücklings in den Altar geworfen wurde. Splitternd gab er unter ihr nach. Zenon hechtete herbei und drosch mit seinem Schwert auf die Erscheinung ein. Auch der Inquisitor hackte mit seinem Falchion nach ihm. Die Kreatur blutete aus zahlreichen Wunden, als sie einen markerschütternden Schrei von sich gab und Zenon und den Inquisitor von sich wegstieß. Die beiden segelten durch die Luft und dem Lieutnant wurde beim Aufprall das Schwert aus der Hand geprellt. Bedrohlich bäumte sich die Erscheinung auf die Hinterbeine auf und drehte sich in die Richtung des Lieutnants um. Es schrie. Fast menschlich, wie Paulina schaudernd feststellte.

Ein trockenes Klacken ertönte, dann zitterte die Kreatur und der Schrei verstummte. Ein gefiederter Holzschaft steckte in dem Bereich des verhüllten Gesichtes, in dem Paulina das rechte Auge vermutete. Irritiert suchte sie den Ursprung des Klackens. Sie erkannte Ruß, die breitbeinig in dem Durchgang stand, aus dem sie gekommen waren. In aller Seelenruhe lud sie ihre Arbaleste nach.

Das Wesen brüllte sie an und die Arbaleste klackte wieder, was den Arm von Ruß merklich nach hinten zucken ließ.

Aus dem geöffneten Maul der Kreatur ragte der gefiederte Schaft eines langen Bolzens. Ihr knickten die Beine ein und sie fiel auf den gepflasterten Boden, auf dem sie reglos liegen blieb. Es war still im Raum, kurz regte sich niemand.

„Feuer", flüsterte Paulina. „Feuer!", rief sie wenige Sekunden später lauter. „Verbrennt es!" Sie rannte zu einer der Wandhalterungen und griff sich eine Fackel, die darin steckte. Aus den Augenwinkeln sah sie, wie Zenon und der Inquisitor es ihr gleichtaten. Fieberhaft sah sie sich nach Öl oder ähnlichem um, fand aber keines. Schnell warf sie die Fackel auf den Kadaver der Kreatur, die sofort anfing Feuer zu fangen, als wäre sie trockenes Stroh. Der Lieutnant und der Inquisitor taten es ihr nach. Im Bruchteil einer Minute war er vollständig verbrannt.

Paulina ließ sich ächzend auf den Kanalisationsboden fallen. Auch Zenon und der Inquisitor sackten vor Erschöpfung in sich zusammen, als das Adrenalin nachließ. Nur das leise Wimmern einiger überlebender Hungerkinder erfüllte den runden Raum.

„Maelle!", schrie Paulina auf einmal und rappelte sich auf. Sie rannte zu dem Altar und kniete sich vor der reglosen Apothecaria in den Dreck. Die hatte ihre Augen bereits wieder geöffnet.

„Habe ich noch alle Gliedmaßen?", fragte die Apothecaria benommen. Paulina nickte eifrig. „Ist es vorbei?", fragte Maelle weiter. Paulina nickte wieder. Ihr stiegen Tränen in die Augen. Maelle setzte sich mit Paulinas Hilfe auf. „Kommt mir alles so bekannt vor. Irgendwie verpasse ich das Ende immer", sagte die Apothecaria schwach lächelnd.

Paulina fing gleichzeitig an zu lachen und zu weinen. Maelle fiel mit ein. Die Anspannung fiel von ihnen ab. „Könnt Ihr aufstehen?", fragte Paulina sanft.

Die Apothecaria nickte. „Ja. Es geht schon. Nichts gebrochen, glaube ich." Dennoch verzog sie das Gesicht, als sie sich von Paulina aufhelfen ließ.

„Loftje…", sagte Paulina und eilte zu der Mortress. Zusammengekrümmt lag sie an der Kanalisationswand. Die eine Hand war ausgestreckt an der Wand, mit der anderen hielt sie sich die blutige Seite. Ein rötlicher Speichelfaden troff aus ihrem Mund. Ihre Augen waren halb geöffnet und ausdruckslos. „Sie ist tot", sagte Paulina niedergeschlagen, halb zu sich, halb zu den anderen.

Maelle ging an ihr vorbei. „Nein, ist sie nicht. Helft mir mal." Mit Paulinas Hilfe richtete Maelle sie auf, sodass die Kultführerin mit dem Rücken an der Wand lehnte. „Sie hat eine gebrochene Rippe", stellte Maelle fest, als sie sie abtastete. „Sie hat sich in kein Organ gebohrt. Zumindest spüre ich das nicht. An der Seite hat sie eine böse Fleischwunde. Wenn sie nicht desinfiziert und verbunden wird, entzündet sie sich. Tödlich ist sie aber nicht." Maelle tastete ihren Kopf ab. „Sie hat eine üble Beule am Hinterkopf. Vermutlich eine Gehirnerschütterung. Nichts, was sie umbringt."

Paulina nickte. Sie war erleichtert. Es waren schon genug Leute gestorben.

Ruß kam zu ihnen, ihre Arbaleste trug sie über der Schulter, der Ladebügel baumelte an ihrem Gürtel.

„Das waren zwei wunderbare Schüsse", sagte Maelle.

313

Ruß nickte. „Danke", sagte sie schlicht und ohne erkennbare Gefühlsregung.

„Wie könnt Ihr so ruhig sein?", fragte Maelle sie entgeistert, während sie die ehemalige Mortress weiter abtastete.

„Das bin ich nicht", sagte Ruß völlig ruhig. „Ich habe kaum geschafft meine Arbaleste zu laden. Als der erste Treffer ins Auge das Biest nicht fällte, dachte ich das war es mit uns."

Maelle sagte etwas. Zumindest bewegte sie den Mund, die Worte verklangen jedoch im Donner der Pistole, die der Inquisitor abgefeuert hatte. Ein Hungerkind fiel mit dem Gesicht voran auf den dreckigen Boden. „Was bei allen Heiligen tut Ihr?", schrie Maelle ihn an.

„Gerechtigkeit üben", antwortete der Inquisitor, und füllte den Lauf der rauchenden Pistole mit einer neuen Pulverladung. „Das sind Verbrecher."

„Seid Ihr wahnsinnig?", schrie nun auch Paulina. „Es sind genug gestorben."

Der Inquisitor starrte sie an, während er das Radschloss mit dem Schlüssel aufzog. „Hochverräter bleiben Hochverräter. Und sie werden bestraft." Er rammte eine Kugel in den Lauf.

„Inquisitor, lasst es gut sein", mischte sich nun auch Zenon ein, der gerade einen Toten untersucht hatte. Der Inquisitor richtete seine Pistole auf den Kopf eines weiteren Hungerkindes. Ein junger Mann, dem Tränen über das hagere Gesicht liefen. Paulina stürmte heran. „Hört auf, Ihr…"

Ruckartig richtete der Inquisitor die Waffe auf Paulina, die sofort stehen blieb. „Keinen Schritt weiter, Nowgoroda. Ihr kennt meine Befugnisse. Jeder Feind des doppelten Adlers wird bestraft. Jeder Verrat am galizinischen Reich wird gesühnt. Ihr seid gerade dabei, Euch zum Feind am Reich zu machen." Paulina glaubte ihren Ohren nicht zu trauen. Auch Zenon und Maelle hatten die Augen schockiert aufgerissen.

„Emil…", klang die Stimme von Ruß leise durch den Raum. Der Kopf des Inquisitors wandte sich ruckartig in ihre Richtung. „Emil… das geht zu weit… wirklich… Lass die Leute gehen. Sie haben genug bezahlt."

Maelle hörte das erste Mal so etwas wie Sorge und… Mitgefühl in der Stimme der Inquisitionsagentin.

Emil van Unrug verzog das Gesicht. Er ließ die Pistole langsam sinken und entspannte das Schloss. Wortlos ließ er sie in seiner Manteltasche verschwinden und begann die verbrannte Asche des Wesens zu untersuchen.

„Danke", hauchte Paulina Ruß zu. Die nickte nur und lehnte sich an den Rand des Auffangbeckens.

Zenon, Paulina und Maelle schritten den Raum ab. Es gab nicht wirklich Verwundete. Es gab Leichen und es gab zusammengekauerte Gestalten, die sich vor Angst nicht rührten. Acht Tote zählten sie. Zwei hatte der Inquisitor getötet, als sie sich der Angreifer erwehrt hatten, einen der Lieutnant. Einen weiteren hatte der Inquisitor in seinem Rechtschaffenheitswahn erschossen, drei Tote konnten sie der Kreatur zuschreiben. Paulina brachte es kaum über sich, diese armen Seelen anzuschauen. Die Wunden waren schrecklich.

Für den achten Toten war Paulina verantwortlich. Sie stand vor ihm und konnte ihren Blick nicht von den offenen Augen und dem geöffneten Mund wenden. Nur ein kleines rotes Rinnsal sickerte aus der Wunde in der Körpermitte. So wenig Blut. Paulina wurde schlecht. Sie spürte wie ihr schwarz vor Augen wurde. „Maelle...", lallte sie undeutlich, bevor ihre Beine unter ihr wegknickten. Die Apothecaria packte sie geistesgegenwärtig unter den Armen und stützte sie, sodass sie sanft auf den Knien aufkam. Paulina erbrach sich neben den Toten. Den Toten, den sie getötet hatte. Paulina würgte und wischte sich den Mund ab.

Zenon erschien neben ihr und kniete sich neben sie. „Ist schon gut... ist schon gut", sagte er und streichelte ihren Rücken. Das war es nicht, dachte sie. Das war es nicht, sie hatte einen Mann getötet. Erneut erbrach sie sich und kippte seitlich weg. Sie zog ihre Knie eng an ihren Körper und weinte. Maelle blieb bei ihr und hielt sie fest. Paulina hörte undeutlich, wie sie Zenon anwies Loftje einzusammeln und sich bereit für den Abmarsch zu machen.

„Könnt Ihr gehen Paulina?", fragte Maelle sie nach einer Ewigkeit. Paulina lag immer noch auf dem Boden. Sie nickte. „Kommt, ich helfe Euch auf." Sie hörte Maelle nur undeutlich. Auch das freundliche Gesicht der Apothecaria sah sie nur verschwommen. Maelle stütze sie, als sie den Raum verließen.

Paulina sah sich um. Hinter ihr ging Ruß, die sie ausdruckslos ansah. War es ausdruckslos? Vor ihr sah sie den Rücken von Zenon, der sich Loftje de Laukai auf die Schultern gehievt hatte. Der Ledermantel des Inquisitors wehte vorneweg. Das letzte, was sie von der galizinischen Kanalisation, der Brutstätte des Hungers sah, war der zerbrochene Kopfschmuck von Mortress de Laukai, der achtlos in der Mitte des Auffangbeckens lag.

Kapitel XXIII

Dank

Galizina, Protektorat Ur, Expeditionslager bei den Arkanminen im Sommer 1271

Erschöpft ließ sich Leyte auf einen Hocker an einem der Feuer im Lager fallen und massierte ihr schmerzendes Bein. Nach langem Gehen tat es ihr immer weh. Sie hatten in dem Schacht nichts weiter gefunden. Der arkane Nachhall hatte sich in der Ader zwar verstärkt, doch war er weit von dem entfernt, was die Scienta in ihrem Tagebuch beschrieben hatte. Die übrigen Arbeiter und Protektoren hatten weitere Gänge und Schächte gesichert und freigelegt, die sie in den nächsten Tagen begutachten würden.

„Reitet schnell. Übermittelt diesen Brief an Kaiserin Alessia Vyrkov oder den Erzarkanisten. An sonst niemanden. Kehrt danach unmittelbar hierher zurück, am Besten mit mehr Arbeitern und Arkanisten. Nun geht", hörte Leyte Sunder zu Karlotta Helsteva sagen.

Die Protektorin nickte Ernst. „Ja, Meser." Sie schwang sich einen Rucksack auf den Rücken und machte sich auf zu dem Pflock, an dem ihre Pferde angebunden waren. Als sie auf Leyte, die nahe des Pflocks saß, zuging, sprach diese sie an. „Ihr dürft nicht mal eine Nacht rasten?", fragte sie die Protektorin, die daraufhin stehen blieb. „Nun, es ist dringlich, meint der alte… Ich meine Scientus Nowak." Leyte musste lächeln. „Danke, dass Ihr mich gerettet habt, Karlotta." Karlotta erwiderte ihr Lächeln. „Ach, gerne, Scienta Hórat. Der Scientus muss ein Idiot gewesen sein, Euren Wert nicht erkannt zu haben." Lächelnd hob Leyte einen Finger. „Vorsicht, Karlotta, ich bin ebenso Eure Vorgesetzte wie Meser Nowak es ist. Redet Ihr so auch über mich hinter meinem Rücken?" Karlotta schwang sich auf ihr Pferd und lächelte sie schief an. „Nur, wenn Ihr Euch wie eine Idiotin verhaltet, Medame." Sie tippte sich an die Stirn und ritt davon. Leyte sah ihr dankbar lächelnd hinterher.

317

Kapitel XXIV

Wiederherstellung

Galizina, Ostreich, Goldhafen, Handelsgilde im Sommer 1271

Paulina erwachte in einem weichen Bett. Sie hörte Marilka neben sich leise schnaufen. Sie ließ die Augen geschlossen, sie wollte nicht aufwachen. Noch nicht. Fest presste sie ihr Gesicht in das Federkissen, auf dem sie lag. Es fühlte sich anders an, als ihr eigenes. Widerwillig öffnete sie langsam ihre Augen. Sie war nicht in ihrem Schlafgemach. Es sah eher aus, wie eines der Gästezimmer in der Handelsgilde. Schläfrig drehte sie sich um.

Neben ihr lag nicht Marilka, sondern Maelle. Das lange Haar war ihr über das Gesicht gefallen. Jedes Mal, wenn sie ausatmete, wurde eine Haarsträhne aus ihrem Gesicht gepustet, die sofort danach wieder auf selbiges fiel. Paulina musste lächeln. Sie strich ihr vorsichtig die Haarsträhne aus dem Gesicht. Mit flackernden Augenlidern erwachte die Apothecaria.

„Guten Morgen", flüsterte Paulina.

„Guten Morgen", antwortete Maelle verschlafen. „Konntet Ihr etwas schlafen?"

Paulina nickte. Sie hatte geträumt, wusste aber nicht mehr worüber. „Wie sind wir hierhergekommen?", fragte sie leise. „Und wo sind sie anderen?", fügte sie hinzu.

„Zenon und der Inquisitor sind direkt in die Hauptkaserne der Stadtwache gegangen. Sie haben Loftje dort abgeliefert. Der Inquisitor wollte direkt in den Palast, um uns für morgen oder übermorgen der Kaiserin anzukündigen."

Paulina schnaufte. Sie hatte keine Lust die Ereignisse der Kaiserin zu schildern.

Maelle machte eine kurze Pause und gähnte. „Ich habe Euch in die Handelsgilde begleitet. Ich wusste nicht genau wohin, also habe ich einfach ein freies Zimmer gesucht." Sie strich sich eine widerspenstige Strähne aus dem Gesicht. „Ihr habt Euch hingelegt und seid sofort eingeschlafen. Ich war müde und habe mich einfach dazu gelegt. Ich dachte Ihr könntet Gesellschaft gebrauchen, wenn Ihr aufwacht." Sie stockte kurz. „Ich kann es auf jeden Fall." Maelle verzog das Gesicht und schauderte als sie sich an das Erlebte erinnerte.

Paulina lächelte sie an. Sie zog einen Arm unter der weichen, weißen Decke hervor und legte ihn auf Maelles. „Danke", sagte sie. Maelle lächelte zurück. „Wie lange habe ich… wie lange haben wir geschlafen?", fragte Paulina flüsternd.

„Wir sind am Nachmittag hier angekommen. Jetzt ist es Nacht", sagte Maelle als sie einen Blick aus dem Fenster warf. „Sechs bis acht Stunden schätze ich." Sie hob ihren Kopf leicht vom Kissen und schüttelte den Kopf. „Hört ihr die Vögel? Es muss kurz vor Sonnenaufgang sein. Dann wohl eher zwölf Stunden", korrigierte sie erstaunt.

Eine Weile blieben sie so liegen.

„Tut mir leid", sagte Maelle auf einmal.

„Was tut Euch leid?", fragte Paulina irritiert.

„Ich glaube ich habe Eure Bettwäsche ruiniert." Paulina betrachtete die Decke. Sie hatte Recht. Überall dort, wo ihre Körper die Bettwäsche berührt hatten, waren dreckig-braune Abdrücke. Die Früchte ihres Aufenthalts in der Unterstadt. Selbst das Untergewand, das Paulina trug, war schmutzig.

Paulina kicherte. „Ihr habt Recht. Wir sollten ins Badehaus." Maelle nickte eifrig. „Das würde ich gerne einmal sehen." Paulina schlug die Decke zurück und setzte sich auf. Ein übler, saurer Geschmack erfüllte ihren Mund und ihr Magen knurrte. Sie fühlte sich, als hätte sie tagelang nichts gegessen. Wackelig stand sie auf. Maelle war ebenfalls auf den Beinen und wollte sie stützen. „Schon gut, es geht schon", sagte Paulina. „Wollen wir erst etwas essen?", fragte sie.

Maelle nickte. „Sagt mir wo und ich hole uns etwas." Paulina beschrieb ihr den Weg. Die Küche und die Lagerräume für gildeneigene Waren, befanden sich im Untergeschoss. Das Zimmer, in dem sie geschlafen hatten, lag im ersten Stock. Maelle machte sich auf den Weg, Paulina setzte sich so lange wieder auf das Bett. Sie versuchte nicht an das Geschehene zu denken. Sie versuchte gar nicht zu denken. Nach einer gefühlten Ewigkeit erschien Maelle in der Tür. Unter ihrem Arm klemmte ein voller

319

Korb mit Brot, Hartkäse, Früchten und Schafswurst. In der anderen Hand hielt sie einen Krug. Paulina stand auf und nahm ihr den Krug aus der Hand.

„Komm", sagte sie und führte die verdutzte Maelle durch die Gänge der Gilde. Am Ende des Ganges öffnete sie eine Tür und angenehm kühle Nachtluft empfing sie. Sie traten auf den Balkon, der einen schönen Blick auf die Dächer von Goldhafen bot. Die Sonne versteckte sich gerade noch so hinter dem Horizont. Paulina stellte den Krug, in dem sich klares Wasser befand, auf den niedrigen Tisch, der zwischen zwei Stühlen auf dem Balkon stand. Sie nahm Maelle den Korb ab und stellte ihn daneben.

„Eure Speisekammer ist reicht gefüllt", sagte Maelle grinsend. Paulina nahm sich eine Wurst und biss herzhaft hinein. Sie nickte kauend.

Maelle nahm sich Brot und Käse. Sie stellte sich ans Geländer, reckte den Kopf in die Nachtluft und aß. Paulina trat neben sie. „Ich habe nicht gewusst, wie angenehm die Goldhafener Stadtluft ist", sagte Paulina.

Maelle nickte. „Es fühlt sich an als wäre man neugeboren." Schweigend aßen sie weiter.

„Wo ist Ruß?", fragte Paulina plötzlich. Sie hatte die stille Inquisitionsagentin, die ihnen allen das Leben gerettet und den Hunger besiegt hatte, völlig vergessen.

„In der Unterstadt geblieben", antwortete Maelle, während sie sich eine Weintraube in den Mund steckte. „Sie hat uns bis zum Aufgang begleitet und ist dann verschwunden." Sie schüttelte den Kopf. „Eine komische Beziehung zwischen ihr und dem Inquisitor. Sie müssen sich gut kennen, das merkt man ihnen an, finde ich. Er hört auch auf sie, wie wir... festgestellt haben. Und doch hat er sie kaum eines Blickes gewürdigt, als sie sich knapp verabschiedet hat." Paulina nickte und riss sich ein Stück Brot ab. Ihr kamen die schrecklichen Bilder in den Kopf, als der Inquisitor begonnen hatte, die apathischen Hungerkinder zu exekutieren. Paulina schluckte schwer und versuchte sich auf das Brot in ihrem Mund zu konzentrieren. Es schmeckte wunderbar, kein Vergleich zu der ungesäuerten Masse in der Unterstadt.

„Ich hätte ihr gerne gedankt", sagte Paulina.

Maelle nickte. „Ich auch. Dazu war aber keine Zeit."

Sie aßen fertig. Paulina fühlte sich wohler. In Ermangelung von Bechern oder Gläsern setzte sie den Krug an die Lippen und trank in tiefen Zügen. Maelle sah ihr dabei zu. Paulina bot den Krug der Apothecaria an, die die Prozedur wiederholte.

„Es wird Zeit, dass wir uns diesen widerlichen Schmutz abwaschen."

Korb und Krug ließen sie stehen. Paulina holte zwei Leinentücher aus dem Zimmer, in dem sie genächtigt hatten. In nahezu jedem Schrank in den Gästezimmern lagen die Tücher, falls sich wichtige Händler oder Kapitäne in den Bädern entspannen wollten. Gemeinsam gingen sie in Richtung Haupthalle und Badehaus. Paulina schlüpfte in ihr Arbeitszimmer, in dem sie in letzter Zeit so selten saß, und fischte zwei Kleider heraus, eines für sich, eines für Maelle. Sie hoffte es würde Maelle passen, sie benötigte eine großzügigere Passform als Paulina.

„Wieso bewahrt Ihr Kleider in Eurem Arbeitszimmer auf?", fragte Maelle interessiert. Paulina winkte ab. „Ich arbeite viel. Manchmal gehe ich über Nacht nicht nach Hause."

Sie gingen in ihren Unterkleidern den Flur entlang und waren bald in der Haupthalle. Keine Menschenseele zeigte sich hier, für die späten Arbeiter war es zu spät, für die frühen zu früh. Selbst der lange Tresen neben der Haupttür, an dem sich Besucher anmeldeten und der fast immer besetzt war, war noch verwaist. Paulina führte Maelle die steinerne Wendeltreppe hinab ins Badehaus. Sie zogen sich in den Nischen aus. Achtlos ließ Paulina ihre Kleider zu Boden fallen. Sie sah Maelle an, die nackt vor ihr stand. Ihren Körper zierten überall schmutzige Streifen.

Und eine dunkel verfärbte, rote Prellung an der Seite und an der Schulter.

Paulina machte einen Satz auf sie zu. Sie erinnerte sich plötzlich daran, wie Maelle gegen den Altar in der Kanalisation geschleudert worden war. „Maelle, geht es Euch gut? Soll ich einen Apothecarius holen?", fragte sie angsterfüllt.

Maelle lächelte. „Eine steht doch vor Euch. Nein, es sieht schlimmer aus als es ist. Nur eine Prellung, das geht vorbei. Um ehrlich zu sein spüre ich sie kaum. Bevor wir schlafen gegangen sind, habe ich sie mit einer meiner Pasten eingerieben." Paulina nickte, war aber nicht überzeugt. Die Apothecaria würde es allerdings schon wissen.

Nebeneinander gingen sie den länglichen Gang, an dem links und rechts die Privatbäder aufgereiht waren, auf das Hauptbecken zu. Während Maelle sich staunend umsah, wanderten Paulinas Gedanken zu Loftje. „Mir tut Loftje de Laukai leid. Was sie durchgemacht hat... unvorstellbar. Jeder wäre dadurch wahnsinnig geworden." Maelle nickte nur. „Ich hoffe, sie wird anständig behandelt. Hoffentlich ist nicht der Inquisitor für ihre Haft verantwortlich."

Maelle legte den Kopf schief, als sie die kurzen Treppen zum Hauptbecken hinabstiegen. „Zenon meinte, er kümmert sich persönlich um die Arreststellung. Und er ist ein guter Mann." Sie berührte mit einer Zehenspitze die Wasseroberfläche und seufzte wohlig. „Ich glaube außerdem, dass ihre Haftbedingungen einigermaßen gut sein werden. Sie hat ja schon in der Kanalisation bereut... Sie wird der Kaiserin und den Scientii sagen, was sie wissen wollen."

Paulina war sich da nicht so sicher, ob die Kaiserin und die Inquisition so gnädig waren. Sie hoffte es jedenfalls.

Langsam ließ sie sich in das Wasser gleiten. Es war, als löste sich der Schmutz der letzten Tage wie eine faulige Schicht von ihr ab. „Wollt Ihr es nicht wissen?" Maelle sah sie irritiert an, während sie Paulina ins Wasser folgte. „Wollt Ihr nicht wissen, was sie zu sagen hat, meine ich", fragte Paulina.

Maelle zuckte mit den Schultern. Sie stand jetzt bis zu den Hüften im Wasser. „Sie hat es uns doch schon gesagt, oder? In der Kanalisation. Sie hat beobachtet, wie das... Ding erschienen war. Und ehrlich gesagt will ich mich im Moment nur erholen und dieses wunderbare Bad genießen." Maelle ließ sich nun vollends ins Wasser gleiten. Das Becken war nirgendwo besonders tief, an der tiefsten Stelle reichte es Maelle bis unter die Brust, doch konnte man sich darin wunderbar treiben lassen und entspannen. „Ich habe die falsche Profession gewählt", erklärte Maelle. „Ich hätte bei der Handelsgilde anfangen sollen."

Paulina lachte leise. „Ihr seid jederzeit willkommen."

Sie setzte sich auf die Stufen am Beckenrand und beobachtete die durch das Wasser verzerrten Mosaiksteinchen am Boden des Beckens.

„Wisst Ihr was?", fragte Paulina Maelle, die gerade auftauchte und sich die nassen Haare hinter die Ohren strich und Wasser aus den Augen blinzelte. „Ich glaube, ich kann dem Bürgermeister von Trocnov nicht verzeihen. Ich dachte ich könnte es, er… er und seine Frau klangen so voll Reue. Doch wie sollte ich ihm verzeihen können, nachdem was Loftje erzählt hat?"

Maelle stand hüfthoch im Wasser und wrang sich die Haare aus. „Ich habe mir diese Frage auch schon gestellt. Ich kann es auch nicht", sagte sie leise aber bestimmt. „Er ist ein Monster."

Paulina nickte langsam. Sie griff nach einem Schwamm, der auf den steinernen Stufen lag und legte ihn vor sich ins Wasser. Geistesabwesend schaute sie dabei zu, wie er sich vollsog. Dann begann sie sich abzurubbeln. Sie presste den Schwamm in ihr Gesicht und spürte, wie schmutzige Bahnen ihren Körper hinabrannen. Sie rieb sich kräftig die Arme ab und machte bei ihren Händen weiter. Der Schmutz war hier hartnäckiger. Sie fuhr grob mit dem Schwamm über ihre Hände, immer wieder. Immer wieder.

„Paulina?", hörte sie Maelle vorsichtig aus weiter Ferne fragen. Der Dreck ging nicht weg. Überall war er. Auf ihrem Handrücken, zwischen den Fingern, unter ihren Fingernägeln. Der Dreck und das Blut. Das Blut des Mannes, den sie getötet hatte.

„Paulina?", fragte Maelle erneut und kam durch das Wasser auf sie zu.

Paulina schrie. Sie schrie und warf den Schwamm gegen die gegenüberliegende Wand. Aufgezehrt ließ sie ihren Kopf in ihre Hände sinken. Sie weinte. Sie spürte, wie Maelle einen Arm um ihre Schultern legte. Sie hatte sich neben sie gesetzt. „Ich… ich habe ihn getötet. Er ist einfach in mein Rapier gelaufen. Ich habe seinen Blick noch vor Augen." Paulina vergrub ihr Gesicht in der Schulter von Maelle und schluchzte. Maelle hielt ihren Kopf fest an sich gedrückt und sprach ihr beruhigend zu.

Paulina spürte, wie ihre Tränen langsam versiegten. Sie schniefte. Das Becken wäre nun gefüllt, wenn es leer gewesen wäre, so viele Tränen hatte sie vergossen. So dachte sie zumindest. Sie löste sich von Maelle und blickte ihr in die Augen. Die Apothecaria strich ihr über die Wange.

„Wir haben das gemeinsam erlebt und wir werden das gemeinsam durchstehen, liebe Freundin."

Paulina nickte und umarmte Maelle kurz, bevor sie sich wieder von ihr löste. Maelle stand wortlos auf, ging aus dem Wasser und holte den Schwamm zurück, den Paulina geworfen hatte. Sie drückte ihn Paulina in die Hände. Die Hände, die völlig sauber, ohne Blut und ohne Dreck waren, wie Paulina nun feststellte. „Ihr seid eine miserable Werferin", sagte Maelle lächelnd. Paulina lachte auf. Sie war so dankbar, dass Maelle bei ihr geblieben war.

Die Apothecaria tauchte wieder in das Wasser und nahm sich nun ihrerseits einen Schwamm um sich abzuschrubben.

„Ich hätte niemals gedacht, dass ich mich so in ihr getäuscht habe."

Maelle verstand, wen sie meinte. „Das konntet Ihr auch nicht wissen", sagte sie eindringlich. „Ich wusste es nicht, Zenon wusste es nicht. Auch Lev hätte das nicht kommen sehen. Niemand von uns."

Paulina begann weiter zu sprechen. „Ich dachte…"

Maelle unterbrach sie. „Euch trifft keine Schuld", sagte sie heftig. „Paulina, Ihr seid eine großherzige und gute Frau. Macht Euch nicht für Dinge verantwortlich, für die Ihr keine Verantwortung tragt. Marilka ist die, die Euch und uns hintergangen hat. Ihr könnt Euch ewig fragen, was Ihr falsch gemacht habt, was Ihr anders hättet machen können, aber Ihr seid nicht ihre Mutter. Sie ist selbst für sich verantwortlich und sie hat es sich ausgesucht. Sie hat es sich ausgesucht, in den Schoß ihrer Pariah-Freunde zurückzukehren. Sie hat es sich ausgesucht, uns im Stich zu lassen." Paulina schaute sie nur an. Maelle unterbrach das Abschrubben ihres Körpers und erwiderte Paulinas Blick. „Paulina, ich wollte Euch nicht beleid…"

„Nein. Nein, das habt Ihr nicht, wirklich. Ihr habt Recht." Paulina merkte jetzt erst wie wütend sie auf Marilka war. Das Gefühl war die ganze Zeit da gewesen, doch erst Maelle hatte es gelöst und jetzt rollte es über Paulina wie eine Lawine. „Dieses undankbare Miststück.", sagte Paulina leise, mehr zu sich, als zu Maelle.

Maelle verzog schockiert das Gesicht und lachte dann leise auf. „So etwas habe ich noch nie aus Eurem Mund gehört."

„Aber es ist so. Ihr habt mit allem Recht, was Ihr gesagt habt. Wir holen sie aus dem Kerker, wir behandeln ihre Wunden, wir nehmen sie auf. Verdammt noch mal, ich habe ihr Arbeit in der Gilde ermöglicht. Ich fühle mich so hintergangen und… ausgenutzt." Und sie musste vor allen anderen eingestehen, dass sie Unrecht hatte. Dass alle anderen doch Recht gehabt hatten Marilka zu misstrauen. Dem verdammten Inquisitor, ihrem Vater, der Kaiserin. Sie konnte bereits die hämischen Blicke der anderen Botengänger und Gildenmitglieder auf sich spüren.

Paulina seufzte. Sie würde das schon überleben. Sollten die anderen nur reden. Unwillkürlich musste sie lächeln.

Paulina ließ sich wieder zu Maelle ins Wasser gleiten. Sie drehte sich auf den Rücken und ließ sich treiben. „Wie kommt man denn auf die Idee, sich so einer Sekte anzuschließen?", fragte sie. Ihre Stimme klang merkwürdig dumpf im Wasser.

„Den Hungerkindern? Ich glaube für uns ist das schwierig zu verstehen. Für die Menschen dort unten ist jeder Tag ein Kampf. Manche wollen nicht mehr kämpfen. Sie suchen einen Ausweg, selbst wenn er noch so bizarr erscheint. Und die Mortress und der Hunger haben ihnen diesen Ausweg versprochen." Maelles Stimme klang durch das Wasser wie aus weiter Ferne. Aber sie hatte Recht. Für sie war es nicht vorstellbar, es war doch offensichtlich gewesen, dass diese Sekte und ihr Götze nichts Gutes im Schilde geführt hatten. Doch in Anbetracht der Alternativen in der Unterstadt, waren die Aussichten vielleicht wirklich nicht so schlecht gewesen. Paulinas Kopf stieß auf Widerstand. Der Widerstand war Maelles Körper. Prustend richtete sie sich im Wasser wieder auf, Maelle lachte. „Erfrischt und sauber?", fragte sie. Paulina nickte. „Gut, dann los. Der Morgen graut sicher schon."

Paulina sah Maelle zu, wie sie aus dem Wasser stieg. Sie folgte ihr kurz danach aus dem Becken. Sie fühlte sich erneuert. Die Schrecken der letzten Tage saßen ihr noch tief in den Knochen. Wenn sie an die Vorkommnisse im Lagerhaus und der

Kanalisation dachte, wurde ihr Magen zu Eis. Doch sie fühlte sich frischer. Ihr Kopf war wieder klarer. Maelle drehte sich zu ihr um und lächelte ihr zu. Die Apothecaria hatte Recht. Sie würden das durchstehen. Gemeinsam.

Kapitel XXV

Bericht

Galizina, Ostreich, Goldhafen, Goldener Palast im Sommer 1271

Die Luft im Thronsaal war zum Zerreißen gespannt. Von Sunder und seiner Expeditionsgruppe war nichts zu sehen, allerdings wartete eine Protektorin im Innenhof des Palastes, die von Sunders Gruppe zu kommen schien. Die Kaiserin saß auf dem Thron und verzog ungeduldig das Gesicht. Im Thronsaal standen Inquisitor Emil van Unrug, Paulina Katja Nowgoroda, Apothecaria Maelle Dorn, Lieutnant Zenon Grajev und Erzarkanist Jaegar Raul.

„Wo ist die Unterstädterin? Wasser?", fragte die Kaiserin herrisch.

„Eure Majestät, sie schloss sich ihren alten Freunden an, der Pariah der Unterstadt. In den Augen der Inquisition eine klare Missachtung eines kaiserlichen Befehls und damit Hochverrat. Eine Exekution war jedoch aufgrund der Lage nicht möglich."

Die Kaiserin sah erst ihn, dann Paulina irritiert an. „Sie hat uns verraten?"

Der Inquisitor nickte. „Ja. Verbrecher bleiben Verbrecher."

Die Kaiserin wurde wütend. „Wie konnte das passieren? Das ist ein Desaster. Was, wenn sie ihr Wissen ausplaudert?"

Paulina trat einen Schritt vor. „Eure Majestät, ich verachte das Verhalten von Marilka Wasser zutiefst. Doch glaube ich nicht, dass ihre Intention war, unsere Sache zu verraten. Meines Erachtens nach, wollte sie nur zu den Ihren zurückkehren."

Die Kaiserin blickte sie von ihrem Thron herab an. „Das könnt Ihr nicht wissen, Medame Nowgoroda." Paulina wollte etwas erwidern, doch die Kaiserin bedeutete ihr mit einer herrischen Geste zu schweigen. „Egal. Das soll jetzt nicht Thema sein. Berichtet mir von den Ereignissen."

Der Inquisitor und Paulina berichteten abwechselnd. Über die Suche nach dem Versammlungsort der Sekte, über die unerwartete und ungewollte Hilfe der Pariah. Auch die Worte von Loftje de Laukai gaben sie wieder.

Die Kaiserin legte ihre Hände vor ihrem Gesicht zusammen, als sie geendet hatten. „Loftje de Laukai ist gerade in Haft. In Anbetracht ihrer Vergangenheit und wegen ihrer Bereitschaft ein umfangreiches Geständnis abzulegen, habe ich angeordnet Milde walten zu lassen und die Großinquisitorin angewiesen von... Methoden, um diese Informationen gewaltsam einzuholen, abzusehen." Paulina konnte sich denken, worin diese Methoden bestanden hätten. „Möglicherweise bleibt ihr sogar der Strick erspart. Sie wird zeitnah verhört." Paulina schluckte. Die Inquisition war nicht dafür bekannt zimperlich zu sein. Sie empfand Mitgefühl für Loftje de Laukai und hoffte, dass die Inquisition sich an die Vorgaben der Kaiserin hielt. „Das Wesen hat also unzweifelhaft den gleichen Ursprung wie das in Trocnov?"

Maelle trat einen Schritt vor. „Ja, Eure Majestät. Definitiv. Der arkane Nachhall, der das Wesen umgab, war exakt gleich wie in Trocnov."

Die Kaiserin blickte sie bohrend an. „Und Überreste sind nicht erhalten geblieben?"

„Nein, Eure Majestät. Wir hielten es für das Beste, es zu verbrennen. Wir wissen nicht ob es wieder... nun, ob es sich wieder manifestiert hätte."

Die Kaiserin nickte ausdruckslos. Wieder wechselte sie einen Blick mit dem Erzarkanisten. „Vielleicht ist jetzt der richtige Augenblick Euch... mehr zu sagen. Alle Informationen, die wir zu diesen schrecklichen Ungeheuern haben."

Der Erzarkanist trat gehetzt vor. „Eure Majestät, ich denke nicht..."

„Schweigt, Erzarkanist Raul." Schmollend zog sich der Arkanist wieder zurück. „Kurz bevor ich Euch nach Trocnov entsandte, erhielt ich Meldung von König Alexandr Woikow aus Westheim. Er berichtete mir von ähnlichen... Gerüchten über seltsame Wesenheiten, die das Reich heimsuchten. Anfangs tat er es, wie wir, als Unfug ab. Hirngespinste von Bürgern. Doch die Hinweise verdichteten sich."

Paulina sah die Kaiserin schockiert an. Sie hatte gewusst, zu welchem Schrecken sie sie geschickt hatte. Sie hätte mindestens damit gerechnet, dass sie sie vorwarnte. Sie waren befreundet. Gewesen.

Auch Maelle wirkte geschockt, nur Zenon blieb gefasst.

„Ihr wusstet es?", hauchte Paulina.

„Ihr versteht sicher, dass wir die Berichte erst verifizieren mussten und dass diese… heikle Angelegenheit absolut diskret behandelt werden musste", sagte die Kaiserin fast entschuldigend. Wobei sich eine Kaiserin natürlich nicht entschuldigte. Niemand zeigte eine Reaktion. „Ich habe den Botschafter des Westreiches einbestellt und ihm einen Brief für den König mit auf den Weg nach Westheim gegeben. In ihm steht alles was wir wissen." Sie korrigierte sich. „Was wir denken zu wissen."

Der Erzarkanist trat wieder vor. Auch für ihn schienen das Neuigkeiten zu sein. „Ihr habt dem König erzählt, dass die Wesen arkanen Ursprungs sind, Eure Majestät? Das schwächt die Position des Arkanistenordens im Reich ungemein. Das Westreich wird uns als Verantwortliche sehen."

Die Kaiserin blickte ihn abfällig an. „Und seid Ihr das nicht?", fragte sie. „Ihr sagtet selbst, dass die Wesen arkangeboren sind."

„Ich…"

„Mein Entschluss steht fest, der Brief ist auf dem Weg", donnerte Kaiserin Alessia, ohne den Erzarkanisten antworten zu lassen.

Paulina fiel jetzt erst das zusammengerollte Papier auf, das im Schoß der Kaiserin lag. Sie nahm es in ihre schmalen, mit feinen Seidenhandschuhen bekleideten Händen. „Sunder Nowak macht Meldung aus Ur. Sie sind zu einer Arkanerzader vorgedrungen. Der Brief besteht aus allerlei arkanem Gefasel, welches den Erzarkanisten und Euch, Dorn, sicher interessieren wird." Über das Gesicht des Erzarkanisten huschte kurz ein beleidigter Ausdruck, bevor er sich wieder fing. „Nowak bestätigt unseren Verdacht." Sie wechselte einen Blick mit dem Erzarkanisten. „Sie fanden mehr Hinweise darauf, dass die Erscheinungen arkanen Ursprungs sind. Außerdem… außerdem schreibt er, dass die

Wesenheiten dort entstehen, wo großes Leid besteht oder bestanden hat."

Im Raum war es still. Paulina glaubte sich verhört zu haben. Der Erzarkanist räusperte sich und trat vor. „Vor Jahren gab es einen Arkanisten in den Reihen unseres Ordens, Mercator Trient. Später wurde er nur noch ‚Mercator der Wahnsinnige' genannt. Er verfasste eine Reihe von kurzen Denkschriften, die alle vom Orden als... unzutreffend und verräterisch klassifiziert und verboten wurden. Sunder Nowak schreibt in seinem Bericht, dass die Ereignisse, die gerade passieren, von diesem Arkanisten vorausgesehen wurden. Er hat sie fast wortgetreu in seinen Schriften beschrieben." Zerknirscht sah er zu Boden. Fassungslose Stille machte sich im Raum breit.

„Die... Erscheinungen entstehen dort, wo Leid herrscht?", fragte Paulina ungläubig. „Aber... aber es gibt so viel Leid. Überall..."

Der Erzarkanist nickte. „So ist es. Wir können nicht voraussehen wo die nächsten arkanen Manifestationen, wie Mercator sie nennt, auftreten."

„Aber was ist dann das Vorgehen? Was ist der Plan?", fragte Maelle verzweifelt. „Wir können nicht überall sein, wo es Leid gibt und diese Wesen bekämpfen."

Der Erzarkanist schüttelte den Kopf. „Nein, das können wir nicht. So wie es aussieht, braucht es aber eine... nun, wie soll ich sagen... möglicherweise eine gewisse Menge an Leid. Oder es kommt nicht oft vor. Wir wissen es nicht." Der Erzarkanist kratzte sich am Kopf. „Noch nicht", fügte er schnell hinzu. „Sunder Nowak ist mit seiner Expedition noch in Ur. Sie werden weitere Hinweise finden. Und sie werden herausfinden, wie wir das Ausbreiten dieses Geschwürs stoppen."

„Bisher erreichten uns keine gesicherten Berichte mehr von weiteren Manifestationen. Die Berichte aus dem Westreich sind nur vereinzelt und alle nicht bestätigt", sagte die Kaiserin. „Wir werden die Expedition ausweiten. Nowak bekommt mehr Arkanisten, mehr Arbeiter, mehr Handwerker. Er wird die Ursache finden und er wird herausfinden, wie wir es bekämpfen. Andere Arkanisten werden die Schriften von Mercator studieren. Wir finden eine Lösung." Eine kurze Pause trat ein. „Ihr werdet ausgezeichnet", sagte die Kaiserin unvermittelt. „Dorn, Grajev und Nowgoroda. Ihr werdet ausgezeichnet für besondere Tapferkeit. Ihr erhaltet den Goldenen Adler am weißen Band. Aufgrund der Umstände nicht mit Protz und Prunk, sondern eher im... Stillen." Das hatte sich Paulina gedacht. Ihr war es Recht, sie hatte in den letzten Tagen genug um die Ohren gehabt. Sie war nicht scharf auf eine Auszeichnung. Sie wollte nur, dass sich um das Problem gekümmert wurde. „Ihr habt Euch in der Beseitigung der Manifestationen hervorgetan." Stille erfüllte den Thronsaal. Die Kaiserin atmete tief durch. „Ihr dürft gehen. Ich muss mich mit der Duma beraten." Würdevoll stand die Kaiserin auf, was alle Anwesenden dazu veranlasste, sich unterschiedlich tief zu verbeugen. „Das Reich steht tief in Eurer Schuld. Ihr seid wahre Helden", sagte Kaiserin Alessia ausdruckslos.

Maelle stand mit Paulina und Zenon vor den Toren des Thronsaals des Goldenen Palastes im Innenhof. Die Protektorin lehnte immer noch an der Palastmauer und wartete auf Antwort für Sunder. „Apothecaria Maelle Dorn erhält den Goldenen Adler am weißen Band? Damit hätte ich vor einigen Monden auch noch nicht gerechnet", sagte Maelle.

„Er wird Euch ausgezeichnet stehen", antwortete Zenon und grinste sie an. Paulina fiel in das Scherzen mit ein.

Erzarkanist Jaegar Raul kam hektisch zu ihnen gelaufen. Maelle senkte demütig den Kopf. „Erzarkanist Raul." „Apothecaria Dorn. Sagt Euch der Name Leyte Hórat etwas?"

Maelle runzelte verwundert die Stirn und stockte kurz. „Mit ihr haben wir, vor dem Aufbruch der Expedition, die altgalizinische Bibliothek nach Hinweisen zur Arkanexplosion in Ur durchsucht. Wieso fragt Ihr?"

Der Erzarkanist seufzte. „Sunder Nowak schlägt eine unbedingte Erhebung zur Scienta zweiten Grades vor. Noch im Feld. Ich hätte Euch nach Eurer Meinung gefragt, wenn Ihr sie gekannt hättet. Ich habe sie ehrlich gesagt immer für einen fußkranken Bücherwurm gehalten."

Maelle blickte ihn verwundert an. „Nun, sie machte einen sehr kompetenten Eindruck auf mich, als wir in der Bibliothek waren. Ich würde dem Eindruck von Scientus Nowak vertrauen, Erzarkanist."

„Unbedingt", hörten sie eine Stimme rufen. Die Protektorin näherte sich ihnen. Sie hatte kurzes, lockiges Haar und das wettergegerbte, vernarbte Gesicht einer Veteranin. „Verzeiht das ich mich einmische, Erzarkanist Raul, Apothecaria Dorn. Ich bin Karlotta Helsteva, Kommandantin der Protektoren der Expedition nach Ur. Leyte Hórat tat sich durch herausragenden Mut und Einsatz hervor. Natürlich kenne ich die Details nicht, aber Meser Nowak hat immer wieder betont, wie ausschlaggebend das Beisein von Medame Hórat für den bisherigen Erfolg der Expedition war." Nachdem sie fertig war trat sie einen Schritt zurück und senkte das Haupt.

„Aha. Na dann werde ich ihm das wohl in meiner Antwort mitschicken. Habt... Dank für Eure Eindrücke." Der Erzarkanist rauschte mit gerunzelter Stirn davon. Es war unüblich, vielleicht sogar etwas zu forsch, dass sich die Protektorin in das Gespräch zweier Arkanisten einmischte. Die Protektoren des Arkanistenordens waren Diener, helfende und beschützende Hände für Arkanisten. Sie teilten nicht die gleichen Privilegien und waren selbst einem Arkanisten des fünften Grades rangniederer. Geschweige denn dem Erzarkanisten.

„Wirklich? Sunder schlägt eine Beförderung vor? Das habt Ihr Euch doch ausgedacht", sagte Maelle zu der Protektorin, die sich gerade wieder entfernen wollte.

„Nein, Medame Dorn. Das hat er in der Tat. Ich weiß nicht was sie entdeckt hat, aber Meser Nowak war außer sich vor Freude."

Paulina prustete los. „Reden wir wirklich von DEM Sunder Nowak? Kaum vorstellbar." Zenon und Maelle fielen in das Lachen mit ein.

„Bestellt dem alten Kauz unsere besten Grüße. Ach, irgendwie vermisse ich seine boshafte Art."

Karlotta senkte demütig das Haupt, doch fiel Paulina auf, dass auch sie sich ein Grinsen nicht verkneifen konnte. „Natürlich, Medame Dorn."

„Einfach Maelle. Einfach Maelle."

Die Protektorin nickte ihr freundlich zu. „Karlotta."

„Wisst Ihr was? Wie wäre es mit einem großen Krug Goldhafener Bock im Trunkenen Fischersmann? Ich denke das haben wir uns verdient", schlug Lieutnant Zenon vor.

Über Sunder scherzend verließen Maelle Dorn, Paulina Nowgoroda und Zenon Grajev das Palastgelände. Karlotta Helsteva blieb lächelnd zurück. Sie freute sich darauf, Leyte Hórat ihre lange überfällige Erhebung in den nächsten Grad zu verkünden. Noch nie hatte sie sich so über eine Beförderung gefreut. Nicht mal über ihre eigenen.

Epilog

Wunden

Galizina, Ostreich, Halbinsel Hel, Abtei der heiligen Iulia im Frühsommer 1270

Elster bewegte langsam ihre Füße in der Erde. Sie liebte es das feuchte, kühle Erdreich zwischen ihren Zehen zu spüren. Es erinnerte sie an... irgendetwas. Sie wusste nicht mehr an was es sie erinnerte, aber an etwas Schönes. Elster hatte Glück. Sie wurde sehr oft für den Dienst im Gemüsegarten eingeteilt. Vor allem für den Gießdienst. Sie wusste mittlerweile, dass die Bohnen, die an den Holzgerüsten emporrankten, viel Wasser brauchten, gerade in den trockenen Sommermonaten. Der kleine Gemüsegarten war nur ein Teil des abteieigenen Gemüseanbaus, hier hielt sie sich allerdings am Liebsten auf.

Die beige getünchten Mauern der Schreibstuben, an die der kleine Garten angrenzte, warfen angenehmen Schatten. Elster versuchte ihren großen Zeh so weit wie möglich abzuspreizen. Sie runzelte die Stirn. Komisch, dass das mit den Fingern leichter ging, obwohl die Zehen doch auch nichts anderes als die Finger der Füße waren. Sie griff nach der Tonkanne, die sie neben ihren Füßen abgestellt hatte. Sie war leer. Sie hatte gedacht, es wäre noch ein Rest Wasser darin gewesen. Elster nahm sie mit ihrer Linken am Griff und ging langsam zwischen den Bohnenreihen zurück zum Ende des Beets. Sie wollte es so lange wie möglich genießen in der angenehmen Erde zu laufen. Um die Tonkanne wieder zu füllen, musste sie auf die andere Seite des Hofes, dort, wo die Küche und die Novizen- und Gemeinschaftsquartiere waren. Es trennten sie etwa zehn Schritt unangenehmer Kies von dem Brunnen.

Das Ende des Beetes kam schneller als erwartet. Elster seufzte und machte sich auf den Weg. Diesmal ging sie etwas schneller, sie wollte es so schnell wie möglich hinter sich bringen.

Ein dünner Wasserstrahl ergoss sich aus dem Mund eines Gargoylen in ein kleines Steinbecken. Elster verzog das Gesicht, sie hasste diesen Teil des Gießens. Umständlich bugsierte sie die Tonkanne unter den Wasserstrahl und ließ sie volllaufen. Es kostete sie immense Anstrengung, die Kanne nicht fallen zu lassen, sie war schwer wenn sie voll war. Außerdem konnte sie sie nicht bequem halten, wenn sie das Wasser aufnehmen wollte.

Als sie vollständig gefüllt war, zog sie die Kanne schnell wieder an sich und presste sie an ihre Brust. Sie hatte gelernt, dass es auf diese Weise viel einfacher war sie zu tragen. Langsam drehte sie sich um und klemmte angestrengt ihre Zunge zwischen die Lippen. Auf keinen Fall wollte sie die Kanne fallen lassen, sonst wäre Rowina böse auf sie. Letzte Woche hatte sie zwei Tonkannen fallen lassen. Sie wollte sich das dieses Mal nicht wieder erlauben. Wobei Rowina nie lange böse auf sie war. Wenn Elster verlegen vor ihrer Tür stand und davon berichtete, dann war sie es, ja, aber wenige Sekunden später war sie es nicht mehr. Sie sah Elster dann immer so traurig an.

Elster runzelte die Stirn. Vielleicht bedeuteten die Tonkannen Rowina etwas. Elster würde sie danach fragen. Sie machte sich auf den unangenehmen Rückweg in den kleinen Garten, zu ihren Bohnen.

Eine Stimme schreckte sie aus ihren Gedanken. Eine Novizin rannte an ihr vorbei. „Elster, mach die Kanne nicht so voll, du machst es dir nur schwer." Im Vorbeirennen winkte sie ihr zu. Elster erkannte sie nicht, sie war zu sehr auf ihre Kanne konzentriert gewesen. Eigentlich kannte sie alle Novizen, aber das war ihr gerade etwas zu schnell gegangen. Sie antwortete ihr. „J-j-ja, du hast R-recht. D-danke."

Die Novizin war schon lange in einer Schreibstube verschwunden und hörte ihre Antwort nicht. Sie war sicher zu spät und würde Ärger von ihrem Magister bekommen.

Als Elster endlich den Garten erreichte, stellte sie zuerst die Kanne ab und atmete tief durch. Der Weg hatte sie angestrengt.

Als sie die Kanne auf die kleine Holzbank vor dem Bohnenbeet stellte, ärgerte sie sich. Unter der Bank standen ihre Schuhe. Sie vergaß jedes Mal sie anzuziehen, bevor sie den unangenehmen Kies betrat. Elster zuckte mit den Schultern. „N-nächstes Mal."

Sie nahm die Tonkanne wieder auf und schlenderte durch die angenehme, feuchtkühle Erde. Jede der Pflanzen bekam einen kleinen Schluck Wasser. Sie lächelte, als sie die Reihen der Bohnenpflanzen abging, das war der Teil des Gießens, der ihr die meiste Freude bereitete. Gedankenverloren goss sie die Pflanzen. Ihr fiel auf, wie zahlreich und sattgrün die Bohnen waren, die von den fragilen Stängeln getragen wurden.

„Elster! Da bist du ja, ich habe dich gesucht."

Verwundert starrte Elster die Bohne an, die sie gerade gegossen hatte. Nein, die Pflanzen sprechen nicht, dachte sie. Schlussfolgernd drehte sie sich um und sah die Sprechende. Rowina eilte gerade über den Kiesplatz zu ihr. Elster hob ihren linken Arm und deutete auf die Pflanzen. „I-i-ich gieße die Bohnen. Magister Velicka h-h-hat mir das h-heute m-morgen aufgetragen."

Rowina fasste sie freundschaftlich am Arm und lächelte sie an. „Das weiß ich, nur bist du seit heute Morgen hier. Ich dachte, du wärest mittlerweile vielleicht Essen gegangen, oder in die Bibliothek." Elster hatte die Zeit ganz vergessen. Es war bestimmt schon früher Nachmittag. Das war häufig so, wenn sie sich im Garten, oder an ihrem zweitliebsten Ort, der Bibliothek, aufhielt. „N-n-nein, ich war nur hier."

Rowina nickte ihr zu und senkte die Stimme. „Weißt du was heute für ein Tag ist?", fragte sie gespielt verschwörerisch. Elster mochte es nicht, wenn sie das tat. Sie war kein Kind mehr, sie wollte auch nicht wie eines behandelt werden. Aber Elster hatte das Gefühl, dass es Rowina gefiel, also spielte sie meistens mit. Rowina war ihre einzige richtige Freundin.

Elster antwortete. „W-w-was denn für einer?" Die Magistra schaute sich gespielt aufmerksam um, und winkte sie näher heran, dass sie in ihr Ohr flüstern konnte. Elster verdrehte innerlich die Augen. Sie wusste, dass sie anders war als die Novizen und Magister der Abtei. Aber ein Kind war sie nicht. Rowina flüsterte in ihr Ohr. „Wir ernten heute die Bohnen. DEINE Bohnen."

Elster zuckte zurück und starrte Rowina mit großen Augen an. „M-m-meinst du e-e-echt?"

Rowina nickte ihr aufgeregt zu. „Ja. Du kannst stolz auf dich sein. Die Bohnen hast du alleine angebaut, vom Samen bis zur

336

Frucht." Elster machte einen Luftsprung und quiekte vor Freude und Aufregung. Sie umarmte Rowina so umständlich, dass sich der schlecht geschmiedete Rabenanhänger, der um ihren Hals lag, mit der Robe ihrer Freundin verfing. Rowina lachte, befreite Elsters Anhänger und versuchte sie etwas zu bremsen. „Weißt du was? Wir ernten die Bohnen jetzt und heute Abend essen wir einen wunderbaren, leckeren Bohnensalat. Wie klingt das?"

Elster strahlte ihre Freundin an. „W-wunderbar k-k-klingt das."

Sie machte sich sofort an die Arbeit. Es blieben zwar noch einige Stunden bis zum Abendmahl, allerdings kostete das Ernten auch einige Zeit. Elster holte einen einfachen Holzeimer unter der Bank hervor, auf der sie zuvor ihre Tonkanne abgestellt hatte. Rowina nahm einen zweiten.

Jede der beiden Frauen nahm sich eine Reihe Bohnen vor. Elster stellte den Eimer vor jeder Pflanze ab und begann akribisch die Bohnen zu ernten. Die geernteten Bohnen warf sie dann in den Eimer zu ihren Füßen. Rowina hielt den Eimer in ihrer Linken, während sie mit der Rechten pflückte. Elster wusste, dass Rowina sich ihr zuliebe extra Zeit ließ und langsam machte.

Sie seufzte. Sie würde auch gerne so schnell Dinge erledigen können wie Rowina und die anderen in der Abtei. Doch den Tag ließ sie sich nicht verderben, es war wirklich etwas Besonderes. Sie hatte diese Bohnen gepflanzt und gezogen. Es war ihre erste Ernte.

Rowina blieb vor der Tür zur Küche stehen, Elster trat ein. Der Abend kündigte sich bereits an. Sie hob den Eimer, in dem die Bohnen lagen, die sie und Rowina geerntet hatten, Janosz, dem Koch, unter die Nase. Elster war oft in der Küche und beobachtete wie er Gemüse und Obst schnitt. Manchmal gab er ihr sogar einen Apfel. Sie mochte ihn und seine ruhige, brummige Art.

Elster war aufgeregt. „S-s-schau mal w-w-was wir geerntet haben."

Beiläufig warf der Koch einen Blick hinein und grunzte ein „Mhm" als Antwort, bevor er sich wieder dem filetieren der

Fische zuwendete, die auf einer Arbeitsplatte lagen. Elster ging näher zu ihm. „D-d-das sind d-die Bohnen aus dem G-g-garten neben der S-s-schreibstube. D-die erste E-e-ernte." Wieder grunzte der Koch als Bestätigung. „M-m-machst du einen B-b-bohnensalat d-daraus?", fragte Elster hoffnungsvoll, während sie sich weiter zu ihm beugte.

Janosz seufzte genervt und schob sie sanft zur Seite. „Hör mal Kleines, ich muss gerade wirklich noch viel für das morgige Mahl vorbereiten. Der Fisch…" Ein lautes Räuspern unterbrach ihn. „… macht mir viel Arbeit, aber die Bohnen bekomme ich da sicher noch unter. Hallo Magistra Rowina, ich habe Euch gar nicht gesehen." Er lächelte ihr gekünstelt zu.

„Oh d-d-danke Janosz." Elster beugte sich vor und gab ihm einen Kuss auf die Wange. „Es w-wird köstlich schmecken!"

Der breitschultrige Koch errötete. „Nun, junge Medame, ich werde mein Bestes geben." Elster mochte es, wenn er sie so nannte.

„Dann lassen wir den Meister mal arbeiten, meinst du nicht, Elster?" Rowina hatte ihr lächelnd aus dem Türrahmen heraus zugesehen. Sie nickte, immer noch voller Freude. „Ich muss noch in die Bibliothek. Wir sehen uns zum Glockenschlag im Refektorium", sagte Rowina und winkte ihr zu. Elster erwiderte fröhlich den Gruß und sah ihr hinterher.

Sie verließ die Küche und ging den langen, gemauerten Gang entlang. Es war hier immer etwas dunkel und gruselig, die Küche lag im Keller, neben den Vorratsräumen. Sie ging gerade an dem Lagerraum vorbei, in dem große bauchige Fässer standen, als sie leises Stöhnen hörte. Vorsichtig blickte sie in den Raum hinein. Es war relativ dunkel, Elster kniff ihre Augen zusammen. An einem Fass gelehnt standen zwei Novizen, die sich eng umschlungen hielten. Elster sah wie die Hand des einen unter der Robe der anderen verschwunden war. Die beiden küssten sich innig. Elster sah zu. Sie hatte schon lange nicht mehr so etwas gesehen, geschweige denn selbst erlebt. Es war wie Nebel in ihrem Kopf, sie konnte sich nur dunkel daran erinnern, dass sie sich früher auch anderen Menschen hingegeben hatte.

Elster wandte sich ab und wollte gerade gehen, als die Novizin aufschrie und auf sie deutete. Der Novize kam auf sie zugestürmt. „Was machst du hier, Narbengesicht?", fragte er zornentbrannt.

„I-i-ich…"

„I-I-Ich…", äffte er sie nach. „Schau zu, dass du verschwindest. Und du hast hier nichts gesehen, ist das klar?" Er funkelte sie böse an.

„I-ich bin nur v-v-vorbei g-gegangen." Elster war nervös. Sie tippte mit ihrem Daumen alle anderen Finger ihrer Hand nacheinander an. Das war eine Methode, die Rowina ihr beigebracht hatte, falls sie zu ängstlich wurde oder falls sie einen ihrer schlechten Träume oder Tagträume hatte. Daumen-Zeigefinger, Daumen-Mittelfinger, Daumen-Ringfinger, Daumen-kleiner Finger und wieder von vorne.

„Dann geh weiter, Krüppel." Elster schaute ihn kurz verwirrt an, sie wusste nicht wieso er sie so nannte. Sie hatte ihm nie etwas getan. Sie wandte sich um und ging. Im Gehen hörte sie wie die Novizin ihren Liebhaber anfuhr. „Musst du so zu ihr sein? Sie tut dir doch nichts." Elster hörte wie die Novizin sich von ihrem Liebhaber entfernte und beschleunigte ihre Schritte. Sie wollte nicht mit ihr reden, sie wollte nur in das Refektorium und raus aus dem dunklen Gang.

Die tief stehende Sonne blendete sie, als sie das Dunkel verließ. Das Abendrot brach schon an und bald würde die Sonne ganz untergehen. Schwatzend strömten die Novizen, die hier in den arkanen Künsten ausgebildet wurden, zum Refektorium. Sie redeten und lachten miteinander, während sie über den Abteihof schlenderten. Das Refektorium lag im Hauptgebäude der Abtei, es war nur ein kurzer Gang. Elster ging an ihrem Garten vorbei und blieb kurz stehen. Sie sehnte sich nach der Erde, wie sie sich an ihren Füßen anfühlte. Einige Novizen deuteten auf sie und lachten, andere grüßten sie freundlich. Elster nickte den grüßenden freundlich zu und versuchte zu lächeln. Das Erlebte im Gang zur Küche beschäftigte sie noch etwas. Sie versuchte sich daran zu erinnern, wann sie zuletzt so innig mit jemandem gewesen war, fand jedoch keine Antwort darauf. Auch nicht darauf, ob sie es überhaupt jemals mit einer anderen Person gewesen war. Sie konnte sich, wenn überhaupt, nur sehr dunkel an die Vergangenheit erinnern. Irgendwann war sie in dieser

Abtei aufgewacht und war seitdem Bestandteil davon. Die Abtei war ihr Zuhause, etwas anderes kannte sie nicht. Hin und wieder legte sie allerdings neblige Fragmente ihrer Vergangenheit frei. Sie glaubte, dass es Erinnerungen waren, sie wusste es aber nicht. Genauso gut könnten es auch Einbildungen oder Erinnerungen an Träume sein. Alles fühlte sich dumpf an, neblig. Sie war aufgebracht, die Beobachtung hatte den Nebel der Vergangenheit etwas gelichtet, doch nicht weit genug, dass sie irgendetwas dahinter erkennen konnte. Wieder ging sie mit ihrem Daumen ihre Finger durch. Eins, zwei, drei, vier und wiederholen.

Plötzlich traf etwas ihre rechte Schulter. Verwundert rieb sie die Stelle mit ihrer Hand und drehte sich um. Hinter ihr standen zwei Novizen, einer davon noch mit erhobener Hand. Filip und Mateusz. Elster drehte sich wieder weg, sie hoffte die beiden würden einfach weitergehen. Sie war nicht in der Stimmung sich zu streiten. Das war sie eigentlich nie.

„He, Krüppel. Weißt du, was du gemacht hast?" Elster erkannte die Stimme von Filip wieder, er war es also gewesen, den sie unten bei der Küche gesehen hatte. Sie hörte, wie beiden sich ihr näherten. Sie versuchte sich auf die Bohnenpflanzen zu konzentrieren, von denen sie vorhin die Bohnen geerntet hatte. Schöne, dunkelgrüne Ranken, die sich kletternd an Holzgerüste klammerten. Es war nicht das erste Mal, das einige der Novizen sich auf ihre Kosten einen Spaß erlaubten. Es war keine Regelmäßigkeit, aber sie wurde immer wieder von einigen der Novizen drangsaliert. „He, ich rede mit dir."

Elster ging wieder ihre Finger durch. Sie drehte sich nicht um. „N-n-nein, weiß ich n-nicht", sagte sie zitternd.

„Ich war gerade mit Oana zugegen. Und weißt du was? Möglicherweise hätte sie sich sogar ficken lassen. Bis du aufgetaucht bist." Mateusz, sein Kumpan, lachte hämisch. Elster antwortete nicht. Sie schloss die Augen und hoffte sie würden gehen. Sie versuchte die aufkeimende Panik niederzukämpfen. „Davon kannst du nur träumen, oder nicht? Mit den Narben will dich sicher niemand. Ganz zu schweigen von deinem gruseligen Auge. Oder deinem Arm." Wieder lachte Mateusz. „Ich rede mit dir, Schlampe." Mateusz packte sie grob ab Arm und drehte sie um.

Elster wusste nicht, wieso sie tat, was sie tat. Sie wusste auch nicht, woher sie den Mut oder die Kraft nahm. Oder das Wissen was zu tun war. Noch in der Drehung holte sie aus und schlug Mateusz die Faust ins Gesicht. Überrascht taumelte er zurück. Filip schlug seinerseits zu. Er versuchte mit seiner Rechten Elsters Gesicht zu treffen, doch tauchte sie unter dem Schlag weg und schlug ihm in die Magengrube. Der Novize krümmte sich vor Schmerz. Mateusz hatte sich von dem Schock erholt und sprang ihr entgegen, wurde aber von einer donnernden Stimme aufgehalten.

„Sofort aufhören!" Rowina eilte mit wehenden Gewändern herbei. „Sofort aufhören! Was fällt euch ein?" Ihre Stimme wurde immer lauter.

„Sie hat mich geschlagen, Magistra."

„Sie hat dich geschlagen? Einfach so?", schrie sie dem eingeschüchterten Novizen entgegen.

„Nun, also…"

„Ihr geht sofort in meine Räumlichkeiten. Ich befasse mich später mit euch."

„Aber Magistra, wir…"

„SOFORT!" Die Magsitra war rot vor Wut, was die beiden Novizen dazu brachte, umgehend das Weite zu suchen. Magistra Rowina schnaufte immer noch schwer, als sie sich Elster zuwandte. „Elster, was bei allen Heiligen ist hier geschehen?"

Elster zitterte. „I-i-ich weiß es n-nicht. W-wirklich. Sie haben m-m-mich einfach a-a-a-angegriffen, weil ich…" Elster stockte. Sie wollte nicht das die Novizin, mit der sie Filip gesehen hatte, Oana, Ärger bekam. Sie hatte ihr nichts getan. „…e-einfach so. I-i-ich weiß n-nicht was ich g-g-g-gemacht habe. Ich h-habe noch n-n-nie jemanden geschlagen", schloss sie kleinlaut. Sie begann wieder mit ihrem Daumen ihre Finger zu berühren und kniff die Augen zusammen. Rowina fiel das natürlich auf. Sie sah Elster mitleidig und erschrocken an.

„Elster, beruhige dich. Es ist alles gut." Rowina umarmte sie vorsichtig.

„S-s-sie haben z-zu mir gesagt, dass ich h-h-hässlich sei." Elster zitterte immer noch. Rowina löste sich von ihr und lächelte sie an. „Das bist du nicht Elster. Im Gegensatz zu Mateusz, ich glaube, du hast ihm die Nase gebrochen." Elster wusste nicht ob das etwas Gutes war, die Magistra schien es aber zu freuen. Sie erwiderte das Lächeln ihrer Freundin. „Es t-tut mir l-leid. Ich wollte d-d-das nicht, w-w-wirklich."

Rowina legte ihr eine Hand auf den Arm. „Mach dir keine Sorgen. Ich werde gleich mal zu den Beiden gehen und ein paar Worte mit ihnen sprechen."

Elster sah den Koch hinter Rowina mit einem großen Topf in den Armen vorbeieilen und schaute die Magsitra traurig an. „K-k-kommst du n-nicht mit i-i-i-i-ins Refektorium? Wir w-wollten doch z-z-zusammen essen."

„Ich kümmere mich erst um die beiden, ich komme dann nach. Fang schon mal ohne mich an." Rowina streichelte kurz ihren Arm und wandte sich dann ab. Sie drehte sich noch einmal kurz um und wandte ernst das Wort an sie. „Ach und Elster... Versprich mir, dass du niemals mehr jemanden schlagen wirst."

Elster saß alleine an einem der langen Holztische im Refektorium. Von den etwa vierzig Novizen der Abtei waren gute dreißig anwesend. Das Refektorium war geräumig, es wurde für die Mahlzeiten, Feiertage und andere gesellschaftliche Anlässe genutzt. Die Magister hatten einen etwas erhöhten Tisch am Stirnende der Halle, alle anderen Tische waren der Länge nach im Raum angeordnet. Und sie waren gut besetzt. Überall schwatzten Novizen, aßen, tranken und tauschten sich über ihren Tag aus.

Elster aß meistens alleine oder mit Janosz. Manchmal setzte sich auch Rowina zu ihr.

Sie hatte eine Schüssel Bohnensalat vor sich. Ihr lief das Wasser im Mund zusammen, Janosz hatte ihr extra eine große Schüssel gebracht. Es roch wunderbar und sah unheimlich lecker aus. Die Bohnen waren gewaschen, gekocht und mit Essig, Olivenöl, Salz und Pfeffer abgeschmeckt worden. Dazu hatte Janosz noch einige Tomaten- und Zwiebelstücke mit in den Salat gemischt. Elster hob ihre Gabel und wollte gerade damit beginnen die ersten eigenen Bohnen zu essen, als ein Schatten auf sie fiel. Ihr gegenüber stand Oana, die Liebschaft von Filip. Sie lächelte Elster an. „Darf ich mich zu dir setzen?"

Elster seufzte, innerlich genervt, nickte aber. Sie hatte keine Lust mit Oana zu sprechen, sie hatte noch nie ein Wort mit ihr gewechselt. Elster hatte sie manchmal aus ihrem Bohnengarten beobachtet, sie hatte auf sie immer arrogant gewirkt. Oana stellte ihre Schüssel ab, auch sie hatte Bohnensalat darin und setzte sich. „Ich wollte mich bei dir entschuldigen. So wie Filip mit dir umgegangen ist war… nun, das gehört sich nicht."

Elster verstand nicht, wieso sie sich entschuldigte. Sie hatte ihr nichts getan, Filip war doch der Schuldige. „I-i-ist schon in O-o-o-ordnung." Die Novizin lächelte ihr dankbar zu.

Elster spießte eine Bohne auf ihre Gabel und steckte sie sich vorsichtig in den Mund. Sie schloss die Augen und lächelte. Es schmeckte köstlich. Genüsslich kaute sie. Der Geschmack der Bohnen war herrlich und Janosz hatte die perfekte Menge an Pfeffer und Salz hinzugegeben.

Elster war glücklich, den Vorfall mit Filip und Mateusz hatte sie vergessen. Seit sie vor etwa zwei oder drei Jahren von Magistra Rowina den kleinen Garten bei den Schreibstuben zugewiesen bekommen hatte, hatte sie sich auf diesen Moment gefreut. Magistra Rowina hatte sie immer wieder bestärkt. Sie hatte ihr auch gesagt, sie solle Bohnen anbauen, wenn sie ihr so gut schmeckten. Und endlich war es so weit.

„Du scheinst es ja richtig zu genießen."

Elster öffnete ihre Augen wieder und sah in das lächelnde Gesicht von Oana. „J-j-ja. Die B-bohnen habe i-i-ich selbst a-a-angebaut."

Oana spießte ebenfalls eine Bohne auf ihre Gabel und hielt sie prüfend vor ihr Gesicht, bevor sie hineinbiss. „Sie schmecken wirklich sehr lecker. Ich bin froh, dass wir hier so eine gute Gärtnerin haben, wirklich."

Jetzt musste Elster lächeln. „D-d-danke."

Die beiden Frauen aßen hungrig ihren Bohnensalat. Sie hatte sich wohl in Oana getäuscht, dachte Elster. Sie war sehr nett und die Geschichten vom Novizenleben, die sie Elster begann zu erzählen waren sehr lustig. Elster wollte gerade aufstehen und sich eine neue Schüssel holen, aber Oana, legte ihr eine Hand auf den linken Arm. „Lass nur, ich bringe dir eine neue Schüssel mit. Mit zwei Armen ist das sicher einfacher, als mit einem."

Über den Autor

Matthias Roth, geboren 1995 in Langenau, entdeckte früh seine Faszination für die Geschichten der Vergangenheit. Nach einer Laufbahn in der Landschaftsgärtnerei und einem Wechsel in die Informationstechnik, entschied er sich 2022 für ein berufsbegleitendes Studium der Geschichtswissenschaft und Kultur. Seine Leidenschaft für Geschichte und die tiefgründige Erforschung vergangener Epochen prägen auch seine literarischen Werke.

Sein Debütroman, der erste Band einer Dark-Fantasy-Trilogie, entführt die Leser:innen in die fiktive Welt von 'Galizina'. In dieser komplexen Welt verweben sich politische Intrigen, persönliche Schicksale und soziale Konflikte. Seine Werke sind geprägt von einer detailreichen, historischen Authentizität, tiefgründigen Interaktionen verschiedener Charaktere und persönlichen Dramen.

Neben dem Schreiben widmet sich Matthias Roth auch der Musik. Als Bassist in einer Alternative-Band und Betreiber eines kleinen Independent-Musiklabels bringt er seine kreative Energie und seinen Sinn für harmonische Komplexität in verschiedene künstlerische Ausdrucksformen ein.